Katherine Pancol, 1954 in Casablanca geboren, arbeitete nach ihrem Literaturstudium als Lehrerin, Journalistin und Autorin. Ihr beispielloser Aufstieg zum »Phänomen Pancol« begann 2006 mit dem Erscheinen des ersten Bandes der Joséphine-Trilogie »Die gelben Augen der Krokodile«. Auch ihre »Muchachas«-Romane stürmten die Bestsellerlisten in Frankreich. Katherine Pancol lebt in Paris.

Außerdem von Katherine Pancol lieferbar:

Die gelben Augen der Krokodile, *Roman*
Der langsame Walzer der Schildkröten, *Roman*
Montags sind Eichhörnchen traurig, *Roman*
Tanz in den Tag – Band 1 der Muchachas-Trilogie, *Roman*
Nur ein Schritt zum Glück – Band 3 der Muchachas-Trilogie, *Roman*

Besuchen Sie uns auf www.penguin-verlag.de
und Facebook.

Katherine Pancol

Kopfüber ins Leben

ROMAN

Aus dem Französischen
von Nathalie Lemmens

PENGUIN VERLAG

Die französische Originalausgabe erschien 2014 unter dem Titel
»Muchachas 2« bei Éditions Albin Michel, Paris.

FSC
www.fsc.org
MIX
Papier aus verantwortungsvollen Quellen
FSC® C014496

Verlagsgruppe Random House FSC® N001967

PENGUIN VERLAG

1. Auflage 2018

Umschlag: www.buerosued.de
Umschlagmotiv: © www.buerosued.de
Satz: Uhl + Massopust, Aalen
Druck und Bindung: GGP Media GmbH, Pößneck
Printed in Germany
ISBN 978-3-328-10127-7
www.penguin-verlag.de

Dieses Buch ist auch als E-Book erhältlich.

Für Patricia Connelly

Happy Monday!«, ruft Heather und wirft schwungvoll ihre Handtasche auf einen Stuhl.

»*Happy Monday!*«, knurren die drei jungen Frauen, die im Viand Café an der Madison Avenue vor einer Flasche Chardonnay sitzen.

Jessica, Astrid und Rosie blicken zu Heather auf, die mit beiden Händen ihre Strumpfhose hochzieht, ehe sie sich zu ihnen setzt. Es ist Montag, und jeden Montagabend treffen sie sich gegen neunzehn Uhr. Das war Heathers Idee gewesen. Die Welt ist ein Dschungel, hatte sie verkündet, Einigkeit macht stark, also verbünden wir uns und bieten dem Dschungel die Stirn, *hasta siempre, Comandante!*

Heather ist Irin. Sie hat beschlossen, nach Chile auszuwandern, übt das rollende »r« und einen wiegenden Gang, ist jedoch zu steif und zu stämmig für beides. Sie arbeitet als Marketingleiterin bei AOL, bekommt eine leistungsorientierte Vergütung und kassiert jeden Monat fette Boni.

»Was ist denn los, Mädels?«, fragt sie, während sie ihr dünnes blondes Haar aufbauscht. »Ihr seht aus wie eine Witwengang nach einer Beerdigung.«

»Um Witwe zu werden, bräuchte man erst mal einen Kerl«, brummt Rosie missmutig. »Seit zwei Jahren herrscht bei mir tote Hose! Wenn das so weitergeht, versteigere ich meine Jungfräulichkeit bei Ebay.«

Rosie ist die Älteste der vier und arbeitet bei Gap. Mit fünfunddreißig hat sie jede Hoffnung auf eine Karriere begraben und wünscht sich nur noch, nicht entlassen zu werden. Aus zwei gescheiterten Ehen hat sie zwei kleine Töchter, die ihr den letzten Nerv rauben. Sie kann einfach nicht Nein sagen. Das ist mein Problem, mit mir macht jeder, was er will. Ihr hübsches, etwas langweiliges Blondinengesicht sackt zu einer traurigen Miene zusammen. Resigniert blickt sie auf ihr verpfuschtes Leben und notiert sich die Adressen von Schönheitschirurgen, die Gesichtsstraffungen auf Ratenzahlung anbieten.

»Ich war erst um drei im Bett«, sagt Jessica gähnend.

»Ich gehe so spät schlafen und stehe so früh wieder auf, dass ich mir selbst im Treppenhaus begegne!«, prustet Heather. »Ich habe noch so viel zu erledigen, bevor ich abreise! Hast du dich gestern mit David getroffen?«

»Wir waren im Gansevoort«, antwortet Jessica. »Er war außer Rand und Band …«

David und Jessica. Sie haben sich an der Princeton University kennengelernt. Zwei elegante, charmante, nonchalante Menschen. David ist achtundzwanzig, Alkoholiker und leidet immer öfter unter Erektionsstörungen. Und Jessica raucht Joints, um sich davon abzulenken, dass ihre Beziehung den Bach runtergeht.

»Cola oder Cuba Libre?«, fragt Astrid.

Astrid verstrahlt die Anmut und Sinnlichkeit einer schwarzen Bardot. Eine aus dem Harem eines Sultans entflohene Gazelle. Endlose Beine, schmale Taille, verführerischer Mund. Das lange Haar, das sie jeden Morgen mit dem Glätteisen bearbeitet, ist zu einem kunstvollen hohen Knoten geschlungen. Ein breites, schwarzes Haarband umschließt ihren dicht über den Augen geschnittenen Pony, und zwei Grübchen lassen sie permanent fröhlich wirken. Doch unter der Schale des lasziven Rehs verbirgt sich ein stählerner Kern, und sie treibt ihre Karriere energisch voran. Ihre einzige Schwäche: Sie verliebt sich immer in böse Jungs. »Nettigkeit« langweilt sie nur. Ein netter Kerl jagt mir keinen Schauer über den Rücken, da schlafe ich ein, bevor es zum Sex kommt.

»Ich will meine Wohnung für sechs Monate untervermieten, kennt ihr jemanden, der Interesse hätte?«, erkundigt sich Heather.

»Du willst also allen Ernstes nach Chile ziehen?«, fragt Jessica, die nicht versteht, wie jemand freiwillig woanders leben kann als in New York.

»In dem Land herrscht Goldrausch. Du pflanzt eine Schraube, und daraus wächst eine Fabrik! Ich könnte Würstchen verkaufen, Gartenschläuche, Lampen, T-Shirts oder Porzellan, ganz gleich was. Ich bin jetzt zweiunddreißig. Sechs Monate gebe ich mir, um richtig durchzustarten. Heute ist der 26. März, wenn ich bis zum 26. Oktober nicht meinen ersten dicken Scheck eingestrichen habe, komme ich zurück.«

»Und deinen Job hier gibst du einfach auf? Du hast ja Mumm!«, ruft Rosie.

»Wer nicht wagt, der nicht gewinnt! Also …«, kommt Heather auf ihre Kleinanzeige zurück. »Schlafzimmer, Wohnzimmer, Portier, Pool und Fitnessraum im Gebäude, Joggingbahn auf dem Dach, U-Bahn-Station vor dem Haus, das alles nur zwei Blocks von der Wall Street entfernt, viertausendvierhundert Dollar im Monat.«

»Ist ja ein Schnäppchen!«, bemerkt Rosie, die jeden Dollar zweimal umdrehen muss, bissig.

»Ich kann auf viertausend runtergehen, als Freundschaftspreis …«

»Du solltest schleunigst das Thema wechseln, sonst kratze ich dir die Augen aus«, droht Rosie.

»Okay, okay!«, gibt sich Heather seufzend geschlagen. »Kommt Hortense heute nicht?«

»Du kennst sie doch, sie lässt auf sich warten. Sie braucht ihren großen Auftritt.«

»Sie ist so elegant«, sagt Heather mit einem erneuten Seufzen und drückt hastig den Rücken durch.

»Ein krummer Rücken kann nie entzücken«, hat Hortense irgendwann einmal kategorisch erklärt und sie dabei angesehen.

»An diesem Mädchen ist einfach alles toll«, sagt Rosie, »die Haut, die Augen, das Haar, die Zähne, das Hirn … Glaubst du, in Frankreich sind sie alle so?«

»Sogar ihr Freund ist perfekt!«, ergänzt Jessica seufzend.

»Reiß dich zusammen, Süße«, sagt Heather. »Es gibt noch andere Dinge im Leben außer Sex! Ich finde sowieso, er wird überbewertet. Wollt ihr wissen, was ich davon halte?«

»Nein«, erwidern die drei anderen wie aus einem Mund.

Heathers Theorien funktionieren bei Strategien, Bilanzen und beruflichen Themen, aber nicht bei Männern. Was Männer angeht, ist sie eine komplette Niete. Regelrecht mitleiderregend. Sie übernimmt nach einem Blind Date die Rechnung, und beim letzten Mal hat sie den Typen im Taxi nach Hause gebracht, nachdem er ihr seine Bloody Marys in den Schoß gekotzt hatte.

»Gary … den würde ich auch nicht von der Bettkante stoßen«, träumt Jessica vor sich hin, während sie an David denkt, der sich jeden Abend volllaufen lässt, bevor er ins Bett kippt.

»Vergiss es, er ist verrückt nach ihr«, sagt Astrid und lässt die großen Ohrringe schwingen, die auf den Kragen ihrer Kunstpelzjacke herabhängen.

»Ist das ein Modell aus der nächsten Kollektion von J. Crew?«, fragt Rosie und betastet die Jacke.

J. Crew ist die kommende Marke, deren unaufhaltsames Wachstum den größten Modehäusern gefährlich zu werden droht. Dreihundert Boutiquen und ein unverwechselbarer Stil, um den sich alle reißen. Die Chefdesignerin Jenna Lyons hat das früher so klassische, biedere Haus in ein echtes Must-have verwandelt. Michelle Obama kleidet sich dort ein. Und Anna Wintour behauptet, eine Frau, die J. Crew trage, könne niemals hässlich sein. Es ist eine Ehre, dort zu arbeiten. Ein Highlight im Lebenslauf.

»Ach was! Erinnerst du dich nicht mehr? Die Jacke hat Hortense entworfen. Als Prototyp. Ich liebe sie. Ich trage sie ständig.«

»Sie hat wirklich Talent!«, sagt Jessica. »Ich habe gern mit ihr zusammengearbeitet. Sie hatte jede Minute eine neue Idee.«

Die fünf Frauen haben sich bei Gap kennengelernt. Sie arbeiteten auf derselben Etage und trafen sich zwischen Viertel nach zwölf und Viertel vor eins im Deli an der Ecke, wo sie hastig ein Sandwich verschlangen. Heather und Rosie waren im Marketing angestellt, Astrid im Vertrieb und Jessica und Hortense in der Designabteilung. Sie verbrachten ihre Zeit mit gegenseitigen Sticheleien, doch sobald einer von ihnen Gegenwind drohte, schlossen sie die Reihen. Hortense brachte mit einem Federstrich Entwürfe zu Papier, die Jessica anschließend umsetzte. »Wenn ich meine erste Kollektion entwerfe, wirst du Leiterin meines Ateliers«, hatte sie ihr versprochen. »Du könntest sogar für mich modeln. Bist du ganz sicher, dass deine Großmutter nicht Lauren Bacall heißt?«

»Seit sie weg ist, hat Frank nur noch miese Laune«, sagt Rosie. »Ständig brüllt er uns an und behauptet, wir seien total einfallslos …«

»Und du kuschst vor ihm wie ein Schoßhündchen«, entgegnet Jessica.

»Stimmt«, gibt Rosie zu und beißt auf dem Rand ihres Glases herum. »Wenn ich den Mund aufmache, sagt er, ich könne ja gehen, wenn es mir nicht passt. Es gebe genügend Anwärter auf meinen Job, du weißt selbst, wie viele Bewerbungen ich jeden Tag auf den Tisch kriege, und gerade jetzt in der Krise, blablabla.«

»Du hättest mit uns zu J.Crew wechseln sollen«, sagt Astrid. »Es einfach riskieren ... Jessica und ich haben es richtig gemacht.«

»Du hast ja auch keine zwei Kinder zu ernähren!«

»Dann setzt du sie eben auf Diät!«, entgegnet Astrid lachend.

»Sag ich vielleicht etwas über deine Kerle, die alle früher oder später im Knast landen und dich bitten, die Kaution zu bezahlen?«, faucht Rosie gekränkt.

Sie weiß, dass Astrid recht hat. Sie hat es nicht geschafft, Nein zu sagen, als Frank sie gebeten hat zu bleiben. Ohne Gehaltserhöhung natürlich.

»Hört schon auf, Mädels! Wir treffen uns nicht einmal in der Woche, um zu streiten!«, mischt sich Heather ein.

Genau in dem Moment öffnet Hortense die Tür des Cafés. Sie mag diesen Ort. Man kommt sich vor wie in einem der Diner, die man in alten Filmen sieht. Jackie Kennedy war hier Stammgast. Sie setzte sich mit ihrer Zeitung und ihrer Sonnenbrille an den Tresen und bestellte ein *Chicken salad sandwich*. So was von elegant!

»Na, Mädels, alles klar?«

»Wir haben gerade über dich gesprochen«, sagt Heather. »Du kennst nicht zufällig jemanden, der eine Woh...«

»Nur Gutes, hoffe ich!«, fällt ihr Hortense ins Wort, während sie den dicken Schal entknotet, den sie sich um den Hals geschlungen hat.

Sie setzt sich hin. Macht es sich auf ihrem Stuhl bequem. Tut so, als läse sie die Speisekarte, während sie die anderen verstohlen mustert. Warum treffe ich mich mit ihnen? Weil ich sie mag. Und ... um die neuesten Gerüchte zu hören, von den neuesten Trends zu erfahren, um sie bei der Hand zu haben, wenn ich irgendwann meine eigene Firma gründe, denn sie alle sind hervorragend in ihrem Job. Ich weiß schon, wie ich sie einsetzen werde. Jede von ihnen hat bereits ein Büro mit ihrem Namen an der Tür.

»Geht's euch gut?«, fragt sie mit warmer, ernster Stimme.

»Sag schon«, hakt Heather nach, »weißt du nicht jemanden für meine …«

»Denn ich habe etwas richtig Großes in Aussicht. Ich spüre es … Es liegt in der Luft. Ihr werdet Augen machen! Und wenn es so weit ist, werde ich euch brauchen.«

»Wie in den guten alten Zeiten beim guten alten Frank«, sagt Rosie lächelnd.

Frank paradierte stolz an der Spitze seines weiblichen Teams, gab sich als Vorkämpfer der Gleichberechtigung und rühmte sich seiner Offenheit und Toleranz. Eine Französin, eine Irin, eine Schwarze aus der Bronx, eine alleinerziehende Mutter, eine Tochter aus gutem Haus, mir kann man nichts vorwerfen. Und alle fleißige kleine Bienchen! Was will man mehr?

»Eine Gehaltserhöhung«, brummte Astrid mit zusammengebissenen Zähnen.

»Weniger Hände am Hintern«, flüsterte Jessica.

»Eine Beförderung«, rief Heather und schlug sich mit beiden Händen auf die Oberschenkel.

Rosie kaute auf ihrem unvermeidlichen Kaugummi herum.

»Deinetwegen ist Frank mittlerweile echt unausstehlich«, sagt sie zu Hortense. »Er hat deine Kündigung noch immer nicht verdaut.«

»Er hätte mir nur mehr Verantwortung zu übertragen brauchen.«

»Hat er dich angerufen?«

»Ständig. Er wird allmählich lästig.«

»Will er, dass du zurückkommst?«

»Er bietet mir ein richtig dickes Gehalt.«

»Und? Reizt dich das nicht?«

»Was soll ich denn bei diesem Sklaventreiber? Ich bin kurz davor, eine geniale Idee zu haben …«

»Und finanziell kommst du klar?«

»Ich habe noch ein paar Ersparnisse …«

Ich *hatte* noch ein paar Ersparnisse, denkt Hortense. Sie wird heute Abend nur einen Kaffee bestellen. Sie ernährt sich von Kaffee. Und Bleistiftminen. Sie isst ihre ganzen Bleistifte auf.

»Aber …«, sagt Rosie, ohne ihren Satz zu beenden. Sie wünscht sich, irgendjemand würde auch sie einmal anflehen.

»Warum sollte ich mich mit Mittelmaß zufriedengeben, wenn ich bald die Gelegenheit zu etwas Fantastischem haben werde?«, verkündet Hortense, ganz begeistert von ihrer Formulierung.

Das muss ich mir merken, sagt sie sich, es klingt gut. Ich bin brillant!

»Kommst du am Sonntag mit uns nach Brooklyn? Da gibt es eine *food fair*, wir hängen in Kneipen rum, bummeln durch die Klamottenläden …«

Brooklyn ist das neue In-Viertel. Manhattan ist zu teuer geworden. Rings um die Bedford Avenue haben sich aufstrebende Designer, Maler, Musiker, Schriftsteller und Fotografen angesiedelt. In Manhattan zu wohnen sei out und spießig, behaupten diese jungen Leute, die sich dort kein Dach über dem Kopf leisten können, aber unverzüglich dorthin zurückkehren, sobald sie ihr erstes Geld verdient haben.

»Fahrt ihr mit dem Auto?«, fragt Hortense.

»Mit Rosies Wagen. Die Mädchen sind am Wochenende nicht bei ihr.«

»Und sie fährt?«

»Wieso?«

»Weil ich keine Lust habe, als T-Bone-Steak zu enden.«

Die anderen brechen in schallendes Gelächter aus.

Rosie hat ihren Führerschein am Steuer eines Krankenwagens gemacht. Als Schülerin hatte sie ein Praktikum als Krankenschwester absolviert, ehe sie sich der Modebranche zuwandte.

»Ihr könnt gerne mit der U-Bahn fahren«, entgegnet sie beleidigt.

»Ich will auf jeden Fall hinten sitzen«, meldet sich Jessica mit erhobenem Finger.

Der Kellner kommt an ihren Tisch und zählt die Tagesempfehlungen auf. Hortense bestellt einen Kaffee und behauptet seufzend, sie komme gerade von einem Treffen mit einem Kerl, der sie mit Blinis und Lachs vollgestopft habe. Sie bringe keinen Bissen mehr herunter. Um die Aufmerksamkeit von sich abzulenken, erkundigt sie sich nach Scott, Franks Stellvertreter, der früher zu ihrer Clique gehört hat. Die Mädchen duldeten ihn, weil er einen direkten Draht zum Chef hatte und die Rechnungen übernahm.

»Immer noch Single«, sagt Astrid. »Ich habe ihn letzte Woche im Le Baron getroffen. Er leidet unter akutem Frauenmangel. Aber bei seinem Äußeren dürfte sich daran auch so bald nichts ändern.«

»Da hast du recht«, antwortet Hortense prustend. »Wenn der einem entgegenkommt, wehen dir die Schuppen ins Gesicht…«

»Es kann ja nicht jeder mit Gary Ward zusammen sein!«, brummt Rosie, die am nächsten Tag mit Scott zum Abendessen in der Pick Up Bar verabredet ist.

Als Hortense Garys Namen hört, lächelt sie geheimnisvoll. Gestern Abend sind sie in ihrem großen Bett aufeinander zugeglitten, und er hat seinen Ellbogen über ihre Brust gelegt.

»Jetzt rührst du dich nicht mehr«, hat er mit kalter Stimme geflüstert, »du redest nicht mehr, du gehorchst mir, ich will keinen Ton mehr hören…« Und er hat sie genommen, ohne sie zu küssen, ohne sie zu streicheln, sie hat gestöhnt, und er hat innegehalten. »Keinen Ton, habe ich gesagt«, und hat sich von ihr weggedreht. Es war himmlisch.

»Hey! Erde an Hortense. Komm wieder runter!«, ruft Heather. »Meine Güte, da braucht nur jemand seinen Namen zu sagen, und schon hebst du ab!«

»Das versteht ihr nicht«, entgegnet Hortense und zieht geringschätzig eine Augenbraue hoch.

»Also, was ist jetzt mit Brooklyn, fahren wir oder nicht?«, hakt Astrid nach.

»Ich rufe dich an. Es eilt ja nicht, wir haben erst Montag.«

Der Abend nimmt seinen Lauf, der Kellner bringt das Essen, sie tauschen die letzten Neuigkeiten aus. Ein Make-up, das die Haut nicht austrocknet, die Boutique, in der man die heißesten Röhrenjeans kaufen kann, was Laura Denham bei den Glamour's Women of the Year Awards gesagt hat, Jenna Lyons' Klamotten, ihre Hose aus bedruckter Seide, ihr Männerhemd, wie cool!

Eines Tages werde ich genauso sein wie sie, schwört sich Hortense, nein, besser, *I'll crush them.*

Sie formuliert diesen Wunsch, konzentriert sich, zieht die Nase kraus und erinnert sich daran, wie sie letzte Nacht in ihrem großen Bett gezittert hat. Garys Mund war zu ihr zurückgekehrt und hatte sie in die Schulter gebissen, während sie reglos dalag und auf seinen Atem horchte.

»Meine Chefin bei J.Crew würde dich gerne kennenlernen…«, sagt Jessica.

»Dann soll sie mich anrufen«, antwortet Hortense mit einem Blick auf die Teller.

Ich habe Hunger! Am liebsten würde ich ein Stück Brot stibitzen, aber dann würden sie merken, dass ich die Geschichte mit den Blinis und dem Lachs nur erfunden habe.

»Ich glaube, sie möchte Werbung auf deinem Blog schalten. Sie ist beeindruckt von der Zahl deiner Leser.«

»Die wollen mich alle sponsern oder Werbeflächen kaufen, aber ich lehne sämtliche Angebote ab. Ich will glaubwürdig bleiben. Niemandem verpflichtet sein und sagen, was ich denke.«

»Mag sein, aber damit verdienst du keinen Cent.«

»Ich verdiene mir Respekt.«

»Von Respekt allein wird man nicht satt!«

»Ich schon. Und wenn ich dann irgendwann meine eigene Kollektion vorstelle, habe ich schon jede Menge Fans und stehe gleich auf der Pole Position. Benutz doch mal deine grauen Zellen!«

»Hortense hat recht«, erklärt Heather. »Sie baut sich gerade einen guten Ruf auf, das ist Gold wert.«

»Ich kenne zumindest eine, die sich dumm und dusslig verdienen wird, und das ist meine kleine Schwester«, wirft Astrid ein. »Sie wurde in der U-Bahn von einem Fotografen angesprochen, er hat sie überredet, Fotos machen zu lassen, und zack! Nächsten Monat unterschreibt sie ihren ersten Vertrag bei IMG. Dabei ist sie noch keine sechzehn.«

Die Mädchen lassen den Kopf hängen. Sie fühlen sich mit einem Mal alt.

»Sechzehn …«, seufzt Rosie. »Meine sechsjährige Tochter lackiert sich die Nägel und klaut mir meine Wimperntusche.«

»Sechzehn Jahre alt«, fährt Astrid fort, »einen Meter zweiundachtzig groß, achtundfünfzig Kilo, glattes, kastanienbraunes Haar, eine schmale, gerade Nase, ein Babymund, traumhafte Haut, große blaue Augen …«

»Blaue Augen?«, rufen die anderen und richten sich auf.

»Ihr Vater war ein Lette, der unsere Klimaanlage repariert hat. Das war die erste eigenständige Entscheidung meiner Mutter, sie hatte die Anlage von ihrem Ersparten gekauft. Das haben sie zusammen gefeiert, und neun Monate später … Meine Mutter ist gegen die Pille. Nicht aus religiösen Gründen, sondern weil sie sich weigert, sich von einem chemischen Produkt beherrschen zu lassen. Sie sagt, nach jahrhundertelanger Sklaverei sei es jetzt endgültig genug!«

»Und wie heißt dieses Wunderwesen?«, fragt Jessica.

»Antoinette. Meine Mutter bringt nur Königinnen zur Welt.«

»Warum hast du sie uns noch nie vorgestellt?«

»Ihr seid zu alt. Sie nennt mich Oma, dabei bin ich gerade mal zehn Jahre älter als sie. Und außerdem ist sie zu schön. Neben ihr sehe ich aus wie ein Aschenputtel.«

»Ach was! Du bist doch umwerfend!«, widerspricht Rosie.

»Wartet, bis ihr sie zu Gesicht bekommt. Der absolute Hammer! Der Typ ist in der U-Bahn vor ihr auf die Knie gefallen, es fehlte nicht viel, und er hätte ihr die Füße geküsst! Aber sie hat das überhaupt nicht interessiert. Sie hat Schopenhauer gelesen. Er ist ihr bis nach Hause nachgelaufen. Erst als er ihr erklärt hat, dass sie sich mit dem Geld, das sie verdienen würde, an den besten Unis einschreiben könnte, war sie bereit, ihm zuzuhören. Die ist eine echte Intellektuelle. Ihr Aussehen ist ihr völlig egal.«

»So ein Glückspilz!«, stöhnt Jessica.

»Und das Ende der Geschichte: In sechs Monaten ist sie auf dem Cover der *Vanity Fair*. Alle wollen sie haben.«

»Ich sage dir gleich, ich will sie nicht sehen«, sagt Rosie ächzend.

»Das wird schwierig: Ihr Gesicht wird überall abgedruckt sein!«

»*D, C, D, C, F, E, D, C, H, H, A …*«, singt der Professor, während er die Finger über die Klaviertasten gleiten lässt. »*D, C, F, E, D, C, H, H, A … H.* Was ist in diesen acht Takten passiert?«

Keiner der Studenten im großen Hörsaal meldet sich. Vorsichtig warten sie die Antwort des Professors ab.

»Was hilft uns dabei, eine musikalische Phrase zu verstehen?«, fragt Pinkerton mit erhobener Stimme.

Ein Student riskiert »der Rhythmus«, ein anderer »die Wiederholung«. Der Professor wird ungeduldig, hakt nach.

»Und was noch? Was noch?«

»Das Verhältnis von Tonika und Dominante?«, schlägt Gary vor.

»Und was noch?«, ereifert sich der Professor, und seine Stimme wird noch lauter.

Das Klingeln eines Handys unterbricht ihn. Gary zuckt zusammen. Es ist seins. Das Handy eingeschaltet zu lassen ist streng verboten. Zur Strafe kann einen der Professor aus dem Unterricht werfen. An den Türen aller Unterrichtsräume steht in Großbuchstaben HANDYS VERBOTEN, fett gedruckt und unterstrichen.

Verstohlen zieht er es aus der Tasche, um es auszuschalten, und sieht gerade noch »*Hate you!*«. Es ist Hortense. Sie haben sich heute Morgen schon wieder gestritten. Und gestern Abend, gestern Morgen, vorgestern Abend …

Tagsüber streiten sie, und nachts erwacht ihre Leidenschaft. Feuer, Eis, Feuer, Eis, STOP!

Sein Sitznachbar beugt sich zu ihm herüber und liest über seine Schulter mit.

»Das heißt: Ich liebe dich, Alter.«

Gary zuckt mit den Schultern und steckt das Handy zurück in die Tasche.

Der gesamte Hörsaal hat sich missbilligend zu ihm umgedreht. Gary lässt den Kopf hängen.

»Gibt es ein Problem?«, fragt Pinkerton. »Es muss ja offensichtlich wichtiger sein als meine Vorlesung.«

»Es tut mir leid, ich hatte vergessen, es auszuschalten.«

»Das haben wir gemerkt …«

Pinkerton zieht ein schiefes Gesicht, er will etwas hinzufügen, seine Lippen runden sich, gleich wird er den gefürchteten Ausschluss verkünden. Gary hält den Atem an, doch Pinkerton besinnt sich anders.

»Sie haben übrigens noch keinen Partner für das Vorspielen Ende des Monats ausgewählt, wenn mich nicht alles täuscht. Und heute ist schon der zweite April. Sie sollten längst beim Üben sein. Ich brauche ein fünftes Duo, das Ihre fehlt mir noch.«

»Äh …«, murmelt Gary.

»Eine ziemlich dürftige Antwort! Sie geben Anlass zur Sorge, Gary. Wenn die Musik eines erfordert, dann ist es absolute Konzentration. Und Sie erscheinen mir ein wenig zerstreut.«

Er macht eine Bewegung mit dem Arm und seufzt. Er wirkt bedrückt, die langen weißen Haare, die auf seinen großen Ohren sprießen, lassen ihn anrührend wirken. Buschige Haarspiralen, die aussehen wie abstehende Suppennudeln. Wieso rasiert er sie nicht einfach ab?, fragt sich Gary. Ein Dozent mit derart behaarten Ohren wirkt doch nicht seriös.

»Vergessen Sie nicht, sich anzumelden. Falls Sie dafür noch einen Gedanken erübrigen können …«

»Ich weiß, mit wem ich spielen will, ich habe nur vergessen, es einzutragen, das ist alles.«

»Ach … und dürften wir den Namen des glücklichen Erwählten erfahren?«

Die Studenten müssen sich zu Duos aus Klavier und Geige zusammenschließen, eine Sonate einstudieren und am 30. April um neunzehn Uhr im großen Konzertsaal vor der gesamten

Schule auftreten. Es ist das wichtigste Ereignis des Jahres, zu dem auch Profimusiker und Agenten eingeladen werden. Von Pinkerton ausgewählt zu werden, um daran teilzunehmen, ist ein erster Stern, den man sich ans Revers heften kann, aber dann muss man brillieren, um die Aufmerksamkeit dieser kühl und ungerührt dreinblickenden Profis zu erregen.

»Natürlich nur, falls es Ihnen irgendwie von Interesse erscheint«, fügt der Professor bissig hinzu.

»Nun …«, sagt Gary.

Um die Wahrheit zu sagen, hat er noch nicht darüber nachgedacht. Sein Kopf ist ausgefüllt mit Hortenses Getöse. Ihrem Geschrei, ihren Vorwürfen, den Gegenständen, die sie auf den Boden schleudert. Wo bist du denn jetzt schon wieder? Woran denkst du? Ich erzähle dir etwas Megawichtiges, und du antwortest einfach nicht! Weißt du, was du bist, Gary Ward? Ein Egoist. Ein dreckiger Egoist. Ich hab die Nase voll davon, so was von voll … Die Wörter hallen in seinem Kopf wider, schwellen an, bilden schrille, falsch klingende Akkorde. Er wird in einen Tumult aus Worten hineingesogen, die sie ihm ins Gesicht schleudert. Er hat das Gefühl, dass die Realität ihm entgleitet, dass sie zu Konfetti zerrissen wird. Sein Kopf ist voll und leer zugleich. Er summt von unzähligen Geräuschen, aber keines davon ergibt einen Sinn.

Sein Blick schweift durch den Saal. Auf der Stelle jemanden finden. Pinkerton darf nichts von den Konfetti in seinem Kopf merken. Das wäre ganz schlecht für seine Beurteilung am Ende des Jahres.

Etwas weiter unten auf der linken Seite entdeckt er am Ende einer Reihe Calypso Muñez. Er hat sie noch ein paar Mal im Café Sabarsky gesehen. Sie spült, trocknet Tassen und Gläser hinter dem Tresen. Schneidet Torten. Füllt Zuckerdosen. Häuft Schlagsahne in weiße Schalen. Rückt das Spitzenpapier unter den Tellern zurecht. Ihre Bewegungen sind sorgsam, präzise, sie konzentriert sich auf jede Regung ihrer Hände, ihrer Finger, ihrer Handgelenke, als wollte sie einen perfekten Moment schaffen. Als wäre jede Geste ein Kunstwerk. Er wird nicht müde, sie zu beobachten … und hört dabei Noten. Letzten Donnerstag ist er aufgestanden, zu ihr hinübergegangen und hat ihr sein schwarzes Notizbuch gezeigt. »Ich glaube, ich schulde dir Tantiemen.« Ihr beinahe mütterliches Lächeln sagte: Schon gut, mach nur weiter. Und es lag nicht die geringste Koketterie in diesem Lächeln, lediglich eine tiefe Zufriedenheit.

Bilde ich mir das ein, oder ist dieses Mädchen anders als die anderen? Friedvoll, unberührt von dem Getöse, das sie umgibt. Sie strahlt eine Ernsthaftigkeit aus, über die sich manche lustig machen. Aber er nicht. Jedes Mal, wenn er in ihre Nähe kommt, muss er sich beherrschen, um nicht schützend die Hände um sie zu legen.

Sein Blick verharrt auf ihrem Nacken, auf dem dünnen schwarzen Zopf, der sich über einem braunen Rollkragen schlängelt und den Blick auf zwei lange, durchscheinende Ohren und die feinen Härchen in ihrem Nacken freigibt.

»Gary Ward? Sind Sie noch bei uns?«

Calypso hat Garys Namen gehört und sich umgedreht. Als sie seinen Blick auffängt, errötet sie und schlägt die Augen nieder. Eine friedvolle Ruhe durchströmt ihn, und er sagt: »Calypso Muñez.«

Ein überraschtes Raunen geht durch den Saal. Ein »Oh!«, das die Reihen entlangläuft, die Ränge hinaufsteigt, bis zur Decke hin anschwillt. Ein Flüstern wie raschelndes Papier. Gary Ward und Calypso Muñez. Das kann nicht sein! Ein so attraktiver Mann und ein Mädchen mit einem Gesicht wie ein Nagetier!

»Calypso Muñez!«, wiederholt Gary mit fester Stimme.

Der Professor sieht Calypso fragend an. Sie nickt zustimmend.

»Gut«, sagt Mr. Pinkerton. »Gary Ward und Calypso Muñez. Vergessen Sie nicht, dass Sie bis zum dreißigsten April bereit sein müssen. Das heißt, Ihnen bleibt nicht einmal mehr ein Monat zum Üben.«

»Komisches Mädchen«, flüstert Mark neben ihm, »eine Königin am Bogen und im wahren Leben Minnie Maus! Obwohl … sogar Minnie Maus ist manchmal sexy!«

»Hast du sie schon einmal spielen hören?«, fragt Gary.

»Ja. Klingt nicht schlecht.«

»Nicht schlecht? Mann, du solltest dir mal die Ohren durchspülen lassen!«

»Ja, wenn sie eine Maske tragen würde … dann würde man nur die Musik hören. Das wäre geheimnisvoll, romantisch.«

»Du enttäuschst mich.«

»Jetzt komm schon! Sei kein Heuchler.«

»Sie inspiriert mich.«

»Na, hoffentlich nicht zu irgendwelchen Dummheiten. Du weiß doch, was man in meinem Land sagt: ›Es war einmal ein sehr hässlicher Mann. Er heiratete eine sehr hässliche Frau. Sie bekamen ein Kind, und das mussten sie wegwerfen.‹ Du bist zwar nicht hässlich, aber mit der Frau gehst du ein Risiko ein, du spielst mit dem Feuer …«

Mark lacht gehässig, und Gary fragt sich, wie er bloß mit einem derart vulgären Kerl befreundet sein kann.

»Dein Land ist von Barbaren bevölkert.«

»Mag sein … aber es schenkt dem Rest der Welt auch Genies! Denk nur an Lang Lang.«

»Schon gut, Mark-Mark!«

Gary schlägt die Beine übereinander und versinkt wieder in seinen Träumereien. Die *Sonate Nr. 5 in F-Dur für Violine und Klavier*, auch *Frühlingssonate* genannt, die will er spielen. Falls Calypso Muñez einverstanden ist, natürlich. Er hört die erste Phrase der Geige, das Klavier, das sie leise begleitet, sich dann durchsetzt und die Melodie an sich reißt, während die Geigenstimme zu einem Flüstern herabsinkt… eins, zwei, drei, vier, die beiden Instrumente finden wieder zueinander, umarmen sich, rivalisieren miteinander, das Klavier wird zornig, die Geige hebt die Stimme, verlangt Mäßigung… und die Erzählung nimmt ihren Lauf, getragen von der virtuosen Geige und dem bald wütenden, bald sanften Klavier. Ein Monat wird nicht genügen, um das Stück einzustudieren. Er wird seine gesamte Zeit in der Schule verbringen müssen, eingeschlossen in einem Raum mit Calypso und dem Klavier.

Hortense wird die Nase rümpfen.

Hortense wird mit Gläsern, Lampen und Wörterbüchern um sich werfen.

Sein Kopf wird wieder voller Konfetti sein.

Hortense wird die Tür hinter sich zuschlagen und zu Elena hinaufgehen. Sie sucht immer häufiger Zuflucht bei ihr.

Nervös klopft er mit einem Finger auf den Rand seines Pults.

Ich weiß nicht, was mit uns geschieht, zwischen uns ist alles löchrig, wir laufen über ein Spinnennetz.

»Das Leben mit Hortense ist so anstrengend!«, sagt er seufzend.

»Dann hättest du dir eine hässliche, langweilige Trulla suchen müssen, die dich anbetet. Mit der hättest du deine Ruhe! Soll ich dir was sagen: Du bist zu schwach für deine Ambitionen. Dieses Mädchen ist einfach… überirdisch.«

Gary antwortet nicht. Er weiß, dass Mark scherzt, aber er weiß auch, dass er von Hortense fasziniert ist. Jeder ist von Hortense fasziniert.

Pinkerton hat seine Vorlesung wiederaufgenommen.

»Erinnern Sie sich daran, was Nadia Boulanger über das Komponieren gesagt hat? Dass man hören, hinschauen, lauschen und sehen müsse. Aber Vorsicht! Man kann lauschen und doch nichts hören, man kann sehen, ohne hinzuschauen, hinschauen, ohne etwas zu sehen. Also konzentrieren Sie sich und widmen Sie dem, was Sie tun, Ihre volle Aufmerksamkeit.«

Ein ehrfurchtsvolles Raunen läuft durch die Reihen. Pinkerton macht eine kleine Pause, bis die Spannung ihren Höhepunkt erreicht, sein Finger deutet gen Himmel.

»Bleiben Sie beim Komponieren ungezwungen und frei. Versuchen Sie nicht, jemand anders zu sein als Sie selbst. Riskieren Sie, auch einmal in die Irre zu gehen, um herauszufinden, was SIE zu sagen haben. Vorausgesetzt, Sie haben etwas zu sagen, natürlich … Suchen Sie. Suchen Sie das, was Sie nicht erwarten. Eines Tages fragte Nadia Boulanger Strawinsky, ob er ein Stück allein für Geld komponieren könne, und er antwortete: ›Nein, das kann ich nicht, das macht mir den Mund nicht wässrig.‹« Als käue er den Satz wieder, wiederholt der Professor: »Das macht mir den Mund nicht wässrig.«

Wieder drängt sich Hortense in Garys Kopf. »Ich brauche Ziele, die mir den Mund wässrig machen, verstehst du? Wenn mir nicht das Wasser im Mund zusammenläuft, bringe ich nichts zustande, dann habe ich keine Ideen mehr.« Seit sie bei Gap gekündigt hat, sitzt sie zu Hause, zeichnet, liest Zeitungen und Zeitschriften, zerschneidet sie und erfindet verschiedene Looks: »Das erste Rendezvous«, »Wie er süchtig nach dir wird, ohne es zu merken« oder »Stiehl der Schlampe, die behauptet, sie sei deine Freundin, die Schau«. Sie denkt sich drei Regeln zum Kombinieren von bedruckten Stoffen aus, dann rennt sie unversehens nach draußen und lässt die Tür hinter sich zuknallen. Um ihren Blog zu »füttern«, als müsste sie dringend einem Verhungernden zu essen geben. Sie fotografiert auf der Straße Details, die sie dann auf ihrem Blog, Hortensecortes.com, veröffentlicht und kommentiert. Sie zeichnet Silhouetten, Trends, diktiert »Dos« und »Don'ts«. Do: Parka über einem kurzen Musselinkleid. Don't: Lederjacke und Bikerstiefel. Do: eine klobige Männeruhr, die unter dem Ärmel hervorschaut, mehr nicht. Don't: Perlenkette zu großen Ohrringen und Ringen an jedem Finger. Sie fotografiert schlecht gekleidete Mädchen, veröffentlicht die Bilder auf ihrem Blog, streicht sie mit einem großen schwarzen Kreuz durch und verändert anschließend ihren kompletten Look, die Kleider, den Haarschnitt. Sie verpixelt die Gesichter, damit man ihre Opfer nicht erkennt. Diese Rubrik ist wahnsinnig erfolgreich. Sie wird in der Samstagsausgabe der *New York Times* abgedruckt. Alle Mädchen wünschen sich sehnlichst, mit dem großen schwarzen Kreuz durchgestrichen und anschließend durch Hortenses Magie verwandelt zu werden.

»Es gibt keine hässlichen Frauen, nur faule!«, zitiert Hortense Helena Rubinstein. Arbeitet an euch, erfindet euch neu, seid unerbittlich gegenüber euch selbst.

Sie hat sich mit einer Kosmetikerin von Bergdorf Goodman zusammengetan und verteilt Tipps, empfiehlt einen Stift, einen Puder, ein Make-up, spottet über einen Nagellack. Wie eine Pythia spricht sie Urteile, die ihre Fans gierig aufsaugen, obwohl sie lustvoll auf ihnen herumhackt. Sie verhöhnt sie, erniedrigt sie, stellt sie an den Pranger. Trotzdem wächst die Zahl ihrer Leser unaufhörlich an. »Siehst du, Freundlichkeit zahlt sich nicht aus«, versichert sie Gary, wenn er versucht, ihren Unmut zu mäßigen. Für sie ist es eine Frage der Ehre, keine Werbefläche zu verkaufen, sie will unabhängig bleiben.

Mit wässrigem Mund.

Sie streift über die Flohmärkte in Brooklyn, an der Columbia Avenue oder am Broadway. Bringt von dort abgetragene Klamotten mit, die sie in makellose Kleidungsstücke verwandelt und fotografiert.

Fährt hinunter nach Downtown, stibitzt eine Idee bei

Opening Ceremony an der Howard Street, schlendert ziellos durch Chinatown, kauft Stoffreste, die sie kombiniert, zusammenheftet, zerschneidet. Rennt, den Mund noch voller Nadeln, hoch zu Elena Karkhova. Zeigt ihr ihre Versuche. Wartet, an einer Haarsträhne zupfend, auf ihr Urteil. Tritt ungeduldig von einem Fuß auf den anderen. Geht wieder nach unten, nimmt alles auseinander, verschiebt eine Falte nach oben, lässt eine Hüfte verschwinden, stürmt wieder die Treppe hoch, lauert auf ein Funkeln im Auge ihrer Mentorin, kommt zurück und tritt wütend gegen die Fußleisten. Wirft ihre Stifte hin, spuckt die Nadeln aus, fegt mit einer Hand die Scheren und Stoffmuster vom Tisch und schreit auf: »ICH SCHAFFE ES NICHT, ICH WERDE ES NIEMALS SCHAFFEN, DIE ZEIT VERGEHT, UND ICH BIN EIN STUHL.«

Dann nimmt sie ihr blaues Puderdöschen aus der Tasche, pudert sich die Nase, betrachtet sich in dem kleinen Spiegel und deutet ein Lächeln an.

Schreibt gleich darauf zornig in ihren Blog: ICH HABE NUR EIN EINZIGES KUSCHELTIER: MEIN BLAUES PUDERDÖSCHEN VON SHISEIDO. DAS IST DAS EINZIGE, WAS MICH TRÖSTET, WENN ALLES SCHIEFGEHT. DAS EINZIGE, WAS MICH SCHÖN MACHT. OHNE DIESES PUDERDÖSCHEN KANN ICH NICHT LEBEN. UND IHR AUCH NICHT.

Und bei Saks, Bloomindgale's oder Barneys schießen die Verkaufszahlen des kleinen blauen Puderdöschens in die Höhe.

Manchmal zeigt sie ihrem Blog die kalte Schulter.

Sie schreibt nicht mehr, fotografiert nicht mehr, zeichnet nicht mehr. Verspottet niemanden mehr. Schlecht gekleidete Mädchen warten vergeblich an den Straßenecken darauf, dass Hortenses Blick sie verschönert. Ihre treuen Leser protestieren, flehen: Kommen Sie zurück, bitte, kommen Sie zurück.

Sie schmollt weiter.

Sie werfen sich ihr per Twitter zum Fraß vor, um den Kontakt wiederaufzunehmen. Sie schmollt weiter.

Schmollen ist ihre schärfste Waffe.

Gestern …

Es war der erste April. Und es schien, als wollte der Frühling endlich beginnen. Gary spielte gerade eine Etüde von Chopin. So konzentriert, dass er nur noch die Noten hörte. Er spürte weder seine Finger noch seine Hände oder seine Arme. Es war, als spielte ein anderer an seiner Stelle. Der, den er den »Nachbarn von unten« nennt.

Da hatte er plötzlich einen fürchterlichen Lärm gehört und den Kopf gehoben. Vage war ein langer, zorniger Monolog in sein Bewusstsein gedrungen. Und er hatte sich wieder seiner Etüde zugewandt. Aber kurz bevor er den perfekten Akkord erreichte, knallte ihm ein Brokkoli an den Kopf. Peng! Die Blase zerplatzte, und er purzelte zurück auf den Boden.

»Was soll das denn?«, fragte er, mühsam seine Zunge und den Zorn im Zaum haltend, der in ihm aufstieg.

»Seine Farbe hat mich inspiriert … und da du mich einfach ignoriert hast, habe ich ihn als Boten eingesetzt.«

Er zuckte mit den Schultern und versuchte, sich wieder zu konzentrieren.

»Woran denkst du?«

»Nicht an dich«, antwortete er zähneknirschend.

»Ich gehe durch die Hölle, und dich kümmert das überhaupt nicht!«

»Hortense, bitte … Ich muss üben.«

»Rede gefälligst mit mir.«

»Dann streiten wir uns doch nur wieder. Bist du das nicht langsam leid?«

Sie sah ihn an, schwankend zwischen Provokation und Kapitulation. Schließlich hisste sie die weiße Fahne.

»Können wir ein bisschen spazieren gehen?«

»Spazieren gehen« bedeutet bei Hortense, durch die Straßen zu schlendern und nach einer Idee, einer Farbe, einer Gestalt Ausschau zu halten, nach irgendetwas, was ihr den Mund wässrig macht.

»Ich komme nicht weiter, ich vertrockne, ich hasse mich selbst. Ich bin es leid! Lass uns spazieren gehen, Gary, bitte.«

Das Flehen, das er in ihren Augen las, war so inständig, dass er nachgab. Wenn auch misstrauisch. War ihre Verzweiflung echt oder nur gespielt?

Sie gingen in Richtung 57th Street. Schlenderten am Park entlang, sahen ein Filmteam, das eine Geisha mit weißem Gesicht unter einem roten Papierschirm aufnahm, überquerten den Columbus Circle und kauften einen *Coffee frappé* bei Whole Foods. Hortense warf ihn in den erstbesten Mülleimer und erklärte, es rieche nach Pferdeäpfeln, das verderbe alles.

Die dösigen Pferde vor den Touristenkutschen kauten ihren Hafer. Sie streckte ihnen die Zunge heraus.

Schließlich standen sie vor der Carnegie Hall. Gary legte einen Arm um Hortenses Schultern und küsste sie auf den Nacken.

»Nein, du bist nicht unfähig, du steckst fest, das ist alles. Das passiert selbst den Besten gelegentlich!«

Sie zuckte mit den Schultern und schob die Unterlippe vor, um eine wütende Träne zurückzudrängen.

»Ich bin das Jämmerlichste, was es auf der ganzen Welt gibt: ein Mädchen, das zu nichts nütze ist…«

Er verstärkte seine Umarmung, drückte einen Kuss auf ihr verwuscheltes Haar und atmete den Duft von Sandelholz und Orange ein. Eng umschlungen warteten sie, bis die Ampel auf Grün umsprang. Ein Radfahrer in einem eng anliegenden Schachbrettmustertrikot streifte sie und rief: *»Fuck off.«* Hortense zeigte ihm den Mittelfinger. Sie hatte einen schwarzen Tintenfleck an der Fingerspitze, und Gary verspürte den Drang, sie zu küssen. Eine Frau in einem apfelgrünen Kleid sprang aus einem Taxi. Sie schlug die Tür hinter sich zu und rief dem Taxifahrer ein näselndes »Behalten Sie den Rest!« zu. Ihr Kleid sah aus wie eine Röhre mit einem Flügel an der Seite.

»Grauenvoll!«, zischte Hortense und verzog das Gesicht. »Und dafür hat sie garantiert ein Vermögen bezahlt! So eine blöde Kuh!«

Die Frau wandte sich hastig dem Eingang der Carnegie Hall zu, doch plötzlich blieb sie abrupt stehen: Der Seitenflügel ihres Kleids war in der Tür eingeklemmt. Mit quietschenden Reifen fuhr das Taxi los. Die Frau schrie verzweifelt auf. Wie erstarrt stand sie, bis zur Taille nackt, auf dem Bürgersteig, drückte eine Hand auf ihre Schenkel und streckte die andere nach dem Taxi aus, das in seiner gelben Tür einen grünen Satinstreifen mit sich forttrug.

Gary unterdrückte ein Lachen. Geschieht ihr recht! Er hasste solche hochnäsigen Ziegen, die einem schamlos das Taxi wegschnappen, das man selbst herangewinkt hat, und »Tut mir leid, aber ich hatte es zuerst gesehen!« rufen. Diese Frauen, die lächeln, ohne dass sich um ihre Augen Fältchen bilden, die lieben, ohne ihr Herz zu verschenken, die essen, ohne etwas hinunterzuschlucken, nur Wind und Luft, garantiert null Kalorien.

Er beobachtete zufrieden die Szene, als Hortense plötzlich sein Handgelenk packte.

»Hast du das gesehen?«, fragte sie atemlos. »Hast du gesehen, was ich gesehen habe? Mir ist gerade etwas eingefallen, etwas Supertolles! Sag nichts! Sei still! Ich habe eine Idee, sie ist da, sie ist …«

Sie knabberte an ihrer tintenfleckigen Fingerspitze, und er hätte sie schon wieder am liebsten geküsst.

»O nein! Sie verschwindet!«

»Wovon redest du überhaupt?«

»Ich hatte eine Idee, und jetzt – pffftt – ist sie wieder weg!«

»Du hattest eine Vision?«, fragte er spöttisch.

Hortense stand wie angewurzelt an der Bordsteinkante und kaute mit finsterem Blick auf ihren Lippen herum. Gary nahm ihre Hand.

»Na, komm, lass uns nach dem Konzertprogramm in der Carnegie schauen.«

»Nein. Keine Lust. Ich gehe nach Hause. Tschüss!«

Und mit hochgezogenen Schultern, die Hände tief in den Taschen ihres auf dem Flohmarkt erstandenen Burberrys vergraben, ging sie davon.

Er schäumte vor Wut. Ich reiße mich von meinem Klavier los, um sie zu begleiten, dachte er, und sie lässt mich ohne jede Erklärung stehen. Ich bin ihr Lakai, ihre Gesellschafterin, ihr Schuhputzer, *fi-ni-to*!

Er betrat die Lobby des Konzerthauses, bewunderte die große Tourbillon-Uhr von Breguet, den bordeauxfarbenen Marmor, die kugelförmigen Lampen, und sein Zorn legte sich. Er kaufte eine Karte für einen Orchestersitz für das Konzert von Radu Lupu. Schubert, César Franck, Claude Debussy. »Nur eine Karte?«, fragte die Frau am Schalter, eine dicke Farbige mit gelben Plastikohrringen, und tippte auf ihre Tastatur ein. »Ja, nur eine.« Sie sprach in ein Mikrofon, dessen Rauschen ihn in den Ohren schmerzte.

»Sie haben Glück, es ist der letzte Platz, und da sitzen Sie verdammt gut.«

Sie hob den Blick, sah ihn an, und ihr Lächeln ließ ihre langen Plastikohrringe erzittern. Er bezahlte und steckte die Karte ein. Seufzte freudig, Ra-du-Lu-pu, und ging, nun wieder entspannt, hinaus. Er hatte einen Abend Glückseligkeit errungen, ohne Lärm und ohne Brokkoli.

Es hatte zu regnen begonnen. Er rannte zur U-Bahn. »*Stand*

clear of the closing doors, please«, bat eine ernste Männerstimme aus den Lautsprechern.

Hortense ist diejenige, von der ich mich fernhalten sollte, dachte er, als er den Schlüssel ins Schloss steckte.

Sie telefonierte mit Junior. Zusammengekauert auf dem Sofa. Zupfte an ihrem Haar, flocht einzelne Strähnen zwischen ihren Fingern. Gary ging in die Küche, holte sich ein Glas Cola und eine Packung Salzbrezeln und setzte sich ans andere Ende des Sofas.

»Erinnerst du dich noch an die Sache mit dem Apfel und dem Stängel?«, fragte Hortense Junior gerade. »Doch, doch, der Stängel, der erst die Blüte und dann den Apfel trägt, ohne abzubrechen, obwohl dessen Gewicht tausendmal größer ist? Weißt du noch, was du mir gesagt hast? Und heute Abend hätte ich es fast kapiert. Ich war so kurz davor. Wenn ich es dir doch sage. Der Stängel, die Blüte, der Apfel, das grüne Kleid, das gelbe Taxi, meine Kleider. Ich habe die Hand nach der Idee ausgestreckt, und – pfft – war sie einfach weg! Ich bin es leid, Junior. Ich trete auf der Stelle, mir fällt nichts ein, ich verdiene keinen Cent, das Geld, das ich zur Seite gelegt hatte, ist aufgebraucht… Ich raste, und ich roste.«

Sie hörte Junior zu und rief dann: »Nein! Ich will nicht von Gary abhängig sein. Das fehlte gerade noch! Mich aushalten lassen! Wie peinlich! Und warum nicht gleich heiraten und Kinder kriegen, wo wir schon dabei sind! So ein Unsinn!«

Gary knabberte seine Brezeln und dachte bei sich, dass Heiraten und Kinderkriegen doch gar nicht so verkehrt sei. Vielleicht nicht sofort. Aber in vier Jahren? Dann wäre er achtundzwanzig, Hortense siebenundzwanzig. Sie würden ein Baby bekommen, ein kleines Mädchen, das Wörterbücher auf den Boden schmeißen würde. Er würde es auf sein Schloss in Schottland mitnehmen, mit ihm auf den Mauern spazieren gehen und ihm die Geschichte seiner komplett durchgeknallten, blutrünstigen Vorfahren erzählen. Die Kleine würde sabbernd lächeln, sie bekäme gerade Zähne. Hortense würde ihr einen kleinen Kilt nähen, er würde ihr einen Dudelsack kaufen und… Er riss sich zusammen. Hortense, die mit einem Baby im Park eines schottischen Schlosses spazieren ging? Unmöglich. Eher würde sie ihm den Hals umdrehen.

Nachdem sie aufgelegt hatte, fragte Gary: »Was ist das für eine Geschichte mit dem Apfel, der Blüte und dem Stängel?«

»Das war so eine Idee von Junior«, antwortete sie und zupfte an einer Strähne.

»Worum geht es da?«

»Interessiert es dich wirklich, oder tust du nur so? Denn ich habe keine Lust, ins Leere zu reden.«

»Hortense, bitte.«

»Okay. Dann erkläre ich es dir… Neulich hat Junior gesagt, dass mir etwas absolut Geniales einfallen würde. Durch einen Zufall würde ich auf eine Idee kommen, auf die ich meine erste Kollektion aufbauen würde. Und die würde dann ein durchschlagender Erfolg. Er erzählte etwas von Stängeln, Blüten und Äpfeln, von Widerstandskraft, er sah eine zufallende Autotür, ein Kleid, Blitzlichter, Fotografen, aber mehr konnte er mir nicht sagen. Er wird immer unpräziser in seinen Voraussagen, ich frage mich, ob er nicht allmählich seine Gabe verliert.«

»Und deshalb spazierst du durch die Straßen?«

»Ja. Und als wir vorhin die Frau mit ihrem in der Taxitür eingeklemmten Kleid gesehen haben, überkam es mich wie ein Blitz. Fast hätte ich es verstanden. Aber dann war es wieder weg.«

»Schade…«, murmelte Gary, seine Brezeln kauend.

Die Packung war nicht richtig verschlossen gewesen, und die Brezeln waren weich. Er mag keine weichen Brezeln. Es ist doch nicht so schwer, eine Brezelpackung wieder ordentlich zu verschließen. Dazu haben sie schließlich einen Plastikreißverschluss.

Den Blick in der Ferne verloren, redete Hortense weiter: »Wie halten Äpfel an einem Baum? Wie kann ihr Stiel ebenso gut eine leichte Blüte wie eine schwere Frucht tragen? Wie schafft es eine Pflanze, mit nichts außer einem bisschen Zucker einen derart widerstandsfähigen Stängel zu produzieren?«

»Willst du ein Kleid aus Harz machen?«

Hortense richtete sich abrupt auf.

»Weiter«, befahl sie, »rede weiter, los, das könnte etwas sein.«

Ungeduldig schnippte sie mit den Fingern, und dieses leise Geräusch, das sich anhörte wie die Klingel für den Zimmerservice, ärgerte ihn.

»Keine Ahnung«, brummte er. »Wenn der zarte Apfelstängel das Gewicht einer ganzen Frucht halten kann, dann bedeutet das, dass er aus einem ganz besonders starken Material besteht …«

»Und? Und? Los, weiter, Gary! Nicht aufhören!«

Mit einem gierigen Ausdruck im Gesicht beugte sie sich zu ihm vor. Ihre Finger schnippten, ihre Stimme wurde schrill, Peitschenhiebe knallten schmerzhaft in seinen Ohren.

»Meine Güte, denk gefälligst selbst darüber nach. Ich weiß es doch auch nicht!«

»Oh, ich hasse dich! Du machst mir den Mund wässrig, und dann lässt du mich fallen wie einen sauren Apfel. Du bist ein ekliger Perversling.«

Sie hatte ein schweres Buch nach ihm geworfen und ihn an der Schulter getroffen. Er war aufgestanden. War ins Schlafzimmer gegangen und hatte sich eingeschlossen. Sie hatte auf dem Sofa geschlafen. Und heute Morgen war sie starr und hochmütig wie die Freiheitsstatue an ihm vorbeigerauscht.

Er war zum Frühstücken in den Starbucks an der Columbus Avenue gegangen. Hatte einen Muffin mit Schokoladenglasur gekauft. Einen Cappuccino bestellt. Einen alten Mann beobachtet, der die *New York Times* las, sich mit einem Finger das Ohr säuberte und den Finger danach ablutschte. Hatte den Muffin zurückgeschoben. Auf dem Bildschirm war ein Musikvideo gelaufen, »Kiss me on the bus«. Früher hatten sie sich im Bus geküsst, aber seit einiger Zeit küssten sie sich überhaupt nicht mehr. »Ich bin nicht in der Stimmung«, sagte Hortense immer.

Er hatte den Löffel auf den Schaum seines Cappuccinos gelegt und missmutig zugesehen, wie er versank.

Man konnte sich im Leben auf nichts und niemanden verlassen.

Man war allein. Immer.

»Sie macht mich fertig«, vertraut er Mark an. »Ich verstehe überhaupt nichts mehr. Ich werfe das Handtuch.«

»Tja, da ist Calypso garantiert erholsamer.«

»Ich werde mich doch nicht in Calypso verlieben! Jetzt mach aber mal halblang! Ich will bloß ein Stück mit ihr einstudieren!«

Pinkerton wirft ihnen einen gereizten Blick zu, und die beiden jungen Männer verstummen.

»Es läuft nicht, Elena, es läuft überhaupt nicht.«

»Was läuft nicht, Hortense?«

Elena Karkhova ist besorgt, Hortense sieht nicht gut aus. Hortense lässt bekümmert den Kopf hängen.

»Heute ist der einundzwanzigste April.«

»Und …?«

»Heute ist der einundzwanzigste April, die Zeit fliegt nur so dahin, und ich tue nichts. Heute ist der einundzwanzigste April, und ich werde wahnsinnig. Ich hasse die Sonne, ich hasse den Mond, ich hasse die Wolkenkratzer, die roten Ampeln, die Pferdeäpfel im Park, die Enten auf dem See, den Geruch von Zuckerwatte. Ich hasse Gary.«

»Das ist aber nicht gut«, sagt Elena kopfschüttelnd, »gar nicht gut. Und wieso jetzt dieser Wirbel?«

»Weil mir etwas auf der Zunge liegt, und ich es einfach nicht rausbringe. Weil es mir keine Ruhe lässt und mein ganzer Kopf dröhnt. Mein Hirn bringt nichts mehr zustande, ich sitze auf dem Trockenen, am liebsten würde ich aus dem Fenster springen.«

»Sehr gut, sehr gut. Die Angst, über die du hinwegsteigst, ist die Brücke zum Erfolg.«

»Könnten Sie das mal übersetzen?«

»Wer wachsen will, muss seine Sicherheit aufgeben. Das ist ein Sprichwort meiner Großmutter.«

»Und …?«

»Du bist dabei, zu wachsen, und du wirst deine Idee finden. Aber bis es so weit ist, fühlst du dich verloren und stirbst vor Angst. Das ist ein sehr gutes Zeichen.«

»Ein grauenvolles Zeichen! Ich raste und roste.«

Elena hebt die Hände und dreht die Handgelenke nach vorn, um anzuzeigen, dass sie nichts versteht.

»Egal!«, antwortet Hortense. »Das ist mein Mantra im Moment.«

An diesem Morgen hat sie von acht Uhr bis mittags gearbeitet. Sie hat gewartet, bis Gary die Tür hinter sich zufallen ließ, und sich an ihren Zeichentisch gesetzt. Sie hat Äpfel skizziert, Blüten, Stängel, gelbe Taxis und grüne Kleider. Sie hat nicht gefrühstückt. Sie hasst es zu frühstücken. Davon wird ihr übel. Ihr Bauch schläft bis mittags. Dann wird er wach und verlangt nach einem Kaffee und einem Riegel Bitterschokolade. Und schläft wieder ein.

Elena stützt den Kopf in ihre linke Hand und nimmt einen Rosenkranz aus der Tasche, den sie mit halb geschlossenen Augen durch die Finger gleiten lässt.

»Du siehst das alles mittlerweile viel zu emotional. Du bringst alles durcheinander. Hör auf nachzudenken. Lenk dich ab.«

»Keine Lust. Ich will meine Idee.«

»Die wird schon kommen. Lass die Zeit wirken. Sie entscheidet, wann es so weit ist. Geh spazieren. Ein Künstler arbeitet auch, wenn er nicht arbeitet. ›Der Künstler ist eine Ausnahme: Sein Müßiggang ist Arbeit, und seine Arbeit Erholung‹, sagte Balzac. Geh spazieren.«

»Ich tue doch nichts anderes! Ich bin es leid. Mir wird nie etwas einfallen.«

»O weh! Sag das nicht!«, schreit Elena auf und hebt ihre mit schweren Edelsteinringen geschmückten Finger zum Himmel. »Wenn du denkst, es wird regnen, dann regnet es! Wenn du denkst, du wirst verlieren, dann verlierst du auch!«

»Wäre es Ihnen lieber, wenn ich sagte, es sei alles in Ordnung? Wollen Sie, dass ich Sie anlüge?«

Elena funkelt sie wütend an. Der Zorn verleiht ihr Farbe, lässt sie jugendlicher, lebendiger wirken, und verwundert entdeckt Hortense in dieser plötzlichen Verstimmung all die Frauen wieder, die Elena einst gewesen ist.

»Ich verbiete dir, mich anzulügen!«, donnert Elena. »Solltest du mich jemals anlügen, Hortense, dann wirst du nie wieder einen Fuß in mein Haus setzen!«

»Und genau deswegen sage ich Ihnen: Es läuft nicht. Es läuft überhaupt nicht. Am liebsten würde ich überall gegentreten!«

»Du hast kein Recht, strapaziös zu werden! Im Moment bist du anstrengend, lästig, man weiß nicht, was man mit dir anstellen soll. Los, scher dich fort! Mein Masseur kommt gleich, ich muss mich vorbereiten … Geh zu Meme. Ich spendiere dir eine Maniküre. Das wird dich entspannen.«

»Ich habe kein Geld.«

»Ich sagte doch, ich spendiere sie dir!«

»Nein. Kommt nicht infrage.«

»Hortense! Wenn das so weitergeht, kündige ich dir die Freundschaft. Ein bisschen Demut, wenn ich bitten darf. Und Höflichkeit. Ein Geschenk lehnt man nicht ab. Es sei denn, es kommt von einer Feindin. Bin ich deine Feindin?«

Hortense schüttelt seufzend den Kopf.

»Also dann, fort mit dir! Und sag Meme, dass ich nichts mehr von ihren wundersamen Kräutern habe! Sie soll dir noch eine Handvoll davon mitgeben. Ihre duftenden, getrockneten Zweiglein sind das Einzige, was mich einschlafen lässt …«

»Schau mich an, damit ich deine Augen sehen kann!«, befiehlt Meme mit ihrer dünnen, hohen Stimme, während sie ein rosa Frotteekissen unter Hortenses Hände schiebt. »Meine nächste Kundin kommt erst in einer Stunde, wir haben reichlich Zeit. Übernimmt Elena die Rechnung?«

Hortense hebt den Kopf. Sie hat violette Ränder unter den Augen, ihr Haar ist zerzaust.

»Oh! Deine Augen sind müde, und du bist wütend«, sagt Meme.

»Was weißt du denn schon? Du kennst nur meine Hände und meine Füße.«

»Und du beißt um dich! Du musst sehr unglücklich sein.«

»Wenn du das sagst …«

»Das sehe ich dir an. Wenn deine Augen glücklich sind, sehen sie aus wie grüne Haselnüsse. Wenn sie wütend sind, wie ein Ölteppich auf dem Meer.«

Hortense verzieht das Gesicht und schnippt die kleinen Wattebäusche vom Rand des Tischchens.

»Möchtest du einen Tee?«

»Ich habe keine Lust zu reden, Meme. Und ich will auch nichts trinken.«

Auf der Tasche ihrer rosafarbenen Bluse steht MEME, aber man spricht den Namen »Mimi« aus. Meme stammt aus Nordkorea. Sie hat zu Fuß mehrere Grenzen überquert, doch sie weigert sich, über ihre Fluchtroute zu reden. Jedes Mal, wenn Hortense sie deswegen neckt, macht sie dicht.

»Komm schon, Meme, wir sind nicht in Nordkorea, hier kannst du offen sprechen!«

»Was, wenn noch andere Leute denselben Weg nutzen wollen? Und wenn gerade jetzt, *right at this moment*, ein Spion der Regierung im Salon sitzt? Für wen hältst du mich? Für eine bescheuerte Yankee?«

Meme sieht überall Spione der nordkoreanischen Regierung, und sie verabscheut die Amerikanerinnen, die es ja so »exotisch« finden, dass sie aus Nordkorea geflohen ist. Sie fuchteln mit ihren frisch manikürten Händen, verziehen ihre Gummimünder und sagen: *So wild!* Meme schaut sie an, seufzt und denkt daran, dass sie nur zwanzig Prozent vom Preis einer Maniküre behalten darf, der Rest wandert in die Taschen ihrer Chefin, die hinter der Kasse thront.

»Du willst nicht reden? Dein Pech! Heute könnte ich dir interessante Geschichten erzählen …«

»Welche denn zum Beispiel?«, lässt sich Hortense, die Memes Geschichten nur schwer widerstehen kann, verlocken.

»Die von den beiden Mädchen da hinten …«

Hortense dreht sich um und entdeckt zwei herrliche Geschöpfe mit bis zum Haaransatz gezogenen Augen, die miteinander plaudern, während ihre Füße in einem Becken mit warmem, seifigem Wasser baden.

»Die Blonde«, erklärt Meme, »ist Svetlana. Und die Dunkelhaarige Yvana. Sie sind Schwestern und stammen aus Bulgarien. Sie schwimmen im Geld. Ihr Vater ist mit Immobiliengeschäften reich geworden. Angeblich hat er nach dem Zusammenbruch des Kommunismus für einen symbolischen Dollar sämtliche Gebäude in Sofia gekauft. Und dann soll er sie für ein Vermögen weiterverkauft haben. Er sieht aus wie ein Bierfass mit einem gewaltigen Schnauzbart.«

»Das machst Witze.«

»Die Töchter können Zehn- und Hundertdollarscheine nicht auseinanderhalten. Alle hier schlagen sich darum, sie zu bedienen.«

»Und womit verdienen sie ihr Geld?«

Meme prustet hinter ihrer Nagelfeile los. Ihre Zähne sind so strahlend weiß, dass Hortense sie im Verdacht hat, sie bleichen zu lassen, aber Meme schwört bei ihren Vorfahren, die unter Kim Il-sung umgekommen sind, dass es an der Wurzel des *tea tree* liege. Sie kauft sie als Extrakt in Bioläden und gibt jeden Morgen und jeden Abend ein paar Tropfen davon auf ihre Zahnpasta. Hortense hat es ausprobiert und muss zugeben, dass es funktioniert.

»Sie brauchen es nicht zu ›verdienen‹, nur auszugeben. Und sie geben viel aus! Ihr Vater ermutigt sie dazu. Sie sind ganz und gar von ihm abhängig.«

»Und irgendwann werden sie heiraten und von ihrem Mann abhängig sein. Was für ein Leben!«

»Ich habe großes Mitleid mit diesen Frauen.«

»Mitleid?«, ruft Hortense. »Bist du verrückt?«

»Er lässt sie nicht erwachsen werden. Sie sind nicht bereit dafür, sich dem Leben zu stellen.«

»Na, ich hätte nichts dagegen, dass dieser Kerl mich adoptiert. Und ich werde mich dem Leben stellen!«

»Die Ältere, die Dunkelhaarige, wollte heiraten, und dann eines Tages ...« Meme beugt sich zu Hortense vor und fährt flüsternd fort: »Da ruft ihr Vater sie an und befiehlt ihr, in sein Büro zu kommen. Als sie dort ist, warnt er sie: ›Was du gleich sehen wirst, wird dir nicht gefallen, aber du musst hinschauen … du musst stark sein, meine Tochter‹, und er zeigt ihr ein Video davon, wie sich ihr Verlobter mit einer blonden Barbie im Schaumbad amüsiert.«

»Er ließ ihn beschatten?«

»Garantiert.«

»Und dann … und dann?«, drängt Hortense.

»Miss Yvana zitiert ihren Verlobten zu sich, der zunächst alles abstreitet und behauptet, das sei lange vor ihrer Zeit gewesen … Dummerweise trägt er in dem Video ein Cartier-Armband, das sie ihm gerade erst geschenkt hat. Er gesteht, und sie jagt ihn zum Teufel. Er hat alles verloren, das schöne, sechsundfünfzig Millionen Dollar teure Haus, in das sie einziehen sollten, die Porsches, Lamborghinis und Ferraris, die in der Garage auf ihn warteten, einfach alles. Von einem Tag auf den anderen stand er wieder nackt auf der Straße, von wo er gekommen war!«

Meme lacht schallend auf und verbirgt den Mund hinter einer Hand.

»Sie hat das Tattoo mit dem Namen ihres Verlobten entfernen lassen, das sie sich am Tag nach ihrer ersten gemeinsamen Nacht auf den Unterleib hatte stechen lassen!«

»Der Typ hat sich aber auch nicht gerade clever angestellt«, sagt Hortense. »Wie kann jemand, der eine so gute Partie gemacht hat, nur so dämlich sein?«

»Weil er vergessen hatte, woher er kam. Er dachte, er könne sich alles erlauben. Irgendwann glaubte er, das ganze Geld gehöre ihm. Er hielt sich für allmächtig.«

»Und Yvana? Hat sie viel geweint?«

»Sie hat ihre Kreditkarte glühen lassen. Sie ist mit ihrer Schwester nach Los Angeles gefahren. Die beiden haben die Läden am Rodeo Drive geplündert, und ihr Chauffeur fuhr in einem bonbonrosa Rolls-Royce hinter ihnen her.«

»Hör auf, Meme! Mir wird gleich schlecht!«

»Und nachdem sie aus Los Angeles zurück waren, hat der Vater seiner gedemütigten Tochter eine zehn Millionen Dollar teure Maisonettewohnung an der Fifth Avenue geschenkt, mit einer Badewanne für eine Million! Sie badet für ihr Leben gern!«

»Sag mal … wenn die so viel Geld haben, könnten sie doch vielleicht in meine erste Kollektion investieren?«

»Möchtest du, dass ich sie dir vorstelle?«

Meme tippt auf ein Fläschchen mit transparentem Nagellack.

»Soll ich dir French Nails machen?«

Hortense nickt und wendet sich wieder ihrem Gedanken zu.

»Es müsste ganz natürlich wirken. Sie sind sicher auf der Hut vor Schmarotzern.«

»Ich werde das Terrain vorbereiten und ihnen von dir erzählen.«

»Das würdest du tun?«

»Das wird mir Spaß machen. Mal was anderes als diese hirnlosen Weibsbilder, mit denen ich den ganzen Tag zu tun habe! Du hast wenigstens ein Ziel im Leben, du arbeitest hart. Elena ist voll des Lobes über dich.«

»Apropos Elena, sie braucht Nachschub von deinen schlaffördernden Kräutern …«

»Schon wieder! Du musst ihr sagen, dass sie nicht zu viel davon nehmen darf. Sonst wacht sie womöglich irgendwann nicht mehr auf! Auch wenn es Kräuter sind, sollte sie es damit nicht übertreiben. Ich habe sie gewarnt, aber sie tut ja doch, was sie will.«

»Glaubst du, sie ist depressiv?«, fragt Hortense.

»Sie bittet mich ein bisschen zu oft darum. Einmal«, flüstert Meme, »habe ich einer Kundin, die sie aus Paris kannte, die Hände gemacht. Sie hat mir versichert, dass sie eine große Schönheit gewesen sei, steinreich und mit viel Einfluss. Dann hätte es einen fürchterlichen Skandal gegeben, und sie sei hierher geflohen. Aber sie wollte mir nicht verraten, was damals passiert war.«

»Was ich mich immer gefragt habe … Woher stammt eigentlich ihr Geld?«

»Ich habe keine Ahnung. Von einem Märchenprinzen. Oder einem ekligen alten Kerl.«

»Sie muss viel gereist sein. Sie spricht mindestens sechs Sprachen.«

»Oder sie hat sie von ihren vielen Liebhabern gelernt … Es heißt, das sei der beste Weg, um eine Sprache zu lernen.«

Wieder prustet Meme los.

»Meme!«, zischt die Besitzerin des Salons hinter ihrer Kasse.

Und aus diesem »Meme« spricht das Verbot, mit den Kundinnen zu plaudern, sich zu große Vertraulichkeiten herauszunehmen, das Arbeitstempo sinken zu lassen. Meme senkt den Kopf, trägt die letzte Schicht Klarlack auf und steht auf.

»Ich hole die Kräuter aus meinem Spind«, flüstert sie, ohne die Lippen zu bewegen. »Und ich gebe dir noch einen Flakon Kajal mit. Danach ist sie ganz verrückt. Stell ihn in ihren Badezimmerschrank. Da hebt sie es immer auf.«

Hortense betrachtet ihre Finger, deren Nägel sich in zehn kleine Spiegel verwandelt haben. Spieglein, Spieglein an der Wand, wann kommt mir endlich meine Idee? Ich habe die Skizzen, ich habe die Modelle, ich habe alles im Kopf. Das Einzige, was mir noch fehlt, ist … Was fehlt mir? Ich weiß es nicht.

Und das macht mich wahnsinnig.

Hundertmal war sie kurz davor, Elena um Hilfe zu bitten. Sie solle Karl oder Anna von ihr erzählen, damit sich unter Trommelwirbeln die Türen vor ihr öffnen. Chanel, *Vogue*, ein erster Schritt auf dem Weg zum Ruhm.

Hundertmal hat sie sich zusammengerissen. Ich würde mir eher die Zunge abbeißen, als sie auch nur um den kleinsten Gefallen zu bitten! Ich will, dass sie es mir von sich aus anbietet, dass sie mir ihr Adressbüchlein hinhält und verkündet: Sag mir, wen du kennenlernen möchtest, ich stelle dich ihm vor.

Eine Frau mit großer Zukunft verlangt nichts von anderen, aber alles von sich selbst. Und ich bin eine Frau mit großer Zukunft.

In Schuhkartons ganz unten in Elenas Schränken hat Hortense Zeitungsausschnitte gefunden. Alte Artikel aus *ELLE*, *Jours de France*, *Paris-Match*, *France-Soir*, vergilbte Fotos und Überschriften, die eine junge, triumphierende Elena Karkhova an der Seite von Maurice Chevalier, Duke Ellington, Cole Porter, Gregory Peck, Kirk Douglas und Jean Gabin feiern. Oder Arm in Arm mit Marlene Dietrich, Édith Piaf, Coco Chanel, Prinzessin Margaret und Elisabeth, kurz bevor sie zur Königin wurde.

»Elena Karkhova, ein Leben wie in einem Märchen.« »Sie war erst zwanzig, als sie den Grafen Karkhov kennenlernte, der sie zur Königin von Paris machte.« Oder: »Alle Männer waren in sie verliebt. Die hochgewachsene exotische Schönheit ist der Inbegriff von Anmut, Verführung und Pariser Eleganz. Für sie werden Kleider entworfen, Blumen gezüchtet, Parfüms, Teiche, Gestüte und Häuser gestaltet. Nichts ist schön genug, um ihre Schönheit zu preisen.« Die Bilder sind vergilbt, aber die Worte schillern noch immer.

Elena spricht nie über den Grafen.

Elena hat die glücklichen, inspirierenden Zeiten der Pariser Gesellschaft erlebt. Die Feste, die Kostümbälle, die verrückten Wetten, die gefährlichen Räusche, die verbotenen Reisen.

Elena lebt allein in New York. Ohne Kind oder Mann.

Hortense kennt die Bilder ihres Lebens, aber ihr fehlen die Einzelheiten.

Dieser Mann dort neben Chanel, ist er Cocos Liebhaber oder der von Elena? Und dieser andere mit dem finsteren Blick, weint er oder schmiedet er Rachepläne? Warum ist Elena Karkhova nach New York geflohen?

Denn eines schönen Tages hatte sie Paris verlassen.

Ein letzter Zeitungsausschnitt meldet in wenigen Zeilen ihre Ankunft auf einem Luxusdampfer in New York.

Zusammen mit diesem Detail: »Die 1921 geborene Gräfin Karkhova …«

1921! Das heißt, sie ist zweiundneunzig Jahre alt!

Da musste Hortense an Henriette denken, ihre Großmutter, die so viel jünger ist als Elena, aber eine alte Seele hat.

Die eine hat Liebe geschenkt und empfangen, ist lebendig, neugierig und großzügig geblieben. Die andere hat zeitlebens mit Gefühlen, Emotionen und Zärtlichkeit gegeizt und ist zu einer vertrockneten, unwirschen Frau geworden. Zoé schreibt in ihren Mails über sie. Die zähe Alte hat ein neues Leben begonnen. Nachdem der gute Marcel Grobz sie aus ihrer Wohnung geworfen hatte, ist sie in die Loge der Concierge gezogen und übt seither im Haus eine wahre Schreckensherrschaft aus. Sie öffnet »versehentlich« Briefe, entdeckt üble Geheimnisse, anstößige Rechnungen und erpresst damit die Empfänger. Oder sie erwischt einen Halbwüchsigen dabei, wie er vor der Tür eine Stange Hasch vertickt, und droht, ihn anzuzeigen. Und von dem Tag an darf der Teenager für sie schuften. Er bringt die Mülltonnen raus, bohnert die Treppen, saugt Staub und behauptet, er mache sich gerne nützlich. Seine verwunderten Eltern loben ihn und preisen Henriettes guten Einfluss.

Und so behält Henriette dank ihrer Verschlagenheit und ihres kleinlichen, berechnenden Charakters ihre alte Kraft, sie ist groß im Verbrechen, aber ihre Seele ist zwergenhaft. Elena hingegen ist aus einem Grund ins Exil gegangen, der rätselhaft erscheint, aber um ein Vielfaches betörender sein muss. Hortense wüsste zu gern, was es war. Aber wie oft sie auch in Elenas Schuhkartons herumstöbert, sie findet nicht den geringsten Hinweis darauf.

Meme kommt mit einer kleinen Papiertüte, einer Tasse Tee und einem Glückskeks zurück und setzt sich hin. Sie legt den Glückskeks auf den Tisch und sagt: »Mach ihn auf, dann weißt du, was dir die Zukunft bringt.«

Hortense zieht eine Schnute.

»Will ich nicht wissen.«

»Hast du Angst?«

»Angst? Kenne ich nicht. Wie schreibt man das?«

»Dann lies, was da steht. Diese Kekse sind magisch …«

Mit einem Fausthieb zerschlägt Hortense den Keks und zieht einen Papierstreifen heraus. Darauf steht geschrieben: »Alle großen Taten und alle großen Gedanken haben in ihren Anfängen etwas Lächerliches. Albert Camus.«

»Wer ist dieser Albert Kamuss?«

»Ein französischer Schriftsteller.«

»In welchem Film hat er mitgespielt?«

»Ein Schriftsteller, Meme!«

Meme bittet Hortense, ihr den Satz noch einmal vorzulesen.

»Was glaubst du, was das heißen soll?«

»Ich habe nicht die leiseste Ahnung«, antwortet Hortense.

»Aber ich bin mir sicher, dass er recht hat, dieser Albert Kamuss. Und du sagst mir, wenn es so weit ist, ja?«

Meme tut gut daran, diesem Albert Kamuss zu vertrauen.

Hortenses neues Abenteuer wird auf eine derart lächerliche Weise beginnen, dass sie es später, viel später, vorziehen wird, niemandem von dieser Geschichte zu erzählen. Denn es genügt nicht, erfolgreich zu sein, man muss auch seine eigene Legende schreiben, sich ein Leben erfinden, zum Mond hinaufsteigen, um jenen zu imponieren, die unten zurückgeblieben sind und nichts lieber täten, als hinterherzuklettern, aber keine Leiter gefunden haben.

Denn sie hören immer lieber eine Legende als die Wahrheit.

Hortense steckt den Schlüssel ins Schloss. Elena hat ihr einen Zweitschlüssel zu ihrer Wohnung gegeben, damit sie kommen und gehen kann, wie es ihr beliebt. Normalerweise klingelt sie vorher, um sich anzukündigen, aus Rücksicht auf Henry, den empfindlichen englischen Butler. Aber an diesem Mittwoch hat Henry Ausgang. Er spielt eine Partie Bowls auf dem Rasen des Central Park. Das ist eine von Engländern und den Einwohnern des Commonwealth praktizierte Sportart mit hölzernen Kugeln. Die Spieler tragen bei jedem Wetter makellos weiße Kleidung, nicken einander nach jedem Punkt zu, murmeln mit gedämpfter Stimme die Spielstände und trinken um Punkt fünf Uhr Tee.

In der Wohnung ist es still, sie hört den Klassiksender WQXR, der leise eine italienische Opernarie überträgt. Grandsire, der Masseur, ist sicher gerade dabei, Elena in ihrem Schlafzimmer durchzukneten.

Er ist ein großer, starker, schweigsamer Mann, der sich so geschmeidig bewegt, dass er kaum Luft aufwirbelt. Er wurde in der haitianischen Hauptstadt Port-au-Prince geboren, ist fünfundfünfzig Jahre alt und spricht ein Französisch, das noch aus der Zeit von Burgen und Pechnasen stammt. »Mich deucht…«, »Wie adrett Sie heute wieder aussehen…«, »Ich sollte allgemach zum Ende kommen«. Seine Hände sind so groß, dass Hortense sich fragt, wie er es schafft, Elena beim Massieren nicht die Knochen zu brechen.

Jeden Mittwoch waltet er seines Amtes, und am darauffolgenden Tag ruht Elena träge inmitten aufgehäufter Kissen, mit einer leichten Röte auf den Wangen, die an das glückliche junge Mädchen von einst erinnert. Sie duftet nach Tuberose, wiegt den Kopf hin und her und spricht mit kaum hörbarer, erschöpfter Stimme, als hätte sie einen Marathonlauf absolviert.

Grandsire erscheint um achtzehn Uhr, stets in einem eng anliegenden blau-weiß gestreiften Pullover von Jean-Paul Gaultier, den Elena ihm geschenkt hat. Er riecht nach Ambra, Pfeffer und Kaffee. Sein gütiger Onkel-Doktor-Blick verheißt blühende Gesundheit.

Einmal hatte Hortense ihn durch die einen Spalt offen stehende Tür bei seinem Tun beobachtet. Grandsire umrundete den Massagetisch wie eine Biene, die bei der Rückkehr in den Stock Achten tanzt. Er rieb sich die Hände, ließ die Fingergelenke knacken und atmete dann tief ein, bevor er sich ans Werk machte. Sie hätte gerne mehr darüber erfahren, aber Henry, der Butler, hatte sie davongejagt.

»Es gehört sich nicht, zu spionieren, Mademoiselle.«

Gedemütigt, weil sie auf frischer Tat beim Schnüffeln erwischt worden war, hatte sie die Wohnung verlassen.

Heute steht die Schlafzimmertür wieder einen Spalt offen, und Henry wird sie nicht vertreiben.

Hortense hält die Tüte mit den Kräutern und dem grauen Antimon in der Hand. Leise atmend späht sie vorsichtig ins Zimmer.

Elena liegt wie hingegossen auf einem weißen Laken, nur notdürftig mit einer rosa Mohairdecke bedeckt. Mit geschlossenen Augen und erhobenem Kinn knetet Grandsire ihre Arme und Schultern. Dabei psalmodiert er eine fremdartige Litanei, einen Gesang seiner Heimat, der die guten Geister auf den Körper herabruft, der unter seinen Händen ruht. Er richtet sich auf, sein Oberkörper ist nackt. Schweißperlen haften an seiner Brust. Seine dunkle, glatte Haut schimmert in warmem Glanz. Elena liegt auf dem Bauch und stöhnt leise vor sich hin, und wie ein Echo nimmt Grandsire ihr Seufzen auf, als wollte er ein Kind zum Einschlafen bringen.

Was für ein seltsames Bild!, denkt Hortense, unangenehm berührt vom Anblick dieses ausgebreiteten Fleisches. Alt zu werden ist nicht schön! Und wie schafft es diese nackte, füllige Frau, tagsüber auszusehen wie ein langes, biegsames Rohr? Saugt sie ihr Fett in einem tiefen Zug ein? Oder trägt sie ein eng geschnürtes Korsett, das Henry jeden Morgen keuchend festzieht?

Während Hortense noch versucht, dieses Rätsel zu ergründen, wird ihr Blick plötzlich starr. Sie unterdrückt einen Aufschrei und reißt die Augen auf. Forsch hat Elena mit beiden Händen den Oberschenkel des vergnüglich glucksenden Grandsire gepackt.

»Lassen Sie mich erst meine Arbeit tun, meine nimmersatte Naschkatze.«

Elenas Griff wird kühner, und ihre Hände umfassen den Hintern des erneut glucksenden Mannes.

»Was sind Sie doch heute gierig! Aber Sie werden sich noch ein wenig gedulden müssen. Erst die Arbeit, dann das Vergnügen.«

»Grandsire«, fleht Elena mit weit geöffnetem Mund, »meine Haut lechzt nach dir.«

Hortense lässt sich rücklings gegen den Türrahmen fallen. Grandsire und Elena treiben es miteinander! Igitt! Igitt! Der Liebesakt erscheint ihr plötzlich abstoßend. Sie hält sich die Nase zu, und ihr wird übel. Ab einem gewissen Alter müsste Unzucht verboten werden, und Sex dürfte ausschließlich jungen Leuten mit straffer, geschmeidiger, appetitlicher Haut vorbehalten sein. Wie lange treiben die beiden es schon miteinander? Bezahlt sie ihn dafür? Und was empfindet er für sie? Er sieht nicht aus, als verspürte er Widerwillen, im Gegenteil, die beiden scheint eine aufrichtige Kameradschaft zu verbinden. Ihr Umgang miteinander ist offen und fröhlich.

Eine ganze Weile bleibt sie so gegen die Wand gelehnt stehen. Sie fragt sich, ob sie Elena jemals wieder in die Augen schauen kann. Mit ihr reden, als wäre sie nie Zeugin dieser absoluten Geschmacksverirrung geworden. Eine alte Frau sollte keusch bleiben. Vergessen, dass sie einen Körper hat. Das Gewand einer Nonne tragen und auch nur deren Gelüste verspüren.

Aus dem Zimmer dringt ein Schrei. Der überraschte Aufschrei einer glücklichen Frau. Ein wollüstiges Juchzen, begleitet von den sanften Worten des Masseurs, ja, ja, sei glücklich, meine Schöne, breite deine Flügel aus, flieg, meine Liebste, flieg.

Eine Hand auf den Mund gepresst, flüchtet Hortense ins Bad. Sieht die Szene wieder vor sich. Das warme Licht der Lampen, das sich in den schweren Vorhängen verfängt, über den Massagetisch fließt, Schatten auf Elenas nackten Körper, diesen unförmigen Lehmklumpen, zeichnet.

Sie schüttelt den Kopf, um dieses absurde Bild zu vertreiben.

Öffnet das Arzneischränkchen. Stellt die schlaffördernden Kräuter und den Flakon mit Kajal auf die Ablage zwischen die Cremes, die Pinsel, das Make-up und die künstlichen Wimpern. Bemerkt einen Augenkonturstift, dessen Farbe ihre Aufmerksamkeit erregt, ein zärtliches, warmes Braun, streckt die Hand danach aus …

Streift dabei den Flakon mit Kajal, der umfällt, über die Ablage rollt und zu Boden fällt, wo er eine Spur aus glitzerndem schwarzem Puder hinter sich herzieht.

»Mist!«, flucht Hortense, die nie gröbere Schimpfwörter verwendet. »Mist! Verflixt und zugenäht!«

Sie hält nach einer Schachtel mit Papiertüchern Ausschau und macht sich daran, alles aufzuwischen. Der Flakon hat sich nicht ganz geleert, ein Großteil des Inhalts ist noch drin. Elena wird nichts bemerken.

Sie reibt, wischt, trocknet.

Tritt einen Schritt zurück, um sich zu vergewissern, dass alles wieder sauber ist.

Die Fliesen, das Becken, die gläserne Ablage.

Schimpft vor sich hin. Wenn Elena keinen Liebhaber hätte – einen Liebhaber, in ihrem Alter! –, dann hätte ich ihr das Päckchen persönlich übergeben und wäre überhaupt nicht in ihr Badezimmer gekommen.

Murrend wischt sie noch ein letztes Mal alles ab. Knüllt die schmutzigen Papiertücher zusammen und steckt sie in die Tasche. Dreht den Wasserhahn auf, um sich die Hände zu waschen. Sucht ein Handtuch, tastet, trifft auf einen leicht rauen Stoff, hebt ihn vor ihre Augen.

Elenas Korsett.

Sie will es schon wieder loslassen, als ihr Blick plötzlich scharf wird. Ihre Hand drückt den Stoff zusammen, betastet das Material, prüft den Schnitt, das straffe Gewebe aus verkreuzten und wieder verkreuzten Fäden, das Futter, den Schnitt, die Ziernähte. So etwas habe ich noch nie gesehen, sagt sie sich, während sie das Korsett im Licht genauer mustert.

Was für ein Kunstwerk! Wie raffiniert die Fäden verwoben sind! Sie bilden ein schmales, kompaktes Band, das wie Gummi erscheint. So formt die rüstige Neunzigjährige also ihre schlanke Linie. Haltung und optische Täuschung. Die Fasern halten das Fleisch im Zaum, und der geschickte Schnitt wahrt die Illusion. Ein Material, das weder reißt noch Dellen wirft oder ausfasert.

Hortense sucht nach dem Etikett, um zu sehen, woraus es

gemacht ist, doch sie findet nur einen ausgebleichten Stoffrest, dessen Aufschrift im Lauf der Jahre und durch das häufige Waschen verblasst ist.

»Schade«, murmelt sie leise.

Sie fährt mit den Händen in das Korsett, dehnt es, lässt los, und der Stoff zieht sich wieder zusammen. Hortense dehnt noch stärker, doch sobald sie loslässt, nimmt das Korsett sofort wieder seine ursprüngliche Gestalt an. Ohne sich zu wellen, auszubeulen oder zu knittern.

Sie stellt einen Fuß auf die Kante, zieht, zieht, ohne dass das Gewebe reißt, und lässt los.

Das ist es, o ja, das ist es …

Besser noch als Gaultier und Alaïa, diese großen Magier der Silhouette. Dieses Korsett bringt dich einen Riesenschritt voran.

Du kennst die geheime Formel zwar noch nicht, aber du hältst das Ergebnis in deinen Händen, und das ist bereits ein Sieg.

Der Stängel, der Blüte und Frucht trägt. Der Stoff, der sowohl dem Streichholz als auch dem Dachbalken Form verleiht.

Das Rohmaterial deiner zukünftigen Kollektion.

Chanel hat den Pullover und das Kleine Schwarze erfunden, Madeleine Vionnet den Schrägschnitt, Madame Grès das Plissé, Saint Laurent den Smoking für Frauen, und ich werde diesen Stoff weiterentwickeln, diese straffe, unsichtbare, elegante Bandage, die jede Silhouette schmaler macht und einen neuen Stil begründen wird.

Das wird revolutionär. Ich werde ein Vermögen verdienen. Und die Königin der Welt sein.

Sie betastet das Korsett. Hebt es hoch, schnuppert daran. Es riecht nach Flockenseife. Elena muss es mit der Hand waschen. Sie behandelt es sorgfältig. Das ist das Geheimnis ihrer Schönheit. Ich muss unbedingt herausfinden, woraus es besteht. Woraus ist es gemacht? Aus Holzschliff? Aus Kunstseide? Aus Zellulose? Aus Apfelharz?

Die geheime Formel finden.

Was einst von einem geschickten Weber hergestellt wurde, kann heutzutage wieder neu geschaffen werden. Man muss lediglich einen fähigen, gewissenhaften Handwerker finden.

Am liebsten wäre sie geradewegs aus dem Bad gestürmt und hätte gerufen »Elena! Elena! Ich hab's!«

Aber da fällt ihr Grandsire ein.

Sind die beiden fertig mit Vögeln?

Sie sieht auf die Uhr an ihrem Handgelenk. Es ist spät! Sie muss gehen. Was, wenn Henry nach Hause käme und sie hier fände?

Sie schleicht zum Schlafzimmer, schiebt vorsichtig die Tür auf.

Der Tisch ist zusammengeklappt. Die rosa Mohairdecke liegt gefaltet da. Das Radio spielt eine Nocturne von Chopin. Ein Räucherstäbchen brennt langsam herunter, und der Duft von Tuberose erfüllt den Raum. Sie liegen schlafend im großen Bett. Elena ruht an Grandsires nackter, dunkler Brust, und es scheint, als liege sie in den Armen des Glücks. Grandsire hält ihre Schultern umfangen, auf seinen Lippen schwebt das Lächeln eines nützlichen, zufriedenen Mannes.

Sie wird morgen mit Elena reden.

Sie muss zu Gary. Er muss es als Erster erfahren.

Die Sonne geht hinter den Dächern von New York unter, am Broadway leuchten die Neonlichter auf, die gelben Taxis hupen auf ihrem Weg zu den Theatern und Kinos, es ist die Zeit der Vorstellungen, der Restaurants, der Frauen in hochhackigen Schuhen, die zu ihrem großen Auftritt eilen. Gary wird bald nach Hause kommen.

Heute Abend werden wir uns versöhnen. Wir werden eine

zärtliche Kapitulationsvereinbarung treffen. Wir werden uns lieben, ohne zu beißen oder einander zu bedrohen.

Ich habe meine Idee, oh, Gary! Ich habe meine Idee!

Hortense öffnet eine Packung Ravioli, gibt den Inhalt in einen Topf, schaltet den Herd auf niedrige Temperatur und fügt ein wenig Thymian, Lorbeer und zwei Löffel Tamarinde hinzu. Gary liebt Ravioli. Wenn sie den Schlüssel im Schloss hört, wird sie sie mit etwas geriebenem Gruyère bestreuen, und alles ist erledigt.

Sie muss auch einen ausgezeichneten Wein herausholen, eine der Flaschen, die sie für besondere Anlässe im Flurschrank aufbewahren. Letztes Mal haben sie einen Château Pape Clément getrunken, um ihre Kündigung bei Frank zu feiern. Und den Beginn ihres neuen Lebens.

Beim Einschlafen haben sie den Korken auf das Kopfkissen gelegt, wie ein gegenseitiges Versprechen, Frieden und Sicherheit niemals höher zu schätzen als Träume und Lebensfreude. Bring mir Glück, Pape Clément, sorg dafür, dass mir immer, immer den Mund wässrig bleibt, damit ich meinen Eid niemals breche, hat Hortense vor dem Wegdämmern gemurmelt.

Es ist dunkel geworden, und die große Uhr von Crate & Barrel über dem Waschbecken zeigt neun. Gary wird bald nach Hause kommen. Hortense öffnet eine Flasche 2007er Château Franc Pipeau. Zündet zwei hohe weiße Kerzen an. Sucht eine CD von Richard Goode heraus, der demnächst in der Carnegie Hall auftritt. Sie hat ein Plakat in den Gängen der U-Bahn gesehen, RICHARD GOODE IN CONCERT, BALD IN NYC. Heute ist der 21. April. Sie wird Gary überraschen und zwei Karten besorgen. Sie wird sich bei ihm einhängen und das ganze Konzert über keinen Mucks von sich geben. Selbst wenn ihr etwas einfällt, was sie sofort in ihr kleines Heft kritzeln muss. Sie wird ihre Beine übereinandergeschlagen lassen und sich nicht nach vorn beugen, um ihren Kuli aus den Tiefen ihrer Handtasche zu holen. Sie wird würdevoll und aufmerksam dasitzen. Konzentriert.

Jetzt, wo sie endlich ihre Idee hat …

Dieser Abend verströmt eine triumphierende Leichtigkeit, er ist erfüllt von der Melodie des Erfolgs, *pom, pom, pom,* macht es, wie die Ouvertüre einer italienischen Oper. Sie sieht das Leben durch eine rosarote Brille.

Wovon hängt ein Schicksal ab? Von einem kleinen Flakon mit Kajal, der über einen Fliesenboden rollt. Albert Kamuss hatte recht.

Sie seufzt vor Glück. Lacht achselzuckend. Würde am liebsten laut schreien. Sie wird nicht mehr schmollen, sie wird nicht mehr mit Wörterbüchern oder Brokkoli um sich werfen.

Sie hat das Material gefunden, aus dem sie ihre Modelle schneidern wird.

Das kleine Etwas, das ihr noch fehlte, das ihr auf der Zunge lag, aber einfach nicht rauswollte.

Könnte ich vielleicht schon ein bisschen zeichnen?

Nur ein klitzekleines bisschen. Ich habe solche Lust dazu …

Sie erinnert sich an ihre Kurse am Saint Martins College. An die Ratschläge ihrer Dozenten: »Lassen Sie nie andere tragen, was Sie selbst nicht tragen würden. Haben Sie keine Angst davor, zu sein, was Sie sind. Sie wollen einen Beruf ausüben, dann lernen Sie das Handwerk und gehen Sie Risiken ein.«

Sie geht das Risiko ein, schnörkellos zu sein. An einer schlichten Linie zu arbeiten. Sie entwirft keine Mode, die sich zur Schau stellt, sie entwirft Mode für die Frau, die hinter dem Bus herrennt, zu einer Sitzung eilt, die zum Supermarkt läuft, zu einem Abendessen hetzt und dabei stets die Schönste bleiben will, ohne je einen Gedanken daran zu verschwenden.

Sie schließt die Augen und kostet diesen ersten Sieg aus. Starrt ihren Zeichentisch an. Streckt eine Hand nach den Stiften aus …

Nein, nein!

Ich muss mich bereithalten, um den Wein in die beiden großen Gläser zu füllen, den Gruyère über die Ravioli zu streuen, ihm die Arme um den Hals zu legen und ihn zu küssen. Wenn ich jetzt zu zeichnen anfange, vergesse ich den Wein, den geriebenen Käse und den Kuss.

»Hortense Cortès präsentiert …« Meine erste Kollektion. Was hat Chanel noch gesagt? »Genie bedeutet, Dinge vorauszusehen.« Gabrielle hat Knöpfe, überflüssigen Schnickschnack, Hüte und langes, schweres Haar über Bord geworfen, damit die Frau sich bewegen, aufsteigen, absteigen, sich hinlegen, springen, sich präsentieren, protestieren und demonstrieren kann. Und ich werde das Kleidungsstück erfinden, das nicht nur formt und verschönert, sondern dabei auch nicht reißt, langlebig ist und beliebig oft gewaschen werden kann. Das Kleidungsstück, das hält und dabei makellos bleibt. Man braucht eine große Idee, um ein Modehaus zu gründen. Ich werde zwar nicht die Frau befreien, dafür aber ihr Portemonnaie. Ich werde Qualität verkaufen.

Wieder schiebt sie die Stifte zurück, die ihr die Finger verbrennen. Wirft einen verstohlenen Blick auf die Flasche Château Franc Pipeau.

Nur ein winzig kleines Glas, während sie auf ihn wartet.

Ich muss einen Handwerker auftreiben, der in der Lage ist, diesen fantastischen Stoff nachzuweben.

Elena wird mir dabei helfen. Vielleicht hat sie noch die Adresse des Herstellers.

Sie schenkt sich ein Glas Wein ein, streichelt ihren Zeichentisch. So viele Bilder tanzen hinter ihren halb geschlossenen Lidern!

Wie spät ist es?

Schon zehn Uhr! Wo bleibt er nur? Ist ihm etwas passiert? Das kann nicht sein. Ich wüsste es. Ich könnte nicht mehr atmen.

Ja, schon, aber …

Heute Morgen sind wir wortlos auseinandergegangen.

Sie hört eine Sirene. Ein Unfall? Unmöglich. Er ist sicher mit Mark zusammen. Sie spielen immer wieder das gleiche Stück, ohne dass ihnen langweilig wird, das *Allegro vivace* aus der *Klaviersonate a-Moll* von Schubert. Diskutieren endlos darüber, wie ein Akkord angeschlagen werden soll.

Er muss bald nach Hause kommen.

Es darf ihm nichts passieren.

»…weil ich endlich meine Idee habe«, sagt sie, während sie sich noch ein Glas Château Franc Pipeau einschenkt.

Meine Stifte zurückschieben. Wirklich auf ihn warten. Mein Haar bürsten, ein wenig Rouge auftragen, ein wenig Schwarz, ein wenig Rosa. Wie ein Mädchen aussehen, das auf die Schritte seines Liebsten horcht.

Sie schaltet den Fernseher ein, auf TCM läuft ein alter Schwarz-Weiß-Film, eine Frau sitzt weinend auf einer Bank im Bahnhof und wartet auf einen Mann. Sie schaltet um. Schon wieder eine weinende Frau, ihr Geliebter hat sie verlassen. Sie schaltet den Fernseher aus, wirft die Fernbedienung zur Seite.

Schaltet den Computer ein. Liest ihre Mails. Sortiert, löscht.

Findet eine drei Monate alte Nachricht von Zoé. Verschiebt sie in den Ordner »Zoé«. Sie liest gerne die Mails ihrer Schwester, ihre Worte erinnern sie an Frankreich, an ihre Kindheit, an dampfende Töpfe auf der Herdplatte, an beschlagene Küchenfenster, an die Eiswürfel im Whiskyglas ihres Vaters, an das Baguette und die Croissants am Sonntagmorgen. Zoé macht dieses Jahr Abitur. Sie möchte Französischlehrerin werden. Sie ist mit ihrem Freund zusammen, seit sie vierzehn ist. Was für eine seltsame Vorstellung!, denkt Hortense und schenkt sich Château Franc Pipeau nach.

»15. Januar,
Hallo, Du-fehlst-mir …!!«

Manchmal schreibt Zoé »Hallo, Ich-liebe-dich« oder »Hallo, Ich-finde-mich-heute-hässlich« oder »Hallo, Magst-du-dieses-Top?« Sie schreibt richtige Briefe. Sie überarbeitet sie. Sie ist verrückt nach Diderot und Madame de Sévigné. Merkwürdiges Mädchen! Ich verstehe sie nicht. Sie geht mir oft auf die Nerven, aber ich liebe sie. Ich möchte sie beschützen und ohrfeigen. Sie schütteln und verhätscheln. Wir sind so verschieden. Obwohl wir Schwestern sind.

»Hier läuft alles wunderbar, ich bräuchte einen riesigen leeren Raum, um mein ganzes Glück hinauszuschreien und es aus mir rauszulassen.

Also schreibe ich Dir.

Ich hoffe, es geht Dir gut, und Gary geht es gut, alles geht gut, denn ich bin im Moment total hirnfrei, weil ich alles so schön finde.«

Ah, jetzt erinnere ich mich wieder, das ist die kitschige Passage.

»Gaëtan und ich sind wahnsinnig glücklich. Maman ist nicht oft zu Hause, sie hält im ganzen Land Vorlesungen und Vorträge, oder sie fährt nach London, und es ist fast so, als lebten wir hier allein. Ich glaube, im Grunde ist sie ganz froh darüber, dass ich mit Gaëtan zusammenwohne.

Soll ich Dir davon erzählen? Ja, ich erzähl's! Es ist immer

das gleiche Leben zu zweit, aber gleichzeitig ist es auch immer wieder neu.

Morgens weckt Gaëtan mich auf. Der warme Duft von Toast lockt mich aus meinen Träumen. Er legt sich neben mich und sagt: Dein Tee ist fertig, aber er muss noch ein bisschen abkühlen. Also nimmt er mich in die Arme, streichelt meinen Rücken, meine Haare, und ich wünschte, es wäre noch Abend, denn dann könnte ich noch einmal einschlafen und die ganze Nacht mit den Knien in seinen Kniekehlen daliegen.

Dieses Jahr wollte er zurück auf seine alte Schule, also sehen wir uns tagsüber nicht.

Er geht morgens früh aus dem Haus, den letzten Bissen Brot noch im Mund, die Schultasche nicht richtig geschlossen, und sein Schal hängt auf beiden Seiten runter, und ich muss lachen, wenn ich sehe, wie er sich beeilt.

Er hat einen Nebenjob gefunden, nachmittags, wenn er nicht in der Schule ist, und samstags den ganzen Tag über. Er erledigt die Auslieferungen für den Schuster in der Rue de Passy. Das ist ein Luxusschuster, der alle möglichen Sachen repariert. Der Mann hat echt magische Hände, bei ihm werden alte Dinge wieder wie neu. Er brauchte einen Lieferburschen, also hat er Gaëtan eingestellt. Er bezahlt ihn nicht, aber Gaëtan darf das ganze Trinkgeld behalten, und mit seinem netten Gesicht bekommt er eine Menge Trinkgeld! Wir sind schon fast reich! Doch, doch, ehrlich… Er sagt, damit könne er seine Finanzen etwas aufbessern, er sagt, er wolle nicht von Maman abhängig sein, es reiche, dass sie ihn umsonst bei uns wohnen lässt. Er füllt den Kühlschrank. Er schenkt ihr Blumen. Er lädt mich ins Kino ein. Er gibt seiner Mutter Geld. Denn seiner Mutter geht es immer noch nicht besser! Sie hat eine Einzimmerwohnung am Boulevard de Belleville gefunden und kommt einfach nicht vom Fleck. Er besucht sie oft und versucht, sie über Wasser zu halten.

Es macht ihn unheimlich stolz, dass er so viel Kohle verdient! Er fühlt sich verantwortlich, nützlich. Seine Augen haben so viel mehr zu sagen, seit er arbeitet.«

Es gibt nichts Schlimmeres als diese Mädchen, die nur zu zweit glücklich sein können! Und was für ein spießiges, kleines Glück noch dazu! Mich würde es komplett wahnsinnig machen, mein ganzes Leben damit zu verbringen, Garys Blicke zu deuten, um darin mein Schicksal zu lesen! Ein Remake von *Sissi* ohne Krinoline. Und wie das ausgeht, weiß man ja … Magersüchtig auf einem Pferd durch die Gegend galoppieren. Nein, danke.

»Wenn ich abends nach Hause komme und Licht in meinem Zimmer sehe, weiß ich, dass er da ist, dass er seinen Unterrichtsstoff noch einmal durchgeht oder eine Kippe raucht, und dann wird mir innen drin ganz warm. Du darfst es Maman nicht verraten, aber er raucht in der Wohnung! Wir machen immer die Fenster auf, und er tut es auch nicht, wenn sie da ist, aber sonst schon …

Abends erzählt er mir von seinem Tag. Mich interessiert jedes Detail. Eigentlich könnten mir sein Matheunterricht, sein schielender Lehrer, das Taboulé, das er mittags in der Kantine gegessen hat, und die liegengebliebene Métro piepegal sein! Aber das ist es nicht. Es fasziniert mich, es ist, als würde ich Nachrichten gucken, aber nur gute Nachrichten (mit einem supersüßen Nachrichtensprecher, den ich anfassen kann).

Er fragt mich, ob in der Schule alles okay war und welches Sandwich ich in der Cafeteria gegessen habe. Und ich freue mich darüber. Selbst wenn ich mit dem Lernen kaum noch hinterherkomme. Ich werde noch wahnsinnig bei der ganzen Intelligenz, die alle von mir erwarten!

Gestern haben wir im Unterricht Madame de Sévigné

durchgenommen. Es ist ein neuer Lehrer, er vertritt Madame Poirier, die in Mutterschutz gegangen ist. Er heißt Monsieur Du Beffroy, wie Belfried, weißt Du, und anfangs hat jedes Mal, wenn er den Mund aufmachte, irgendein Schüler ›ding, dong, ding, dong‹ gemacht. Er tat so, als hörte er es nicht, und fing einfach mit seinem Unterricht an. Und weil er nie blöd ist, hören ihm mittlerweile alle zu, und der Belfried läutet nicht mehr. Und gestern hat er also eine Ausgabe der *Briefe* von Madame de Sévigné aufgeschlagen und geseufzt. Wenn ich ihre *Briefe* lese, hat er gesagt, dann kommt es mir immer so vor, als atmete ich frische Luft. Die Art von frischer Luft, die einen in gute Laune versetzt. Die einen mit schönen Dingen erfüllt.

Er hat sich nicht von seinem Stuhl gerührt, hat nicht groß herumgefuchtelt, nicht ein einziges Wort gesagt, das mehr als drei Silben hatte oder auf -ismus endete, und wir waren total fasziniert.

Er hat über das Detail gesprochen. Davon, wie Madame de Sévigné ihre Tochter bittet, ihr Details zu beschreiben, damit sie sich ihr Leben vorstellen kann. Sie vermisst ihre Tochter so sehr! Und die schreibt einfach nichts! Die ziert sich. Ich finde die Tochter der Marquise so was von grauenvoll.

Ich könnte in Büchern leben, weißt Du, sie essen, sie trinken, sie anziehen. Bücher sind so schön, das Leben ist so schön.

Obwohl manchmal … da ist es auch weniger schön. Manchmal, ich weiß auch nicht, wieso, da schwinden meine Kräfte (Du siehst, ich rede schon wie die Marquise). Eine winzige Kleinigkeit kann mich total runterreißen. Ich glaube, ich muss an meinem Panzer arbeiten.

Neulich Abend zum Beispiel, da hatte Gaëtan schlechte Laune. Seine Lippen waren noch weißer als die zarte Haut seiner Augenlider, er hat gesagt, ich solle aufhören, die ganze Zeit vor mich hin zu pfeifen, er fand meine Haare zu stumpf und meine Wangen zu rot.

Und ich bekam fürchterliche Angst.

Plötzlich habe ich kapiert, warum manche Mädchen sagen: Ich werde mich nie wieder verlieben. Ich habe kapiert, dass Du verloren bist, wenn Du Dich verliebst, denn falls das jemals aufhören sollte, falls das Maß der Angst jemals die Grenze des Erlaubten überschreiten sollte, dann knallst Du von Deiner rosaroten Wolke runter, und es bleiben Dir nur noch Daunendecken, Erdbeerbonbons und supertraurige Lieder wie die von Radiohead.

Denn eines musst Du verstehen: Gaëtan ist nicht nur mein Freund, sondern mein bester Freund. Also gerate ich sofort in Panik, wenn er schlechte Laune hat!

Und dann … sind wir spazieren gegangen. Zum Trocadéro. Wir haben uns das Palais de Chaillot angesehen, die Wasserfontänen und den ganzen Rest. Er ist mir mit einer Hand durchs Haar gefahren, hat meine Schultern gestreichelt, und seine Lippen sind wieder voller geworden. Er hat mich geküsst. Und da waren seine Lippen nicht mehr wie aus Zigarettenpapier.

Und als am nächsten Morgen sein Wecker geklingelt hat, ein Klingeln, das sich anhört wie ein Hahnenschrei, da hat er im Schlaf gemurmelt ›Dreh ihm den Hals um‹, und ich habe gelacht, und da hat er die Augen aufgeschlagen und gesagt: ›Morgens mag ich dich am allerliebsten‹.

Und alles war wieder gut. Wie durch Zauberei.

Ich wollte wissen, ob es bei Dir auch so ist. Kannst Du mir das bitte, bitte schreiben? Ich umarme Dich ganz fest wie eine superverrückte Verrückte,

Dein Zoélinchen

PS: Glaubst Du, die Liebe ist grausam?«

Ist die Liebe grausam?

Diese Frage hat sich Hortense noch nie gestellt.

Ist es grausam, dass Gary nicht nach Hause kommt? Grausam, dass er nicht anruft, um ihr zu sagen, wo er ist?

Sie vertraut ihm.

Besser gesagt, sie vertraut sich selbst. Soll er doch mit seinem alten dunkelblauen Mantel in Bars herumhängen, so viel er will, der Abdruck ihres Ellbogens auf seinem Ärmel wird nie verschwinden. Und wieso bin ich mir meiner selbst eigentlich so sicher?, fragt sie sich und saugt am Ende ihres Bleistifts.

Sie klickt auf »Antwort anzeigen«, um zu sehen, was sie Zoé an jenem Tag geantwortet hat …

»Die Liebe ist so, wie Du sie haben willst. Sie ist eine hohe Leiter, die Dich in den Himmel oder in die Hölle bringt. Die Entscheidung liegt bei Dir. Ich habe mich für den Himmel und einen Thron entschieden. Ich herrsche. Wie die Prinzessinnen in den Märchen, die wir als kleine Mädchen immer gelesen haben. Das Allerwichtigste ist, keine Angst zu haben. Sonst knallst Du zurück auf die Erde und endest als Matsch. Ich sitze auf meinem Thron und bin eine Prinzessin. Selbstsicher. Und des anderen sicher.

Aber wie setzt man sich auf einen Thron? Man muss sich sagen, dass man einzigartig ist, dass niemand einem das Wasser reichen kann. Wir sind alle einzigartig. Das vergessen wir viel zu oft.

Weißt Du, was Oscar Wilde gesagt hat (Gary erzählt mir im Moment ständig von ihm. Alle naselang zitiert er Sätze oder Verse.)? ›*To love oneself is the beginning of a lifelong romance.*‹* Das ist die einzige Liebesgeschichte, die die Mühe lohnt. Sie ist die Grundvoraussetzung für alle anderen.

Hör auf Oscar und mach es so wie ich.

Ich lese Deine Mails gern. Und ich schreibe Dir gern. Und

* Sich selbst zu lieben, ist der Beginn einer lebenslangen Romanze.

außerdem hab ich Dich gern. Es gibt nicht viele Leute, die ich gernhabe. Also genieße es!«

Sie schaut zur Wanduhr auf. Halb zwölf!

Was, wenn er nicht nach Hause käme? Was, wenn die Liebe grausam wäre?

Sie hat noch nie wegen eines Jungen geweint.

Sie hat überhaupt noch nie geweint.

Wozu soll Weinen gut sein?

Das weiße Blatt Papier leuchtet vor ihren Augen. Ihr Finger wirkt wie ein Magnet, der einen Bleistift anzieht. Sie berührt ihn, kitzelt ihn sanft, rollt ihn hin und her, greift danach. Das Wasser läuft ihr im Mund zusammen.

Und so erblickt ein erstes Kleid das Licht der Welt.

Ein schwarzes, knielanges Schlauchkleid mit einem transparenten Dekolleté ... Der Kontrast zwischen dem Miederstoff und dem durchscheinenden, zarten Gewebe jagt ihr einen Schauer über den Rücken. Am liebsten würde sie Beifall klatschen. Das Kleid spaziert vor ihr her, sie folgt ihm mit der Spitze ihres Bleistifts.

Sie kippt die Buntstiftdose aus. Drückt eine orangefarbene Spitze aufs Blatt, eine klatschmohnrote, eine gelbe, eine blaue, eine grüne. Verreibt die Farbe mit den Fingern. Breitet sie aus. Füllt die bunten Flächen aus. Wischt sich die Finger mit einem Lappen ab.

Sie zeichnet weiter. Ein nudefarbenes Kleid mit dünnen Spaghettiträgern und zwei Einsätzen an den Hüften, die die Taille einschnüren ...

Die Kleider folgen aufeinander. Sie wollen alle als Erstes ran, hinaus auf den Laufsteg, Applaus einheimsen, die anderen übertreffen. Wartet auf mich!, ruft Hortense ihnen zu. Aber die Kleider hören sie nicht und verdrängen einander in einem fröhlichen Kaleidoskop. Ihr schwirrt der Kopf, sie umklammert den Stift, drückt die Minen aufs Papier, pigmentiert, skizziert, schwärzt, radiert, verfeinert, lässt Farben und Schatten ineinanderfließen, während auf dem Zifferblatt der Uhr die Stunden dahinfliegen.

Sie haben bis Mitternacht in dem kleinen Studio im ersten Stock der Schule geprobt. Und dann hat Gary gesagt: »Ich habe Hunger, sollen wir noch etwas essen gehen?« Calypso hat ihn nicht gehört. Sie hat den Kopf voller Noten. Sie bleibt stehen, die Geige unter das Kinn geklemmt. Sie ist so konzentriert, dass sie ganz darin gefangen ist. Manchmal hält sie sogar ihre Geige an den Hals und fragt sich, wo sie sie hingelegt hat. Gary lacht und deutet mit dem Finger auf das Instrument, und sie legt verwundert eine Hand an ihre Schulter. »Oh«, sagt sie entschuldigend, »ich war ganz woanders.«

In der Melodie. Eingeschlossen in einem Akkord, der noch lange nachhallt, nachdem sie ihn gespielt hat.

Sie sind aufgestanden und zu Harry's Burritos an der Columbus Avenue gegangen. Das Stammlokal der Studenten von der Juilliard School. Dort treffen sie sich nach dem Unterricht und nach Konzerten. Sie trinken *Frozen Margaritas* und diskutieren bis spät in die Nacht. Man muss sie rauswerfen, um das Lokal ausfegen zu können.

Sie haben sich in eine Ecke gesetzt und die Studenten aus dem ersten Jahr beobachtet, die sich aufspielen, sich aufplustern, sich so wichtig vorkommen, so attraktiv, so besonders, weil sie diese renommierte Schule besuchen. Die Sänger machen Stimmübungen, die Tänzer wippen in ihrem Gammellook auf und ab, die Schauspieler blicken arrogant durch den Raum, und die Pianisten lassen die Finger über imaginäre Tasten gleiten, ohne mit jemandem ein Wort zu wechseln.

Sie lächeln über diese Anfänger. Bald wird der Konkurrenzdruck, der an der Schule herrscht, sie so sehr ausgelaugt haben, dass sie ihr selbstgefälliges Getue ablegen. Von ihnen wird Perfektion verlangt, niemals weniger als Perfektion, bis zur völligen Erschöpfung. Viele brechen mitten im Trimester ab. Am Ende des Jahres gibt es keine Ranglisten oder Noten, sondern eine Jury, die über das weitere Schicksal der Studenten entscheidet. Und das Fallbeil saust herab. Vor allem am Ende des zweiten Jahres, wenn der *advisor*, der den Studenten bis dahin begleitet, ermutigt, ins Gebet genommen hat, der ihm so viele wunderbare Dinge beigebracht hat, ihn zu sich bestellt, um ihm zu verkünden, dass es ihm sehr leidtue. Das sei kein Weltuntergang, es gebe ja auch noch andere Schulen, aber ihr gemeinsamer Weg sei hier zu Ende. Mit hängendem Kopf verlässt der Student das Büro und schleicht verstohlen aus dem Gebäude.

Man sieht ihn niemals wieder.

Im dritten und vierten Studienjahr ist es zur Routine geworden. Die Übriggebliebenen arbeiten Tag und Nacht, ihre Körper sind daran gewöhnt. Die Müdigkeit gleitet von den Fingern der Musiker, den Gliedmaßen der Tänzer, den Stimmbändern der Sänger ab. Die Demut hat ihr Werk verrichtet, und die Nacken beugen sich im Streben nach dem perfekten Ergebnis. Vorbei sind die Zeiten der eitlen Pfauen.

»Was möchtest du?«, fragt Gary, den Blick auf die Speisekarte gerichtet.

»Ich habe keinen Hunger«, antwortet Calypso.

»Bist du sicher?«

»Ja«, sagt sie und schiebt sanft die Speisekarte zurück.

Sie hat keinen Hunger. Sie genießt ihn mit Blicken, und das erfüllt sie mit schwelgerischer Freude. Sie fühlt sich von einer geheimnisvollen Euphorie getragen, die sie ebenso unfehlbar mit sich reißt wie die Klänge ihrer Geige. Sie ist keine Dienstmagd, verliert sich nicht in seiner Betrachtung, o nein, im Gegenteil! Sie ist eine Riesin, sie fühlt eine ungekannte Kraft in sich anschwellen, die ihr Flügel verleiht. Was für ein wunderschönes neues Gefühl, das man »Liebe« nennt und das sie bisher nicht kannte. So ist das also, wiederholt sie immer wieder verblüfft, so ist das also, und ich hatte keine Ahnung. Ein halbes Lächeln umspielt ihre Lippen. Ihr Herz singt. Sie liebt! Sie liebt! Das Universum beschränkt sich auf diese beiden Worte. Mehr braucht sie nicht.

Sie hat keinen Hunger mehr, sie hat keinen Durst mehr, sie trinkt ihn, sie isst ihn. Und sie hat auch keine Angst mehr. Die Angst ist vor dieser Überfülle an Glück zurückgewichen. Dabei war sie noch zwei Wochen zuvor voller Angst… Zwei Wochen! Das hat nichts mehr zu bedeuten. Die Zeit existiert nicht mehr. Die Zeit scheidet sich in vor Gary Ward und nach Gary Ward, sonst nichts.

Vor Gary Ward war sie unbeholfen und unsicher. Die Schule ist so teuer! Fünfundvierzigtausend Dollar pro Jahr, dazu die Versicherung für die Geige, noch einmal dreißigtausend Dollar. Ihr Großvater hat einen Kredit aufgenommen, damit sie auf diese Schule gehen kann. Ihr Onkel hat ihr Geld geliehen. Zähneknirschend. Am Rand ihrer Hefte rechnet sie aus, wie viel ihr bleibt. Sie hat Glück, dass sie dieses Arrangement mit Mister G. treffen konnte: Bügeln macht ihr nichts aus. Auch wenn es eine echte Herausforderung ist! Er trägt Hemden mit Rüschenjabots, geglätteten Manschetten, Bändern und Spitzen. Fast wie ein kleiner französischer Marquis. Er verlangt seine Hemden absolut faltenfrei. Er hat schließlich einen Ruf zu verlieren. Man muss stets Neid erregen, niemals Mitleid, sagt er. Er schaut ihr beim Bügeln zu und erzählt ihr von seinem Leben, von den Bars, in denen er gespielt, von den Frauen, die er erobert hat. Jetzt bin ich zu alt, sagt er, ich bin nutzlos geworden, weil ich niemanden mehr träumen oder erschauern lasse. Keine Frau wartet auf mich. Er besprengt sich mit einem Eau de Cologne, das so intensiv riecht, dass sie die Luft anhält, wenn er ihr zu nahe kommt. Aber sag, ein bisschen was mache ich doch noch her, oder? Sie betrachtet den braunen Filzhut auf seinem weißen Haar, seinen langen Ledermantel, seine große Sonnenbrille, seine gelb-grünen Krokolederstiefel, und sie nickt. Ich lasse dich bei mir wohnen, also bin ich noch zu etwas nütze. Danke dafür, meine Kleine! Und Ulises ist für mich mehr als ein Freund, er ist mein Bruder. Ich würde mein Leben geben, um ihn zu schützen. Wir haben zusammen harte Zeiten durchgemacht. Und soll ich dir was sagen, wir haben einander niemals verraten. Nicht ein einziges Mal! Ulises ist mir heilig, dem darf keiner auch nur ein Haar krümmen!

Calypso hört zu und nickt.

Sie weiß nicht, wie sie die neunhundert Dollar Miete für ein Zimmer in einem mittelmäßigen Viertel aufgebracht hätte, wo man seine Geige fest unter den Arm klemmt, wenn man spätabends nach Hause kommt. Sie kann es sich nicht erlauben, ihre Geige zu verlieren oder sie sich stehlen zu lassen, sie ist mehrere Millionen Dollar wert. Beim Schlafen kettet sie sie mit Handschellen an sich. Handschellen, die ihre Freiheit sichern! Sie lächelt jeden Abend, wenn sich die stählernen Kiefer um ihr Handgelenk schließen.

Ihr bleibt nichts anderes übrig. Er kann jederzeit kommen.

»Diese Geige steht mir zu, *hija de puta**, nicht dir!«

»Sie gehört mir. Ulises hat sie mir gegeben.«

»*Cállate la boca*!«**

»Sie gehört mir! Und versuch ja nicht, sie mir zu stehlen, man würde dich sofort finden. Die Leute von der Versicherung

* Tochter einer Hure!

** Halt den Mund!

betrügt man nicht so leicht. Sie würden dich festnehmen und ins Gefängnis stecken!«

»Halt's Maul, *puta*!«

Ihr Vater … Oscar Muñez. Ulises Muñez' Sohn.

Nicht genug damit, dass er sich nie um sie gekümmert hat. Als sie sechs Jahre alt war, hat er ihr mit einem Schraubenschlüssel den Kiefer zertrümmert. Sie hatte es gewagt, ihn als Abschaum zu beschimpfen. Und er wollte sie ihre eigenen Zähne schlucken lassen. Doktor Agustín sagte, man müsse ihr den Kiefer noch einmal brechen und ihn dann wieder richtig zusammensetzen, um den Schaden zu beheben, den Oscars Raserei angerichtet hatte. Rosita erwiderte seufzend, dass das zu teuer sei.

Oscar lebt in Hialeah, dem kubanischen Viertel von Miami, bei seinem Bruder Marcelino. In einer ehemaligen Garage, die dieser zum Gästezimmer umfunktioniert hat. Es riecht nach verschimmeltem Gummi und ranzigem Motoröl. Die platt gedrückten Kopfkissen haben schmutzige Ränder, die Laken sind schon lange nicht mehr weiß. Marcelino duldet ihn nur, und Adelina, Marcelinos Frau, spricht kein Wort mit ihm. Er lebt von kleineren Gaunereien, Autodiebstählen und Einbrüchen. Die Polizei hat ihn mehrmals verhaftet, aber jedes Mal wieder laufen lassen. Aus Mangel an Beweisen. Niemand wagt es, gegen ihn auszusagen. Einem Typen, der einem Polizisten die Garage gezeigt hatte, die ihm als Versteck diente, hat er einen Finger abgeschnitten. Wenn er nicht gerade an einem Kneipentresen lehnt oder draußen auf dem Bürgersteig seine klebrige *colada* trinkt, treibt er sich in der Gegend herum und hält nach dem nächsten krummen Ding Ausschau. Sie hat es geschafft, ihre New Yorker Adresse vor ihm geheim zu halten, aber sie hat immer noch Angst, er könnte sie aufstöbern.

Als sie noch in Miami lebte, war die Geige bei ihrem Großvater versteckt, er hatte sie zusammen mit den Waffen im Waffenschrank eingeschlossen. Damals hielt ihr Vater still. Er fürchtete Ulises. Sie spielte in der Garage. Barfuß. Sie schleuderte ihre Sandalen weg, stellte sich mit beiden Füßen fest auf den Beton, lauschte den Unterweisungen ihres Großvaters, platzierte ihre Finger, ließ sie wandern und spielte. Sie schloss die Augen und wurde ein anderer Mensch.

Als Kind hatte sie so große Angst vor ihrem Vater, dass ihr schwindelig wurde, sobald sie ihn um die Straßenecke biegen sah. Es hätte nicht viel gefehlt, und sie hätte ihm die Geige hingehalten, nur damit er wieder verschwand.

Wenn sie ihre Abrechnungen macht, wird ihr auch immer schwindelig.

Wie viele Privatkonzerte sie auch gibt, sie hat Mühe, mit ihrem Geld über die Runden zu kommen. Und dabei gibt sie viele Konzerte! Zweihundertfünfzig Dollar die Stunde, das wird gut bezahlt. Bei Abendgesellschaften, Hochzeiten oder Beerdigungen. Aber man muss sich verkaufen können, und darin ist sie nicht besonders gut.

Darin WAR sie nicht besonders gut, korrigiert sie sich, denn jetzt, jetzt … dieses Wort spricht sie immer wieder vor sich hin: JETZT. Als begänne damit eine neue Zeitrechnung, als täte sich der Himmel auf und schenkte ihr eine glanzvolle Gegenwart. Eine Calypso, die sich etwas traut.

»Ich nehme einen schönen großen Burger mit Pommes frites«, verkündet Gary und legt die Speisekarte wieder hin. »Ich sterbe vor Hunger! Wahnsinn, was ich für einen Hunger bekomme, wenn ich spiele. Du nicht?«

Sie schüttelt den Kopf und lächelt schüchtern.

»Ich muss eine Weile warten, bis die ganzen Emotionen wieder abklingen.«

»Das erinnert mich an das erste Mal, als ich ernsthaft gespielt habe«, sagt Gary, »ich meine, das erste Mal, dass es mir so vorkam, als hinge mein Leben davon ab …«

»Wann war das?«, fragt Calypso.

»Ich wohnte damals noch in London. Ich wusste nicht recht, was ich machen sollte. Ich war ständig wütend, aber ich sagte kein Wort. Ich vergrub alles in meinem Inneren, ich hatte am ganzen Körper rote Flecken! Ich wollte Pianist werden, ich hatte Unterricht bei mittelmäßigen Lehrern, ich übte stundenlang allein zu Hause. Ich suchte einen Lehrer, der diesen Namen auch verdiente, und schließlich fand ich einen, aber ich musste vorspielen, um in seine Klasse aufgenommen zu werden. Er ließ mich die *Ungarische Rhapsodie Nr. 6* von Liszt spielen, du weißt schon, die, die man so leicht vermasselt …«

»Und hast du sie vermasselt?«

»Gnadenlos. Ich habe mit aller Kraft in die Tasten gehauen, sodass mir die Handgelenke wehtaten. Der Lehrer hat nichts gesagt, er hat mir nur zugehört und danach einen anderen Schüler dasselbe Stück spielen lassen, und ich habe mich geschämt. Sein Anschlag war so präzise, so treffend, so gefühlvoll. Er versuchte nicht, die Emotionen einzufangen, er wurde selbst zu den Emotionen.«

»Er tat nicht so, als ob … Er war mittendrin.«

Gary sieht sie hingerissen an.

»Genau so war es. Die Freude am Spielen kam geradewegs aus seinem Herzen, nicht aus dem Kopf, nicht einmal aus den Fingern. Ich bin aufgestanden und wollte gehen. Warum gehst du?, fragte der Lehrer. Hast du Angst? Bist du faul? Und ich schämte mich.«

»Und du bist geblieben?«

»Ja. Von ihm habe ich alles gelernt. Er sagte immer, ich solle der Musik lauschen, mit geschlossenen Augen spielen. Dass ich dann eine andere Art zu spielen entdecken würde. Ich habe lange bei ihm studiert. Er hat mir geraten, auf die Juilliard zu gehen. Und das traf sich gut, denn eines Tages habe ich ihn bei meiner Mutter im Bett erwischt! Ich war außer mir, ich bin abgereist, ohne mich zu verabschieden. Nur meiner Großmutter habe ich Bescheid gesagt.«

Calypso sieht ihn verblüfft an. Sie ist nicht sicher, ihn richtig verstanden zu haben.

»Du hast ihn im BETT deiner Mutter gesehen?«

»Ja. Er war ihr Liebhaber. Ich habe ein Flugticket nach New York gekauft. Und es seither nicht eine Sekunde bereut.«

Er hat die freie, unbekümmerte Art der Menschen, die nicht zu rechnen brauchen, die zerknitterte Scheine aus der Tasche ziehen und sie beim Zahlen achtlos auf den Tisch werfen. Glücklich, entspannt, mit einem strahlenden Lächeln im Gesicht und zerzaustem braunem Haar. Wenn er spielt, schieben sich seine Schultern vor und zurück, sein ganzer Körper hebt und senkt sich, er schließt die Augen, beißt sich auf die Lippen, scheint zu flehen, dann lächelt er, beugt sich über die Tasten, richtet sich wieder auf, streckt sich. Sie spürt seine geschmeidige Gegenwart an ihrer Seite, lässt sie in sich einfließen und den Noten Fleisch verleihen. Er packt die Musik wie ein Bildhauer, seine Hände graben sich in den Lehm. Sie schließt die Augen, beginnt zu schweben, ist wie im Rausch. Ich brauche keinen Alkohol, mir genügt es, ihn spielen zu hören. Er ist aufmerksam, präzise, nimmt nicht den ganzen Raum ein wie manche anderen Pianisten, die den Solisten erdrücken. Er gibt mir den Freiraum, mich zu öffnen, mich zu entfalten, erhabene Klänge aus mir herausströmen zu lassen. Und wenn er sich umdreht, um sich zu vergewissern, dass ich ihm folge, sehe ich die Freude in seinem Blick. Mit der Spitze des Bogens öffne ich die Note, ich lasse sie wachsen, nähre sie mit Farben, Gerüchen, Freudenschreien, dem Lächeln eines Großvaters, der die Hände faltete und zum Himmel hob, um einen gelungenen Akkord zu feiern …

»*Amorcito, mi princesa, mi corazóncito, mi cielito.*«

Sie wirft sich in den Teig der Noten, walkt ihn, knetet ihn, sie will nichts beweisen, sondern alles geben. Mein Liebster, sagt sie, mein Liebster, und sie lächelt über dieses dramatische, von so vielen Misstönen und geschmacklosem Kitsch geprägte Wort, dieses Wort, das so neu ist, dass sie es nur vorsichtig ausspricht. Sie senkt die Lider, sie senkt die Stimme, um nicht verrückt zu wirken. Denn dafür könnte er sie halten, nicht wahr, das könnte er glauben. Sie darf ihn mit diesem Aufruhr, der in ihr tobt, nicht verschrecken. Also hält sie ihn sorgsam verborgen, und ihr Gesicht färbt sich rosa, färbt sich rot, ihre Lippen schwellen an, ihre Wangen runden sich, ihre Augen leuchten hell auf wie der Mond.

Gary dreht den Teller mit seinem Burger, bis die heißen Pommes frites vor ihm liegen, übergießt sie mit Ketchup, zerknüllt eine Papierserviette, reißt den Mund weit auf, schiebt eine erste Gabel hinein und erzählt weiter.

»Mein Klavierlehrer hieß Oliver. Ich meine, er heißt immer noch Oliver, er ist ja nicht gestorben! Er gibt auf der ganzen Welt Konzerte, und soweit ich weiß, ist er auch immer noch mit meiner Mutter zusammen. Ich weiß nicht, ob sie noch in ihn verliebt ist, denn sie ist ziemlich kompliziert und oft wütend. Auf alles Mögliche. Sie verbringt ihre Zeit damit, gegen Windmühlen zu kämpfen. Meine Mutter ist Don Quichotte!«

»Sie hat Träume …«

»Träume und Wutanfälle.«

»Das geht oft Hand in Hand.«

»Ich liebe sie sehr. Wir sind zusammen aufgewachsen. Es klingt komisch, das über seine eigene Mutter zu sagen, aber es stimmt. Und vielleicht wachsen wir immer noch weiter. Vielleicht verändert auch sie sich gerade …«

Er hält inne und fragt sich, warum er das alles erzählt, warum er Calypso Muñez sein Herz öffnet. Dann nimmt er sich zusammen und bittet sie: »Gibst du mir mal das Salz?«

Es ist ja auch ihre Schuld, sie sitzt da vor mir, sieht mich an und sagt kein Wort. Das ist unangenehm. Es kommt mir vor, als stünde ich auf einer Bühne, also rede ich einfach drauflos und erzähle weiß Gott was für einen Unsinn.

Oder schüchtert sie mich ein …?

Oder rührt sie mich vielleicht?

Nein, ich bin nicht gerührt. Und nicht eingeschüchtert.

Aber auch nicht in meinem Normalzustand, so viel ist sicher.

Sie reicht ihm das Salz, er nimmt es, beißt in seinen Hamburger und vergisst die Frage.

»Wir können uns ja auch einmal die Strauss-Sonate vornehmen«, schlägt er vor. »Du weißt schon, die für Violine und Klavier …«

»Das ist meine Lieblingssonate«, sagt sie und schaut mit glühendem Blick zu ihm auf.

»Dann spielen wir sie zusammen«, entscheidet er mit vollem Mund.

Beim gemeinsamen Einstudieren der Beethovensonate ist ihr bewusst geworden, was sie für Gary Ward empfindet.

Als die erste Überraschung verflogen war, nachdem er sie im großen Hörsaal ausgewählt hatte, nachdem er die Silben ihres Namens ausgesprochen hatte, Ca-lyp-so-Mu-ñez, als dieser Moment, der sie in ihren Grundfesten erschüttert hatte, vorüber und sie wieder zur Besinnung gekommen war, hatten sie angefangen, jeden Abend nach dem Unterricht zu üben.

Und eines Tages hatte es ihr klar und deutlich vor Augen gestanden: So, hatte sie sich gesagt, das ist es, ja, das ist es, ich bin verliebt.

Verliebt …

Sie war unter dem Eindruck dieser Erkenntnis zurückgewichen. Hatte sich so fest auf die Lippen gebissen, dass sie bluteten, und sich umgesehen, ob jemand ihr Geheimnis durchschaut hatte. Das ist nicht möglich, hatte sie gleich darauf hinzugefügt. »Verliebt« ist kein Wort für mich. Es muss ein anderes geben, das besser passt.

Calypso ist in allem sehr genau. Wenn man wolle, dass etwas existiere, erklärt sie, dann müsse man auch den richtigen Begriff dafür finden. Wenn jemand »Baum« sagt, man aber nicht weiß, was für ein Baum gemeint ist, dann bleibt dieser lediglich ein Stamm. Aber wenn der andere »Eiche« sagt, »Palme«, »Bougainvillea« oder »Magnolie«, dann breitet der Baum seine Äste aus, seine Blüten, seine Früchte, seinen Duft. Man kann sich in seinem Schatten niederlassen, ihn im Vorbeigehen grüßen. Er existiert. Er hat einen Namen, einen Vornamen, eine Familie, eine Verwendung.

Sie hatte lange nach dem exakten Wort gesucht, das ihren Zustand in Bezug auf Gary Ward beschrieb.

Und sie hatte es gefunden.

Sie hatte vor Freude einen Luftsprung gemacht, als sie es endlich zu fassen bekommen hatte.

War sich vorgekommen wie Gene Kelly in *Singin' in the Rain*.

An diesem Tag hatte es in Manhattan geregnet. Es war Freitag, der 13. April. *Día de mala suerte**, behauptete ihr Großvater immer. *Día de suerte***, hatte Calypso ihm als Kind stets widersprochen. Wie du magst, *amorcito*, hatte er gesagt und seine breiten Hosenträger schnalzen lassen, du entscheidest! Und du wirst immer entscheiden. Du wirst dir niemals etwas

* Ein Unglückstag.

** Ein Glückstag.

gefallen lassen, *de acuerdo*[*]? Sich etwas gefallen zu lassen bedeutet, zu einem erbärmlichen Nichts zu werden.

Es war Freitag der 13., und sie ging gerade die Madison Avenue hoch, um den Bus zu nehmen. Zuvor war ihr schon ein erstes Wort eingefallen, das nicht passte.

»Überwältigt«. Ich bin von Gary Ward überwältigt.

Aber nein, hatte sie kopfschüttelnd gesagt und den Schal wieder über ihre Nasenspitze gezogen. Ich bin nicht von Gary Ward »überwältigt«, das klingt ja so, als hätte er mich bezwungen, als wäre ich seine Gefangene, als würde ich vor ihm im Staub kriechen. Dabei ist es genau umgekehrt: Durch ihn wachse ich bis in den Himmel hinauf.

Gereizt beschleunigte sie ihre Schritte, Gary ist kein Mann, der einen klein macht, und ich bin keine Frau, die sich klein machen lässt, nein, nein. »Überwältigt« ist etwas für diese albernen Hühner, die hinter seinem Rücken kichern, wenn er durch die Schulflure geht, die sich gegenseitig mit dem Ellbogen anstoßen, während sie sich über seinen schönen amerikanischen Wagen unterhalten, über seine französische Verlobte und über sein Lächeln, das selbst die verstocktesten Mädchen nach Luft schnappen lässt. Nein! Nein! Sie ereiferte sich, stieß gegen den orangefarbenen Regenschirm einer Passantin, schubste die große Einkaufstasche einer anderen weg. Nein! Nein!, protestierte sie immer noch. Ich will diesen Kitsch nicht, ich will Arpeggios spielen, das hohe C erschallen lassen!

Sie kam am Laden von Ladurée vorbei, wo jene französischen Macarons verkauft wurden, vor denen die Amerikaner auf die Knie sanken. Mit Rosengeschmack, Pistazie, Schokolade, Mokka. Könnte man behaupten, dass sie in sie verliebt waren? Überwältigt waren sie, das ja. Stundenlang standen sie bei Wind und Wetter an für das Privileg, eine kleine

* Einverstanden?

mandelgrüne Schachtel mit diesen sündhaft teuren köstlichen Macarons zu füllen.

Auch wenn ich nichts von der Liebe verstehe, weiß ich, dass »überwältigt« nicht das richtige Wort ist.

Vor Gary Ward war Liebe etwas, was sie auf den Gesichtern anderer Leute sah, auf zwei Mündern, die einander an einer Straßenecke oder auf einer Kinoleinwand fanden. Und ich, sagte sie sich, ich liebe niemanden, denn mein Mund findet keinen anderen Mund.

Ich, Calypso Muñez, Tochter eines kubanischen Vaters und einer amerikanischen Mutter, die sich gleich nach meiner Geburt aus dem Staub gemacht hat, aufgezogen von einem Großvater, der Musiker war und mir seine Geige vermacht hat. Ulises Muñez, ein schöner Mann mit kohlschwarzem Haar, einem Oberkörper wie ein Stier und einer kühlen, schmeichelnden Stimme. Die Frauen waren verrückt nach ihm und warfen sich in die Brust, sobald er einen Raum betrat. Er streichelte sie, hob sie hoch, wirbelte sie herum, stellte sie wieder hin und kehrte zurück zu seiner Frau Rosita. Ulises Muñez. Schon ungewöhnlich, so ein Großvater, der eine Guarneri besitzt. Genauso ungewöhnlich wie eine Mutter, die die Entbindungsstation ohne ihr Baby verlässt, aber zuvor einen Zettel mit dem Namen einer antiken Nymphe an seine Windel heftet. Ungewöhnlich wie ein kleines Mädchen, das so hässlich ist, dass die Leute ihm nicht ins Gesicht zu schauen wagen und rasch, rasch den Blick abwenden, wenn es sie um Brot bittet, nach dem Weg fragt oder sich danach erkundigt, wann der Bus oder der Zug kommt.

Doch ihr war das alles egal.

Ulises Muñez vergötterte Calypso. Er flocht ihr bunte Bonbonpapierchen ins Haar, sodass sie aussah wie ein Weihnachtsbaum. Schon als Kind hatte Calypso begriffen, dass sie ihren Mund, ihre Nase, ihr Kinn und ihre Zähne niemals würde ändern können. Also war es besser, nicht jedes Mal zu weinen, wenn sie sich im Spiegel betrachtete, sondern sich stattdessen mit ihrem Spiegelbild anzufreunden. Es zu akzeptieren. Sie würde nicht vorgeben, eine andere zu sein, damit die Menschen sie mochten! Das würde nichts bringen, am Ende wäre sie niemand mehr, und außerdem konnte sie sich das gar nicht leisten. Sie würde Calypso Muñez sein, das Mädchen mit dem Mausgesicht.

Das so wundervoll Geige spielte.

Sie klemmte die Geige unters Kinn und entlockte ihr so herrliche Klänge, dass sie sie über alles hinwegtrösteten. Und sie trösteten sie nicht nur, sie ließen sie wachsen. Die Musik hatte sie Anmut und Schönheit gelehrt. Sie hatte sie das Leben gelehrt. Das Wunder des Lebens.

Nein, nein, wiederholte sie, während sie die Madison Avenue hinaufging, »überwältigt« passt einfach nicht!

Sie grübelte, grübelte.

Sie ließ einen Bus fahren, dann den zweiten. Sie musste zu Fuß gehen. Das passende Wort würde ihr nicht im M1 oder M2 einfallen, eingezwängt zwischen den anderen Fahrgästen, nein, dafür brauchte sie Platz. Es fällt einem nichts ein, solange man eingezwängt bleibt. Die Gedanken kommen erst mit der Bewegung, die einen davonträgt und Worte und Klänge aufkeimen lässt, die einen mit Emotionen erfüllen.

Abrupt blieb sie stehen.

»Erfüllen!«

Sie war von Gary Ward »erfüllt«.

Sie fühlte sich wie von einer Woge getragen, auf Erstaunen folgte Glück, auf das Gefühl ein Ausruf freudiger Überraschung. Sie ritt auf der allerhöchsten Welle.

Unvorstellbar hoch war sie, und sie trug sie weit, weit mit sich fort!

Sie verspürte den Drang, jemandem davon zu erzählen,

einer lieben Freundin, einem mitfühlenden Vertrauten ihr Herz auszuschütten.

Sie musste jemandem davon erzählen.

Und so war sie auf der Madison Avenue vor einem Blumenladen stehen geblieben.

Hatte eine Pflanze gekauft. Ein Duftveilchen oder *Viola odorata*? Der Florist wusste es nicht, aber er hatte ihr zu ihrer Wahl gratuliert. »Reden Sie mit ihr«, hatte er leise gesagt, »sie ist schüchtern.«

Sie hatte sie auf ihre Fensterbank gestellt, vor das Fenster, das nach Norden hinausging. Sie würde mit ihrem Duftveilchen reden.

Und sie erzählt ihm …

Von den Proben, davon, wie sie die Augen schließt, sie wieder öffnet, wenn er sagt, so ist es gut oder das funktioniert nicht oder lass es uns einmal so versuchen … Sie lauscht seiner Stimme, sie beobachtet seine Hände, die sich stufenweise heben, Kreise in die Luft zeichnen.

»Und weißt du, *Viola odorata*, er hat eine ganze eigene Art. Mit seiner linken Hand, da konstruiert er, modelliert, formt, man könnte meinen, sie stecke in einem eisernen Handschuh, und seine rechte Hand, die wirbelt umher, ziseliert, sie erscheint beinahe wie Quecksilber! Der kleine Finger seiner rechten Hand verrichtet eine unglaubliche Arbeit. Er verleiht seinem Spiel Biss, Virtuosität und Glanz. Ich habe noch nie einen so kühnen, so wirkungsvollen kleinen Finger gesehen … er schillert!«

Sie erzählt ihm …

Davon, wie sie stundenlang zusammen spielen, zurückgezogen in einem kleinen Raum in der Schule. Bis er irgendwann vorschlägt: »Sollen wir einen Kaffee trinken gehen?« Und sie gehen hinaus. In der hereinbrechenden Dunkelheit spielt eine Flöte leise die Melodie des Glücks. Welche Freude, verliebt zu sein, und die Mauern des Lebens färben sich unversehens rosa!

Der Dante Square vor der Metropolitan Opera verwandelt sich in einen riesigen Park, die Lichter der Restaurants in gewaltige Scheinwerfer, sie nimmt Anlauf, tanzt, er lächelt, sagt: »Ich mag es, wenn du herumkasperst, ich beobachte dich gern dabei.« Sie hält in ihrer Bewegung inne, er hat »ich mag« gesagt, er hat »dich« gesagt, er hat »ich mag dich« gesagt. Sie zweifelt nicht mehr.

Sie liebt. Und er schaut sie an.

Das ist ein Anfang, offenbart sie dem Duftveilchen, ich meine, das ist ein guter Anfang für eine Liebesgeschichte.

Seine Blicke sagen mir, dass meine Wangen voller geworden sind, dass mein Mund runder geworden ist, dass mein Teint einem zarten Blütenblatt gleicht.

Sie wird ihr ganzes Leben von der wundervollen Erinnerung an diesen Monat mit Gary Ward zehren. Der Erinnerung an einen ganzen Monat voller Glück.

Es gibt nicht viele Menschen, die sich rühmen können, in ihrem Leben einen ganzen Monat lang glücklich gewesen zu sein. Kennst du viele, bei denen das der Fall ist, *Viola odorata*?

Jetzt steht er auf, denkt sie bei sich, jetzt trinkt er seinen Kaffee, jetzt zieht er sich an, jetzt geht er aus dem Haus, jetzt ist er auf dem Weg zur Schule, jetzt betritt er die Eingangshalle … und sie steht auf, trinkt ihren Kaffee, zieht sich an, macht sich auf den Weg zur Schule.

Sie ist nie mehr allein.

Sie schaut hoch, noch höher hinauf als bis zum Himmel, sie verschränkt die Finger und sagt Danke. Einfach nur Danke.

»Möchtest du einen Kaffee?«, fragt Gary, während er nach dem letzten Kartoffelstäbchen greift.

»Nein, danke.«

»Aber du hast gar nichts gegessen!«

»Ich habe noch Käse und Obst zu Hause.«

»Wo wohnst du denn?«

»Oben in East Harlem. Ecke Madison und Hundertzehnte.«

»Das ist nicht gerade nebenan.«

»Es war das Einzige, was ich gefunden habe. Und so komme ich jeden Tag durch den Park. Ich gehe gern im Park spazieren. Manchmal bleibe ich stehen und spiele unter freiem Himmel. Ich stelle mir vor, dass ich auf der Bühne eines großen internationalen Festivals stehe …«

Auch er geht gern im Park spazieren. Er durchquert ihn oft zu Fuß. Und er zieht sich gern in eine der Holzhütten zurück. Eine große Schutzhütte aus Rundhölzern. Niemand kommt dorthin, außer einem angetrunkenen Obdachlosen, der hin und wieder zusammengerollt in einer Ecke schläft und am frühen Morgen wieder verschwindet, die Augen noch vom Alkohol vernebelt.

Er hatte seinen ersten Sommer in Manhattan in dieser Hütte ganz in der Nähe der Central Park South verbracht. Er studierte Partituren, lernte sie auswendig, summte die Melodie vor sich hin. Er übte, die Noten zu erkennen, wenn er sie hörte, indem er die Stücke, die er auf seinem iPod gespeichert hatte, niederschrieb. Er notierte alle Lieder der Beatles in einem kleinen weißen Notizbuch und sang: »*We all live in a yellow submarine, yellow submarine.*«

Dort hatte Hortense ihn an einem Sommertag aufgestöbert. Er hatte ihr die kalte Schulter gezeigt. Sie hatte ihn geschüttelt. Sie hatten sich gestritten, einander angestarrt, sich geküsst und sich von diesem Tag an nie mehr getrennt.

Hortense. Ich vergesse sie völlig, wenn ich mit Calypso zusammen bin!

»Manchmal geben die Leute mir Geld«, erzählt Calypso. »Manchmal schauen sie mir zu, ohne sich zu rühren, beinahe ohne zu atmen. Neulich hat ein sehr eleganter Mann mir einen Hundertdollarschein gegeben! Er hat gesagt, er werde wiederkommen, um mir zuzuhören, und er hat gefragt, wo ich auftrete und ob ich einen Agenten hätte ... Ich hätte am liebsten gelacht, aber ich habe keine Miene verzogen, um ihn nicht zu kränken.«

Einmal hat Gary sie im Park gesehen, auf dem Weg auf Höhe der 79th Street. Einem sich schlängelnden, immer schmaler werdenden, unter den Bäumen auf und ab führenden Weg. Eine kleine Brücke, zwei kleine Brücken, ein dunkler Teich, auf dem griesgrämige Enten mit langen, kahlen, leuchtend roten Hälsen schaukeln. Nur wenige Leute benutzen diesen abseits gelegenen Pfad, aus Angst vor unangenehmen Begegnungen. Nur leise hört man von fern das Rauschen der Stadt, das Hupen der Autos, die Sirenen der Krankenwagen.

Calypso war mit ihrer Geige unter dem Arm in diesen Weg eingebogen. Er hatte ihr etwas Vorsprung gelassen. War ihrer Gestalt in der kurzen ausgefransten Jeansjacke, dem orangefarbenen ärmellosen Top, dem unförmigen blasslila Rock mit großen grünen Blumen, der ihr bis an die Waden reichte, und den goldenen Sandalen gefolgt. Hortense hätte das nicht gutgeheißen. Sie hätte Calypsos Foto mit einem dicken schwarzen Kreuz versehen. Nein! Nein! Nein!

Calypso war oberhalb des Turtle Pond stehen geblieben, war auf einen großen, abgeflachten Felsbrocken geklettert, hatte eine Telefonnummer gewählt, ein paar Worte gesagt, währenddessen das Unkraut und die kleinen Kiesel vom Stein gefegt und schließlich ihr Handy darauf abgelegt. Sie hatte die Geige aus dem Kasten genommen und barfuß im Stehen eine Partita für Violine von Bach gespielt. Die *Partita Nr. 3*. Sie brach mitten im Stück ab, hob das Handy auf, sprach auf Spanisch hinein und spielte die Stelle erneut, um einen Fehler zu korrigieren.

Zum Schluss hatte sie fröhlich aufgelacht und sich selbst applaudiert. Dann hatte sie die Geige zurück in den Kasten gelegt, hatte ihre Sandalen wieder angezogen und war weitergegangen.

Gary ruft den Kellner und bittet um die Rechnung. Er streckt sich auf der Bank, schaut Calypso an, seine Augen lächeln ihr zu.

Sie würde ihn so gerne küssen. Sie weiß nicht, wie man küsst. Sie hat noch nie die Lippen eines Jungen berührt. Einmal hat sie es mit einem Golden Delicious probiert und ist zusammengezuckt, als sie den Abdruck ihrer Zähne im Fruchtfleisch gesehen hat. Man darf also nicht beißen, hat sie sich gesagt. Nur ganz behutsam die Lippen darauflegen und …

»Erinnerst du dich noch an deinen ersten Wettbewerb?«, fragt sie ihn, um ihr allzu schnell pochendes Herz zu beruhigen.

»Oh, ja! Ich hatte mit so viel Gefühl, so viel Leichtigkeit gespielt, ich war regelrecht durch die Stücke getanzt, und am Ende brach das Publikum in lauten Beifall aus. Sie haben mich fünfmal zurückgerufen, und ich habe mich gefragt, ob sie vielleicht eine Zugabe wollten, also habe ich mich wieder ans Klavier gesetzt, um noch etwas zu spielen, und da kam ein Assistent zu mir und hat mir unter dem Gelächter der Jury und des Publikums erklärt, dass so etwas bei Wettbewerben streng verboten sei!«

Er lehnt sich schwungvoll nach hinten und fängt die Rechnung in der Luft auf. Zieht ein paar zerknitterte Scheine aus der Tasche.

»Wie machst du das, Calypso? Hast du ein Geheimnis? Ich habe noch nie so viel über mich selbst geredet!«

Hortenses Bleistift ist auf das Zeichenblatt gefallen. Sie hat ihre Kollektion beendet. Ihre erste eigene Kollektion. Sie signiert jedes Modell in großen, steilen Lettern mit ihrem Namen: HORTENSE CORTÈS. Kritzelt das Datum daneben. Lässt eine Wange auf das Papier sinken.

Die weißen Kerzen sind heruntergebrannt, es ist nur noch Wachsgeröll übrig.

Sie kämpft gegen den Schlaf, doch die Augen fallen ihr zu.

Die Ravioli sind im Topf angebrannt, und der geriebene Käse trocknet in seinem Tonschälchen vor sich hin. Die Flasche Château Franc Pipeau ist beinahe leer.

Die Uhr zeigt drei Uhr morgens.

Ein erster Schlag hallt durch die Nacht. Wie der Schlag eines Hammers auf einen Amboss. Gefolgt von einem weiteren Schlag und noch einem. Sie lächelt, der verrückte Biber ist wieder da. So nennt sie das Geräusch der Heizkörper, die mitten in der Nacht zum Leben erwachen, das Pfeifen des Dampfs, der hochsteigt und die alten Leitungen erschauern lässt, das erstickte Keuchen spritzenden Wassers, das wiederholte Hämmern in den Rohren, sie stellt sich das Leben des verrückten Bibers vor, der jede Nacht in den Heizkörpern herumstöbert, um sein nächtliches Werk zu verrichten: reinigen, schaben, klopfen, Verstopfungen beseitigen, freien Durchfluss ermöglichen, heizen. Morgens früh, wenn alles wieder funktioniert, schläft der verrückte Biber ein. Bis zur nächsten Nacht.

Sie schenkt sich ein letztes Glas Château Franc Pipeau ein. Hebt es auf das Wohl ihrer ersten Kollektion. In ihrem Kopf dreht sich alles, bestimmt hat sie zu viel getrunken. Sie fantasiert.

»Ein Hoch auf Hortense Cortès!«, sagt sie laut, während sie ihrer Schreibtischlampe zuprostet. In der Scheibe des Spitzbogenfensters vor ihr sieht sie das Spiegelbild eines Mädchens, das mit sich selbst anstößt. Das Mädchen wirkt erschöpft, aber stolz. Sie sollte diesen Moment in einem Foto festhalten. Diesen Moment, in dem sie zum zweiten Mal zu Hortense Cortès geworden ist, in dem sie ihren verrücktesten Traum verwirklicht und ihm in den makellosen Zeichnungen einzigartiger Modelle Gestalt verliehen hat.

Komisch, denkt sie noch, wo bleibt Gary?

Vielleicht hätte ich Hortense anrufen sollen, sagt sich Gary, als er zu Fuß von Harry's Burritos nach Hause geht, nachdem er ein Taxi herangewinkt, Calypso auf die Rückbank gesetzt, dem Fahrer einen Zwanzigdollarschein gegeben und ihn angewiesen hat: »Bringen Sie die junge Dame wohlbehalten nach Hause! Ich verlasse mich auf Sie.« Seine Mutter hatte ihm das beigebracht, als er noch ganz klein war. »Wenn du groß bist und jemandem begegnest, der weniger Geld hat als du, der schwächer oder verletzlicher ist als du, dann denk immer daran, dass du vom Glück begünstigt bist, dass du viel bekommen hast, und gib. Lass dich niemals dazu hinreißen, egoistisch, herablassend oder arrogant zu sein, denk an den anderen, versetze dich in seine Lage und frage dich, was du für ihn tun kannst.« Warum kommt ihm mitten in der Nacht die Erinnerung an seine Mutter? Und wie lange hat sie ihn schon nicht mehr angerufen? Das sieht ihr gar nicht ähnlich. Normalerweise vergeht kein Tag, an dem sie ihm nicht eine Nachricht oder ein Foto schickt, ihm eine Anekdote erzählt oder von etwas berichtet, worüber sie sich geärgert hat. Er nimmt sich vor, sie am nächsten Tag anzurufen. *Hello, Mum*, wird er sagen. Sie liebt es, wenn er sie *Mum* nennt.

Calypso hat ihm hinter der Scheibe wilde Zeichen gegeben, die wohl bedeuten sollten, nein, nein, kommt überhaupt nicht infrage, dass du diesen Mann dafür bezahlst, dass er mich fährt! Er hat die Arme gehoben, zu spät, schon passiert! Und das Taxi ist losgefahren. Calypsos Gestalt mit der Guarneri, die aufrecht wie eine Anstandsdame neben ihr saß, ist verschwunden, und Gary hat geseufzt. Calypso, die Guarneri, Beethoven, so viele Emotionen! Er kann nicht mehr klar denken. Er fühlt sich ein wenig betrunken.

Er wird zu Fuß nach Hause gehen.

Er braucht einen Moment für sich, bevor er Hortense gegenübertritt.

Allein, in der sicheren Zuflucht seines Kopfes, wird er in seine Höhle hinabsteigen und darüber nachdenken, warum er so glücklich ist, seit er diese Beethovensonate einstudiert. Über die rätselhafte Frage nach dem Ursprung dieses eigenartigen Glücks nachdenken, das aus ihren Noten aufsteigt. Ein ätherisches, leichtes Glück, das immer weiter anschwillt und ihn mit jedem Tag ratloser zurücklässt, was die Antwort auf diese Frage betrifft. Eine Umarmung, ohne dass Körper einander umfangen, ein Erschauern sämtlicher Sinne, ohne dass sich ihre Lippen, ihre Hände, ihre Beine berühren, eine überwältigende Freude zu leben, zu spielen, zu atmen. Ein langsamer, behutsamer Anstieg. Jeden Tag entdeckt er neue Stufen der Glückseligkeit, jeden Tag ist er aufs Neue hingerissen, und mit jedem Tag wird er verletzlicher, denn er kann sich den Grund für diesen inneren Aufruhr nicht erklären.

Andächtig spielen sie, andächtig entwickeln sie jeden Akkord, andächtig stimmen sie sich aufeinander ab, stützen sich aufeinander, erheben sich in die Lüfte, wirbeln im Kreis, und andächtig entdecken sie beide ein neues Glück in der Umarmung ihrer Instrumente, eine neue Tiefe, einen neuen Widerhall. Er entwickelt sich, wächst über sich hinaus, macht einem neuen, verborgenen, unterirdischen Gary Platz, den er unter seinen Fingern entstehen lässt. Der Nachbar von unten. Ein ruhigerer und gleichzeitig widerstandsfähigerer, selbstsichererer Gary, ein Fremder, der nur danach verlangt, aus seinem Körper herauszutreten … Kann er diesen anderen daran hindern, den ganzen Platz einzunehmen? Kann er das?

Denn plötzlich ist das Leben zu dieser kostbaren Sache geworden: die Beethovensonate mit Calypso Muñez zu spielen, eine neue Art zu entwickeln, die Töne anzuschlagen, eins zu werden mit Beethoven. »Hörst du das? Hörst du die Spannung zwischen dem A und dem As?«, fragt er. »Es klingt beinahe wie Mozart!«, antwortet sie.

Nach dem letzten Akkord verharrt sie reglos auf ihrem Stuhl. Sie sitzt auf der äußersten Kante, als würde sie gleich herunterfallen, und horcht mit geschlossenen Augen den verklungenen Tönen nach, in einer Art Übergangswelt zwischen dem Himmlischen und dem Irdischen. Dann dreht sie sich zu ihm um und lächelt ihn ernst und andächtig an, mit dem etwas dümmlichen Lächeln einer Frau, die durch ein Wunder geheilt wurde.

Und er lächelt zurück, genauso einfältig, wie sie es zu sein scheint. Zwei Idioten irgendwie.

Wie soll ich dieses Abenteuer erklären?, fragt er sich mit einem Blick auf die Uhr, dann denkt er, dass Hortense mit ein bisschen Glück bereits schläft und er nicht zu erklären braucht, was er selbst nicht begreift. Und seine Gedanken wandern wieder zu ihrer letzten Probe … wie sie sich zurücklehnte, um die Geige unters Kinn zu klemmen, wie sie den Bogen aufsetzte, ihn probeweise ein paarmal auf und ab bewegte, dem Instrument ein paar Noten entlockte und schließlich den Kopf in den Nacken legte und darauf wartete, dass er das Zeichen gab. Bevor sie die Geige zur Hand nahm, wirkte sie stets eingeschüchtert und linkisch, doch dann vollzog sich die Metamorphose. Sie nahm den Moment in Besitz, stützte sich ab, unversehens ging eine grenzenlose Anmut von ihr aus, und er ließ sich von ihrem Gesicht hinwegtragen, dessen Augen an eine Heilige in Ekstase erinnerten.

Und es war, als ... als verschmölzen sie zu einer Einheit, als kosteten sie voneinander, ohne sich zu berühren.

Und dieses Hungern nach dem anderen fühlt sich so gut an, dieses Hungern nach der Unendlichkeit des anderen! Der Gesang ihrer beider Instrumente. Dieser gefährliche Aufstieg hin zu einem unbekannten Ziel, hypnotisiert von den großen schwarzen Augen der Nymphe, der »hehren Göttin«, die für Odysseus brannte und auch ihn verbrennt. Diese schwarzen Augen, schimmernd wie Silber, Quecksilber und Blei, in die er hineinstürzt und in denen er um ein Haar ertrinkt. Ein Sonntag ohne Probe erscheint ihm lang und sinnlos. Er sucht sie, er wartet auf sie, seine Finger klopfen nervös, sein Hals reckt sich nach einem Ton und noch einem.

Kann es sein, dass er süchtig wird?

Wonach? Nach wem?

Doch nicht nach diesem Mädchen!

Calypso hat einen Körper wie ein magerer Klepper. Ach ja? Tatsächlich?

Calypso trägt ihr Haar in einem Rattenschwanz. Ist das wichtig?

Calypso hat schiefe Zähne und ein fliehendes Kinn. Wenn Sie das sagen ...

Calypso ist hässlich, hässlich, hässlich. Seien Sie still, oder ich geb Ihnen ein paar aufs Maul!

Er hört die Töne, spürt die Wellen, die Schwingungen, die von ihrem Körper ausgehen und in den seinen eindringen. Und alles ist richtig, präzise, harmonisch. Alles packt ihn bei der Kehle. Sie verfügt über die Gabe, das Leben mit beiden Händen zu ergreifen und einen damit vollzuspritzen. Also ist es ihm egal, was die anderen denken. Laut und deutlich verkündet er: Ich bin Gary Ward, ich will das, ich tue das, und wenn es Ihnen nicht passt, dann haben Sie eben Pech gehabt! Frei und unsterblich verliebt in alles, was er in sich entdeckt, in all das, was sie ihm mit einem einzigen Bogenstrich enthüllt hat.

Calypso ist eine Zauberin. Um ihr zu entfliehen, müsste er sich die Ohren zuhalten.

Das wird er Hortense niemals erklären können.

Er steckt den Schlüssel ins Schloss und beschließt, es gar nicht erst zu versuchen.

Hortense ist auf ihrem Schreibtisch eingeschlafen, ihre Wange liegt auf einem Arm, in ihrem wirren Haar stecken Stifte, und ihre Finger zieren kunterbunte Flecken. Sie steckt sich die Stifte immer ins Haar, wenn sie arbeitet, um rascher danach greifen zu können. Sie erwischt nie die falsche Farbe. Es ist ein Rätsel. Während er die Stifte einzeln herauszieht, bemerkt er eine leere Flasche Château Franc Pipeau. Hortense trinkt nur, wenn es etwas zu feiern gibt. Sie hütet sich vor Alkohol. Behauptet, er lasse die Ideen verdunsten.

Hortense kann so kategorisch sein. Piff, paff, puff, das Leben ist ein Dreivierteltakt, geschlagen auf einer großen Trommel.

Das Licht der Lampe fällt auf ihre Wange, wärmt sie sacht, überzieht sie mit einem etwas tieferen Rosa und zeichnet rote Flecken auf ihre Stirn. Ihr Mund steht ein wenig offen, und ihre Lippen bewegen sich, als folgten sie einem Traum. Einem Albtraum, der hin und wieder ihren Mund verzerrt. Sie stöhnt, schreit leise auf, ihr Körper zuckt und entspannt sich dann wieder.

Er verspürt den Drang, sie in die Arme zu nehmen, sie zu wiegen. Er schaltet die Lampe aus, räumt ihre Skizzen zusammen, schiebt das Glas und die Flasche zurück, hebt Hortense hoch, trägt sie zu ihrem Bett und legt sich neben sie.

Sie bewegt sich sacht, die Reifen an ihrem Handgelenk klirren, er kennt das Geräusch ihrer Armreifen gut, sie hebt den Kopf, drückt ihre Lippen auf die seinen, flüstert: Gary … Ihr Mund ist weich, ihr Kuss hingebungsvoll, sie sagt, dass sie nicht einschlafen wollte, dass sie mit ihm reden wollte, ihm sagen …

»Ich bin da, ich bin wieder zu Hause.«

»Ich hatte Ravioli gemacht, o Gary, heute Abend ist etwas Unglaubliches passiert! O, mein Kopf! Ich habe die ganze Nacht gearbeitet …«

Sie lässt den Kopf auf die Seite sinken, er glaubt, der Kummer darüber, dass er nicht nach Hause gekommen sei, habe sie überwältigt, er glaubt, sie habe die Flasche Château Franc Pipeau getrunken, um sich von ihrem Warten abzulenken, und wiederholt: »Ich bin da, ich bin wieder da.«

»Hortense«, flüstert er. »Es ist so spät, ich dachte … Ich dachte, du wärst wütend, ich dachte, du würdest mir eine Szene machen. Wir streiten so oft in letzter Zeit, dass ich gar nichts mehr von uns weiß.«

Sie ächzt leise, schlingt die Arme um seinen Hals und murmelt: »Ich habe meine erste Kollektion entworfen, und sie wird ein riesiger Erfolg, sag mir, dass sie ein riesiger Erfolg werden wird …«

»Ja, sie wird ein riesiger Erfolg, da bin ich mir sicher.«

»Du glaubst nicht, wie … Aber das erzähle ich dir morgen, ich habe zu viel getrunken. Ich wollte nur ein bisschen zeichnen, und dann konnte ich einfach nicht mehr aufhören, verstehst du? Die Ravioli … habe ich den Herd ausgeschaltet?«

Er weiß nicht, ob sie im Traum redet oder wach ist, sie verschluckt die Hälfte ihrer Wörter. Er hebt den Kopf, schnuppert, riecht nichts Verbranntes, beruhigt sie.

»Ich habe meine Idee, Gary, ich bin so glücklich, und so müde, ich glaube, ich werde zwei Tage und zwei Nächte am Stück schlafen, wir werden uns nicht mehr streiten, wir werden uns nie wieder streiten …«

Sie regt sich, wiederholt: »Ich habe meine Idee, weißt du, es war ein Geistesblitz, in Elenas Badezimmer, mit einem Mal wusste ich es … ich muss noch weiterarbeiten, klar, ich bin noch lange nicht fertig. Das ist nur der Anfang.«

»Beweg dich nicht«, flüstert sie, die Arme um seinen Hals geschlungen, »beweg dich nicht, mein Kopf dröhnt …«

Er streichelt ihre Wange, wispert: »Zeigst du es mir morgen?«

»O ja!«, seufzt sie.

Er küsst sie, pustet in ihr Haar, hält nach einem Buntstift Ausschau, den er vielleicht übersehen hat.

»Ich werde groß rauskommen, ganz groß …«

»Aber du bist doch schon groß, ganz groß.«

»O Gary, glaubst du wirklich?«

»Ich habe immer gewusst, dass du es schaffen wirst.«

»Du und ich, wir werden die Größten sein, und die reichsten Menschen auf der ganzen Welt.«

»Die reichsten?«

»Ja, und dann machen wir genau das, was wir wollen. Wir werden auf nichts verzichten. Wir werden das schönste Haus haben, die schönsten Kleider, Schmuck, ein wunderbares Klavier, einen Chauffeur, Dienstboten. Wir werden uns die verrücktesten Wünsche erfüllen. Wir werden keine Kompromisse eingehen. Wir werden die Könige der Welt sein und für immer zusammenbleiben. Versprochen?«

»Versprochen.«

»Und ich werde Papa rächen. Er wollte auch Erfolg haben. Er hat es nicht geschafft, er vertraute anderen Leuten, er vertraute sogar den Krokodilen, er war zu weich, aber ich bin nicht so wie er.«

»Nein, du bist nicht kleinzukriegen!«, entgegnet er lächelnd.

»Lach nicht, ich meine das ernst. Papa wurde von einem Krokodil gefressen, weil er zu nett war, er dachte, er könnte mit ihm reden. Aber ich werde mich nie, niemals von einem Krokodil fressen lassen.«

»Du wirst sie alle selbst fressen!«

»Ich werde niemals arm sein und niemals nett. Arm zu sein ist furchtbar… und nett zu sein ist furchtbar, die Leute glauben, sie könnten sich alles erlauben, sie trampeln auf dir herum, sie nutzen dich aus, sie quälen dich. Papa wollte reich sein, er sagte immer, dass er viel Geld verdienen würde, dass er mich wie eine Königin behandeln würde, und dann ist er gestorben. Manchmal denke ich daran zurück, dann sehe ich das Krokodil, ich sehe Papa, und…«

»Denk nicht daran.«

»Ich will ja nicht daran denken, aber es ist stärker als ich!«

»Das ist normal, Hortense, das ist ganz normal.«

»Ich werde ihn rächen, ich werde steinreich…«

»Ja, Hortense, steinreich.«

»Weißt du, ich habe dir das noch nie erzählt, aber ich träume oft von Papa. Es ist immer der gleiche Albtraum. Ich sehe, wie er in das trübe Wasser geht, das Wasser ist zäh, klebrig, gelb, und er… er setzt einen Fuß vor den anderen, es sieht aus, als hielte er die Hände hoch, um zu zeigen, dass er als Freund kommt, er will mit dem Krokodil reden, er glaubt, er könne es zähmen! Und ich bin auch da, nicht weit von ihm entfernt, ich sehe das Krokodil, es rührt sich nicht, es wartet ab, es mustert ihn aus seinen halb geschlossenen Augen, ich sehe nur seine leuchtend gelben Augen in der Dunkelheit, dann bewegt es sich ein bisschen, es ist schwer, behäbig, es kommt näher, und… ich schreie, um Papa zu warnen, ich schreie ganz laut, und dann geht alles sehr schnell, das Krokodil… sein Maul und das ganze Blut! Überall ist Blut! Und ich laufe durch die Nacht, ich laufe, so schnell ich kann, ich schreie, aber niemand hört mich. Ich bin allein, und ich kann ihm nicht helfen. Es ist grauenvoll!«

»Ich weiß, Hortense, ich weiß.«

»Ich rufe, so laut ich kann, damit ihn jemand da rausholt, aber es kommt niemand… es kommt niemand. Er ist ganz allein. Er schreit, er schlägt um sich, und dann ist es zu spät. O Gary, es ist so schrecklich! Ich schreie ganz laut, aber vergebens, ich weiß, wenn jemand käme, könnte er vielleicht gerettet werden, ich selbst bin noch zu klein, um ihn da rauszuholen…«

»Du konntest nichts dafür. Das ist ein fürchterlicher Tod…«

»Meine Beine gehorchen mir nicht mehr, ich schwitze, ich zittere vor Kälte. Und deshalb will ich reich werden, steinreich…«

»Um keine Angst mehr zu haben?«

»Ja. Denn wenn du Geld hast, viel Geld, dann gehst du zu Chanel, du gehst zu Hermès, du gehst ins Ritz, und du weißt sofort, dass man dich beschützen wird, dir kann nichts passieren. Die Leute sind freundlich, sie sind gut gekleidet, sie sind sauber, sie sprechen eine gepflegte, farbenfrohe Sprache, sie lächeln dich an, sie beruhigen dich, du kannst dir sogar einbilden, dass sie dich lieben…« Sie seufzt tief auf. »Ich hätte mir so gewünscht, dass er bei meiner ersten Modenschau dabei gewesen wäre. Ich hätte ihm einen Platz in der ersten Reihe reserviert, er wäre gut gekleidet gewesen, hätte gelächelt, er war immer so elegant, er war derjenige, der mir die Freude an schönen Dingen vermittelt hat, er hat mir beigebracht, mich hübsch anzuziehen, mich gerade zu halten. Das ist meine Tochter!, hätte er allen gesagt. Hortense Cortès, das ist meine Tochter! Er wäre so stolz gewesen! Er war schon damals stolz auf mich, und ich hatte noch gar nichts geleistet…«

»Er wusste, dass du Erfolg haben würdest.«

»Meinst du?«

»Er vertraute dir. Ich weiß noch, wie er dich immer angesehen hat. Es war rührend.«

»O Gary, du bist wunderbar.«

Sie lächelt glücklich.

»Zeigen Sie mir morgen, was Sie entworfen haben, Hortense Cortès?«, fragt er und zieht sie an sich.

»Ja! Und ich zeige es auch Elena. Sie hat den richtigen Blick dafür, weißt du.«

Sie murmelt noch ein paar Worte, die er nicht versteht.

»Was hast du gesagt, Hortense?«

»Fliegst du mit mir im Hubschrauber über Manhattan?«

Er sieht sie verwundert an.

»Ich wollte schon immer einmal über Manhattan fliegen. Aber wir haben es nie getan.«

»Ja, das machen wir …«

»Und wir fliegen noch höher hinauf als der Himmel.«

»Noch höher als der Himmel«, verspricht er.

Sie seufzt und schläft unvermittelt ein, als habe sie ihre letzten Worte gesprochen.

Gary drückt sie an sich und zieht die Decke über ihre Schultern. Die Nacht ist reglos, langsam verstreicht die Zeit, er lauscht dem Klopfen ihres Herzens. Er liebt es, Hortense zu beschützen, sie zu beruhigen, über sie zu wachen, wenn sie schläft, zu verhindern, dass die Krokodile wiederkommen. Er sieht zu, wie die Dunkelheit allmählich hinter dem Schlafzimmerfenster verblasst und das Tageslicht das Parkett neben dem Bett erobert, wo es ein perfektes Rechteck aus weißem Licht zeichnet. Er lässt seine Finger über Hortenses Schulter wandern, deutet Töne an, eine Klaviersonate von Schubert. Er denkt an den Himmel über Manhattan, er denkt, dass Schubert keinen Hubschrauber brauchte, um höher zu steigen als der Himmel, und die Klänge eines imaginären Klaviers, vermischt mit dem Tagesanbruch, der nach und nach das perfekte Rechteck vergrößert, tragen ihn hoch, so hoch hinaus, dass er lächelt und glücklich die Augen schließt.

Als Hortense am nächsten Morgen aufwacht, wirft sie einen Arm zur Seite und stellt fest, dass Gary fort ist. Auf dem Kopfkissen liegt ein Zettel mit der Nachricht: »Sehen wir uns heute Abend? Erzählst du mir dann alles? Ich küsse Dich, große, ganz große Hortense.«

Sie lächelt und erinnert sich: Letzte Nacht hat sie ihre erste Kollektion entworfen.

Sie zieht das Laken hoch bis unters Kinn, legt die Nase darauf, darunter, darauf, darunter, Kapitän Haddock fällt ihr ein mit seinem Bart, und sie lacht, rekelt sich, versucht sich daran zu erinnern, was tags zuvor passiert ist, springt mit einem Satz aus dem Bett, als drohe höchste Gefahr, rennt zu ihrem Tisch … Die Skizzen liegen fein säuberlich da. Sie seufzt erleichtert, sie hat nicht geträumt, da ist ihre Kollektion, bereit, sich mit Leben zu füllen.

Und dennoch …

Sie hat Lampenfieber. So was von idiotisch! Ich muss ruhig bleiben, ich gehe hoch zu Elena. Sie wird mir sagen, was ich tun soll.

Vormittags empfängt Elena keinen Besuch. Dann liegt sie faul in ihrem Himmelbett, trinkt Tee und isst zwei Scheiben Zwieback mit Butter, die ihr Grace, die Haushälterin, bringt. Erst um elf Uhr, nachdem sie die Zeitungen gelesen und die Artikel ausgeschnitten hat, die sie behalten möchte, stellt sie einen Fuß auf den Boden.

Es ist erst neun Uhr!

Hortense flitzt unter die Dusche, zieht Jeans, T-Shirt und einen dicken Pullover an, bürstet sich kopfüber das Haar, greift nach Garys Tube Niveacreme und sieht auf die Uhr.

Zwanzig nach neun.

Sie wärmt Wasser für einen Kaffee, lehnt sich auf den Tresen, der die Küche vom Wohnzimmer trennt. Sie erschauert: Was, wenn die Entwürfe Elena nicht gefallen? Blättert durch eine Ausgabe der *Vogue*, ein Mädchen in einem Louis-Vuitton-Schlafanzug trinkt Kaffee, die langen Beine hat es ausgestreckt, an den Füßen trägt es Pumps von Louboutin. Eingehend mustert Hortense die weit geschnittenen Schlafanzughosen, den Kragen, die Ärmelaufschläge …

Halb zehn.

Sie tippt in die Computertastatur, stößt auf ein Interview mit Stella McCartney, das in einem Luxushotel in New York geführt wurde. »Wie schaffen Sie es bloß, so gut auszusehen?«, fragt die Journalistin, die es nicht fassen kann, dass sie tatsächlich neben ihrem Idol sitzt, und McCartney mit offenem Mund anstarrt. Mach den Mund zu!, befiehlt Hortense. »Ich esse kein Fleisch, ich rauche nicht, ich trinke nicht«, antwortet Stella McCartney, aufrecht dasitzend, lächelnd, die Arme zu einem Korb gerundet, wie um all die Komplimente einzusammeln. »Und zur Entspannung reite ich!« »*Oh, my God*«, säuselt die Journalistin, einer Ohnmacht nahe. Wenn Stella McCartney gestresst ist, springt sie auf ihre Stute und galoppiert durch den Wald! Was für eine fantastische Idee!

Stella McCartney schminkt sich bio, isst bio, zeichnet bio, Stella McCartney will, dass die Frauen sich in ihrer Kleidung wohlfühlen, und sie bemüht sich, sie zu niedrigen Preisen zu verkaufen. Niedrig!, bricht es aus Hortense hervor. Stella McCartney lässt alles stehen und liegen, wenn eines ihrer Kindchen niest, denn die Familie ist das ganze Geheimnis des Glücks.

»*Bullshit!*«, schimpft Hortense.

Sie verabscheut Stella McCartney, Stuten und Babys.

Und es ist noch nicht einmal zehn Uhr.

Was, wenn sie Elena nicht gefallen?

Ihre Beine zittern, sie muss sich hinsetzen. Sie zieht sich auf einen der Barhocker am Küchentresen. Diese plötzliche Schwäche macht sie wütend. Sie zweifelt. Und dieser bisher nie gekannte Zustand erfüllt sie mit schmerzhafter Ungeduld.

Ihr Blick wandert durch den Raum, bohrt sich in das Sofa, die Vorhänge, die Wände… Sie bräuchten einen neuen Anstrich, die gelben Stuckverzierungen erinnern mittlerweile an ranzige Butter. Und die Bäume draußen auf der Straße, nicht ein einziges Blatt! Es ist April, worauf warten die denn noch? Muss man sie erst anschreien, bevor sie wachsen?

Zehn nach zehn.

Elena wird es wissen, Elena wird es mir sagen, Elena wird es wissen, Elena wird es mir sagen.

Im Spülbecken stapelt sich das schmutzige Geschirr. Gary hat einen alten gelben Pullover und einen violetten Schal herumliegen lassen, sein Frühstücksteller steht noch da, seine Kaffeetasse, eine Packung Milch, eine aufgeschlagene Partitur. Der Tresen ist mit Krümeln und Klecksen Erdbeermarmelade übersät. Vor Wut steigen Hortense Tränen in die Augen. Soll ich das etwa aufräumen? Bin ich sein Dienstmädchen, oder was? Ihr Herz beginnt zu rasen, ihre Kehle schnürt sich zu, sie bringt kein Wort mehr heraus. Sie springt auf, sie will nach draußen, weg hier, nur weg.

Sie hat Angst!

Ich habe keine Angst, ich bin müde. Ich sehe überall schwarzes Gekritzel. So fühlt man sich eben, wenn man mit aller Macht nach etwas gesucht hat und es einem ganz plötzlich einfällt. Man möchte es genießen, sich beglückwünschen, aber man ist sich seiner Sache noch nicht sicher, also gerät man aus dem Gleichgewicht, man bricht zusammen, man fühlt sich leer und voll zugleich. Man verabscheut Stella McCartney, Schlafanzüge von Vuitton, gelbe Wände, Marmeladenkleckse und Gary Ward.

Wo war er eigentlich gestern Abend? Er hat nichts gesagt.

Oder ich habe nicht zugehört.

Sie tritt gegen den Tresen. Sucht ihr blaues Puderdöschen. Pudert sich die Nase. Pudert sich das Kinn. Öffnet ihr

E-Mail-Postfach und entdeckt eine Mail von Zoé mit dem Betreff »Help!«.

Sie ist nicht sicher, ob sie sie lesen will.

Zehn Uhr fünfundzwanzig.

Sie liest sie trotzdem.

»Hortense, Hortense!

Das wird eine lange Mail, aber Du musst Dir unbedingt Zeit dafür nehmen, Du musst Dich auf jedes Wort konzentrieren und darfst keines überspringen.«

Schlechtes Timing, brummt Hortense.

Aber es ist Zoé. Sie wird sich Mühe geben.

»Hortense, es ist etwas ganz Furchtbares passiert. Gaëtan hat seinen Job bei dem Schuhmacher in der Rue de Passy verloren.«

Hortense verdreht die Augen. Mein Gott, was für ein Unglück! Gaëtan war Laufbursche bei einem Schuster. Verdiente nur das Trinkgeld. Etwas Besseres konnte ihm doch gar nicht passieren! Jetzt kann er sich auf sein Abitur konzentrieren, dafür sorgen, dass er mit *Sehr gut* besteht, sich an einer Eliteuni einschreiben und sich danach gemütlich zurücklehnen und in aller Ruhe abwarten, bis ihn jemand als Geschäftsführer einstellt. Alles paletti!

»Und ich weiß nicht weiter. Ich wünschte, ich hätte größere Arme, Männerarme, zumindest so lange, bis ich ihm wieder neue Kraft gegeben habe.«

Hör auf, Zoé! Hör auf, dir das Elend der ganzen Welt aufzuhalsen! Du hast auch nur zwei Schultern!

»Gefeuert, hat er gestern Abend zu mir gesagt, ich stehe auf der Straße! Ich habe keine Arbeit mehr. Ich war so glücklich über diesen Job.«

Und auf zu einer weiteren Runde Jammern! Ich bin für so was nicht in der Stimmung, Zoé, echt nicht!

»Und weißt du, was er noch gesagt hat? Ich war gut darin, und es machte mir Spaß. Ich wollte einen Lieferservice aufziehen, morgens Croissants und Baguettes und am Samstag Wein, Champagner und Softdrinks. Ich hatte so viele Ideen. Ich hätte einen Kumpel eingestellt, meine eigene kleine Firma gegründet … und dann ist auf einen Schlag alles vorbei.

In welcher verrückten Welt leben wir eigentlich?

In der achtzehnjährige Jungen glauben, bloß weil sie einen Nebenjob gefunden haben, könnten sie ihr ganzes Leben lang so weitermachen, immer noch mehr arbeiten, noch mehr Geld verdienen, Pläne schmieden und ihre Freundin ins Kino einladen, ihrer Mutter ein bisschen Geld geben und abends Sushi mit nach Hause bringen, um es beim Nachrichtenschauen zu essen. Und dass alles gut gehen wird und die Zukunft wirklich Zukunft heißt und nicht großes, schwarzes, lichtloses Loch.

Sein Traum beim Schuhmacher hat nur fünf Monate gedauert. Und plötzlich ist es so, als könnte er nicht mehr träumen.«

Blablabla, knurrt Hortense. Was für ein jämmerliches Gesülze! Meine Güte, Zoé, schick den Kerl zum Teufel und verliebe dich zur Abwechslung mal in jemand Neues! Du siehst einfach nicht, dass »Traum« und »Schuhmacher« nicht zusammenpassen!

»Er hat mich von der Schule abgeholt, ich habe ihn schon von Weitem gesehen, er lief im Kreis wie ein Tier, ließ den Kopf hängen, seine grüne Daunenjacke drehte sich mit ihm, und ich konnte sein Gesicht nicht erkennen, aber ich wusste, dass er weint. Er hat sich umgedreht, und ich habe den salzigen Sturzbach hinuntergeschluckt, der in meinen Mund und meine Augen strömte. Ich habe die Arme nach ihm ausgebreitet, er ist bei Rot über den Zebrastreifen gelaufen, ein Auto konnte gerade noch bremsen und hat gehupt, er hat sich gegen mich fallen lassen und gesagt: Ich bin keine Schwuchtel, ich darf nicht weinen, und seine Augen waren knallrot, wie von einer Art Säure gereizt, aber es war nicht eine Träne darin, nicht ein Tropfen Feuchtigkeit.

Der Schuster hat gesagt, dass er mich nicht weiterbeschäftigen könne, hat er erzählt. Er hat gesagt, dass es sich herumsprechen würde, dass ich für ihn arbeite, dass es Kontrollen geben würde und dass er sich die Sozialabgaben nicht leisten könne. Ich habe gesagt, er könne mich ja für ein paar Stunden anmelden, nur damit ich … Aber er hat Nein gesagt, keine Diskussion, du kennst die Behörden nicht. Ich will keinen Ärger.

Was soll denn jetzt aus ihm werden? Was soll aus uns werden? Natürlich macht er am Ende des Schuljahres Abitur, aber das Abitur macht doch jeder. Das ist kein Abenteuer. Das macht ihn nicht zu etwas Besonderem. Wohingegen dieser Job beim Schuhmacher absolut einzigartig war.

Wir gingen am Park entlang, er riss Blätter von den Bäumen, zupfte Hautfetzen von seinen Lippen, drückte meinen Arm, meine Hand, er hielt mich fest, presste mich gegen seine grüne Daunenjacke, als wollte er sich selbst vergewissern, dass er fest auf dem Boden stand, dass er nicht im Asphalt versinken würde, und wir sind zu zweit im Asphalt versunken.

Ich wusste nicht, was ich sagen sollte, weil es nichts zu sagen gab. Weil alles so schwer, so drückend wurde.

Also haben wir an dem einzigen Ort Zuflucht gesucht, wo man nicht zu reden braucht. Wir sind ins Kino gegangen und haben einen Film geschaut, der weder traurig noch lustig noch anspruchsvoll war: den neuen *James Bond*.

Ich bin eingeschlafen, und Gaëtan hielt meine Hand so fest, als wollte er sie zerquetschen, er hat überhaupt nicht auf den Film geachtet.«

Sie schreibt gut, denkt Hortense. Das kommt daher, dass sie diese ganzen Bücher liest … Und mit der Marquise verkehrt! Gab es zu Zeiten der Marquise eigentlich schon ein Urheberrecht?

»Danach sind wir nach Hause gegangen. Der Regen prasselte auf den glänzenden Bürgersteig, die Tropfen wirbelten herab und explodierten auf der schwarzen Oberfläche wie die Garben eines farblosen Feuerwerks. Lange Regenwürmer flohen in Richtung der Parkwege, ich zertrat sie mit dem Absatz, und ihr Blut vermischte sich mit dem endlos fließenden Wasser.«

Wow, das ist eine schöne Passage! Go, Zoé, go!

»Als wir beim Monop' vorbeikamen, drehten wir den Kopf weg, weil wir schon wussten, dass wir keinen Cent mehr hatten und dass es beim Blick auf die bunten Plakate für die Supersonderangebotswoche in unserem Kopf zugehen würde wie im Disneyland: Beim Kauf einer Minipizza die zweite gratis dazu, beim Kauf eines Packs Fruchtjoghurt das zweite siebzig Prozent billiger. Aber für uns hat sich Disney erledigt.

Denn er will sich nicht von Maman aushalten lassen.«

Das ist gut. Ein Pluspunkt für den Jungen. Wem sieht er noch mal ähnlich? Ich weiß es nicht mehr. Ach doch! Ashton Kutcher. Nicht schlecht …

»Ich war froh, als wir endlich zu Hause waren, Maman war zum Glück nicht da. Wir haben gegessen, was noch im Kühlschrank war. Gaëtan hat seinen Teller zurückgeschoben, er hatte keinen Hunger, und mir tat der ganze Brustkorb weh, weil er so unglücklich war.

Danach sind wir schlafen gegangen. Ich habe mir die Zähne geputzt, ich habe die Pille genommen, habe mein Haar gebürstet, mir ein bisschen Parfüm hinter die Ohren getupft, wie Du es mir beigebracht hast, und ich habe mir gesagt, wenn ich ins Schlafzimmer zurückkomme, ist sein Kummer verflogen. Ist nicht so schlimm, wird er sagen, ich finde schon etwas anderes …

Aber als ich ins Zimmer kam, saß er in seiner Unterhose auf dem Bett und starrte auf das Parkett. Was wird denn jetzt aus Maman?, hat er gesagt. Ich kann ihr kein Geld mehr geben. Wovon soll sie leben?

Ich habe meine Arme um seinen Kopf geschlungen, ich habe ihm gesagt, dass ich ihn lieben würde, egal, was passiert, und das meine ich wirklich so, lieber sehe ich mit an, wie er traurig ist, als ohne ihn zu leben. Ich habe mich hingelegt, er hat den Kopf auf meinen Nabel gelegt, sein Oberkörper zwischen meinen Beinen, und er hat sich eine Reise ausgedacht. Er möchte immer wegfahren, weißt Du, verreisen. Manchmal habe ich sogar Angst, dass er ohne mich weggeht.

Als Erstes überqueren wir den Ozean, sagte er, wir passieren den Äquator und fahren nach Südamerika, von da aus gleich weiter nach New York und dann auf zu den breiten Straßen, dem wolkenlosen Himmel, den endlosen weißen Bahnen, dem Sand und den goldschimmernden Bergen. Danach Indonesien und mit dem Motorroller quer durch Japan, wir essen rohen

Fisch und werden superschlank. China haken wir schnell ab, da gibt's zu viele Leute, und sie sind zu unhöflich, und dann kommen wir über die Berge wieder zurück, ganz gleich, über welche, Hauptsache Lamas, blaue Bergkämme und Gletscher. Er hat den Kopf gehoben, und ich habe in seinen Augen die ganzen Überreste der Kindheit gesehen, und ich wollte ihn trösten, ich wollte nicht mehr, dass er traurig war.

Das ist doch sicher die wahre Liebe, wenn man will, dass es dem anderen immer gut geht.«

Will ich, dass es Gary immer gut geht?, fragt sich Hortense. Ihr Blick wandert durch das Zimmer. Sie sieht den alten gelben Pullover, den violetten Schal, die aufgeschlagene Partitur, die auf dem Tresen festgeklebte Kaffeetasse … Vor allem will ich, dass er immer aufräumt!

»Denn Gaëtan … das ist nicht bloß der Junge, der mich beim Aufwachen zum Lachen bringt, der mein Bett vorwärmt, damit mir nicht kalt ist, wenn ich mich hinlege, der den Kopf voller Ideen hat, er ist vor allem das Beste, was die Welt mir schenken konnte. Er macht mir mit seinem Körper Komplimente, lässt mich von jeder einzelnen Zelle seines Leibes profitieren, so sehr, dass ich im Unterricht knallrot werde und tief durchatmen muss, um nicht länger dazusitzen wie eine Tomate. Er ist das schönste Geschenk, das ich mir je gemacht habe, meine schönste Erfindung, mein schönster Einfall, und wenn meine Liebe plötzlich nicht mehr da wäre, würde ich es nicht mehr ertragen, wenn ein Obdachloser beschimpft wird oder eine Frau in der Métro vor Müdigkeit umkippt. Ich würde es nicht mehr ertragen, einfach nur zu SEHEN.

Deshalb habe ich Angst.

Weil ich plötzlich alles sehe. Während ich früher meine Augen verschließen konnte. Und es tut weh, alles zu sehen.

Alles zu hören.

Neulich suchte ich nach einem Zopfband, das unter mein Bett gefallen war, ich lag auf dem Bauch, das Ohr aufs Parkett gedrückt, und da hörte ich die Nachbarn von unten brüllen: Kannst du nicht einfach mal deinen verdammten Mittagsschlaf machen, du kleiner Scheißkerl? Du kriegst von uns so viele Geschenke, und zum Dank gehst du uns nur auf die Nerven! Du bist drei Jahre alt, und schaffst es nicht mal, uns zu gehorchen!

Ich bin aufgestanden und hätte am liebsten geweint. Mein Panzer ist nicht stark genug für so etwas, Hortense, ich bin nicht wie Du, mich trifft alles direkt vor die Brust.

Und das ist noch nicht alles.

Da ist noch etwas, was mir Sorgen macht.

Nämlich Maman.«

Unwillkürlich verspürt Hortense einen Anflug von Ärger. Ihr Bein zuckt vor und prallt gegen den Fuß des Tresens. Was ist mit ihrer Mutter? Sie hat nie verstanden, warum sie aus London weggezogen ist. Philippe verlassen! Nach Paris zurückgehen. Ihr belangloses, kleines Universitätsdozentenleben wiederaufnehmen. Das wäre doch nicht nötig gewesen. Zoé hätte bei Josiane und Marcel wohnen können. Junior wäre begeistert gewesen. Sie seufzt gereizt und liest weiter.

»Sie hält wieder Vorlesungen, sie reist kreuz und quer durch die Gegend, sie arbeitet an einem neuen Buch, das sie zusammen mit ein paar Kollegen schreibt, sie wirkt begeistert. Sie strahlt, wenn sie darüber spricht. Na also, ist doch super, denkst Du bestimmt, und da hast Du auch recht, aber …

Ich glaube, sie ist in Gefahr. Es gibt da einen Mann, der sie überallhin verfolgt. Ja, Du hast richtig gelesen: einen Mann.

Sie tut so, als lache sie nur darüber, aber ich sehe genau, dass sie sich Sorgen macht. Und wenn sie jetzt nach Lyon soll, fährt sie mit dem Auto und nimmt Du Guesclin mit. Er sei ihr Bodyguard, sagt sie. Und Du Guesclin macht ja auch wirklich Eindruck. Er kommt von der Straße, der ist kein Schoßhündchen.

Der Mann folgt immer der gleichen Routine. Er betritt den Hörsaal, wenn sie bereits mit ihrer Vorlesung begonnen hat. Bleibt reglos hinten stehen, den Blick unverwandt auf sie gerichtet, den Hut tief in die Stirn gezogen. Er starrt sie an, als müsste sie ihn wiedererkennen. Anscheinend ist er groß, breitschultrig, mit langen Beinen und glatt rasiertem Gesicht. Er trägt immer einen Mantel, so eine Art Parka. Er sagt kein Wort, schaut sie nur an, und sein Blick scheint sich an ihr festzusaugen. Und bevor sie mit ihrer Vorlesung fertig ist, geht er wieder raus und schließt die Tür sorgfältig hinter sich, damit sie nicht zuschlägt. Er schleicht sich hinaus wie ein Dieb.

Sie kann ihm nicht hinterherlaufen, sie muss im Hörsaal bleiben, um Fragen zu beantworten und ihre Sachen zusammenzuräumen.

Was hältst Du davon?«

Merkwürdig, sagt sich Hortense. Es ist Zoé überhaupt nicht in den Sinn gekommen, dass es sich um einen Verehrer handeln könnte. Er greift sie nicht an, er passt sie nicht auf dem Parkplatz ab, um ihr die Handtasche zu klauen oder sie zu vergewaltigen. Ich wette, irgendwann hält er ihr errötend einen Blumenstrauß hin.

»Die Sache gefällt mir nicht. Der ist bestimmt aus irgendeinem Grund sauer auf sie. Ihm hat etwas nicht gepasst, was sie geschrieben hat. Die Leute sind heutzutage so empfindlich, man darf überhaupt nichts mehr sagen. Vielleicht will er ihr etwas antun. Oder Lösegeld erpressen. Er kundschaftet die Örtlichkeiten aus, notiert sich ihre Gewohnheiten.

Ich wünschte mir so, Du wärst hier. Dann könnten wir reden. Ich wäre nicht mehr so allein. Du fehlst mir, Hortense!

Antworte mir schnell, sonst schicke ich eine Brieftaube, die auf Deinem Kopf herumpickt.«

Hortense verzieht das Gesicht. Sie fragt sich, ob sie nicht aus Paris weggezogen ist, um von ihrer Mutter und ihrer Schwester fortzukommen. Die beiden scheinen das Unglück geradezu magisch anzuziehen.

Sie kann Unglück nicht ausstehen. Sie hält sich die Ohren zu, wenn die Leute jammern, von ihrem Schmerz, ihrem Kummer erzählen. Sie hält sich die Nase zu. Unglück stinkt!

Elena spricht niemals über ihr Leid, über die Freunde und Verwandten, die sie verloren hat. Über den Tod, der mit großen Schritten näher kommt und seine lange Sense schwenkt. Manchmal muss sie doch auch nachts in ihrem großen Bett mit den Zähnen klappern.

Vor einer Weile hat Hortense sie gefragt, wie sie es schafft, immer glücklich zu wirken.

»Sie sind alt, Sie werden bald sterben, und trotzdem genießen Sie immer noch Ihr Leben!«

»Ich verstecke mein Unglück unter mehreren Schichten Glück«, hatte Elena ihr mit einem feinen, listigen Lächeln geantwortet. »Das ist mein Geheimnis, Hortense.«

Sie hatte eine dicke, rosa Schlange aus ihrer Lokumschachtel herausgelöst, hatte sie leicht schielend an ihren Mund gehoben und sie gierig wie ein ausgehungerter Python verschlungen. Dann hatte sie sich die Finger abgeleckt und hinzugefügt: »Als ich noch ein Kind war, hatten wir eine Nachbarin, die einem immer das Schlimmste prophezeite. Du sagtest: Letzte Nacht hat es gefroren, und sie antwortete: Sie werden sich ein Bein brechen. Du hast an einem Pickel herumgekratzt, und sie schrie: Hören Sie auf, sonst wird noch Krebs daraus! Ihr Leben war von Dramen erfüllt, die niemals geschahen. Aber sie lebte in der ständigen Angst, dass sie geschehen könnten. Und das ist das Schlimmste, Hortense, ein regloses Leben zu führen, in dem nie etwas passiert, weil man so große Angst hat.«

Hortense hatte zustimmend genickt.

»Nun ... aus diesem hübschen, schlanken blonden Mädchen, dem alle Jungen aus dem Viertel den Hof machten, wurde mit den Jahren eine dicke, fette, biestige Matrone. Sie hat nie geheiratet und ist mit zweiundfünfzig gestorben! Sie hat das Unglück so lange herbeigeredet, bis es sie dahingerafft hat.«

Wieder griff sie in ihre Lokumschachtel, zog einen glänzenden Wurm daraus hervor, verspeiste ihn und brummte dann: »Heutzutage kultiviert man das Unglück, man ergötzt sich daran. Wie banal! Es ist doch viel origineller, zu versuchen, glücklich zu sein, schwieriger, ja, das schon, aber auch sehr viel aufregender.«

Elena hat oft recht.

Hortense hebt den Kopf und blickt zur großen Küchenuhr hinüber. Halb zwölf.

Das Unglück kann warten: Sie hat eine Verabredung mit ihrem Schicksal.

Sie springt vom Barhocker, um ihre Skizzen zu holen und zu sortieren, als ein Gedanke sie in der Bewegung innehalten lässt: Was, wenn die wahre Gefahr für ihre Mutter nicht in Frankreich lauerte, sondern in England?

Wie sonst ließe sich erklären, dass sie den größten Teil ihrer Zeit in Frankreich verbringt, während der Mann, den sie liebt, in London lebt? Eigentlich sollte sie doch nur einen Wunsch haben: so schnell wie möglich zu ihm zurückzukehren, statt mit einem verunstalteten Hund, dem vor Freude zu beiden Seiten des Mauls lange, klebrige Speichelfäden herunterhängen, kreuz und quer durch Frankreich zu fahren.

In England muss etwas Furchtbares vorgefallen sein.
Doch darüber wird sie später nachdenken.

Elf Uhr fünfundvierzig.

Sie betrachtet sich im Spiegel des Wohnungsflurs, wirft ihr Haar von einer Wange auf die andere und kommt zu dem Schluss, dass sie perfekt aussieht. Mit geballten Fäusten reibt sie sich über die Wangenknochen und wirft sich ein strahlendes Lächeln zu: Du bist die Beste! Stella McCartney wird bald nichts anderes mehr übrig bleiben, als ihren süßen Kleinen die Brust zu geben. Denn hier kommt Hortense Cortès!

Die Gegensprechanlage knistert. Schweren Herzens wendet sie sich von ihrem Spiegelbild ab und knurrt: »Was?«

Es ist Mark. Er ist auf der Suche nach Gary.

»Der ist nicht da.«

»Kann ich raufkommen?«

»Nein.«

»Es regnet, Hortense. Ich bin nass wie ein geduschter Truthahn!«

»Ich sagte Nein.«

»Ich habe einen echten Knüller für dich …«

»Interessiert mich nicht. Geht es um mich?«

»Nein. Aber das ist echt der Hammer!«

»Keine Zeit.«

»Hortense … Sobald ich meinen ersten Vertrag unterschreibe, schenke ich dir das komplette Schaufenster von Tiffany. Und wiege dich in Diamanten auf.«

»Keine Zeit!«

»Hortense, Erbarmen! Reich mir die Hand oder wirf mir wenigstens einen Rettungsring zu. Mir steht das Wasser schon bis zu den Knien! Und ich kann nicht schwimmen!«

Hortense lächelt. Mark kann niemand lange widerstehen.

Er verfügt über den Charme jener Genies, die sich selbst nicht ernst nehmen und sich mit der gleichen Inbrunst einer Bachpartitur oder einer Folge *South Park* widmen können. Er wurde in Shenyang im Norden Chinas geboren, derselben Stadt, in der auch Lang Lang aufgewachsen ist. Mit zwei Jahren kam er nach New York. Lernte Klavierspielen, noch bevor er sprechen konnte. Ließ sich dazu herab, sein erstes Wort zu sprechen, nachdem er fehlerlos eine Mazurka von Chopin gespielt hatte. Da drehte er sich um, sah seine Eltern mit einem strahlenden Lächeln an und sagte: *Easy! Piece of cake!** Sein richtiger Name ist Zhang Yudong, aber er hat beschlossen, sich Mark zu nennen. Er hat eine kleine rotbraune Nase, trägt eine runde Brille mit dicken Gläsern, hat einen Bürstenhaarschnitt und zwei goldene Eckzähne. Seine Eltern haben ein Restaurant gleich unterhalb der Canal Street. Ihre Augen leuchten, wenn die Freunde ihres Sohnes bei ihnen zu Gast sind. Im Great Shenyang wählt man seinen Fisch aus einem Aquarium und findet ihn anschließend inmitten von gelben und grünen Algen auf seinem Teller wieder. Gary erklärt, man esse keine Freunde, auch wenn man sie bloß dreißig Sekunden hinter einer Scheibe gesehen habe. Und Hortense behauptet, die Fische stänken, weil sie die Kacke der anderen fräßen und ins Wasser des Aquariums furzten. Mark krümmt sich vor Lachen und verschlingt die Fische gierig mit seinem runden, ausgehungerten Mund. Er liebt Klavierspielen, Chopin und Gary. Er wäre gern so wie er und kopiert jede seiner Gesten. Er nimmt seine Haltung ein, betrachtet seine Gary-Imitation und bricht in schallendes Gelächter aus. Misslungen! Wenn er lacht, biegt sich sein ganzer Körper, und sein Bauch schlägt Wellen. Wie Wellblech, sagt Hortense. Hüte dich vor einem Mann, dessen Bauch beim Lachen reglos bleibt. Er ist ein Schwindler,

* Einfach! Kinderspiel!

entgegnet er. Er erzählt haarsträubende Geschichten über die Chinesen. Gary ist ganz verrückt danach. Und Mark erzählt eine Anekdote nach der anderen. Eine Gruppe von Musikproduzenten hatte Vladimir Ashkenazy eingeladen, ein paar Walzer von Chopin aufzunehmen. Die Produzenten warteten und warteten, Ashkenazy wurde allmählich ungeduldig. Und er fragte: Könnten wir vielleicht anfangen? Die Produzenten antworteten: Sollten wir nicht lieber warten, bis der Komponist da ist?

»Komm schon, Hortense, lass mich rein!«

Die Gegensprechanlage rauscht, der Straßenlärm übertönt Marks Stimme.

»Ich dachte, Gary wäre da. Harmonielehre ist ausgefallen, und er hat gesagt, er würde nach Hause gehen. Ich sehe ihn momentan kaum noch.«

»Wart ihr gestern Abend nicht zusammen?«

»Ich habe ihn seit mindestens zwei Wochen nicht mehr allein gesehen!«

»Zwei Wochen!«, ruft Hortense. »Aber er ist nie zu Hause! Ich dachte, ihr zwei hängt zusammen rum.«

»Kann ich raufkommen? Nur eine Minute … Dann erzähle ich dir alles.«

Hortense zischt wütend. Schaut auf die Uhr: Punkt zwölf!

»Das passt jetzt wirklich überhaupt nicht!«

Sie drückt auf den Knopf der Gegensprechanlage und öffnet Mark die Tür.

»Warte hier. Rühr dich nicht vom Fleck. Ich bin gleich wieder da.«

»Mademoiselle Hortense, Sie wünschen?«, fragt Henry verkniffen und mit majestätisch gerecktem Kinn, nachdem er die Tür einen Spalt weit geöffnet hat.

»Ich will zu Elena.«

»Madame ist in ihrem Zimmer und empfängt keine Besucher.«

»Madame wird mich empfangen. Sagen Sie ihr, dass ich da bin, sagen Sie ihr, ›Hortense hat ihre Idee‹, dann werden Sie es ja sehen!«

Obwohl Henry ihr Ansinnen missbilligt, tritt er zurück und öffnet ihr die Tür.

»Ich werde sie fragen …«, schnarrt er mit hochmütiger Miene.

Hortense geht geradewegs in die Küche zu Grace. Es kann nicht schaden, eine Verbündete in der Wohnung zu haben. Und Grace ist dafür genau die Richtige.

»Wie geht's?«, fragt Hortense mit der sanften, einschmeichelnden Stimme, die sie immer dann einsetzt, wenn sie etwas von jemandem will. »Alles in Ordnung mit den Jungs?«

Grace hat drei Söhne. Vielleicht auch vier. Hortense kann es sich nie genau merken, aber sie weiß, wie inbrünstig ihre Mutter sie umsorgt, und versäumt es nie, sich nach ihnen zu erkundigen.

Grace ist eine unübertreffliche Haushälterin. Sie verfügt über die Eleganz und das Auftreten einer Königin von Saba. Grace redet nicht mit den Leuten, sie gewährt ihnen eine Audienz. Grace geht nicht, sie schreitet. Grace wohnt in Queens, zusammen mit ihrem zweiten Mann, der arbeitslos ist. Genau wie der erste. Grace ist schwarz, groß, hat breite Schultern und trägt tief ausgeschnittene Blusen zu sehr knappen Röcken. Wenn sie sich bückt, muss sie das in zwei Etappen machen: Sie schiebt Hüften und Knie zur einen Seite und geht anschließend in die Hocke, wobei sie Arme und Oberkörper in die andere Richtung dreht. Grace kommt morgens um neun, nimmt die Zeitungen vom Fußabstreifer, macht Elenas Frühstück, bringt es ihr ins Schlafzimmer, öffnet die Vorhänge, stellt das Tablett sicher auf das Bett, schaltet die rosa Lampen ein, geht zum Einkaufen, kommt wie ein Packesel beladen zurück und ächzt, es sei wirklich besser, sich die Sachen liefern zu lassen, schneidet die Ananas und Papaya, kocht den Reis, brät das Hähnchen oder das Kalbfleisch, putzt das Gemüse, arrangiert Lokum, Gazellenhörnchen und Pralinen auf einem Teller, wechselt den Kanister des Wasserspenders aus, falls er leer ist, füllt den Geschirrspüler und die Waschmaschine, holt das Bügeleisen raus und macht sich ihren ersten Kaffee. Grace hat tausend Arme, tausend Nasen, tausend Ohren, tausend Augen. Sie hört Elena in ihrem Zimmer seufzen und geht hinein, um ein Kopfkissen zurechtzurücken und die heruntergefallene Brille oder die zu Boden gerutschte Zeitung aufzuheben.

Um vierzehn Uhr verlässt Grace die Wohnung und setzt ihren Arbeitstag bei Emily Coolidge fort, einer fünfundvierzigjährigen unverheirateten Frau, die im Fernsehen in einer Sendung namens *Rich and Famous and Me* zu sehen ist. Mit platinblondem Haar, operierter Nase und aufgepolsterten Brüsten kreischt sie im himbeerfarbenen oder apfelgrünen Kostüm vergnügt glucksend die Namen von Prominenten. Sie wohnt in der Park Avenue auf Höhe der 89th Street. Grace spricht nie über sie, aber Elena kennt sie und versichert, dass sie völlig durchgeknallt sei. Sie hat mit allen Gondolieri in Venedig geschlafen und träumt doch nur davon, endlich zu heiraten. Armes Ding, wirklich mitleiderregend! Angeblich hat sie kürzlich einen Italiener kennengelernt, den sie gerne vor den Traualtar schleppen würde.

Elena kann ohne Grace nicht leben. Samstags und sonntags ruft sie sie an, fragt, wo steht denn die Butter, wie funktioniert der Backofen, wo ist der Toaster, und wieso dauert das Wochenende ganze zwei Tage? Grace verfügt über eine Engelsgeduld. Sie zuckt höchstens einmal mit den Schultern, wenn Elena in Rage gerät und ihr einen Fehler vorwirft, den sie überhaupt nicht begangen hat. Dazu muss man allerdings sagen, dass Grace sehr gut bezahlt wird und Elena nicht nur für ihre Krankenversicherung aufkommt, sondern auch das Schulgeld der Jungen übernimmt.

»Sehr gut, Hortense, sehr gut.«

»Und Ihr ältester Sohn? Hat er seine Matheaufgabe geschafft?«

Grace verzieht das Gesicht, und Hortense wechselt das Thema.

»Wie ist denn Elenas Befinden heute Morgen?«

»Als ich ihr das Frühstück gebracht habe, wirkte sie entspannt und ausgeruht.«

Ob Grace weiß, dass Elena und Grandsire es miteinander treiben?

Wohl eher nicht. Grace geht regelmäßig zur Messe und wäre schockiert über Elenas zügellose Sexualität.

An diesem Morgen hat Grace sich das Haar ins Gesicht gekämmt und versucht so, einen riesigen blauen Fleck an ihrer Augenbraue zu verstecken. Wird sie etwa geschlagen?

Ich würde niemals zulassen, dass ein Mann die Hand gegen mich erhebt, denkt Hortense, während sie sich bemüht, einen genaueren Blick auf den Bluterguss unter dem Haar zu erhaschen.

Viertel nach zwölf. Gähnend streckt sich Elena inmitten der auf ihrem Bett ausgebreiteten Zeitungen. Ihr Gesicht wirkt frisch, ihre Augen funkeln glücklich, und ihre Lippen sind geschürzt, als klebte noch ein Rest Honig an ihnen. Sie erinnert an eine satte Katze. Hortense denkt an den Lehmklumpen vom Vortag zurück, an Grandsires kräftige Hände. Sie schluckt, begrüßt Elena und hält ihr den Stapel mit ihren Skizzen hin.

»Geschafft, ich habe endlich meine Idee. Hat Henry Ihnen das gesagt?«

Elena nickt und greift nach ihrer Brille.

»Deshalb bist du ja hier. Normalerweise empfange ich morgens keinen Besuch. Und erst recht nicht, wenn ich noch im Bett liege. Es ist schon mitleiderregend genug, so alt zu sein wie ich, was soll ich mich da noch blass, bettlägerig und ohne meinen Anstrich zeigen? Irgendwann muss mir mal jemand erklären, wieso man mit zunehmendem Alter immer mehr ausbleicht. Man wird durchsichtig. Wohin verschwinden die ganzen Farben? Auf die Gesichter der Kinder? Ich mag Kinder nicht. Farbendiebe sind das. Gib mir meinen Lippenstift, bitte, damit ich ein wenig bunter werde!«

Hortense reicht ihr einen Stift. Elena malt sich die Lippen an und betrachtet sich dabei in einem kleinen silbernen Löffel.

»Ich habe es nicht mehr länger ausgehalten. Ich glaube, es ist mir eingefallen. Wissen Sie noch? Das, was mir die ganze Zeit auf der Zunge lag und nicht rauswollte, was mich verrückt gemacht hat…«

»Und jetzt bist du stolz auf dich?«, fragt Elena.

»Das werden Sie mir sagen…«

Elena sieht die Skizzen durch. Sie betrachtet jede Zeichnung eingehend, streckt den Arm aus, hält sie sich wieder dicht vor die Augen. Sie scheint den Damaststoff ihres Korsetts wiederzuerkennen, zieht eine Augenbraue hoch und deutet mit dem Finger auf ein Modell.

»Wie bist du auf dieses straff verkreuzte Gewebe gekommen?«

»Ich habe es in Ihrem Badezimmer gesehen. Gestern Abend.«

»Du warst gestern Abend hier?«

Hortense wird rot. Das Bild von Elena auf dem Massagetisch, ihr weit geöffneter, flehender Mund… Sie fürchtet, Elena könnte ihr ihre Verwirrung anmerken.

»Ja. Um Ihnen Memes Kräuter zu bringen. Und ein kleines Fläschchen mit Kajal. Ich bin ins Bad gegangen und habe alles auf die Schrankablage gestellt.«

»Wie bist du hereingekommen? Henry war nicht da.«

»Ich habe einen Schlüssel.«

»Ach ja … Ich muss dir wohl vertrauen, wenn du meinen Schlüssel hast, nicht wahr?«

Elenas Blick ist ernst. Sie spricht langsam und lässt Hortense nicht aus den Augen. Ein Zwiebackkrümel klebt an ihrem Kinn.

»Sag mir, Hortense, tue ich gut daran, dir zu vertrauen?«

Hortense erinnert sich an Elenas Drohung. »Man darf mich nie belügen. Mein Zorn ist fürchterlich, wenn ich merke, dass mich jemand belügt.«

»Natürlich … Ich habe die Kräuter und das kleine Fläschchen in den Schrank gestellt. Dann habe ich das Korsett gesehen, das auf dem Handtuchhalter neben dem Becken trocknete, und das Material hat mein Interesse geweckt.«

Elena versucht, von Hortenses Augen abzulesen, ob sie die Wahrheit sagt. Hortense hält ihrem Blick stand. Die kurze Konfrontation kommt ihr vor wie eine Ewigkeit.

»Ich habe das Korsett genommen und es mir genau angesehen, und plötzlich war es wie ein Funke in meinem Gehirn. Ich hatte die Idee, nach der ich schon seit Monaten gesucht hatte! Ich habe die ganze Nacht hindurch gezeichnet.«

Elena mustert sie schweigend mit ihren schönen schwarzen Augen. Hortense tritt unbehaglich auf der Stelle.

»Und? Wie finden Sie meine Entwürfe?«

Elena wendet sich wieder den Skizzen zu, schaut sie nacheinander an, blättert zurück. Legt sie hin und sagt: »Ja, ich glaube das ist es, Hortense. Du hast deinen Platz gefunden.«

»Was soll das heißen?«

»Setz dich her und hör mir zu.«

»Ich will mich nicht hinsetzen, ich will nicht zuhören, ich will wissen, was Sie davon halten.«

»Setz dich erst hin.«

Elena klopft mit herrischem Blick auf ihre moltongefütterte rosa Tagesdecke. Hortense gehorcht seufzend.

»Und jetzt unterbrich mich nicht!«

»Einverstanden. Aber machen Sie schnell.«

»Hör gut zu.«

»O nein …«, stöhnt Hortense. »Nicht noch eine Rede!«

»Das ist ein wichtiger Moment, und da deine Mutter nicht hier ist, werde ich für sie einspringen müssen …«

»Ich brauche keine Mutter, Elena! Ich habe mit meiner eigenen schon genug am Hals, geschweige denn mit einer zweiten …«

Elena klatscht in die Hände, um sie zum Schweigen zu bringen, und fährt fort: »Jeder von uns ist auf der Welt, um etwas ganz Bestimmtes zu tun. Etwas, worin er Herausragendes leistet. Diese eine Sache zu finden ist das wichtigste Ziel im Leben, denn es bedeutet, seinen Platz zu finden. Alles andere, verstehst du mich, Hortense, alles andere ist nutzlos. Warum? Weil du, wenn du einmal deinen Platz gefunden hast, alles daransetzen wirst, ihn auch auszufüllen. Dir ist vollkommen egal, was die anderen denken. Du wirst nie wieder boshaft, neidisch oder gehässig sein. Du existierst, und das genügt dir. Es erfüllt dich. Johanna von Orléans hat ihren Platz gefunden, George Sand hat ihren Platz gefunden, Coco Chanel hat ihren Platz gefunden, Einstein hat seinen Platz gefunden …«

»Na und?«, fällt Hortense ihr ungeduldig ins Wort. »Der Sinn des Lebens, der Platz, den man finden muss, das interessiert mich alles nicht. Ich will einfach nur wissen, ob Ihnen meine Entwürfe gefallen!«

»Wie du magst. Dann komme ich also gleich zur Sache …« Elena lächelt leise und verschränkt die Finger unter dem Kinn. »Sie sind einleuchtend, elegant und mutig. Die Kollektion wird ein großer Erfolg werden.«

Hortense stößt einen Schrei aus, springt auf, reißt beide Fäuste hoch und kreischt: »*Yeees! I did it!*«

»Du hast deinen Platz gefunden, aber vergiss nicht, dass auf deinem Weg noch viele Fallen und Dornen lauern.«

»Ich weiß, ich weiß«, sagt Hortense, die alle Fallen und Dornen auf ihrem Weg einfach niedertrampelt.

»Du kannst es weit bringen. Sehr weit sogar. Der Strich ist energisch, die Linienführung klar, du hast deinen Stil entwickelt.«

»Ganz sicher? Sie werden Ihre Meinung nicht noch einmal ändern?«

»Nein.«

Hortense stößt ein weiteres Freudengeheul aus. Grace steckt den Kopf zur Schlafzimmertür herein und erkundigt sich, ob alles in Ordnung sei. Elena beruhigt sie.

»Deine Idee ist sehr raffiniert. Du hast den scheinheiligen Sexappeal kreiert. Dieses Modell hier zum Beispiel ...« Sie deutet auf ein Kleid mit einem schmalen Schlitz, der eng am Rücken anliegt und den Blick auf die Haut freigibt, sobald sich der Stoff verschiebt.

»Brav auf dem Bügel, gewagt, wenn man es trägt.«

»Aber Sie haben es doch verstanden, oder? Alles steht und fällt mit dem Material.«

»Ja, ich habe mein Korsett wiedererkannt.«

»Ich muss unbedingt den Hersteller wiederfinden.«

»Er dürfte inzwischen gestorben sein. Er war älter als ich.«

»Vielleicht hat er seine Kunst an einen Sohn weitergegeben, einen Enkel ...«

»Ich habe es nach dem Krieg in einem kleinen Wäscheladen im Marais entdeckt, einem Familienbetrieb. Als ich eine Hand hineinsteckte, war es, als würde sie eingesaugt. Das Material war unglaublich. Und nachdem ich es angezogen hatte, mein Gott, da war ich eine andere Frau! Ich war gertenschlank, ich ging vor dem Spiegel auf und ab, und mir wurde ganz schwindelig von meinem Anblick. Ich wirkte nicht nur schmaler, größer, gestreckter, nein, das Korsett verlieh mir das Auftreten einer Zarin. Und wie du weißt, stammen ich und meine gesamte Familie aus Russland …«

Hortense nickt und hofft, dass Elena nicht ihren gesamten Stammbaum herunterbeten wird.

»Ich ging zurück in den Laden und kaufte alle Modelle, die sie noch hatten. Und jedes Jahr kam ich wieder und plünderte ihre Vorräte. Sie kannten mich schon, sie sahen mich hereinkommen und zogen ein Paket unter dem Tresen hervor, ich bezahlte und ging wieder. Sie entwarfen immer längere, zartere Korsetts, mit einem Miederhöschen, einem Büstenhalter. Aber es wäre mir nie in den Sinn gekommen, daraus Kleidungsstücke zu schneidern. Das ist eine brillante Idee! Vor allem die Kombination der rauen Korsettseite mit verschiedenen Lagen aus zarterem Stoff ist wirklich außergewöhnlich.«

Sie versetzt Hortense mit ihrem Brillenetui einen leichten Klaps auf die Nasenspitze.

»Ich habe niemals jemandem etwas von diesem Korsett erzählt. Ich wollte es für mich allein.«

»Aber Sie haben doch noch die Adresse des Ladens?«

»Ihre Marke hieß Scheherazade. Der Laden befand sich in der Rue du Roi de Sicile. Die Familie stammte aus Straßburg, aber ihren Namen habe ich nie gekannt. Der älteste Sohn hieß Michel-André. Er war ein hübscher junger Mann mit einem Schnurrbart wie ein Fahrradlenker! Er war jünger als ich, ungefähr zwanzig Jahre jünger. Er wollte eine Strumpfhose erfinden, die niemals Laufmaschen bekommt. Er sagte, das sei die Zukunft, man müsse den Verschleiß reduzieren, statt die Frauen zu zwingen, immer wieder Geld auszugeben. Und das war in den Fünfziger-, Sechzigerjahren, als die Strümpfe noch geflickt wurden! Also denk nur … was würde er wohl heute sagen!«

Nachdenklich hält sie inne, überlegt einen Moment, kratzt an dem kleinen Zwiebackkrümel an ihrem Kinn, der sich löst und herunterfällt. Hortense ist dankbar dafür. Es ist sehr unangenehm, mit jemandem zu reden, dem Zwieback am Kinn klebt.

»Falls er noch lebt, könntest du ihn ausfindig machen. Ich weiß nicht, was aus ihm und seiner Familie geworden ist. Es ist so lange her, seit ich Frankreich verlassen habe … Ich werde dir helfen, Hortense, ich werde dir helfen, weil du Talent hast.«

»Danke! Ich hatte solche Angst, dass es Ihnen nicht gefallen würde!«, ruft Hortense und zwirbelt sich eine Haarsträhne hinters Ohr.

Elena mustert sie über den Rand ihrer Brille hinweg.

»Du hattest Angst?«, fragt sie ernst. »Du, Hortense?«

»Erst seit Kurzem. Früher hatte ich so was nie.«

»Angst gehört zu jedem Talent. Das ist ein gutes Zeichen. Falte die Hände und danke dem Himmel dafür. Na los, mach schon …«

Hortense brummt etwas vor sich hin, zupft an ihrer Haarsträhne, zieht sie unter ihrer Nase hindurch und schielt mit beiden Augen darauf.

»Bei wem soll ich mich bedanken?«

»Beim lieben Gott da oben. Er hat dir ein fantastisches Geschenk gemacht.«

»Ich rede nicht mit Gott.«

»Hat deine Mutter dir nie von Gott und seinen Wohltaten erzählt?«

»Meine Mutter redet mit den Sternen. Papa redete mit Krokodilen. Ich rede mit niemandem, das ist sicherer.«

»Bedank dich, bei wem du willst, aber du bedankst dich jetzt und siehst dabei zum Himmel auf. Und weißt du auch, wieso?«

»…«

»Weil ›danke‹ sagen bedeutet, um ›mehr‹ zu bitten.«

Hortense verzieht das Gesicht. Elena ereifert sich. Sie schlägt mit beiden Fäusten auf die ausgebreitete Zeitung, und ihr rot gerundeter Mund verschießt Worte wie Revolverkugeln.

»Was für eine Einstellung! Was für eine Arroganz! Bedank dich gefälligst, oder es ist vorbei mit den himmlischen Wohltaten, und glaub mir, die wirst du noch verflixt nötig haben! Was du vorhast, ist kein Kleinmädchenausflug …«

Hortense reißt sich zusammen, schaut zur Zimmerdecke auf und murmelt »Danke«.

»Und was machen wir jetzt?«, fragt sie.

Elena hält ihr eine Zeitung hin.

»Schau, was ich gerade gelesen habe, als du gekommen bist. Das ist ein Artikel aus *Le Monde*.«

»Die Begeisterung für die New Yorker Fashion Week ist verflogen. Gegen Ende der Nullerjahre war es der amerikanischen Mode gelungen, aus der Nische für Sportswear und Charity-Abendkleider herauszutreten, wie sie bei jenen Wohltätigkeitsveranstaltungen getragen werden, die das gesellschaftliche Leben der Vereinigten Staaten ausmachen. Junge Designer hatten es dank ihrer neuen Energie geschafft, Aufmerksamkeit zu erregen. Aber die beiden letzten Saisons haben enttäuscht. Schuld ist die Krise, werden manche sagen. Wirtschaftliche Aspekte überwiegen, die Kreativität tritt in den Hintergrund. Aber das ist nicht die einzige Ursache. In der Stadt, die niemals schläft, ist die Mode einem geradezu höllischen Rhythmus unterworfen. Designer, die über Nacht in den Himmel gehoben werden, dürfen sich keinen Fehler erlauben und müssen schnellstmöglich zu Goldeseln werden. Mehr noch als anderswo werden die *Fashionistas* derjenigen, die sie bewundern, rasch überdrüssig und wenden sich dem Nächsten zu. An dieser Stelle die gefallenen Stars aufzuzählen wäre grausam. Dabei liegt es im ureigenen Interesse der New Yorker Szene, jungen Talenten auch die Zeit zu lassen, sich zu etablieren, sonst droht sie ihre Anziehungskraft zu verlieren.«

»Hast du verstanden? Du wirst nach Paris ziehen.«

»Ich soll zurück nach Paris?«, ruft Hortense und wirft die Zeitung aufs Bett.

»Hör mir gut zu: Mode ist gleichbedeutend mit Paris. Sein eigenes Modehaus zu gründen ist gleichbedeutend mit Paris. New York ist Business, Mailand ist Shopping, Paris ist Design. Kannst du dort irgendwo wohnen?«

»Bei meiner Mutter. Die Aussicht ist nicht gerade verlockend, aber …«

»Wunderbar. Du gehst zu Jean-Jacques Picart. Ich gebe dir seine Nummer, du rufst ihn an, ich kündige ihm deinen Besuch vorher an, und er wird dir einen Termin geben.«

»Wer ist das?«

»Der Mann, der die neuen Designer lanciert. Zeig ihm deine Entwürfe, und er wird dir sagen, ob deine Idee gut ist und wie du sie umsetzen kannst. Jeden Morgen um halb zehn empfängt er in seinem Büro Modedesigner, die ein bestimmtes Projekt verfolgen. Er hört sich an, was sie zu sagen haben, und wenn ihm die Idee gefällt, hilft er ihnen. Er kennt die besten Handwerker in Frankreich. Und was noch viel wichtiger ist: Er wird dafür sorgen, dass man über dich spricht.«

»Kann ich eines Ihrer Korsetts mitnehmen? Ich würde es gern genauer studieren.«

Elena stößt einen langen, schmerzlichen Seufzer aus, als risse man ihr eine Rippe aus dem Leib.

»Bitte …«

»Wenn du einen Handwerker gefunden hast, der in der Lage ist, das Material meines Korsetts nachzubilden, bestellst du bei ihm den Stoff, den du für deine erste Kollektion benötigst. Du wählst die Farben aus, die Drucke, alles, was du brauchst …«

»Und wie soll ich das bezahlen?«, fragt Hortense mit großen Augen.

»Ich werde deine Partnerin. Und deine wichtigste Beraterin. Ich strecke dir das Geld vor, und wir teilen den Gewinn.«

Hortense starrt sie mit offenem Mund an.

»Das würden Sie tun? Ernsthaft?«

Sie möchte Elena um den Hals fallen und macht einen Satz nach vorn, doch Elena streckt abwehrend die Arme aus und stößt sie zurück.

»Es reicht, wenn du mir aus der Ferne dankst. Ich hasse Gefühlsausbrüche. Davon bekomme ich fürchterliche Nackenschmerzen. Für so etwas bin ich zu alt.«

»Es wird nicht wieder vorkommen. Das war eine Ausnahme.«

»Du wirst es sehr weit bringen, Hortense. Du hast Erfahrung, Ausdauer, einen Blog, nach dem die Mädchen ganz verrückt sind, ein Gespür dafür, was getragen wird, was funktioniert … Jetzt brauchst du nur noch etwas, was dich bekannt macht. Aber das fällt uns schon noch ein.«

»Was meinen Sie?«

»Wir müssen ein Event kreieren. Eine Geschichte erfinden, in der eines deiner Kleider die Hauptrolle spielt. Doch das dürfte nicht allzu schwierig sein. Jean-Jacques wird uns dabei helfen.«

»Und was sonst noch?«

»Du brauchst Kontakte zur Presse. Freunde dich mit Moderedakteurinnen an. Sowohl in Paris als auch in New York. Das ist unerlässlich.«

»Ich kenne zwei, drei von ihnen. Die werde ich mir warmhalten.«

»Wenn du Einladungen bekommst wie die zu Prada, dann

gehst du hin. Unterhalte dich mit allen, knüpfe Kontakte, sei freundlich, auch wenn dich das Überwindung kostet …«

»Ich kann sehr charmant sein, wenn ich will. Wenn es mich weiterbringt.«

»Sammle Telefonnummern und veröffentliche weiter Einträge in deinem Blog. Wenn du in Paris bist, sorgst du dafür, dass du zu den Modeschauen eingeladen wirst … Ich werde dir helfen. Und *last but not least*: Bist du bereit, dein Leben allein zu verbringen?«

»Wieso?«

Elena seufzt gereizt, als hätte sie es mit einer Anfängerin zu tun.

»Denk doch mal nach. Dieses Abenteuer wird deine ganze Zeit in Anspruch nehmen. Du wirst umziehen müssen. Gary könnte es irgendwann leid sein, mit einem Lufthauch zusammen zu sein.«

»Daran ist er gewöhnt, und bis jetzt sind wir sehr gut zurechtgekommen.«

»Ja, aber diesmal wirst du keine Minute mehr für dich haben … und du wirst in Paris leben müssen.«

»Soll das heißen, dass ich bis ans Ende meiner Tage allein bleiben muss?«, protestiert Hortense.

»Du kannst nicht zwei Ziele zugleich verfolgen. ›Nirgends ist der, der überall ist‹, hat Seneca gesagt. Und er hatte recht.«

»Seneca ist ein blöder alter Knacker. Ich werde alles haben. Mein Modehaus, Ruhm, Geld und Gary.«

»Das wünsche ich dir, Hortense, das wünsche ich dir wirklich.«

Elena seufzt und ordnet ihre Locken, indem sie sie um ihre Finger wickelt.

»Ein Letztes noch … Fragst du dich gar nicht, wieso ich dir helfe?«

»Das ist doch offensichtlich.«

Verblüfft über Hortenses Unverfrorenheit lässt sich Elena zurück in die Kissen fallen.

»Ach, und wieso?«

»Weil Sie meine Idee großartig finden. Weil ich die Beste bin. Weil Sie auf das richtige Pferd setzen und wissen, dass Sie damit viel Geld verdienen werden, weil es das letzte Mal in Ihrem Leben ist, dass Sie ein Wagnis eingehen können, weil Sie alt sind und bald sterben werden, weil Sie Paris wiedersehen wollen, weil Sie es leid sind, in Ihrem Bett rumzuliegen … Soll ich weitermachen?«

Elena lächelt und schüttelt sacht den Kopf.

»Das stimmt alles. Aber es gibt noch einen weiteren Grund. Du hast mich nie um etwas gebeten. Ich kenne so viele Leute, ich hätte dir helfen können. Kein Vitamin B, keinen Gefallen. Warum?«

Hortense beißt sich auf die Lippen und zieht die Nase kraus.

»Sind Sie auch nicht beleidigt, wenn ich es Ihnen sage?«, fragt sie zögernd.

»Nein. Wie ich schon sagte, ich schätze die Wahrheit.«

»Ein bisschen Hilfe ist ja ganz nett, aber …«

Elena reckt den Hals und legt eine Hand an ihr Ohr, um besser zu hören.

»Ich dachte, warum soll ich mich mit Mittelmaß zufriedengeben, wenn ich irgendwann die Gelegenheit zu etwas Fantastischem haben werde? Etwas richtig Fantastischem. Und Sie sehen, ich hatte recht …«

Ein bewunderndes Leuchten blitzt in Elenas Augen auf. Um ein Haar hätte sie Beifall geklatscht, doch sie beherrscht sich und brummt: »So, jetzt fort mit dir! Ich muss aufstehen …«

»Nicht, bevor ich Ihnen nicht auch eine Frage gestellt habe.«

Hortense hat die Skizzen wieder an sich genommen und drückt sie an ihre Brust.

»Ich höre.«

Hortense zögert. Wird sie mit dieser Frage nicht alles verderben? Nein, entscheidet sie und springt ins kalte Wasser.

»Sie helfen mir doch nicht etwa, um jemandem etwas heimzuzahlen? Oder sich zu rächen?«

Als Elena nicht antwortet, hakt sie nach: »Sie benutzen mich doch nicht, um mit der Vergangenheit abzurechnen, oder?«

Elena verdreht die Augen. Spielt mit ihrem Brillenetui. Öffnet es, schließt es, lässt es klacken.

»Was würde das ändern?«

»Nichts, aber es wäre mir lieber, wenn ich es wüsste … Sie mögen es nicht, wenn man Sie belügt, ich mag es nicht, benutzt zu werden.«

»Ich werde dir helfen, und glaub mir, du wirst meine Hilfe brauchen. Du scheinst nicht zu wissen, auf welches Abenteuer du dich einlässt … Los, geh jetzt nach Hause, ich habe dich lange genug gesehen!«

»Sie haben meine Frage nicht beantwortet.«

»Weil ich sie nicht beantworten muss. Ich bin über das Alter hinaus, in dem man sich vor anderen rechtfertigt!«

Hortense erstarrt. Sie sucht nach Worten, um ihr Ansinnen noch einmal zu formulieren, und überlegt es sich dann anders. Sie ist ihr nicht gewachsen. Elena hat recht. Sie hat noch viel zu lernen.

»Na gut, dann einigen wir uns darauf, dass ich Ihnen diese Frage nicht mehr stellen werde«, brummt sie und knickt den Rand ihrer Zeichnungen um. »Und darauf, dass ich eines Tages doch meine Antwort bekomme. Und an dem Tag …«

»Drohst du mir etwa?«, fällt ihr Elena mit erhobener Stimme ins Wort und sieht ihr unverwandt in die Augen. »So etwas mag ich ganz und gar nicht. Wir beide haben gerade eine Abmachung geschlossen, eine Abmachung, die für dich sehr vorteilhaft ist. Du solltest mir dankbar sein, statt mich zu drängen, alberne Fragen zu beantworten. Ich bin keines der Mädchen, die du einfach herunterputzen kannst, oder einer dieser armen Jungen, die nach deiner Pfeife tanzen. Hast du mich verstanden?«

Die beiden Frauen starren einander mit zornfunkelnden Augen an. Keine von ihnen will nachgeben. Gereizt greift Elena nach ihrer Brille, schwenkt sie in Hortenses Richtung und befiehlt: »Verschwinde, und zwar schnell, bevor ich meine Meinung ändere!«

Hortense stammelt etwas, tritt auf dem Bettvorleger herum und verlässt schließlich, wütend darüber, dass ihr keine passende Erwiderung eingefallen ist, das Zimmer.

Elena seufzt verärgert, schlägt die Zeitung auf und verschwindet hinter den bedruckten Seiten.

Als sie die Wohnungstür zufallen hört, hebt sie den Kopf. Sie ruft Henry und fragt ihn, ob Hortense gegangen sei.

»Sie ist an mir vorbeigelaufen, ohne sich zu verabschieden! Dieses junge Mädchen ist wirklich sehr schlecht erzogen … Sie schien mir recht aufgebracht zu sein.«

»Im Treppenhaus wird sie sich schon wieder beruhigen. Ich wette mit Ihnen, dass sie in fünf Minuten Freudentänze aufführen wird. Danke, Henry.«

Elena wartet einen Moment, um sicherzugehen, dass Hortense nicht zurückkommt. Schaut auf die Uhr. Lehnt sich gemütlich in die Kissen zurück. Greift zum Telefon. Wählt eine Nummer. Singt leise vor sich hin: *Quand il me prend dans ses bras, il me parle tout bas, je vois la vie en rose-ee!* Ein feines Lächeln zieht ihre Lippen in die Länge, ihre Finger trommeln auf das Tablett. *Il me dit des mots d'amour, des mots de tous les jours et ça m'fait quelque chose-ee.* Sie fühlt sich wie neugeboren. Was kann man in ihrem Alter Besseres erhoffen als dieses Elixier der Jugend namens Rache, das alle Kränkungen der Vergangenheit auslöscht? Es gibt nichts Schlimmeres, als Mitleid zu erregen. Mitleid schwächt, verweichlicht, demütigt. Aber das Werkzeug seiner Rache in der Hand zu halten ist die reinste Verjüngungskur.

»Hallo, Marie! Elena Karkhova am Apparat. Ja, ich bin in New York. Wie ist das Wetter in Paris? Geht es Ihnen gut? Die Kinder? Der Mann? Und die kleine Katze? Ich? Mir geht es blendend! Es wird Frühling, und ich spüre, wie meine Lebensgeister erwachen. Ist Robert da? Nein. Gut, dann sagen Sie ihm doch bitte, er soll mich zurückrufen. Es ist dringend. Dringend, haben Sie gehört! Und richten Sie ihm Folgendes aus: ›Wir dürfen den Vogel nicht entwischen lassen.‹ Er versteht das schon.«

Sie legt auf.

Versucht, sich wieder auf ihre Zeitung zu konzentrieren, wirft sie schließlich auf die Decke und singt erneut vor sich hin: *C'est lui pour moi, moi pour lui dans la vie, il me l'a dit, l'a juré pour la viiie …*

Mark hat einen Flakon Badeschaum in die Wanne geleert und liegt nun entspannt in einer Wolke aus schillernden Bläschen. Er hört *Rigoletto* und grölt lauthals »*La donna è mobile …*«

»Nur keine Hemmungen! Fühl dich ganz wie zu Hause«, ruft Hortense von der Schwelle des Badezimmers aus.

»Du hattest gesagt, ich soll auf dich warten.«

»Im Wohnzimmer, nicht in meiner Badewanne!«

»Ich hatte plötzlich Lust auf ein schönes heißes Bad.«

»Sonst noch Wünsche …?«

»Nicht gucken, Hortense, ich bin ganz nackt. Das ist sehr peinlich …«

»Mir egal! Für mich bist du geschlechtslos.«

»Liegt es an meiner Brille? Findest du die Gläser zu dick?«

»Nein. Aber irgendetwas stimmt nicht mit dir.«

»Sag mir, was es ist. Bitte, ich flehe dich an.«

»Darüber müsste ich erst nachdenken, und dazu habe ich weder Zeit noch Lust. Rate mal, was gerade los ist…«

Mark schüttelt den Kopf, er kommt nicht darauf.

»Ich werde mein eigenes Modehaus gründen und meine erste Kollektion herausbringen. Ich habe alles: die Entwürfe und einen Investor. Ich bin der größte Glückspilz aller Zeiten! Die Glücklichste, die Talentierteste, die Fantastischste, die Vielversprechendste…«

Hortense wirbelt durch das Badezimmer, verneigt sich vor einem Morgenmantel, umarmt ihn, entführt ihn zu einem Walzer, legt ihn wieder hin, klatscht sich selbst Beifall, wirft einer imaginären Zuschauermenge Kusshände zu und versinkt in einer letzten Verneigung.

»Vor dir steht die neue Coco Chanel. Die Frau, deren Namen bald in aller Munde sein wird wird. Du solltest die Gelegenheit nutzen und mir Fragen stellen, denn morgen oder übermorgen wird mein Blick achtlos über dich hinweggleiten, du kleine Krabbe mit den dicken Brillengläsern.«

»Ha, dann liegt es also doch an meiner Brille…«

»Deine Brille ist doch schnurzpiepegal! Vergiss sie, überleg dir etwas anderes! Frag mich zum Beispiel nach meinem künftigen Modehaus…«

»Wie soll es heißen?«

»Hortense Cortès, natürlich.«

»Wie viele Leute willst du einstellen?«

»Vorläufig nur mich, mich und mich. Rund um die Uhr. Mein Zimmer wird das Atelier sein, in das sie alle strömen, um mich zu interviewen, denn ich werde natürlich von Anfang an überwältigenden Erfolg haben.«

»Ich küsse dir die Füße, o göttliche Designerin!«

»Ja, das ist es, so musst du von jetzt an mit mir reden.«

Sie dreht sich im Kreis, dreht sich, ihre Fuße rutschen über die Fliesen, ihre Arme umschlingen eine Taille, sie lässt sich in einen mit einem weißen Badetuch bedeckten Korbsessel fallen.

»So, und worum geht's jetzt bei deinem Knüller?«, fragt sie atemlos. »Du hast mir doch vorhin etwas von einem Knüller erzählt?«

Mark schiebt mit einem Finger seine Brille hoch, setzt sich im Schaum auf, breitet die Arme aus und beginnt mit seinen Ausführungen.

»Kennst du *Für Elise* von Beethoven?«

»Klar«, antwortet Hortense und singt die ersten Takte. *E-D-E-D-E-H-D-C-A …*

»Tja, aber eigentlich sollte es gar nicht so heißen, sondern *Für Therese*, denn Therese war die Frau, in die Beethoven verliebt war, die Frau, die er heiraten wollte und für die er dieses Stück komponiert hatte. Er hatte es ihr geschenkt, und Therese hatte es abgelehnt. Bitter enttäuscht hat er es in eine Schublade gelegt. Jahre nach seinem Tod hat man die Partitur wiedergefunden. Mit der Zeit war die Tinte verblasst, der Titel war nicht mehr zu lesen. Irgendein Schreiberling entzifferte ›Für …se‹. Seine Verlobte hieß Elise, und so hat er die Komposition einfach in *Für Elise* umbenannt. Wahnsinn, was?«

»Das interessiert mich nicht die Bohne! Sehe ich aus, als hätte ich Zeit für solche Kinkerlitzchen? Ich muss ein Unternehmen führen, Mann!«

»Glaubst du, *Für Elise* wäre ein solcher Bombenerfolg geworden, wenn es *Für Therese* geheißen hätte? Ich nicht. Mit Elise verbringt man die Nacht in verrauchten Bars, Elise küsst man, Elise macht man den Hof, beim Gedanken daran, Elise zu streicheln, laufen einem Schauer über den Rücken. Aber doch nicht Therese.«

»Apropos, verrate mir lieber, was Gary jeden Abend treibt, wenn er nicht bei dir ist.«

»Hat er dir das nicht erzählt?«

»Nein, und ich habe ihn auch nicht danach gefragt.«

»Was kriege ich dafür?«

»Nichts! Ich kann ihn auch selbst fragen. Wir wohnen zusammen, falls du das vergessen hast. Also …?«

»Ach, das ist kein Geheimnis. Er studiert mit Nutrilla eine Beethovensonate für Violine und Klavier ein.«

»Mit wem?«

»Nutrilla. Von ›Nutria‹, ein anderer Name für Biberratte. Das hässlichste Mädchen der ganzen Schule. Aber wenn sie spielt, sinken alle auf die Knie. Und Gary vorneweg. Er hat sie als Partnerin für das Konzert Ende des Monats ausgewählt.«

»Nutrilla, das ist doch kein Name!«

»*No. Se llama Calypso! Calypso Muñez.*«

»Und sie studieren das für die Schule ein?«

»Ja, das Konzert findet am dreißigsten April um neunzehn Uhr im großen Konzertsaal statt. Es werden Agenten da sein, Vertreter der renommiertesten Orchester, berühmte Pianisten, Geiger, Cellisten, Dirigenten und so weiter.«

»Aber das ist ja schon in acht Tagen! Kann ich auch kommen?«

»Ja, klar. Ich trete auch auf …«

Hortense bemerkt, dass einer ihrer Fingernägel an der Spitze ein wenig eingerissen ist. Sie nimmt eine Feile, bessert die Stelle aus und steht auf.

»Willst du gar nicht wissen, ob ich bereit bin? Ob ich Lampenfieber habe? Wer mein Partner ist?«

»Plantsch weiter. Und danke für die Infos.«

»Hortense! Komm zurück. Ich fürchte mich ganz allein in dem Schaum!«

An diesem Abend fragt Hortense Gary nicht nach Calypso Muñez.

Sie essen im Café Luxembourg.

Sie mustert ihn prüfend. Nimmt ihn mit ihrem Lügendetektor unter die Lupe. Sie weiß, wann er lügt. Bloß dass er nie lügt, er sagt, das habe er nicht nötig. Er ziehe es vor, die Wahrheit zu sagen, damit verschaffe sich ein Mann Respekt und Achtung.

Hortense bestellt ein *Civet de lièvre à la royale*, Gary *Bouchées à la reine*. Auf der Speisekarte stehen die französischen Namen der Gerichte. Gary merkt an, dass die Franzosen doch merkwürdig seien: Sie schlagen ihren Monarchen die Köpfe ab, nur um sie anschließend in erlesenen Gerichten zu genießen.

»Sie machen keine Hotdogs oder Hamburger aus ihnen! Nein, sie geben sich Mühe und erfinden komplizierte Rezepte. Was meinst du, sind sie Nostalgiker oder Sadisten?«

»Der Franzose steckt voller Widersprüche«, sagt Hortense lächelnd. »Deshalb ist er ja so interessant! Glaubst du, du würdest mich auch so sehr lieben, wenn ich in Liechtenstein geboren wäre?«

»Wer hat denn behauptet, ich würde dich so sehr lieben?«, erdreistet er sich lächelnd. »Dein Horoskop?«

»Meine unfehlbare Intuition und meine feurige Seele.«

»›Es ist viel schwieriger, Menschen kühlen Blutes zu gefallen, als von einigen feurigen Seelen geliebt zu werden.‹ Wer hat das noch mal gesagt?«

»Ich weiß es nicht. Du vielleicht …«

Er kostet einen Bissen von seinem Essen. Grübelt. Denkt nach. Bedeutet ihr, ihn auf keinen Fall zu stören. Bis er schließlich aufschreit: »Barbey d'Aurevilly! Jetzt weiß ich es wieder. Tja, und ich bin genau wie er.«

»Das heißt?«, fragt Hortense beunruhigt.

Manchmal gelingt es ihm, ihre Selbstgewissheit zu erschüttern. Dann verlangsamt sich alles in ihr drin, sie gerät aus dem Gleichgewicht, weiß nicht mehr, woran sie ist.

Gary beobachtet ihre Verwirrung und erfreut sich daran.

»Ich mag es, wenn du dir Sorgen machst. Das macht dich verletzlich, unsicher und unglaublich sexy. Du bist ja gar nicht so abgebrüht, wie du immer tust…«

Sie zuckt mit den Schultern und wendet sich wieder ihrer drängendsten Frage zu: Unterhält er ein sündiges Verhältnis mit dieser Nutrilla? Sie sieht ihm tief in die Augen und entdeckt dort keine Spur von Falschheit oder Lüge. Dieser Mann ist nicht verliebt, zumindest weiß er es noch nicht, und sie wird ihm diesen Floh bestimmt nicht ins Ohr setzen. Und wer verliebt sich schon in eine Biberratte?

Nicht Gary.

Gary liebt die Schönheit. Er sagt, perfekte Schönheit erstrahle immer im Licht einer Seele, die wie ein Scheinwerfer ihre Vollkommenheit, ihre rätselhafte Harmonie hervorhebe. Sie schleiche sich in die Sinne ein, in das Blut, und plötzlich sitze man in der Falle, ohne zu wissen, wie man dorthin geraten sei. Wie verzaubert.

Er lächelt sie an und küsst sie.

Und sie schließt daraus, dass ihr keine Gefahr droht.

Er drängt sie, ihm von ihrem Gespräch mit Elena zu erzählen. Sie schildert ihm die Begegnung in allen Einzelheiten. Er klatscht Beifall, langsam und gemessen, um die Erhabenheit des Ereignisses zu würdigen, und bestellt ein *Soufflé Princesse-Henriette.*

Sie fragt ihn, ob es ihm nichts ausmache, dass sie ins Pariser Exil gehe. Nein, antwortet er, sie hätten ja auch früher schon getrennt gelebt, und das sei ihnen eigentlich ganz gut bekommen. Sie seien nicht für das Zusammenleben geschaffen.

Sie ist nicht sicher, ob sie sich über diese Bemerkung freuen soll.

Sie senkt den Kopf. Er fragt, ob sie einen Kaffee möchte, und lächelt dabei so triumphierend und belustigt, als wäre sie ihm völlig ausgeliefert. Was macht ihn bloß so selbstsicher? Sie ist kurz davor, die Frage laut zu stellen, doch dann hält sie sich zurück. Manchmal schüchtert er sie ein. Er besitzt eine gewisse natürliche Autorität, die sie auf Distanz hält.

Schweigend denkt sie nach. Würde ich ihn auch so sehr lieben, wenn ich alles über ihn wüsste? Würde ich ihn auch so sehr lieben, wenn er mich nicht ständig überraschte?

Sie kommt zu dem Schluss, dass dem nicht so wäre, und ruft sich den Satz in Erinnerung, den er ihr vorhin aufgetischt hat.

Es ist viel schwieriger, Menschen kühlen Blutes zu gefallen, als von einigen feurigen Seelen geliebt zu werden.

Wer hatte das noch mal gesagt? Sie hat es schon wieder vergessen.

Bevor sie sich später in ihrem großen Bett an ihn schmiegt, flüstert sie: »Wir haben uns schon zwei Tage nicht mehr gestritten.«

»Fast drei«, entgegnet er seufzend. »Glaubst du, ich könnte nicht zählen?«

Und er legt ihr entschlossen die Hände um die Taille.

Sie schlingt die Arme um seine Schultern, nähert sich seinem Gesicht. Lässt ihre Wange an seiner Wange entlanggleiten, ihre Lippen über seine Lippen, küsst ihn dicht über dem Mund und fragt: »Was wird aus uns, Gary? Weißt du das?«

Am nächsten Morgen hat sie eine neue Mail von Zoé.

»Maman ist gestern nicht von ihrer Vorlesung in Lyon zurückgekommen. Sie hatte gesagt, dass sie abends wieder zu Hause sein würde. Sie hat nicht angerufen, es ist acht Uhr abends, und ich kann sie nicht erreichen. Das ist nicht normal! Seit zwei Tagen habe ich nichts mehr von ihr gehört. Das passt nicht zu ihr, sie sagt mir immer, wo sie gerade ist. Ich mache mir Sorgen. Was soll ich tun?«

Hortense weiß nicht, was sie antworten soll.

Sie verabredet sich mit Zoé auf Skype.

Dann kann sie immer noch entscheiden. Aber zuvor will sie noch ein wenig diese unglaubliche Neuigkeit genießen: Sie wird ihr eigenes Modehaus gründen. »Hortense Cortès«. Sie wird die neue Coco Chanel.

Am liebsten würde sie die Zeit anhalten, die Neuigkeit lutschen wie ein Bonbon … träumen, von all dem Wunderbaren träumen, das ihr geschehen wird!

»Schließ die Augen, dann siehst du besser«, sagte Ulises Muñez immer zu Calypso.

Sie war acht Jahre alt, und er brachte ihr das Geigespielen bei. Sie schleuderte ihre Sandalen weg, stellte beide Füßen fest auf den Boden, schloss die Augen, klemmte die Guarneri unters Kinn, ließ den Bogen über die Saiten gleiten, und die Melodie begann zu fließen. Die Noten lösten sich, und sie sah, wie sie von den Notenlinien aufstiegen.

»Du hast recht, *abuelo*. Man sieht wirklich viel besser!«

»Wenn es ums Geigespielen geht, habe ich immer recht, *cielito*. Aber bei allem anderen weiß deine Großmutter mehr als ich. Sie ist eine weise Frau.«

»Und sie ist schön!«

»Sie ist mehr als schön, *amorcito*, sie hat eine große Seele. Sie ist mein Leuchtturm, mein Fels, meine Fee. Sie versteht sich auf die Kunst, eine Frau zu sein, denn, weißt du, ein Mann ist kaum etwas wert, wenn ihn nicht eine Frau ins rechte Licht rückt. Und jetzt hör mir gut zu. Eines Tages wirst du von hier weggehen, dann gebe ich dir meine Geige, und du wirst an einer bedeutenden Hochschule studieren … Du wirst eine große Solistin, du wirst berühmt sein, aber vorher muss ich dir mein Geheimnis verraten.«

»Warum diese Geige die Leute so verrückt macht, dass sie dich ihretwegen sogar umbringen wollen?«

»Sie ist wertvoll, sehr wertvoll. Viele Millionen Dollar. Aber vor allem hat sie eine Geschichte, eine Legende, die die Menschen beeindruckt. Es fehlte nicht viel, und sie würden sie *Señora* nennen. Selbst Oscar, dein nichtsnutziger Vater, würde sich vor ihr verneigen … bevor er sie stiehlt!«

»Wie konntest du sie überhaupt kaufen, *abuelo*? Du hattest doch kein Geld.«

»Ganz recht, und da kommt das Schicksal ins Spiel. Da hat mich der Finger Gottes berührt. Aber zuvor, *mi cielito*, muss ich dir noch ein anderes Geheimnis verraten. Mach die Augen wieder zu …«

»Aber was, wenn Oscar zurückkommt, um mich zu holen?«

»Er wird nicht zurückkommen, das verspreche ich dir. Mach die Augen zu!«

Sie schloss die Augen und kniff die Lider zusammen, um nicht in Versuchung zu geraten, sie gleich wieder zu öffnen.

»Es gibt etwas, was mir eines Tages beigebracht wurde. Und das möchte ich dir schenken. Es nennt sich ›aufmerksam sein‹.«

»Das ist doch kein Geschenk, *abuelo*!«, protestierte sie und riss die Augen auf.

»Schließ die Augen! Das ist besser als ein Geschenk, es ist der geheime Schlüssel zum Glück. Hör mir gut zu und behalte meine Worte immer in Erinnerung: Wenn man aufmerksam ist, wird man sich seiner selbst bewusst, man wird sich der anderen und des Lebens bewusst, man wird groß und stark wie ein uneinnehmbarer Turm. Wiederhole das.«

Sie wiederholte es. Und fügte hinzu: »Und wie ist man aufmerksam?«

»Indem man sich auf alles konzentriert, was man tut. Auf

jede Geste. Auf das kleinste Detail. Und alles gewinnt an Relief. Alles wird Reichtum. Es füllt einen aus, man kommt voran. Wohingegen Leute, die alles sehr schnell und ohne nachzudenken tun, die Dinge im selben Moment wieder vergessen. Sie werden morgen das Gleiche tun, was sie heute getan haben, sie werden nie dazulernen, weil alles, was geschieht, gleich wieder verschwindet.«

»Wer hat dir das beigebracht, *abuelo*?«

»Eine wunderbare Frau. Sie hieß Nadia. Ich muss damals vierzehn Jahre alt gewesen sein und lebte noch auf Kuba. Havanna, musst du wissen, war damals nicht nur der Hölle des Glücksspiels zugetan, in der Stadt herrschte auch eine große Liebe zu den Künsten, vor allem zur Musik. Die größten Künstler traten im Palacio de Bellas Artes oder im Teatro Auditorium auf, und ich versteckte mich in den Kulissen und hörte ihnen zu. Ich war glücklich, so unglaublich glücklich! Eines Tages verstummte die Musik, und plötzlich stand eine große dunkle, etwas knochige Frau mit einer dicken Brille und einer zarten Perlenkette vor mir. Sie fragte mich, wie ich heiße und was ich in den Kulissen zu suchen hätte. Ich bekam Angst, sie würde mich verraten und man würde mich hinauswerfen, und ich brachte keine Antwort heraus. Da fragte sie mich mit ganz sanfter Stimme: ›Liebst du die Musik? Liebst du sie so sehr?‹ Ja, antwortete ich. Ich war barfuß, ich trug eine Hose, die mir viel zu kurz war, ich bot einen jämmerlichen Anblick.«

»Wie sehr liebst du sie?«, fragte sie.

»Ich vergesse zu essen, ich vergesse zu schlafen. Ich vergesse alles.«

»Würdest du gern ein Instrument spielen?«

»Ja … Geige.«

»Und warum?«

»Weil ich sie öfter höre als die anderen Instrumente.«

»Hast du schon einmal eine Geige in der Hand gehalten?«

»Einer meiner Onkel ist Pfandleiher, sein Laden ist nicht weit von hier entfernt, und ich arbeite bei ihm. Ich schließe morgens auf, sperre abends wieder zu, ich putze, erledige die Auslieferungen und kümmere mich um die Einrichtung und um die eingelagerten Gegenstände. Als ich eines Morgens früh den Laden öffnete, sah ich einen Geiger herankommen, den ich abends zuvor im Teatro gehört hatte. Einen Ungarn mit einem herrlichen weißen Schnurrbart. Er kam, um seine Geige zu versetzen, weil er sein ganzes Geld beim Kartenspiel verloren hatte. Er wurde von zwei bedrohlich aussehenden bärtigen Kerlen flankiert, die mich fragten, wie viel man für diese Geige bekommen könne. Sie war schön, schimmernd, golden, und als ich an den Saiten zupfte, da hörte ich einen Klang … das war Musik für die Engel. Ich rannte los und holte meinen Onkel. Er wollte nichts dafür bezahlen, er verstand nichts von Geigen, die bärtigen Kerle auch nicht, und wie sehr der Geiger auch beteuerte, dass seine Geige ein Vermögen wert sei, er musste sie beinahe geschenkt hergeben. Sie haben den Preis der Geige auf die Höhe seiner Schulden festgesetzt. Er weinte, er sagte, das sei sein Ende, jetzt bliebe ihm nichts anderes übrig, als sich ins Meer zu stürzen. Die bärtigen Kerle hielten ihm ein Messer an die Kehle, und da war er still. Danach gingen sie alle drei wieder weg, die Bärtigen zählten die Scheine, und der Musiker ging tief gebeugt. Am nächsten Morgen hat man seine Leiche im Hafen gefunden. Ich war es, der ihn wiedererkannt hat. An seinem langen weißen Schnurrbart. Ich habe die Geige gegen unbezahlte Überstunden eingetauscht. Mein Onkel war froh darüber.«

»Und kannst du darauf spielen?«, fragte mich die Frau namens Nadia.

»Ich bringe es mir selbst bei. Oft klingt es ganz fürchterlich, es schmerzt einen in den Ohren, aber manchmal ist es auch so schön, dass ich mich umdrehe, um nachzusehen, wer da hinter mir steht und spielt!«

»Gut zu spielen bedeutet nicht einfach nur, schön zu spielen. Weißt du das?«

Sie musterte mich prüfend. Ihr Haar war zu einem Knoten geschlungen, sie hatte ein zartes, beinahe ekstatisches Lächeln, und Güte strömte aus ihren Augen wie Vanillecreme. Diese Frau, *amorcito*, war alles andere als schön, sie war wundervoll. In ihr brannte ein Feuer, eine Intelligenz, eine Seelengröße, die sie von innen heraus leuchten ließen. Sie wollte meine Geige sehen. Also nahm ich sie mit nach Hause. Ich holte die Geige aus ihrem Versteck. Ich hatte sie in eine graue Decke eingeschlagen. Ich hielt sie ihr hin, und sie war so ergriffen, dass sie sich hinsetzen musste: Es war eine Guarneri. Sie war es, die mir das gesagt hat, und sie hat mir auch gesagt, wie viel sie wert ist. Ich wäre beinahe zusammengebrochen vor lauter Nullen!

»Das hattest du nicht gewusst?«

»Nein. Aber das ist nicht alles … Sie begleitete damals einen berühmten Pianisten nach Havanna, und sie blieb einen Monat auf Kuba. Wir sahen uns jeden Tag. Sie brachte mir bei, auf meiner Geige zu spielen. Die Grundlagen jedenfalls. Sie wollte wissen, ob ich eine aufrechte Liebe zur Musik empfände. Ob ich in der Lage sei, ihr alles zu geben. Sie sagte, es gebe zwei Arten von Menschen, diejenigen, die in der Lage seien, alles zu geben, und die anderen. ›Die anderen‹, fügte sie hinzu, ›die schlafen, man darf sie nicht wecken. Es bringt nichts, sie zu wecken, sie sind sehr nett, sie sind sehr gut, sie sind so, wie sie nun einmal sind. Aber du bist anders. Du musst lernen, aufmerksam zu sein, dann kannst du sehr groß werden. Wer unaufmerksam handelt, verliert sein Leben.‹«

»Sie hatte recht, *abuelo*. Wenn du unaufmerksam spielst, klingt es nicht.«

»Sie sagte auch: ›Ich würde sogar so weit gehen zu behaupten, dass das Leben eines Menschen durch mangelnde Aufmerksamkeit wertlos wird, ob er nun ein Fenster putzt oder ein Meisterwerk zu schreiben versucht.‹«

»Ich hätte sie gerne kennengelernt!«

»Schließ die Augen, dann erzähle ich dir noch mehr.«

Calypso gehorchte lächelnd. Ulises Muñez brachte ihr so schöne Dinge bei.

»Anfangs verstand ich nicht, doch dann, eines Morgens, ging mir ein Licht auf. An diesem Tag nahm sie mich bei der Hand und schrieb mich in der Musikakademie ein. Sie hat für drei Jahre Unterricht bezahlt! Vor meinen Augen hat sie das Geld aus einer Geldbörse aus goldenen Maschen genommen und es ihnen gegeben. Ich war so überwältigt, dass ich mich heute noch genau daran erinnere. ›Ich bin so glücklich‹, sagte ich zu ihr. ›Ich kann die Freude in meiner Brust spüren.‹ Und sie antwortete: ›Diese Freude wird dir die Kraft der Helden verleihen, der Genies, der Heiligen, der Menschen, die ihr Schicksal vollenden.‹ Und sie reichte mir ihre Hand … Weißt du, *cielito*, manche Menschen geben dir die Hand, und du hast das Gefühl, einen toten Fisch zu berühren, aber unser Handschlag war etwas Besonderes. Wir schlossen einen Pakt, wir gaben uns gegenseitig ein Versprechen.«

Wieder und wieder fuhr er mit einem Stück Kolophonium über den Bogen. Calypso sah die Schwiele an seinem rechten Daumen, die rote Falte an seinem Hals, die die Geige dort eingegraben hatte.

»Also hör mir zu, *cielito*. Was du auch tust, tu es sorgfältig. Alles, hörst du? Wenn du Guten Tag sagst, dann sei in Gedanken bei der Sache und sag es mit einem Lächeln. Guten Tag. Ich wünsche dir einen guten Tag. Sonst bleib lieber still.«

»Hast du denn in deinem ganzen Leben alles richtig gemacht?«, fragte Calypso arglos.

Die Augen ihres Großvaters wurden feucht, er schüttelte den Kopf, schwieg einen Moment und sagte dann: »Nein.«

Nach dem Abschluss seines Musikstudiums war er Mitglied in einem Kammerorchester geworden und hatte für die Crème de la Crème von Havanna gespielt. In diesem Ensemble war er ein Musiker unter vielen gewesen. Für ihn und Rosita genügte es kaum zum Leben. Sie waren einundzwanzig Jahre alt und bereits Eltern eines kleinen Pepito und einer kleinen Lineta. Ein befreundeter Musiker hatte ihm angeboten, in eine dieser neuen Kapellen einzusteigen, die man im Radio hörte und die Cha-Cha-Cha, Mambo und Guaracha spielten. Er hatte sich geweigert, auf gar keinen Fall würde er so tief sinken, diesen »Krach« zu spielen. Doch eines Tages war Filiberto Depestre, der erste Geiger des Orquesta Aragón, krank geworden, und man hatte Ulises geholt, um ihn zu ersetzen. So war er an einem Abend zum König des Cha-Cha-Cha und des Mambo geworden.

Von diesem Tag an durfte niemand mehr in seiner Gegenwart Nadias Namen erwähnen. Er schämte sich so sehr, dass er trank bis zum Erbrechen! Er verbrachte seine Nächte im Montmartre, im Habana Hilton, im La Tropical, und er bezahlte die Rechnungen.

Rosita bekam Kinder, er bezahlte die Rechnungen.

Die Kinder waren krank, er bezahlte die Rechnungen.

Sein Vater fiel von einem Gerüst und brach sich den Schädel, er bezahlte die Rechnungen.

Seine Mutter jammerte in ihre schwarze Schürze, sie habe kein Geld, er bezahlte die Rechnungen.

Die Familie war gewachsen, die Revolution hatte stattgefunden. Ulises glaubte nicht an Fidel Castro. 1965 verließ er mit der Kapelle von Orestes Aragón die Insel zu einer Tournee durch die USA. Er war sechsundzwanzig Jahre alt. Er bat um politisches Asyl, und es wurde ihm gewährt. So hatte er seine Guarneri unbeschadet mitnehmen können.

Aber es war nicht die Geige, mit der er von da an seinen Lebensunterhalt verdiente. Felipe Razón, ein Kubaner, der mit seinem Vater befreundet gewesen war, gab ihm einen Job in seinem Bauunternehmen. Da er intelligenter war als die anderen Angestellten, vertraute Felipe ihm die Buchhaltung an. Die Tage vergingen. Er zog in ein kleines Haus in Hialeah, dem kubanischen Viertel von Miami. Baute drei Zimmer an, indem er die Wände des Hauses in den Innenhof verschob. Er kannte nur einen Gedanken: Rosita und die Kinder nachzuholen. Der Jüngste, Oscar, war noch klein gewesen, als er ihn vor seiner Abreise geküsst hatte. Bringst du mir ein ferngesteuertes Auto mit?, hatte er gefragt. Und er hatte es ihm versprochen.

Er rackerte sich ab und schickte Rosita jede Woche Geld, um die Zollbeamten zu bestechen, aber Castros Regierung wollte die Kubaner nicht von der Insel lassen. Er musste bis 1980 warten, ehe sie endlich in Key West von Bord eines Bootes gingen. Die Jungen eng um das schwarze Schultertuch ihrer Mutter geschart. Er erkannte sie nicht gleich wieder. Sie schauten einander lange an, bevor sie sich umarmten.

»Hast du die Geige noch?«, hatte Rosita geflüstert.

Er hatte genickt.

»Und spielst du noch?«

Er hatte nicht geantwortet.

Natürlich spielte er noch. Aber in Bars und Nachtclubs. Abends. Er hatte seinen Traum verraten.

Als er am 22. Oktober 1979 erfahren hatte, dass Nadia Boulanger in Paris gestorben war, hatte er den ganzen Tag über kein Wort gesprochen. Als Calypsos Mutter einige Jahre später das Krankenhaus ohne ihr Baby verließ, nahm Ulises das kleine Mädchen zu sich. Seine Kinder waren erwachsen und bereits ausgezogen. Er beschloss, sie fern von Oscar großzuziehen. Einem gefährlichen, labilen, unfähigen Mann.

Aber Oscar kehrte zurück in das Haus seiner Eltern in Hialeah.

»Ich bin ihr Vater«, erklärte er. »Calypso gehört mir.«

»Komm ihr ja nicht zu nahe!«

Und die beiden Männer standen sich mit erhobenen Fäusten gegenüber.

Ulises lehrte Calypso die Namen der Bäume, die Farbe einer Blüte, den Geschmack der Papaya, das Vibrato eines C. Er lehrte sie, Düfte zu erkennen. Orange und Mandarine, Veilchen und Vanille, Rose und Ylang-Ylang, Zedernholz und Patschuli. Und all diese Düfte bildeten zusammen ein Parfüm. Ein Parfüm in einem alten, aus Paris stammenden Flakon. »Ivoire de Balmain«. Das Parfüm der Frauen, die lieben und sich in den Himmel aufschwingen.

Und Calypso glaubte ihm.

»Verschwinden die Frauen, die dieses Parfüm tragen, dann für immer im Himmel?«

»Ja, aber sie lassen ihren Abdruck zurück, und man vergisst sie niemals.«

Er lehrte sie, prüfend zum kobaltblauen Himmel aufzuschauen, zu erkennen, wie innerhalb einer Sekunde ein tropisches Gewitter aufzog, schon von fern auf den Wirbelsturm zu lauern, seinem rauen, mächtigen Atem zu lauschen, die ersten Regentropfen von ihrem Gesicht zu wischen und schnell loszurennen und irgendwo Schutz zu suchen.

Gemeinsam sahen sie zu, wie sich die Palmen bogen und die Wellen sich auftürmten. Sie aßen *pastelitos*, sangen der Kassiererin, die ihnen das Wechselgeld herausgab, ein »*buenos días, mi amor …*« entgegen, probierten das gebratene Schweinefleisch im Caja China. Er brachte ihr viele Dinge bei, kleine und große, aber niemals, niemals bedeutungslose, denn in den Augen von Ulises Muñez war nichts bedeutungslos. Alles hatte einen Geschmack, einen Geruch, eine Farbe. Mach die Augen zu, befahl er, und sie lachte, sie lachte! Du musst schon wissen, was du willst, *abuelo*, soll ich die Augen auf- oder zumachen?

Das Einzige, worüber er nie ein Wort verlor, war der Tag ihrer Geburt. Calypso schien es, als laste das Gewicht eines Grabsteins auf diesem Tag.

Sie wagte nicht, Ulises darauf anzusprechen.

Wer war ihre Mutter? Warum war sie ohne ihr Baby weggegangen? Warum hatte sie diesen merkwürdigen Vornamen mit einer Nadel an ihrer Windel festgesteckt, bevor sie sie auf der Entbindungsstation zurückgelassen hatte?

Warum schlug ihr Vater Oscar sie, wenn er sie zu lange ansah? Warum hatte er ihr den Kiefer zertrümmert?

Warum brüllte er *puta americana**, wenn er auf leere Flaschen schoss, oder *hija de puta***, wenn er die Kugeln über ihrem Bett explodieren ließ?

Und warum hatte sie Ulises' Gesicht nicht wiedererkannt, als sie ihren Vater und ihren Großvater dabei überrascht hatte, wie sie einander in der Garage gegenüberstanden? Warum sah er plötzlich so aus wie die Männer, die sich mit Oscar herumtrieben und sie mit Ohrfeigen davonjagten, wenn sie ihnen zu nahe kam?

All diese Fragen ließen Calypso keine Ruhe.

Wenn sie allein in ihrem Zimmer ist, übt sie für das Konzert, studiert die Partitur, zieht die Schuhe aus, stemmt die Füße auf das Parkett, hebt die Arme, stellt sich in Positur, lässt den Bogen über die Saiten gleiten und fühlt jede einzelne Bewegung. Füllt jede Minute mit Noten. Mit geschlossenen Augen erinnert sie sich an die Lektionen ihres Großvaters. Sie erin-

* Amerikanische Hure.
** Tochter einer Hure.

nert sich an Pinkertons Vorlesung über Nadia Boulanger. Sie hatte sich als Erste angemeldet. Ihr Name stand ganz oben auf der Liste. Am liebsten hätte sie noch den von Ulises Muñez dazugeschrieben.

Dieser Abend soll der krönende Abschluss werden. Der letzte Abend ihres Liebesmonats.

»Ich werde alles geben, *Viola odorata*. Es soll mit einem Höhepunkt enden, denn danach werde ich ihn nicht mehr sehen, oder wir werden uns nur noch in den Fluren der Schule begegnen. Wir werden einander kurz zuwinken, und dann wird er weitergehen. Ich werde nicht traurig sein, denn mir bleiben immer noch meine Erinnerungen. Ich will, dass die Leute am Ende des Konzerts tränenüberströmt auf ihren Stühlen sitzen, ohne sich zu rühren. Oh, ich will so vieles! Und manchmal glaube ich, dass mit ihm tatsächlich alles möglich ist...«

Sie betrachtet das kleine Veilchen, das am schattigen Nordfenster steht.

»Kann man allein, ohne einen Geliebten an seiner Seite, Großes bewirken?«, fragt sie es. »Früher hätte ich Ja gesagt, aber jetzt bin ich mir nicht mehr sicher.«

Bei der Vorstellung, dass sie einander nicht mehr jeden Tag sehen werden, verspürt sie einen Schmerz in der Brust. Und sie fragt sich, ob ihr die Erinnerungen reichen werden. Sie schließt die Augen, beschwört Beethovens Musik herauf und beginnt wieder zu lächeln.

Die Musik darf einfach nur nie verstummen.

Eines Abends wählt sie eine Nummer in Miami. Die Nummer von Rosita und Ulises Muñez.

Ihre Großmutter geht ran.

»Ich bin's, *abuela*, Calypso.«

»Wie geht es dir, *mi corazóncito*?«

»Sehr gut, *abuela*. Und dir?«

»Es geht, es geht. Hier ist alles gut.«

»Ist es nicht zu heiß bei euch?«

»Doch. Die Hitze wird schwül, fast schon klebrig. Ich versuche, mich nicht allzu viel zu bewegen, aber ich muss die ganze Zeit die Klimaanlage laufen lassen.«

»Wie geht es ihm?«

»Heute Mittag hat er seine *empanadas* nicht angerührt, und er wollte nicht, dass ich ihn zur Kneipe schiebe, damit er Jorge und Andreas beim Dominospielen zuschauen kann.«

»Gib ihn mir mal …«

Ein Klicken am anderen Ende der Leitung. Sie kennt das Geräusch: Es bedeutet, dass der Lautsprecher eingeschaltet wurde.

»Du kannst jetzt reden, *amorcito*. Er ist hier direkt neben mir.«

»Hört er mich?«

»Ja. Er hört dich …«

Er hört, aber er spricht kaum noch. Leise, schroffe, verzweifelte Schreie, einzelne Laute. Das Wimmern eines Kindes. Man hat ihn am frühen Morgen hinter dem Gitterzaun des Flughafens gefunden, auf dem Boden liegend, das T-Shirt über dem Bauch hochgerutscht, Spuren von Schlägen am ganzen Körper, das Haar blutverkrustet, die Augen zugeschwollen. Die Polizei hat den Schauplatz des Überfalls untersucht und ist zu dem Schluss gekommen, dass man Ulises in einem Lieferwagen dorthin gebracht, auf den Boden geworfen und zusammengeschlagen habe. Dabei sei er nach hinten gefallen und habe sich an einem niedrigen Betonmäuerchen den Schädel aufgeschlagen. Seine Angreifer seien in Panik geraten und hätten sich aus dem Staub gemacht. Man hat keinerlei Hinweis auf ihre Identität gefunden. Aber es ist ja auch schwierig, auf dieser Brachfläche, wo die Nutzfahrzeuge des Flughafens wenden und die Angestellten sich erleichtern, Spuren zu sichern. »Das war eine typische Auseinandersetzung unter Kubanern«, haben die Polizisten gleichmütig erklärt, »eine Abrechnung zwischen Gangmitgliedern. Eine Warnung für das Opfer.« Und sie haben die Akte geschlossen. Der Mann ist nicht tot, er wird wieder auf die Beine kommen, sie haben Wichtigeres zu tun.

Calypso atmet tief durch, blinzelt, um die Tränen zurückzudrängen, und sagt dann ganz leise, so, als dürfe sie nicht zu laut reden, als stünde sie im Zimmer eines Kranken: »*Abuelo* ... erinnerst du dich? In acht Tagen spiele ich die *Frühlingssonate* von Beethoven. Wir proben seit drei Wochen, und ich glaube, es klappt, ich halte sie in den Händen, ich kann sie fast greifen. Sie ist zu Lehm geworden.«

Sie hört ein Knurren am anderen Ende der Leitung. Sie versteht, dass er sie auffordert, deutlicher zu werden.

»Du weißt schon, die Sonate, die mit der Geige einsetzt, dann eilt das Klavier hinter ihr her... Sie holen einander immer wieder ein und trennen sich wieder. Fast wie zwei Verliebte, die miteinander reden, sich streiten, sich wieder versöhnen und einander liebe Dinge sagen. Erinnerst du dich?«

Sie singt die Geigenstimme, dann das Klavier, wird schneller, lässt den Klavierdonner grollen, einen Geigenvogel zwitschern und hört einen rauen Aufschrei am anderen Ende der Leitung. Sie atmet erneut tief durch und drängt die Tränen zurück. Er darf nicht merken, dass sie weint.

»Ich werde vor der ganzen Schule auftreten, zusammen mit einem Jungen, den ich sehr mag. Er heißt Gary Ward. Er ist halb Engländer, halb Schotte, und er ist so schön, *abuelo*! Sein Inneres ist schön, und sein Äußeres auch.«

Sie zwingt sich zu einem Lachen und bemüht sich, keck und frivol zu klingen, als sie hinzufügt: »Ja, man glaubt es kaum, aber so etwas gibt es wirklich!« Sie kommt sich vor wie eines jener Mädchen, die bei einer Cola Light mit ihren Freundinnen über Jungs reden.

»Und ich glaube, ich liebe ihn. Ja. Ich liebe ihn. Ich habe lange darüber nachgedacht.«

»Du liebst ihn, meine Schöne?«, sagt ihre Großmutter und klatscht in die Hände.

»Nein, ich glaube es nicht, ich bin mir sicher.«

»Und was ist mit ihm?«

»Wenn wir spielen, lässt er mir den ganzen Raum. Auf der Straße streckt er den Arm aus, um einen LKW aufzuhalten, er trägt meine Geige, er lädt mich zu einem Kaffee oder einem Teller Spaghetti ein, er ruft mir ein Taxi, ihm fällt auf, wenn ich morgens noch nicht ganz wach bin. Hast du deinen Kaffee nicht getrunken?, fragt er dann. Woher weißt du das? Weil du sonst einen leichten Bart über der Lippe hättest. Er achtet auf Details, *abuelo*!«

Ulises grunzt erfreut.

»Er hört mir zu, er redet mit mir, er vertraut mir sehr persönliche Dinge an, und das heißt doch, dass ich ihm wichtig bin.«

Sie blickt zur *Viola odorata* hinüber und lächelt ihr zu. Verrückt, wie plötzlich alles klar wird, wenn sie ihre Gefühle laut ausspricht.

»Er weiß es noch nicht, das ist alles. Ich muss noch ein bisschen warten, stimmt's?«

Das hatte ihr Großvater irgendwann zu ihr gesagt. Manchmal begreift man erst, dass man jemanden liebt, nachdem er sich von einem abgewandt hat. Und dann ist es zu spät. An jenem Tag war sie traurig gewesen. Sie hatte sich gefragt, ob das auch ihrem Großvater passiert war. Aber das war unmöglich: Ulises liebte Rosita.

»An dem Abend werde ich für dich spielen, *abuelo*. Ich werde ein Gebet von meiner Geige aufsteigen lassen. Damit du wieder sprechen kannst, damit du deine Beine wieder benutzen kannst, damit du die Freude an Farben, an Gerüchen, an *empanadas* und an süßem schwarzem Kaffee wiederfindest. Du bist immer bei mir, du lebst in meinem Kopf, ich rede mit dir, wenn ich übe, wenn ich durch den Park gehe, wenn ich Hunger habe, weil ich nicht genug gegessen habe. Du bist immer da.« Sie verstummt, weil ihre Stimme gezittert hat. »Und, bitte, schick mir kein Geld mehr. Hast du gehört? Du brauchst es nötiger als ich, und ich komme hier sehr gut zurecht.«

Lautlos rinnen die Tränen über ihre Wangen, und sie lässt sie fließen. Er kann sie nicht sehen. Er ist in Miami.

»Ich liebe dich, *abuelo.*«

Rosita muss das Telefon näher an Ulises' Gesicht gehalten haben, denn sie hört ein abgehacktes Atmen, als wollte ihr Großvater Worte hervorwürgen, die tief unten in seiner Kehle feststecken. Es klingt wie ein Röcheln, das die Stille zerschrammt.

»Ich weiß, *abuelo*, ich weiß ... ich werde die Beste sein, das verspreche ich dir, ich werde alles geben. Alles geben.«

Das Röcheln wird lauter. Es dringt in ihre Ohren, steigt hinab zu ihrem Herzen und zerreißt es.

»Denk am dreißigsten April an mich, dann stehe ich im großen Saal der Juilliard School ... Unsere Dozenten werden da sein, Profimusiker, Agenten, sogar das Fernsehen. CBS! Sie drehen einen Beitrag für *60 Minutes*. Stell dir das mal vor: Ich werde in *60 Minutes* zu sehen sein, ich, Calypso! Dann wirst du mich sehen, und du wirst stolz auf mich sein!«

Das Röcheln wird zu einem Knurren, das seinen Körper schüttelt, ihn husten lässt, ihn entzweireißt. Es macht ihn rasend, dass er nicht reden kann.

»Was ich anziehen werde? Du wirst lachen, aber darüber habe ich noch gar nicht nachgedacht! Ein Kleid? Ja, ich werde ein Kleid anziehen. Versprochen. Ich werde mich hübsch frisieren und die beiden Brillantstecker tragen, die du mir zu meinem vierzehnten Geburtstag geschenkt hast. Erinnerst du dich? Vielleicht ergattere ich ja ein Engagement in Miami, kommst du dann zu meinem Auftritt? Versprich es mir!«

Und so redet sie weiter über die Ohrringe, *60 Minutes* und die Sonate von Richard Strauss, die Gary gern mit ihr spielen möchte.

»Du weißt schon, unsere Sonate, die wir in der Garage einstudiert haben, bevor ich nach New York gegangen bin … Ich werde sie zusammen mit Gary Ward spielen.«

Das Röcheln am anderen Ende der Leitung wird zu einem Schrei, einem Gorgonenmund, der seine Freude hinausbrüllen will. Calypso legt eine Hand über das Telefon, um ihn nicht zu hören.

»Ich liebe dich, *abuelo*«, flüstert sie, »ich liebe dich. Pass gut auf dich auf.«

Ulises brüllt.

Mit aller Kraft schüttelt er den Kopf. Ein Speichelfaden zieht sich über sein Kinn. In seinen Augen brennen zornige Tränen. Er schiebt das Gesicht vor und weist auf den Schrank.

Rosita hat gelernt, die Kinnbewegungen ihres Mannes zu deuten. Sie schaut zum Schrank auf.

»Da oben?«, fragt sie. »Soll ich etwas von da oben runterholen?«

Er nickt. Sie holt eine Stehleiter. Er lächelt schief.

Sie tritt auf die unterste Sprosse und schaut ihn an. Er nickt. Sie hebt das Knie und steigt eine Sprosse höher, dann noch eine und noch eine.

»Du bringst mich noch um«, brummt sie.

Er schüttelt gereizt den Kopf. Als wollte er sagen: Beeil dich! Stell dich nicht so an!

»Ich weiß, was du denkst, das vergisst du allzu oft. Ich kann mittlerweile in jeder deiner Wimpern lesen!«

Wieder brüllt er auf, der Mann ohne Arme und Beine, zum

Schweigen verdammt, zurückgeworfen auf die Ebene eines Tieres. »Ich habe dich so sehr geliebt, ich habe es sogar geschafft, dir zu verzeihen!«, seufzt sie, als sie mit der Hand einen Koffer berührt.

Eine beißende Staubwolke bringt sie zum Husten und brennt ihr in den Augen. Sie spuckt den Staub aus und flucht.

»Nein! Das ist der Koffer der Amerikanerin! Den fasse ich nicht an. Du willst wegfahren, ist es das? Willst du weg?«

Er schiebt das Kinn vor, befiehlt ihr, den roten Nylonkoffer zu öffnen.

Sie sträubt sich, dreht sich zu ihm um, und nun ist sie diejenige, die schreit: »Nein! Verlang das nicht von mir, ich werde es nicht tun!«

Sie schreit, er knurrt, sie weint, er schimpft. Sie weigert sich, den Koffer herunterzuholen.

Von hoch oben auf der Leiter schleudern ihre Augen Blitze, sie messen sich mit Blicken.

Du wirst es tun, befiehlt er, weil ich es so will! Niemals, protestiert sie, ich habe deinetwegen schon genug gelitten. Ich bin bei dir geblieben, ich habe mich für dich entschieden, was wirfst du mir vor? Ja, aber zu welchem Preis! Und warum soll ich immer weiter und weiter dafür bezahlen? Ich will es, ich will es, fordert er ungeduldig, ohne sich zu rühren. Hat diese Geschichte denn nie ein Ende?, klagt sie in einem letzten Aufbegehren.

Welch seltsamer Anblick ist die Auseinandersetzung dieser beiden Alten: der eine in seinem Rollstuhl, den Hals gereckt, rot, mit verkrümmten Händen, die Beine an den Körper gezogen, wie er sich windet, um Worte hervorzubringen, wie er grunzt, um sich verständlich zu machen, und die andere, kräftig, schwerfällig, auf der obersten Sprosse einer Leiter stehend, wie sie an einem roten Nylonkoffer rüttelt und sich weigert, ihn herunterzuholen.

Sie wissen beide, wer den Kampf verlieren wird, aber sie wollen sich nicht zu schnell geschlagen geben, denn die Lust an diesem Kampf ist das einzig Lebendige und Warme, was zwischen ihnen noch geblieben ist.

Sie hat ihn gesehen! Sie hat ihn gesehen!

Sie parkte vor dem Universitätsgebäude und unterhielt sich gerade in ihrem Auto mit einem Studenten, der ihr in der Rue Pasteur nachgelaufen war, als sie abgebremst hatte, um auf den Parkplatz abzubiegen. Er hatte an ihre Scheibe geklopft. Sie hatte angehalten und ihm die Tür geöffnet. Das war weder der passende Ort noch der passende Zeitpunkt für ein Gespräch, sie musste gleich in ihre Vorlesung, aber er hatte sie regelrecht angefleht. »Na gut, dann steigen Sie ein«, hatte sie schließlich eingewilligt. Sie hatte die Bücher und Unterlagen vom Beifahrersitz genommen und nach hinten auf Du Guesclins Decke geworfen, woraufhin dieser unwillig geknurrt hatte. »Tut mir leid, alter Junge! Wir haben Gesellschaft.«

Es nieselte hartnäckig, und immer wieder stülpten heftige Windböen die Regenschirme um und trieben Papierfetzen vor sich her. Der Student fuhr sich mit einer Hand durchs Haar und blies sich in die Finger, seine Nase lief.

Er hieß Jérémie und wollte mit ihr über seine Doktorarbeit reden. Er schreckte kurz zurück, als er Du Guesclin bemerkte, dann setzte er sich auf den Beifahrersitz und drückte sich dicht an die Tür, um so viel Abstand wie möglich zwischen sich und dem Hund zu lassen. Er war fünfundzwanzig Jahre alt, hatte hängende Schultern, von kleinen roten Pickelchen bedeckte Wangen und Geheimratsecken. Er würde früh kahl werden, dachte Joséphine unwillkürlich. Das erinnerte sie an Antoine, die Vorstellung, ihm könnten die Haare ausfallen, hatte ihn mit Schrecken erfüllt. Er hatte immer behauptet, es gebe drei schicksalhafte Altersstufen, in denen Männer kahl würden: mit zwanzig, mit vierzig und mit sechzig Jahren. Danach konnte man beruhigt sein. Er hatte ihr gestanden, dass Kahlheit das allergrößte Problem der Männer sei. Noch weit vor der Liebe!

»Was ist los, Jérémie?«

»Ich schaffe es nicht, Madame, ich schaffe es einfach nicht!«

Er arbeitete an einer Doktorarbeit über die Sinnesfreuden im Mittelalter, über Festmähler, Feiern, Tänze, Lieder, die Sexualität und über die Herrschaft der Kirche, die schnell bei der Hand war, wenn es darum ging, Praktiken zu unterdrücken, die von ihr als obszön, also teuflisch gebrandmarkt wurden. Er hatte genüsslich und unverfroren mit der Arbeit begonnen, hatte schlüpfrige Anekdoten eingestreut, um den Leser zu unterhalten, und sich ausgiebig mit der sexuellen Furcht befasst, die die Frau und ihre Geschlechtsorgane verbreiteten: »Sie sind kalt und feucht, und die Gebärmutter empfindet eine vergleichbare Lust wie die Schlange, die bei ihrer Suche nach Wärme in den Mund der Schlafenden eindringt. Die erotische Macht der Frau ist beunruhigend. Das Übermaß an Feuchtigkeit im weiblichen Körper verleiht ihr eine grenzenlose Fähigkeit zum geschlechtlichen Akt. Ihr Hunger kann nie gestillt werden, immer wieder überkommt sie aufs Neue die Lust. So heißt es auch, dass die Frau das einzige aller weiblichen Lebewesen sei, welches selbst nach der Befruchtung noch sexuelle Kontakte wünscht.« Man spürte, dass ihm das Thema Spaß machte. Doch angesichts der Schwierigkeiten, auf die er traf, war seine Selbstsicherheit rasch verflogen.

Joséphine hatte sein Manuskript gelesen. Zu viele Anekdoten, keine Struktur, offenkundig mangelhafte Beherrschung des Themas.

»Ihre Arbeit ist wirr. Sie verzetteln sich, weil Sie keinen klaren Standpunkt haben. Einmal über das Stadium der Anekdoten hinaus, wissen Sie nicht mehr, was Sie von Ihrem Thema halten sollen.«

»Genau deshalb möchte ja ich mit Ihnen reden.«

»Dafür haben Sie sich aber einen unpassenden Moment ausgesucht, ich halte in fünf Minuten eine Vorlesung.«

»Bitte, Madame Cortès ...«

Er sah sie an wie ein verirrter Hund auf der Autobahn. Er hatte einen Ausschlag im Nacken und kratzte gedankenverloren daran herum, wobei er die Augen zu Schlitzen zusammenkniff, als bereite ihm diese Tätigkeit Genuss.

»Sollen wir uns nach der Vorlesung unterhalten?«

»Da sind immer so viele Leute, dass man nicht in Ruhe mit Ihnen reden kann.«

»Dann vereinbaren wir einen Termin für das nächste Mal ...«

Sie kramte in ihrer Handtasche nach dem Terminkalender, bekam ihn zu fassen, und als sie den Kopf hob und sich dem jungen Mann zuwandte, bemerkte sie einen roten Kangoo, der gerade auf dem Parkplatz hielt. Einen Lieferwagen mit einem Abziehbild auf der linken Seite. Warum hatte dieses Fahrzeug ihre Aufmerksamkeit erregt? Vielleicht war ihr eingefallen, was man über rote Autos sagt, nämlich dass sie häufiger in Unfälle verwickelt seien als andere? Vielleicht hatte aber auch dieser Aufkleber, der Kopf eines Jagdhundes, ihren Blick angezogen? Und wo war eigentlich ihr Handy? Nicht in der Handtasche jedenfalls. Sie hatte es in den vergangenen zwei Wochen schon dreimal verlegt! Und es jedes Mal beinahe widerstrebend wiedergefunden. Als wollte sie gar nicht erreichbar sein. Als wünschte sie, man würde sie in Frieden lassen.

Sie verspürte den Drang, ziellos umherzustreifen. Fern von Paris, von Zoé. Fern von London, von Philippe, von Shirley. Mit dem guten alten Du Guesclin als einzigem Gefährten.

Obwohl sie sich mit dem Studenten unterhielt, sah sie, wie der Mann aus seinem Wagen stieg, die Tür zuschlug und mit energischen Schritten auf sie zukam. Sie hörte kaum, was Jérémie sagte, blätterte in ihrem Terminkalender nach einem Tag, an dem sie sich treffen könnten, dachte bei sich, dass dieser Kangoo ein einziger Schlammspritzer sei, und ja, sie könnten sich am nächsten Dienstag in der Cafeteria zusammensetzen, bis dahin habe ich Ihren Text noch einmal gelesen und kann Ihnen Genaueres dazu sagen. Jérémie nickte, vielen Dank, das würde mir wirklich helfen, ich verliere gerade das Vertrauen in mich, ich glaube, ich habe mich zu schnell in die Sache hineingestürzt. Zu schnell und zu kühn, ergänzte sie lächelnd.

Der Mann kam näher, sie sah, wie er sich beim Gehen gegen den Wind stemmte, nach vorn gebeugt, die Nase im Mantelkragen vergraben, beinahe in Zeitlupe. Mit einer Hand hielt er den Hut auf seinem Kopf fest. Sie konnte weder seine Augen noch seinen Mund oder sein Gesicht erkennen, aber sie wusste, dass er es war.

Am liebsten hätte sie geschrien und die Arme hochgerissen, um sich zu schützen. Er würde die Fensterscheibe einschlagen, ganz sicher. Sie bekam keine Luft mehr.

»Stimmt was nicht, Madame? Sie zittern ja …«

»Doch, doch, alles in Ordnung …«

Er war vorbeigegangen. Dicht neben ihrer Tür, ohne einen Blick auf die beiden Insassen zu werfen. Sie hatte nur einen Ärmel aus grobem Stoff gesehen, festes Wachstuch, dann seinen Rücken, seine Schultern, seine Hände in den dicken Handschuhen. Er war groß und gelenkig. Sein Gang hatte etwas beinahe katzenhaft Geschmeidiges, er strahlte die Selbstsicherheit eines Mannes aus, der keine Angst kennt und den kein Befehl, keine Drohung aufzuhalten vermag. Sie hatte sein Gesicht nicht gesehen und konnte nicht einschätzen, wie alt er war.

Sie sah auf die Uhr.

»Mein Gott, ich komme zu spät zu meiner Vorlesung!«, rief sie. »Ich muss noch einen Anruf erledigen, gehen Sie rasch vor und sagen Sie Bescheid, dass ich gleich da bin!«

Jérémie stieg aus und bedankte sich tausendmal, danke, Madame, danke. Das ist eine große Erleichterung für mich. Sie brachte ihre Atmung unter Kontrolle, wartete, bis sich ihr Herzschlag wieder beruhigt hatte, und trat hinaus auf den Parkplatz, in den wirbelnden Aprilwind.

Als Erstes notierte sie sich das Nummernschild. Es war unter dem ganzen Schlamm kaum zu erkennen, der Halter riskierte ein Bußgeld. Es war ein altes Nummernschild, das mit den Ziffern 89 endete. Département Yonne. Präfektur Auxerre. Unterpräfektur Sens. Ludwig der Heilige hatte 1234 in Sens Margarete von der Provence geheiratet, und Papst Alexander III. hatte dort von 1162 bis 1165 Zuflucht gesucht.

Unwillkürlich bemerkte sie, dass der Hund auf dem Aufkleber freundlich wirkte, er hatte lange braune Ohren, die wie zwei Waschlappen herunterhingen. Fast hätte man meinen können, er lächelte.

Sie würde Garibaldi fragen, wem dieser Wagen gehörte. Sie sahen sich nie, aber sie wusste, dass sie sich auf ihn verlassen konnte. Seit dem Tod von Iris und Lefloc-Pignel waren sie durch einen unsichtbaren Faden miteinander verbunden. Während der Ermittlungen waren sie und der Inspektor ein Stück des Weges gemeinsam gegangen. Erst argwöhnisch, dann mit wachsendem Vertrauen und schließlich beinahe als Freunde. Manchmal las sie seinen Namen in der Zeitung und schickte ihm eine kurze SMS: »Bravo, Sie sind der Beste«. Er antwortete immer. »Danke, wie geht es Ihnen?« Er war ein einzelgängerischer, schweigsamer Mensch, doch sobald sie ihn anrief, sobald sie sagte: »Hallo, ich bin's«, veränderte sich seine

Stimme, und er antwortete unendlich sanft: »Madame Cortès, heute Morgen erst habe ich an Sie gedacht …« Das war gewiss nicht wahr, aber sie mochte die Vorstellung, dass er ihr einen wohlwollenden Gedanken widmete, während er vor dem Spiegel stand und sich rasierte.

Sie drehte sich um, vergewisserte sich, dass der Mann nicht zurückkam, ging zu dem Kangoo hinüber und umrundete ihn einmal. Die Seitenschweller waren dreckbespritzt, die Felgen eingedellt, die Scheiben schmutzig. Sein Besitzer hätschelte ihn sicher nicht jeden Sonntag mit Wasserschlauch und Fensterleder, während er nebenbei RTL hörte.

Sie tat so, als hätte sie ein Steinchen im Schuh, zog diesen aus, lehnte sich gegen die Tür und warf einen Blick ins Wageninnere. Sie erblickte ein wildes Durcheinander. Werkzeug, Unterlagen, große Säcke mit Mais, Weizen und Sonnenblumenkernen, eine Armeeschaufel, Gummistiefel, eine Taschenlampe auf dem Beifahrersitz, ein Schweizer Taschenmesser, Bindfadenknäuel, Plastiktüten, Gartenscheren, eine Kappe mit dem Logo von Massey Ferguson, ein Seil, zu Lappen zerschnittene alte Unterhosen, bunte Batteriekabel, Stroh, Päckchen mit Vogelfutter, eine Decke, ein Fäustel und im Seitenfach Muttern, Schrauben, ein Katalog von *La Sanglière* und ein weiterer von *Bricoman*. Der Mann musste ein Landwirt sein. Er lebte in einem Dorf oder einer Kleinstadt. Besaß einen Bauernhof, bestellte sein Land. Warum verfolgte er sie? Spionierte er ihr im Auftrag eines anderen hinterher? Oder … lebte er etwa in einer großen Stadt und verbarg seine wahre Identität, indem er sich dieses Auto auslieh?

Oder hatte er es etwa gestohlen?

Sie lehnte sich gegen die hintere Scheibe.

Beugte sich ein wenig vor und sah Stacheldrahtrollen, Bierdosen, Erdnussflips, Bonbons und, flach neben dem Radkasten liegend, ein in dunkelgrünes Tuch eingeschlagenes Jagdgewehr.

An diesem Tag schien ihr, als hielte sie ihre Vorlesung wie eine Schlafwandlerin. Die Wörter kamen aus ihrem Mund, doch in Gedanken war sie ganz woanders. Ihr war nicht klar, ob sie wirklich redete, ihre Stimme drang durch die Luft, und sie hörte sie voller Verwunderung.

Das Thema der Vorlesung war: »Die Frau im *Roman de la Rose*.«

Sie starrte unverwandt auf eine Reihe im Hörsaal – es war die dritte – und sonderte Wörter ab. Die Studenten schrieben mit. Der Mann war da, wie üblich.

»Indem der *Roman de la Rose* den Fokus derart stark auf die Lust der Frauen an der Mode legt, dass es sich zu einem frauenfeindlichen Motiv entwickelt, allegorisiert und fördert er gleichermaßen einen Appetit vonseiten der Frauen, der die Männerwelt zu verschlingen droht. Die gefräßigen Modenärrinnen des dreizehnten Jahrhunderts waren – so behauptet zumindest der Verfasser eines zeitgenössischen Rondeaus – ganz versessen darauf, ein Stück aus der Haut ihres Geliebten – *un tronson de vo pel* – an ihr Kleid zu heften.«

Bei diesen Worten, »*un tronson de vo pel*«, schien der Mann unruhig zu werden. Fand er die Vorstellung absurd, oder weckte sie womöglich in ihm den Wunsch, selbst ein Stück aus der Haut seiner Geliebten herauszuschneiden?

Sie beobachtete ihn verstohlen.

Sie hatte weniger Angst als die letzten Male, so, als verschaffe ihr die Tatsache, dass sie das Innere seines Wagens gesehen hatte, ihm gegenüber einen Vorteil.

Schon, aber … das Gewehr … schon, aber … das Gewehr …, kreiste der Gedanke unablässig in ihrem Kopf herum.

Kurz vor dem Ende der Vorlesung löste er sich wie üblich von der Wand, richtete sich auf, öffnete leise die Tür und ging hinaus. Sie würde einen der Studenten unter einem Vorwand bitten, sie zu ihrem Auto zurückzubegleiten.

Und sie würde in Lyon übernachten. Sie hatte nicht mehr die Kraft zurückzufahren. Sie musste Zoé Bescheid sagen.

Und sie musste ihr Handy wiederfinden. Es war sicher unter Du Guesclins Decke gerutscht. Oder vielleicht klemmte es zwischen der Seitenablage und dem Beifahrersitz.

Egal. Sie erwartete keinen Anruf.

Vom Universitätsparkplatz fuhr sie zur Pension Menesson, dem kleinen Hotel mitten im Zentrum, in dem sie immer abstieg. Ein hohes, schmales, dreistöckiges Gebäude mit etwa fünfzehn nach Reinigungsmittel riechenden Zimmern, kurzen grünen Cretonne-Vorhängen an den Fenstern und dem köstlichen Duft von Schokoladenkuchen im Treppenhaus. Das Haus vermittelte einen altmodischen Eindruck, und die Besitzerin, Madame Menesson, hatte im ersten Stock stets ein Zimmer zur Straße hin für sie reserviert.

Madame Menesson mochte Du Guesclin. Und das beruhte auf Gegenseitigkeit. Er rannte auf sie zu, drückte sich gegen ihre Beine, ließ die Zunge aus dem Maul hängen, tat, als wäre er völlig ausgehungert, und lauerte hechelnd auf einen Hundekuchen. Sie hockte sich vor ihn hin, streichelte sein Fell gegen den Strich, und er sabberte vor Vergnügen.

Es war immer das gleiche Ritual.

Bei jedem Besuch stellte sie für ihn eine Schüssel mit Wasser ins Bad und schüttete die Essensreste der Pensionsgäste in einen großen irdenen Napf. Kaum war die Zimmertür auch nur einen Spaltbreit geöffnet, stürmte Du Guesclin zu seinem Napf, bremste vor dem bereitgestellten Futter ab, schnüffelte kurz daran und verschlang es anschließend unter lautem Schmatzen. Dann ließ er sich fallen, drehte sich auf den Rücken und breitete mit der Anmut eines gevierteilten Froschs die Pfoten aus.

Als Joséphine an diesem Abend das Zimmer betritt, schaltet sie die kleine rosa Lampe auf dem Nachttisch an. Sie zieht ihre Schuhe aus, legt sich auf das Bett und wiederholt immer wieder: Ich habe den Mann gesehen! Ich habe den Mann gesehen! Endlich! Bald werde ich wissen, wer er ist. Ich werde wissen, ob er Vorstrafen hat, gerade aus dem Gefängnis kommt oder ein unbescholtener Bürger ist. Dann muss ich nur noch herausfinden, warum er mir folgt. Er wirkt nicht bedrohlich.

Schon, aber … neben dem Radkasten in seinem Kofferraum liegt ein Jagdgewehr.

Auf dem Bett liegend lässt sie ihre Gedanken schweifen, beobachtet durch die zugezogenen Vorhänge hindurch die Lichter draußen auf der Straße, horcht auf den heiseren, gleichmäßigen Atem des satten, schlafenden Du Guesclin, auf die Schritte der übrigen Gäste, die in ihre Zimmer zurückkehren, hört ihre Stimmen, die Verabredungen fürs Büro, für die Baustelle, als sich ihr plötzlich ein Gedanke aufdrängt: Der Mann kennt sie nicht.

»Natürlich, er kennt mich nicht!«

Er kennt ihren Namen, er weiß, dass sie an der Universität Lyon 2 unterrichtet, dass sie eine Spezialistin für das Mittelalter ist, dass sie Romane schreibt, er hat die Bücher vielleicht auf dem Nachttisch seiner Frau, seiner Tochter oder seiner Mutter gesehen, aber mehr weiß er nicht. Warum also steht er stundenlang reglos da und hört ihr zu?

Es gibt einen anderen Grund.

Den sie nicht kennt.

Und in seinem Wagen liegt ein in grünes Tuch eingewickeltes Jagdgewehr.

Sie steht auf. Geht zum Heizkörper unter dem Fenster, setzt sich darauf, zieht die Füße hoch, schlingt die Arme um ihre

Knie und schiebt den Vorhang zur Seite. Das Licht der Straßenlaternen zeichnet bleiche, senkrechte Streifen in die Dunkelheit. Es muss halb zehn sein. Die Straße ist menschenleer. Der Himmel schwarz und sternenlos. Sie wird heute Abend nicht mit ihrem Vater sprechen, sondern ihren Finger durch die Bücher wandern lassen. Und versuchen, die Botschaft der Wörter zu deuten.

Philippe fehlt ihr.

Sie hat ihm nichts von dem Mann erzählt.

Sie redet kaum noch mit ihm.

Sie ist allein mit diesem Mann, der sie verfolgt.

Du Guesclin ist aufgestanden. Er kommt heran und legt seinen dicken Kopf auf ihre Oberschenkel. Nachdrücklich lehnt er sich mit seinem ganzen Gewicht darauf, als wollte er sagen: Ich bin auch noch da, vergiss mich nicht! Sie streichelt seine Schnauze, drückt einen Kuss darauf, ich weiß, ich weiß, was du mir sagen würdest, wenn du reden könntest.

Wie um Erlaubnis bittend, leckt er behutsam ihre Hand, seine Zunge gleitet über ihre Finger, lässt nicht locker, wird drängend, als sie nicht reagiert. Dein Schweigen gefällt mir nicht, scheint er zu sagen, mach doch Lärm, schrei doch, aber sitz nicht einfach nur herum und grüble. In der Stille scheint alles schrecklich.

Sie versetzt ihm einen leichten Klaps und antwortet: »Ja doch, ja, ich habe verstanden, aber wie soll ich dir das erklären? Ich weiß, dass du alles verstehst, du hast in deinem Hundeleben Kummer und Kriege gekannt. Ich habe nicht vergessen, dass ich dich eines Nachts in den Straßen von Paris aufgelesen habe. Ich ging damals mit Lefloc-Pignel spazieren, weißt du noch? Du hast mir Angst gemacht, so hässlich warst du!«

Die Erinnerung an Lefloc-Pignel lässt sie zusammenschrecken. Du dumme Gans!, schilt sie sich. Er ist nicht dein Verfolger, er ist schon lange tot, aber sein Komplize, wie hieß er noch gleich? Ein Name, den man sich einfach nicht merken kann, van den …

Van den Brock.

Der Prozess ist abgeschlossen. Van den Brock wurde wegen seiner Beteiligung an dem Mord an Iris Dupin zu zehn Jahren Gefängnis verurteilt. Er hatte geleugnet, die treibende Kraft hinter dem Mordkomplott gewesen zu sein, stattdessen sei er nur Zeuge des Wahnsinns eines Mannes geworden, der, zugegebenermaßen, sein Freund gewesen sei. Das ist nun fünf Jahre her. Er kann doch unmöglich schon entlassen worden sein! Und warum nicht?, fragt sich Joséphine, während sie ausrechnet, nach wie vielen Jahren Haft eine vorzeitige Entlassung infrage käme. Nein, nein! Ich hätte ihn erkannt! Und warum sollte er sich zwischen den Studenten herumtreiben? Das ergibt doch keinen Sinn.

Alles wird schrecklich in der Nacht. Die Schatten werden länger und fahren ihre Krallen aus. Was hat sich in diesem rosa Zimmer verändert, dass ich hier plötzlich vor Angst erschauere? Und welche Angst ist das überhaupt? Die aus Lyon oder die aus London? Sei ehrlich, Joséphine, belüg dich nicht selbst. Die Lüge ist der schlechteste Ratgeber. Sie führt dich in einen gefährlichen Untergrund und macht sich mit höhnischem Lachen aus dem Staub.

Ein graziler weißer Rauchfaden steigt von der Lüftungsöffnung des Restaurants auf, wiegt sich einen Moment vor ihren Augen und sinkt erschöpft wieder hinab.

Philippe fehlt ihr.

Sie ruft bei der Rezeption an und fragt Madame Menesson, ob sie ihr Telefon gefunden habe. Vielleicht hat sie es ja heute Morgen auf dem Tresen vergessen.

»Sie haben schon wieder Ihr Handy verloren! Das machen

Sie doch mit Absicht, Madame Cortès!«, entgegnet Madame Menesson lachend.

»Von jetzt an werde ich es immer ins Innenfach meiner Handtasche stecken und aufhören, es überall herumliegen zu lassen.«

»Das wäre auch besser! Das wird ja langsam zur Manie bei Ihnen.«

Joséphine lacht nervös und legt auf.

Sie wird es wieder verlieren.

Sie will keine englische Nummer auf dem Display aufleuchten sehen. Wenn sie erscheint, geht sie nicht ran. Sie hat nichts zu sagen. Es bringt nichts, weitere Worte hinzuzufügen.

Joséphines Mundwinkel sinken herab, sie kämpft gegen die Tränen. Sie ist allein. Oder fühlt sich allein.

Wo ist der Unterschied?

Es war vor ein paar Wochen in London.

Philippes Geburtstag rückte näher. Sie hatte zwei Karten für das Musical *The Book of Mormon* gekauft, von dem überall die Rede war. Neun Tony Awards, darunter der für das beste Musical. Sie hatte sie sorgfältig zu den Pfund- und Euronoten in ihrem Portemonnaie gesteckt. Aber sie wollte ihm auch noch eine andere Überraschung bereiten. Ihm die Reproduktion einer Zeichnung von Lucian Freud schenken. Eine begrenzte Auflage. Eine verrückte Idee, sicher. Eine verrückte Idee, die sie jeden Morgen in Philippes Augen las, mit der er jeden Abend in den Schlaf sank. Eine verrückte Idee, die ihr gekommen war, als er, einen alten, rauchigen Whisky trinkend, in einem Kunstkatalog geblättert hatte. Er hatte den Finger auf eine Seite gelegt und ihn einen Moment dort liegen lassen, hatte mit den Schultern gezuckt, geseufzt und die Seite umgeblättert.

Joséphine hatte ihn schweigend beobachtet und sich gefreut. Ich weiß, was ich ihm zum Geburtstag schenke! Und wenn dafür meine ganzen Reserven draufgehen. »Die Pest hole den Geiz und die Geizigen!«

Sie hatte sich in den Londoner Galerien auf die Suche nach der Zeichnung gemacht.

Glücklich verließ sie die Wohnung. Die Sonne, die kalte Wintersonne, streichelte ihren Nacken, ihre Wangen, ihre Handgelenke. Sie beglückwünschte sich halblaut, wer außer mir könnte in Philippes Träumen lesen, seinen geheimen Wunsch erraten?

Nur eine liebende Frau weiß die Blicke zu deuten, die Seufzer, eine zitternde Lippe, eine sich verkrampfende Hand. Eine liebende Frau liegt immer auf der Lauer.

Sie hatte Erkundigungen einziehen, in den Zeitungen nach dem Namen und der Adresse der Galerie suchen müssen, in der diese Zeichnungen angeboten wurden. Das emsige Werk einer verliebten Arbeitsbiene. Wie schön, ach, wie schön ist es doch, zu lieben und geliebt zu werden! Sie hüpfte auf der Stelle, errötete, hüpfte erneut. Gestern Nacht, unter der fein bestickten weißen Baumwolldecke unseres großen Bettes, hat er aus mir eine schamvolle, erhitzte, verwirrte Dirne gemacht, die sich gierig immer wieder an ihn drängte, ihn streichelte, an ihm knabberte, ihn zu neuer Wollust verlockte. Wie armselig wäre meine Liebe, wenn mein Geschenk keine Verrücktheit wäre!, sang sie vor sich hin und rief sich die Verse aus dem Hohelied der Liebe in Erinnerung.

Des Nachts auf meinem Lager suchte ich, den meine Seele liebt.
Ich suchte; aber ich fand ihn nicht.
»Ich will aufstehen und in der Stadt umhergehen auf den Gassen und Straßen und suchen, den meine Seele liebt.«

Ich suchte; aber ich fand ihn nicht.
Es fanden mich die Wächter, die in der Stadt umhergehen:
»Habt ihr nicht gesehen, den meine Seele liebt?«
Als ich ein wenig an ihnen vorüber war,
da fand ich, den meine Seele liebt.
Ich hielt ihn und ließ ihn nicht los.

Und sie lachte in den Kragen ihres Regenmantels, die Kälte brannte auf ihren Wangen, brannte in ihrer Nase, sodass sie beinahe niesen musste.

Sie war vor der Galerie Blain/Southern an der Ecke Hanover Square und Hanover Street stehen geblieben. Dort wurden die Zeichnungen von Lucian Freud verkauft. Darunter die eines kargen Zimmers, in dem nur ein Nachttisch und ein schmales Eisenbett mit Kupferknäufen standen. Ein mit Kissen und zerknüllten Laken bedecktes Bett, auf dem man den Abdruck eines nackten Körpers erahnte. Sie hatte zwischen dieser Zeichnung und der eines mageren, leicht verschämten Hundes geschwankt. Er war anrührend, mitleiderregend, weckte im Betrachter den Wunsch, ihn zu streicheln.

Aber die Zeichnung war bereits verkauft.

»Eine Frau hat ihn gekauft. Sie hat genau wie Sie zwischen den beiden geschwankt«, hatte die Dame in der Galerie gesagt. »Sie sind ja auch beide sehr schön, jede auf ihre Weise …«

»Das macht nichts«, hatte Joséphine erwidert, »dann nehme ich das Zimmer.«

Der Hund mochte sanfter, zärtlicher wirken … aber das Bett flüsterte: Ich liebe die Orte, an die du mich führst, ich liebe deine männliche Selbstsicherheit, ich liebe es, wie du mich zwingst, mich dir zu unterwerfen, ich liebe deine unerbittliche Autorität.

»Könnten Sie es mir als Geschenk verpacken? Ich hole es morgen ab.«

Und sie war wieder hinaus in die englische Sonne getreten, unbeschwert und glücklich.

Sie hatte vor sich hin gesungen, um dieses Glück hinauszulassen.

Da fand ich, den meine Seele liebt.
Ich hielt ihn und ließ ihn nicht los.

Um ein Haar wäre sie von einem roten Bus überfahren worden, der unmittelbar an der Bordsteinkante um die Ecke bog und so laut gehupt hatte, dass ihr fast das Trommelfell geplatzt wäre. Oh, entschuldigen Sie, ich war in Gedanken, hatte sie leise zu dem Herrn neben ihr auf dem Bürgersteig gesagt, der sie als Irre bezeichnet hatte. Das können Sie nicht verstehen. Kennen Sie das Hohelied der Liebe?

Es war ihr schwergefallen, nicht rot zu werden, als Philippe beim Abendessen Alexandre und einigen französischen Freunden, die aus Paris zu Besuch gekommen waren, von Lucian Freud erzählt hatte. Zu guter Letzt hatte er erklärt, dass solche Torheiten der Vergangenheit angehörten und er sich mittlerweile wichtigeren Dingen zugewandt habe. Er hatte immer schneller gesprochen, und Joséphine hatte begriffen, dass er nicht ein Wort davon ernst meinte.

Es hatte sich ein lebhaftes Gespräch entwickelt, und alle waren sich einig gewesen, dass die Preise für Gemälde inzwischen geradezu obszöne Höhen erreicht hätten. Die Spekulation war zu einer regelrechten Plage geworden, die Kunst eine Fluchtwährung, genau wie Gold. Sie hatte keinerlei Bedeutung mehr, es war tatsächlich besser, sich anderen Dingen zu widmen.

»Könnt ihr euch vorstellen, wie viele Mahlzeiten ich für den Preis einer einzigen dieser Zeichnungen bezahlen könnte?«, hatte Philippe gefragt, doch aus seiner betont heiteren Stimme hatte Bedauern herausgeklungen.

Am nächsten Tag war Joséphine noch einmal zu der Galerie gegangen. Sie war gerade am Gebäude der Barclays Bank vorbeigekommen, als sie Shirley gesehen hatte, die ein Paket in den ausgestreckten Armen trug und beim Gehen auf ihre Füße blickte.

»Shirley!«, rief Joséphine und winkte eifrig.

»Joséphine…«, antwortete Shirley, nachdem sie den Kopf gehoben und kurz gestockt hatte. »Was machst du denn hier?«

»Sollen wir zusammen einen Tee trinken? Ich muss nur noch kurz in der Galerie vorbeischauen.«

Sie deutete mit dem Finger auf Blain/Southern.

»Ich weiß nicht, ob ich Zeit habe…«, stammelte Shirley, »ich weiß nicht… ich muss weiter.«

»Also bitte, Shirley, ich bin seit zwei Tagen in London, und wir haben uns noch nicht gesehen! Du bist gestern Abend nicht zum Essen gekommen. Du kommst überhaupt nicht mehr zum Abendessen zu uns. Bald glaube ich noch, du gehst mir aus dem Weg!«

Shirley breitete die Arme aus und ließ sie wieder sinken, mehrmals hintereinander, als drohe sie zu ertrinken und rufe um Hilfe.

»Nein, nein«, sagte sie, »es ist nur, im Moment… Ich weiß auch nicht, die Zeit vergeht so schnell…«

Es ist kalt, Murray Grove, das Heim für obdachlose Frauen, wahnsinnig viel zu tun, die Mahlzeiten, alles einkaufen, wann bist du angekommen? Wie geht es Zoé? Und wie ist das Wetter in Paris?

Sie redete einfach drauflos, hob und senkte mechanisch die Arme, und das Paket folgte ihren Bewegungen, was ungemein komisch aussah. Joséphine musste lachen.

»Hoffentlich ist das nicht zerbrechlich …«

»Nein, nein. Das ist ein … ich wusste nicht, was ich kaufen sollte, also …«

Shirley stockte kurz, als zögerte sie, ihr etwas anzuvertrauen.

»Ein Regenmantel für Oliver. Er beschwert sich ständig, dass er nichts anzuziehen hat und es die ganze Zeit regnet. Du weißt ja, wie er ist! Er meckert und meckert, aber es käme ihm nicht in den Sinn, einfach mal in ein Geschäft zu gehen und …«

»Wie geht es ihm? Ich würde ihn gerne einmal wiedersehen«, sagte Joséphine. Kaum hatte sie es ausgesprochen, bereute sie ihre Worte auch schon. Ihr war eingefallen, was Penelope, die sich am Murray Grove mit Shirley zusammen um die Mahlzeiten kümmerte, ihr tags zuvor im Vertrauen erzählt hatte: »Shirley hat schlechte Laune, ich glaube, bei ihr und Oliver kriselt es, und das macht sie wahnsinnig. Sie giftet jeden an, der in ihre Nähe kommt.«

»Oh! Tut mir leid, Shirley, das ist mir einfach so rausgerutscht …«

»Warum sollte es dir leidtun?«, fragte Shirley und reckte tapfer das Kinn.

»Ich wollte dir keinen Kummer machen.«

»Mir Kummer machen? Joséphine, du redest Unsinn!«

Ihre Stimme klang eine Spur aggressiv. Joséphine bemerkte es und war verletzt. Sie streckte eine Hand nach Shirley aus.

»Verzeih mir, ich wollte dich nicht kränken. Ist alles in Ordnung?«

»Natürlich! Alles bestens. Was soll denn nicht in Ordnung sein? Du gehst einem auf die Nerven, Jo. Du willst dich um alles und jeden kümmern, als wäre die ganze Welt eine riesige Krankenstation!«

Joséphine sah sie an und war sich nun ganz sicher, dass irgendetwas überhaupt nicht in Ordnung war. Sie packte Shirley am Ellbogen, zog sie mit in die Galerie und erklärte der Besitzerin: »Hallo, ich bin Madame Cortès, ich komme später noch einmal vorbei, um die Zeichnung abzuholen, passt Ihnen das?«

Die Frau sah sie überrascht an, schien etwas fragen zu wollen, riss sich jedoch zusammen und nickte.

»Kein Problem, Madame Cortès. Bis nachher.«

Sie warf Shirley einen verwunderten Blick zu, und diese wandte den Kopf ab.

»Kennst du die Frau?«, erkundigte sich Joséphine, als sie wieder draußen auf der Straße standen.

»Nein. Sie muss mich mit jemandem verwechselt haben.«

Joséphine blieb vor dem großen Schaufenster der Galerie stehen, drückte Shirleys Arm und sagte: »Schau uns an, Shirley, sind wir nicht zwei wunderbare Freundinnen? Wir trinken jetzt zusammen einen Tee, und du erzählst mir alles.«

»Aber ich habe nichts zu erzählen!«

»Wir haben uns drei Wochen nicht gesehen, und du hast mir nichts zu erzählen?«

»Ich habe keine Zeit.«

»Dann nimmst du sie dir eben!«, befahl Joséphine und drängte Shirley mit sanfter Gewalt in Richtung Piccadilly.

»Ich habe keine Lust zu reden, Joséphine!«

»Und genau das macht mir Sorgen. Lass uns zu Fortnum & Mason gehen. Um die Zeit bekommen wir da problemlos einen Tisch. Du bist nicht allein auf der Welt, ich bin für dich da. Ich bin deine Freundin, du kannst mir alles sagen. Und morgen kommst du zu uns. Philippe hat Geburtstag. Das ist ein Befehl!«

»Ich lasse mir nichts befehlen. Das solltest du wissen, Jo«, hatte Shirley mit dumpfer, trauriger Stimme entgegnet.

Joséphine freute sich auf das Geburtstagsessen am nächsten Tag, sie freute sich über die Sonne, die ihren Nacken wärmte, freute sich, ihre Freundin wiederzusehen. Sie drückte Shirleys Arm, ließ ihn los, drückte ihn erneut, sah sie lächelnd an. »Na, komm schon, Shirley«, drängte sie, »sag Ja … Es ist nicht dasselbe, wenn du nicht dabei bist.«

»Glaubst du wirklich?«, murmelte Shirley unglücklich.

Da spürte Joséphine, dass ihr etwas entging. In dem Moment, als sie Piccadilly erreichten, begriff sie, dass ihr Unheil drohte.

Sie reckte den Kopf, um noch ein paar Sonnenstrahlen einzufangen, dann betrat sie mit Shirley das große rote Backsteingebäude, wo auf der mandelgrünen Holzzierleiste jene Buchstaben prangten, die sie stets mit Freude erfüllten: FORTNUM & MASON.

»Hast du gesehen, was auf der Speisekarte steht?«, fragte sie, um die Atmosphäre ein wenig aufzulockern. »Hör zu: ›Am 1. März wurde dieses Restaurant von Ihrer Majestät der Königin, der Herzogin von Cornwall und der Herzogin von Cambridge eröffnet und *with enormous joy and excitement* in *The Diamond Jubilee Tea Salon* umbenannt.‹ Ich liebe diese Engländer! Sie haben Sinn für Pomp und Etikette.«

Shirley schien sich voll und ganz auf die Speisekarte zu konzentrieren.

Die Kellnerin kam an den Tisch und wartete auf ihre Bestellung.

»Ich nehme die Lammkoteletts mit Flageolet-Bohnen und viel Sauce«, verkündete Joséphine, »ich sterbe vor Hunger. Haben Sie gehört: Ich möchte viel Sauce!«

»Ich lasse Ihnen eine zusätzliche Sauciere dazustellen.«

»Wunderbar.«

Shirley bestellte einen Tee und Toast.

Sie legte ihr Paket auf einen Stuhl. Blütenweiß, mit einer Hanfschnur darum, sehr edel. Sie schwieg. Gelegentlich öffnete sie den Mund, um einen Satz zu beginnen, doch dann hielt sie inne, bog eine Ecke der Tischdecke um und faltete sie zu einem Fächer zusammen, den sic immer wieder auf- und zuklappte.

»Ist am Murray Grove alles in Ordnung?«, fragte Joséphine.

»Wir haben viel zu tun. Ich bin müde. Ich renne pausenlos durch die Gegend und schlafe sehr wenig.«

»Philippe wirkt auch müde.«

»Ach ja?«, fragte Shirley. »Davon lässt er sich aber nichts anmerken … Er sprüht vor Energie.«

»Und was ist mit Oliver? Wie geht es ihm?«

»Er reist viel, ist kaum zu Hause. Abgesehen davon geht es ihm gut …«

Ihre Stimme klang monoton, als rezitiere sie einen auswendig gelernten Text. Unaufhörlich falteten ihre Finger die Kante der Tischdecke zusammen, während ihr Blick dem von Joséphine auswich.

»Außerdem ist es kalt, der Winter nimmt gar kein Ende, am liebsten würde ich in die Sonne fliegen.«

»Warum nimmst du dir nicht ein paar Tage frei? Ich bin sicher, Philippe würde es verstehen. Ihr seid mittlerweile so gut organisiert, dass ihr abwechselnd wegfahren könnt. Er fliegt ja auch bald für zehn Tage nach Japan.«

Shirley hob abrupt den Kopf.

»Wann?«

»Demnächst. Er besucht seinen Freund Takeo. Er behauptet, zehn Tage bei ihm seien genauso gut wie zehn Thalassokuren.«

»Davon hat er mir ja gar nichts gesagt!«

»Das hat er wahrscheinlich vergessen.«

»Aber das ist wichtig! Er hätte es mir sagen müssen.«

»Er wird bestimmt noch mit dir darüber …«

»Wir arbeiten schließlich zusammen! Ich sage ihm immer

vorher Bescheid, wenn ich weg muss. Das geht zu weit, also das geht wirklich zu weit!«

»Findest du nicht, dass du diejenige bist, die gerade ein bisschen zu weit geht?«

»Nein«, versetzte Shirley störrisch. »Überhaupt nicht. Du bist ja nicht jeden Morgen und jeden Abend da! Ich schon. Ich habe bisher nicht einen einzigen Tag gefehlt!«

»Ich bitte dich, Shirley, sei doch nicht so aggressiv!«

»Ich bin nicht aggressiv, ich will, dass man mich anständig behandelt, das ist alles.«

»Aber du bist nicht allein.«

»Als ob du eine Ahnung hättest, wie das bei uns läuft! Du lebst weit weg von uns, von allem, du bekommst doch überhaupt nichts mehr mit!«

Joséphine sah ihre Freundin verblüfft an.

»Warum redest du so mit mir?«

»Wie rede ich denn mit dir?«

»So gereizt. Bist du wütend auf mich? Habe ich dir etwas getan?«

Shirley schüttelte den Kopf.

»Du gehst mir aus dem Weg, Shirley.«

»So ein Quatsch. Du glaubst nur, die Welt müsste aufhören, sich zu drehen, bloß weil du einen Fuß auf englischen Boden setzt.«

»Aber früher haben wir uns doch auch ständig gesehen!«

»Tja, das war eben früher. Die Zeiten haben sich geändert.«

»Was ist los, Shirley?«

»Nichts ist los, und es war auch nichts los. Kapier das endlich. NICHTS. Du fantasierst dir etwas zusammen…«

»Was fantasiere ich mir zusammen?«, wiederholte Joséphine ungläubig.

»Du fantasierst, du fantasierst… ach und überhaupt, du gehst mir auf die Nerven!«

Joséphine streckte versöhnlich eine Hand nach Shirley aus. Diese machte sich brüsk von ihr los und riss entnervt die Arme hoch. Dabei traf sie die Kellnerin, die mit ihrem Tablett herankam, dem Tee, den Toastscheiben, den Lammkoteletts, den Bohnen und der Sauciere voller fettiger Sauce. All das ergoss sich über Shirleys Bluse, lief in zähen, braunen Bächen über den Stuhl mit dem Paket, troff am Stuhl hinab, auf den Boden. Die Kellnerin schrie auf, Shirley stammelte Entschuldigungen, und Joséphine tauchte ihre Serviette in ihr Wasserglas und versuchte sauberzumachen.

Alle Gespräche waren verstummt, die Leute beobachteten sie und lächelten versteckt hinter ihrer Serviette.

Shirley sprang auf und rannte zu den Toiletten.

Joséphine blickte ihr hilflos nach.

Was war passiert? Was hatte sie gesagt, das Shirley derart aufgebracht hatte?

Sie sehnte sich nach der Beschwingtheit des Morgens zurück, als sie so fröhlich zur Galerie gegangen war. Jetzt war sie wieder voller Zweifel, warf sich vor, falsch reagiert, ungeschickt gehandelt zu haben. All ihre Selbstsicherheit war dahin.

So war das immer bei ihr.

In dem einen Moment fühlte sie sich stark, frei und mutig, ja, ihr schien sogar, als wäre sie schön, intelligent, und dann … dann geschah etwas, eine belanglose Kleinigkeit, ein Nichts beinahe, ein Gedanke verdüsterte ihre Stimmung, sie wurde Zeuge eines Vorfalls in der Métro, auf der Straße, sie hörte eine Bemerkung, verwandelte sie in persönliche Kritik, und schon war alles vorbei. Sie fühlte sich von allen verlassen, verloren und, mehr noch, schuldig. Sie hatte etwas Dummes getan. Sie wusste nicht, was, aber es musste ihre Schuld sein.

Ganz sicher ihre Schuld.

Sie senkte den Blick und sah das Paket auf dem Stuhl. Es war über und über mit brauner Sauce bespritzt, an einer Ecke war die Verpackung eingerissen und klaffte auf.

Sie winkte der Kellnerin, um sie um Hilfe zu bitten. Wartete vergeblich darauf, dass diese sie bemerkte. Schaute erneut auf das Paket hinab. Hob behutsam das Papier an, um sich zu vergewissern, dass der Regenmantel nicht fleckig geworden war, bemerkte überrascht, wie schwer und starr der Inhalt war, beugte sich vor, zupfte an dem weißen Papier, sah eine kartonierte Halterung, entfernte eine erste Verpackungsschicht, dann eine zweite, und entdeckte schließlich überrascht eine gerahmte Zeichnung: *Der Hund* von Lucian Freud.

Warum hatte Shirley sie angelogen?

Das war doch albern! Oliver hatte jedes Recht, Lucian Freud zu mögen. Allerdings …, dachte Joséphine, passt das überhaupt nicht zu ihm. Oliver schaut zur Entspannung die *Simpsons* im Fernsehen oder liest Comics. Immer dieselben, *V wie Vendetta*, *Watchmen* und *From Hell*. Oder er fährt kilometerweit Fahrrad. So hatte Shirley ihn auch kennengelernt: Ihr Fahrrad war in der Nähe der Hampstead Ponds mit dem seinen zusammengeprallt.

Wenn sie vier sich zum Essen treffen und Philippe von einem Bild oder einer Ausstellung spricht, die ihm gefallen haben, sieht Joséphine, wie Olivers Blick zur Seite gleitet. Verschwörerisch klopft sie ihm auf die Fingerspitzen, und er lächelt wie ein zerknirschtes Kind. Frauen wollen den Mann, den sie lieben, immer ändern. Immer. Wir sind doch alle gleich, sagt sie sich, und schüttelt missbilligend den Kopf.

Sie lächelte flüchtig. Und wiederholte: alle gleich.

Shirley wollte Oliver »erziehen«. Aus ihm einen Ästheten machen. Wie Philippe. Und es war auch sicher Philippe gewesen, der ihr von Lucian Freud erzählt hatte. Davon, wie er malte, indem er stundenlang die Seele des Modells suchte, von seiner Arbeit, die Hoffnung ausdrücken wollte, Erinnerung, Sinnlichkeit und Engagement, ja, Engagement … Sie hörte Philippes Stimme, stellte sich vor, wie Shirley an seinen Lippen hing. Philippe spricht so mitreißend über die Dinge, die er liebt.

Ein weißer Umschlag fiel aus dem fleckigen Paket. Joséphine hob ihn auf und war sich bewusst, dass sie damit Shirleys Privatsphäre verletzte. Das ist nicht richtig, sagte eine leise Stimme in ihrem Kopf. Ja, aber ich möchte so gern wissen, wie sie Oliver dieses Geschenk erklärt … Was sie ihm schreibt.

Nachdem sie sich mit einem Blick in die Runde vergewissert hatte, dass Shirley nicht zurückkam, öffnete sie vorsichtig den Umschlag und zog eine kleine weiße Karte heraus. Ein letzter Blick durch den Raum, dann las sie: »*For your eyes only.*«

Sie runzelte die Stirn. Drehte die Karte um und las.

»Für Dich, Philippe. Wegen unserer langen, kostbaren Abende, danke, dass Du immer da bist, dass Du so viel Zeit mit mir verbringst … *I'll give up heaven to be with you.** Shirley.«

Sie saß aufrecht da, ohne sich zu rühren, ohne zu blinzeln.

Sie drückte die Zinken der Gabel in ihre Handfläche und spürte nichts.

Sie las die Worte auf der Karte noch einmal. Sie verschwammen vor ihren Augen, prallten gegeneinander, es gelang ihr nicht, sie in eine sinnvolle Reihenfolge zu bringen. Philippe, Shirley, lange Abende, immer da, danke, so viel Zeit mit mir. *I'll give up heaven …*

Sie steckte den Umschlag zurück in das Paket, schob die Schnur gerade, rückte alles wieder in Form, öffnete ihre Hand-

* Wörtlich: »Ich werde auf den Himmel verzichten, um mit dir zusammen zu sein«, vor allem aber bedeutet es: »Ich kann ohne dich nicht mehr leben.«

tasche, holte ein Puderdöschen heraus, puderte sich die Nase, brachte ihr Haar in Ordnung, nahm zwei Zehnpfundnoten aus dem Portemonnaie, legte sie auf die Tischdecke und ging.

Als Philippe an diesem Abend zurück an den Montagu Square kam, fand er auf dem Tisch im Eingang eine Nachricht von Joséphine und ein Paket der Galerie Blain/Southern.

»Alles Gute zum Geburtstag, mein Liebster, ich habe vergeblich versucht, Dich zu erreichen. Zoé hat sich gemeldet, sie braucht dringend meine Hilfe. Sie schien unter Schock zu stehen, ich weiß nicht, wieso. Ich fahre gleich los. Ich rufe Dich an, sobald ich mehr weiß. Ich liebe Dich. Joséphine.«

Er fragte Alexandre, ob er wisse, was mit Zoé los sei. Alexandre verneinte.

»Wenn es etwas Ernstes wäre, hätte sie mir davon erzählt. Sie ist sicher wegen irgendwas in Panik geraten. Bei Zoé ist immer alles gleich so furchtbar dramatisch … Typisch Frau!«, setzte er mit Machomiene hinzu.

»Ach ja, Frauen«, seufzten sie einstimmig und beschlossen, zu ihrem Lieblingsitaliener, I Due Veneti, zu gehen. Philippe rief an und reservierte einen Tisch.

»Wann hörst du eigentlich auf zu wachsen? Bald brauche ich eine Trittleiter, wenn ich mit dir reden will!«

Alexandre lächelte. Philippe packte das Paket aus und betrachtete die Zeichnung von Lucian Freud. Er spürte, wie etwas aus seiner Brust aufstieg, eine Wärme sich in seinem Körper ausbreitete und ihm seinen Atem, seine Freiheit wiedergab. Das Bild erlöste ihn von einer flüchtigen Angst. Manchmal hatte er das Gefühl, mit dem Rücken zur Wand zu stehen, sich nicht mehr rühren zu können. War es möglich, dass Murray Grove anfing, zu einer Belastung zu werden?

Oder gab es einen anderen Grund dafür?

Er nahm sich vor, Joséphine anzurufen, sobald sie aus dem Restaurant zurück wären. Nahm seine Krawatte ab. Zog ein anderes Jackett an. Griff nach seinen Schlüsseln, dem Geld. Warf einen letzten Blick auf das Bild.

Wo könnte er es aufhängen?

Warum bin ich weggelaufen?, fragte sich Joséphine während der Rückfahrt im Eurostar unablässig. Warum? Es war sein Geburtstag. Ich hätte mich zusammenreißen können. Nein, das konnte ich nicht. Warum habe ich nichts gesagt, weder zu Shirley noch zu Philippe?

Warum? Warum?

Pausenlos grübelte sie vor sich hin, rief sich die Worte in Erinnerung, die Shirley geschrieben hatte, ließ sie sich durch den Kopf gehen, analysierte sie, *I'll give up heaven to be with you* … Ich kann ohne dich nicht leben. Lieber riskiere ich die ewige Verdammnis, als ohne dich zu leben. Ich verzichte auf den Himmel, um mit dir zusammen zu sein. Sie verstand es nicht. Als wäre der Gedanke zu sperrig, um in ihren Kopf zu passen, als ragte er an allen Seiten über ihren Schädel hinaus.

Im Zugfenster sah sie die Lichter der Nacht vorbeihuschen. Der Platz neben ihr war frei. Sie hatte ihre Tasche auf den Sitz gestellt, sie hatte nicht die Kraft gehabt, sie in die Gepäckablage zu heben. Ihre Gedanken verloren sich in der finsteren, von raschen Lichtblitzen durchbrochenen Dunkelheit. Straßenlaternen, Autoscheinwerfer, Leuchtreklamen von Restaurants, Pink Flamingo, Blue Bar, The BBQ Saloon, das erleuchtete Innere der Häuser. Es war die Zeit, zu der man gemeinsam vor dem Fernseher zu Abend aß. Sie stellte sich glückliche und unglückliche Familien vor, die sich um ein Gericht oder den Fernseher versammelt hatten. Eine Stimme erklärte auf Englisch und Französisch, dass der Zug nun in den

Tunnel einfahren werde. Sie zog ihren Regenmantel enger um sich. Erschauerte.

Sie war gegangen. Ohne eine Szene zu machen. Stumm. Gefasst.

So habe ich das gelernt.

So hat man es mir beigebracht.

Ich stehe unter Schock und bleibe gefasst. Ich streiche mein Haar glatt, ich rücke meine Kleidung zurecht, ich lächele.

»Geh unter die Dusche, zieh dich an, kämm dir die Haare.«

An jenem Tag am Atlantik, als ihr Vater sie halb ohnmächtig aus dem Wasser gezogen hatte, da hatte sie ihre Mutter rufen hören: »Packt die Sachen zusammen, wir fahren zurück.«

Während das Auto über den holprigen Weg zurückfuhr, hatte ihre Mutter ihr, angewidert von dem hochgewürgten Salzwasser, das ihr aus dem Mund lief, befohlen: »Wenn wir wieder in der Pension sind, gehst du unter die Dusche, ziehst dich an, kämmst dir die Haare und kommst danach runter zu uns an den Tisch. Ich kümmere mich um Iris.«

Ihr Vater fuhr den Wagen, den Blick starr auf die Straße gerichtet. Sie sah ihn von hinten: Sein Kiefer bildete eine kleine harte Kugel an seiner rechten Wange. Und seine Hand umklammerte das Steuer, als wollte er es verbiegen.

Sie waren in die Familienpension zurückgefahren, wo sie jeden Sommer zwei Zimmer reservierten, eines für die Mädchen und eines für die Eltern. Die Pension Sévaire, ein weißes Haus mit rotem Dach inmitten von Kiefern. Joséphine war hinaufgegangen, hatte geduscht, sich eingeseift, abgetrocknet, angezogen, hatte ihr Haar gebürstet und war wieder nach unten gegangen, wo die anderen bereits im Speisesaal saßen.

Sie hatte darauf geachtet, ihr Kleid glatt zu ziehen, damit es nicht »bauschte«. Ihre Mutter verlangte, dass sie beim Abendessen ein Kleid trug, das wirkte vornehm, und sie hasste es, wenn es um die Taille Falten warf, denn das wirkte nachlässig.

Es war ein seltsames Gefühl. Als liefe sie neben ihrem Schatten her. Ihr Schatten ging die Treppe hinunter, ihr Schatten setzte sich an den Tisch, faltete die Serviette auf, legte sie sich auf den Schoß, ihr Schatten legte die Hände auf den Tisch, ihr Schatten lächelte.

Etwas Furchtbares war geschehen, und niemand verlor ein Wort darüber. Sie saßen am Tisch, ordentlich gekämmt, ordentlich gekleidet. Eine perfekte Familie. Ihre Mutter grüßte hierhin und dorthin. Ihr Vater schwieg und kratzte sich mit dem linken Zeigefinger an der Wange, Iris jammerte, sie sei müde und wolle ins Bett. »Halt dich gerade, Joséphine!«, wiederholte ihre Mutter immer wieder. Zwischen Joséphines Zähnen knirschte Sand, in ihren Ohren hörte sie die Wellen schlagen, sie riss die vom Salz geröteten Augen auf. Sie aßen ihr Kalbskotelett und ihr hausgemachtes Kartoffelpüree und lächelten den anderen Pensionsgästen zu.

»Hatten Sie einen schönen Tag, Madame Plissonnier?«

»Einfach fantastisch. Und Sie, Madame Pinsot?«

»Herrlich. Haben die Mädchen sich gut amüsiert?«

»Sie haben sich richtig ausgetobt!«

»Wir hatten Glück mit dem Wetter. Es hat sich ja erst abends zugezogen … aber was für ein Gewitter! Sie waren doch hoffentlich nicht im Wasser, als es losging?«

»Nein, natürlich nicht!«

»Wollen wir hoffen, dass es morgen wieder schön wird. Guten Appetit, Madame Plissonnier.«

»Guten Appetit, Madame Pinsot.«

Ihr Vater spielte mit seinem Kalbskotelett, schob es mit der Messerspitze zurück, schnitt kleine Stücke davon ab, die er zum Mund führte und wieder ablegte, ohne sie zu essen.

»Hatten Sie einen schönen Tag, Madame Plissonnier?«

»Einfach fantastisch. Und Sie, Madame Merlieux?«

»Ihre Töchter sehen blendend erholt aus!«

»Wir hatten ja auch wunderbares Wetter. Das haben wir weidlich ausgenutzt. Wenn doch nur alle Tage so sein könnten wie heute!«

Und dann hatte sie ihrer Tochter zugezischt: »Joséphine, hilf Madame Merlieux gefälligst, sich hinzusetzen. Du siehst doch, dass sie Mühe mit ihren Krücken hat! Also wirklich, alles muss man dir sagen! Was für ein unhöflicher Trampel!«

»Lass sie in Ruhe«, hatte ihr Vater leise gesagt. Er war aschfahl. »Lass sie in Ruhe, oder ich mache dir hier vor allen Leuten eine Szene.«

Joséphine kaute auf ihrem Kalbskotelett herum, hob eine Hand vor den Mund, spuckte die Stücke wieder aus und versteckte sie in der Serviette auf ihrem Schoß.

Zwei Jahre später war ihr Vater gestorben. Herzstillstand, an einem 13. Juli. Ich verstehe das nicht, hatte der Arzt gesagt, sein Herz hat einfach aufgehört zu schlagen.

Danach war niemand mehr da gewesen, um sie zu beschützen.

Sie hatte gelernt, nichts mehr zu hören. Und zu lächeln.

Halt dich gerade, lerne fleißig, antworte der Dame, red nicht so mit mir. Sag danke. Nach allem, was ich für dich getan habe. Womit habe ich bloß so eine Tochter verdient? Ich habe mich für dich aufgeopfert. Wie kann man nur so ein Trampel sein? Bei dir ist Hopfen und Malz verloren. Nimm dir ein Beispiel an deiner Schwester!

Sie hielt sich gerade, band ihr Haar zusammen, legte die Hände in den Schoß oder auf den Tisch, schrieb gute Noten in der Schule, lächelte. Sie hörte gar nicht mehr auf zu lächeln. Manchmal weinte und lächelte sie zugleich.

An diesem Nachmittag hatte sie sich bei Fortnum & Mason genauso verhalten wie damals in der Pension Sévaire. Sie hatte ihren Regenmantel angezogen, hatte den Gürtel festgebunden, damit der Mantel keine unschönen Falten warf, hatte ihr Puderdöschen hervorgeholt, ihr Haar glatt gestrichen, zwei Zehnpfundnoten auf den Tisch gelegt und war wortlos aufgestanden und gegangen.

Lächelnd.

Sie war nach Hause gegangen, hatte eine Nachricht geschrieben, hatte sie auf den Tisch im Eingang gelegt und hatte ihre Tasche gepackt.

Lächelnd.

Würde sie es auch schaffen, zu lächeln, wenn Philippe anrief? Wo habt ihr gegessen? I Due Veneti? Eine schöne Idee! War es gut? Alexandre hat sich bestimmt gefreut. Ja, Zoé geht es gut, falscher Alarm, ja, ich drücke dich ganz fest, ja, ich dich auch. Ach, sag noch, wann fliegst du nach Japan? Nächsten Montag? Du wirst mir fehlen. Ja, ich weiß, ja, ich küsse dich auch.

Diese Worte würden sie wechseln.

Ganz sicher.

Aber sie würde ihn nicht fragen, ob er allein flog.

Ganz sicher nicht.

Joséphine hebt Du Guesclins Kopf an, nähert sich seinem Ohr und flüstert: »So, jetzt weißt du alles, ich habe dir alles erzählt. Hast du sonst noch Fragen? Ich glaube, es wäre ganz gut, wenn wir jetzt schlafen gingen … Wir haben morgen einen weiten Weg vor uns.«

Aber der dicke Hund lässt nicht locker, er will nicht, dass sie den warmen Sockel des Heizkörpers verlässt, bevor sie über Philippe gesprochen hat. Warum ist er so weit weggeflogen?

»Er musste einmal durchatmen, glaube ich.«

Mag sein, aber … ruft er dich denn wenigstens an?

Er hat dreimal angerufen. Vielleicht auch viermal. Sie hat ihm versichert, dass alles in Ordnung sei. Sie hat ihm nichts von dem Mann erzählt. Auch nicht von Shirley oder der Zeichnung.

Hat Shirley ihm das Bild geschenkt?

Sie wagt nicht, Annie anzurufen. Die Frage ganz beiläufig ins Gespräch einfließen zu lassen. Und da hängt kein anderes Bild desselben Künstlers an der Wand, sind Sie sicher?

Sie käme sich vor wie ein Privatdetektiv.

Also macht sie ihm weiter etwas vor.

Sie lacht, wenn Lachen geboten ist, antwortet auf seine Fragen, erklärt, wenn er nach Erklärungen verlangt. Ich verlege ständig mein Handy, ich weiß auch nicht, warum, ich mache das nicht absichtlich! Sie plappert einfach drauflos. Spielt die glückliche Frau.

»Stimmt etwas nicht, Liebling?«, fragt Philippe beunruhigt. »Deine Stimme klingt so komisch.«

»Ich bin vielleicht heiser.«

»Deine Stimme fällt ab, als wärst du traurig …«

»Das hörst du?«

»Dass du traurig bist?«

»Nein, dass ich heiser bin … Ich muss mich erkältet haben. Hier herrscht ein widerliches Schmuddelwetter. Man weiß gar nicht mehr, was man anziehen soll. Und wie ist es in Tokio? Blühen die Kirschbäume? Es ist so schön, wenn die Kirschbäume blühen …«

Sie reden noch eine Weile, dann schweigen sie. Und legen auf.

»So, jetzt weißt du aber wirklich alles, mein dicker Doug! Los jetzt! Ab ins Bett!«

Sie krümmt sich in dem Einzelbett zusammen, dreht sich hin und her, um eine bequeme Lage zu finden, schreckt davor zurück, ein Bein auszustrecken, aus Angst, auf Kälte zu treffen. Du Guesclin hievt sich zu ihr aufs Bett und schnauft dabei wie ein Feuerspeier. Sie schiebt ihn mit dem Fuß zurück, aber er breitet sich mit seinem ganzen Gewicht aus.

Sie rollt sich zusammen, schlingt die Arme um ihren Bauch, beißt die Zähne zusammen. Wie spät ist es in Tokio? Ist er allein, oder ist Shirley bei ihm?

Beinahe hätte sie gesagt: Ist SIE bei ihm?

Sie will nicht SIE sagen. Das würde bedeuten, mit dem Finger auf Shirley zu zeigen wie auf eine Fremde. Eine Feindin. Shirley ist ihre Freundin. Ihre Beinahe-Schwester.

Sie zählt die Sekunden, rezitiert eine Strophe aus dem Hohelied der Liebe. Meine Kinder oder meine Freunde beschützen, das kann ich, aber wenn es um mich selbst geht, bin ich wehrlos.

Und es ist nicht länger ihr Bauch, den sie mit beiden Händen umklammert, sondern eine Leere, die sie einsaugt. Sie fällt, fällt immer tiefer, mitgerissen von einer Brandungswelle aus Verzweiflung. Sie wird sterben, ganz sicher.

Sie steht auf, spritzt sich ein wenig Wasser auf die Augen, nimmt einen Rotstift, zieht Jérémies Doktorarbeit zu sich heran, zwingt sich zu arbeiten, die Absätze zu ordnen, zu korrigieren. Die Spitze des Stifts gleitet über das Papier, die Anmerkungen fügen sich. Sie sortiert Sätze, Wörter, Gedanken.

Ruft sich den Mann hinten im Hörsaal in Erinnerung, sein Auto, die Gummistiefel, das Jagdgewehr.

Was will er von ihr? Wird er sie beim nächsten Mal ansprechen?

Sie hat keine Angst mehr. Soll er sie doch bedrohen, sie misshandeln, sie umbringen, wenn er mag. Ihr Körper ist ohnehin mit blauen Flecken, Beulen und Wunden übersät. Halb tot.

Philippe fehlt ihr.

Sie ist nicht wütend. Es ist schlimmer, sie hat aufgegeben.

Wenn man wütend ist, ist man zumindest noch am Leben.

Du Guesclin liegt zusammengerollt da. Er hat die Schnauze auf seine Pfoten gelegt und beobachtet sie. Sein unendlich sanfter Wolfsblick verlangt nach weiteren Geständnissen.

»Liebe bedeutet ertragen«, flüstert sie. »Zwei Menschen, die lieben und ihre Probleme ertragen. Damit sie hält. Zwei Menschen … und nicht drei, Doug!«

Ich hoffe, der entsetzliche Tag, an dem ich nicht mehr »Shirley« sage, sondern SIE, wird niemals kommen. Denn an diesem Tag werde ich endgültig allein sein.

Sie hebt den Blick von ihrem Manuskript, in Tokio ist es neun Uhr morgens, die Kirschbäume im Ueno-Park blühen. Tausende blühender Kirschbäume und Tausende blauer, auf dem Boden ausgebreitete Planen, damit die Schüler, die Männer und die Frauen, die Kartenspieler und die Zuckerwatteesser sich darauf niederlassen. Philippe steht barfuß und in Unterhose vor dem Badezimmerspiegel und rasiert sich. Sein Blick ist schwer, verschleiert von der Erinnerung an eine schlaflose Nacht, sein Blick folgt der Klinge, die über seine Züge gleitet, er verzieht das Gesicht.

Er ist groß, er ist schlank, sein Bartschatten ist dunkel wie die Nacht, er achtet sorgfältig darauf, am Bauch nicht zuzulegen. Zweimal pro Woche geht er abends in seinen Fitnessclub in Soho, um an den Geräten und auf dem Laufband zu trainieren. In einem Raum mit reduziertem Sauerstoffgehalt, wodurch Gebirgsverhältnisse auf dreitausend Höhenmetern simuliert werden. Er mag Männer nicht, die träge werden und ein stumpfes Fell bekommen.

Woran denkt er? An die Frau, die in seinem Bett schläft?

Wie heißt sie?

Joséphine springt auf, das Manuskript fällt herunter, der rote Stift ebenfalls, hastig greift sie nach dem Zimmertelefon. Wählt Philippes Nummer. Wartet.

Er geht nicht ran. Er ist also nicht allein auf der blauen Plastikplane unter den blühenden Kirschbäumen.

Er ist nicht allein in den Straßen von Tokio, inmitten der Tausenden von Fahrrädern, der Leuchtreklamen und der gläsernen Wolkenkratzer. Rot herrscht vor in den Straßen von Tokio.

Er ist nicht allein, nicht allein, nicht allein. Sie ist blond, hat lange Beine, kurzes, abstehendes Haar, eine kleine Stupsnase und die grünen Augen einer geduldigen Katze, die vor freudiger Erwartung bebt, während sie ihrer Beute auflauert.

Wenn sie geht, stemmt sie die Absätze in den Boden und federt elastisch wie ein Schaumstoffball. Er schaut sie von der Seite an und findet sie schön, er weiß nicht mehr, wohin mit seinen Händen. Sie weckt seinen Hunger. Wo haben sie sich getroffen? Hat sie in Heathrow dasselbe Flugzeug bestiegen wie er, oder ist sie später nachgeflogen?

Sie sieht »sie« durch den Flughafen rennen …

Außer Atem erreicht sie das Gate. Hält ihr Ticket hin, fragt: Das ist doch der Flieger nach Tokio? Oh, *please*, ich will ihn nicht verpassen!

Ihr Herz klopft bei der Vorstellung, dass …

»Hast du gehört, Doug? Ich habe schon wieder SIE gesagt, als ich an Shirley gedacht habe. Es ist so weit. Shirley ist zu einer glatten, bedrohlichen Schlange geworden, die mich mit Schrecken erfüllt. Mein Leben wird immer leerer, und ich kann nichts dagegen tun.«

Ich habe meine große Liebe verloren, ich habe meine Freundin verloren.

Sie umklammert den Kopf des Hundes. Du Guesclin quietscht. Unbeholfen. Tiefbetrübt. Sie lässt sich gegen ihn sinken und wärmt sich an seinem beruhigend massigen Körper. Lässt die Tränen fließen. Philippe und Shirley, Philippe und Shirley. Philippe und Shirley. Philippe und Shirley.

Am nächsten Morgen wird sie von Madame Menesson geweckt, die an ihre Tür klopft.

»Madame Cortès, Madame Cortès, haben Sie gesehen, wie spät es ist?«

Sie richtet sich mit einem Ruck im Bett auf und schaut auf die Uhr: halb zwölf.

»Mein Gott! Ich habe den Wecker nicht gehört!«

»Sie müssen bis spät in die Nacht gearbeitet haben …«

»Ich bin über meinem Manuskript eingeschlafen.«

»Ich dachte mir, es wäre besser, Sie zu wecken. Sie haben ja noch einen weiten Weg vor sich. Soll ich Ihnen Frühstück machen?«

»Danke, Madame Menesson, ich komme gleich runter.«

»Haben Sie Ihr Handy immer noch nicht wiedergefunden?«

»Nein. Und irgendwann brauche ich es womöglich wirklich …«

»Soll ich Ihnen ein weiches Ei und Kaffee machen?«

»Wenn Sie möchten … Vielen Dank, Madame Menesson.«

Joséphine stellt die Füße auf den Boden und betrachtet das Licht, das hinter den Vorhängen hervorsickert. Ein echtes Mädchenzimmer. Du Guesclin klettert vorsichtig vom Bett herunter, erst die Vorderpfoten, dann die hinteren. Er streckt sich, gähnt, geht zur Tür und baut sich davor auf. Er weiß, dass Madame Menesson ihm Futter hingestellt hat.

»Na, dann geh schon. Wir treffen uns unten.«

Am liebsten würde sie ihn zurückhalten, ihn beim Halsband packen, mit ihm reden, aber er rennt los, als wäre er völlig ausgehungert. Treuloser Kerl, denkt sie noch, dann reißt sie sich verärgert zusammen.

Auf dem Treppenabsatz schlägt er einen Bogen um Angèle, das Zimmermädchen, das gerade Staub saugt.

»Hallo, alter Junge!«, ruft Angèle ihm nach. »Lässt du dich wieder verwöhnen?«

Joséphine schließt die Tür, geht unter die Dusche, zieht sich an, ja nicht nachdenken, ja nicht nachdenken, sie greift nach einer Haarbürste, beugt den Kopf nach vorn und beginnt mit dem Zählen ihrer hundert morgendlichen Bürstenstriche. Dabei lässt sie den Blick durch das Zimmer wandern, das sich ihr nun kopfüber darbietet. Staub, ein Kuli, ein Bleistift unter dem Bett, eine schwarze Socke, zerknüllte Papiertaschentücher, ein Handtuch. Schon merkwürdig, das Leben verkehrt herum zu betrachten, denkt sie, um sich von dem erwachenden Schmerz abzulenken, es kommt mir vor, als schaute ich durch ein Schlüsselloch. Sie schnappt nach den Wörtern, schiebt sie tief hinein in ihre Kehle. Luft kauen, Leere kauen, nicht nachdenken, einen Stift unter dem Schrank entdecken, noch eine Staubfluse, einen Pantoffel. Bei dem Wort »Pantoffel« versucht sie zu lächeln. Doch es gelingt ihr nicht, ihre Lippen bleiben verkrampft.

Philippe und Shirley. Sie wusste nicht, dass es so wehtun kann. Oder sie hatte es vergessen. Die Liebe ist wie ein Messer, das einem in den Bauch gerammt wird.

Sie zwingt sich, zu zählen und sich auf die Bewegungen der Bürste zu konzentrieren.

77, 78, 79 …

Die weißen Kirschbäume von Tokio …

85, 86, 87 …

Sie drängt die Tränen zurück, die jeden Moment loszuströmen drohen.

94, 95, 96 …

Sie will sich gerade wieder aufrichten, als sie zwischen dem Fußende des Bettes und der Wand ein Handy bemerkt. Ihr Handy? Sie macht sich flach wie ein Pfannkuchen, streckt den Arm aus und bekommt es zu fassen. Versucht es einzuschalten, aber es reagiert nicht. Der Akku ist leer.

Egal.

Der einzige Mensch, mit dem ich reden möchte, ist Zoé. Sie macht sich sicher Sorgen. Ich habe sie nicht mehr angerufen, seit … Ich weiß es nicht. Ich weiß überhaupt nichts mehr. In meinem Kopf geht alles durcheinander. Und außerdem hat Zoé ihr eigenes Leben mit Gaëtan, sie braucht mich nicht mehr. Braucht mich nicht mehr.

Sie lächelt schief, um ein bitteres Lachen zu unterdrücken, das Lachen einer verlassenen Frau, einer vernachlässigten Mutter, eines armen kleinen Dings, das man an den Straßenrand geworfen hat. Sonst noch was? Sie seufzt.

»Es ist acht Uhr, und ich habe immer noch nichts von ihr gehört!«, sagt Zoé besorgt. »Das ist doch nicht normal! Warum ruft sie denn nicht an?«

»Dreh den Fernseher leiser, ich höre ihn hinter dir!«, sagt Hortense.

»Gleich redet François Hollande …«

»Wer war das noch mal? Der Name kommt mir bekannt vor.«

»Hollande, der französische Präsident!«

»Ach ja, stimmt.«

»Das wusstest du nicht?«, ruft Zoé entsetzt.

»Hier wird nie über Frankreich berichtet. Das ist wie Simbabwe für die Franzosen. Schalte die Kamera ein, damit ich dein Gesicht sehen kann.«

Zoé erscheint auf dem Bildschirm. Sie winkt, lässt ihre

Grübchen aufblitzen, schüttelt ihr kupferbraunes Haar und pustet gegen eine Locke, die ihr rechtes Auge kitzelt. Eine kringelige Locke, die aussieht wie ein Korkenzieher.

»Was ist das für ein grauenvoller Nagellack?«, bemerkt Hortense.

»Den habe ich gestern im Monop' gekauft. Ich fand ihn hübsch.«

»Das war ein Fehler.«

»Das Problem ist Maman, nicht meine Fingernägel! Was machen wir denn jetzt?«

»Wirf ihn in den Müll. Und was Maman angeht, da tust du Folgendes ...«

Die Locke fällt wieder vor Zoés Auge und versperrt ihr die Sicht.

»Zur Polizei gehen?«

»Quatsch! Sie wurde doch nicht entführt! Sie wird einfach nur von einem Kerl verfolgt.«

»Bei der Uni anrufen?«

»Auch nicht.«

»Ich wüsste sowieso nicht, wen ich anrufen sollte. Ich weiß nicht, wo sie arbeitet, wo sie übernachtet, mit wem sie sich trifft. Sie erzählt mir nichts. Sie glaubt sicher, dass es mich nicht interessiert. Dass es mich nerven würde, wenn sie mir von ihrem Leben erzählt. Aber ich bin ja selbst daran schuld ... Ich stelle ihr nie Fragen, ich denke nur an mich.«

»Was soll denn das fromme Gelaber? Hältst du dich für Heilige-Zoé-bitte-für-uns?«

»Aber es ist doch wahr, Hortense, wir fragen uns nie, wie es Maman geht. Wir finden alles selbstverständlich. Wir wollen nur, dass sie da ist und sich um uns kümmert.«

»Das ist nun mal die Definition von ›Kinder‹: undankbar, herzlos, zur Welt gekommen, um ihren Eltern das Leben zu versauen. Und genau das ist der Grund, warum ich niemals welche haben werde! Hör auf, dir ein schlechtes Gewissen einzureden, du bist einfach nur normal. Hör zu: Das nächste Mal, wenn sie wegfährt, fährst du mit …«

»Und?«

»Du postierst dich hinten im Hörsaal, und wenn der Kerl kommt, verwickelst du ihn unauffällig in ein Gespräch und horchst ihn aus.«

»Bist du wahnsinnig?«

»Das ist die einzige Möglichkeit herauszufinden, wer er ist.«

»Das würde ich mich niemals trauen!«

»Und warum nicht?«

Zoé verdreht die Augen. Zupft an einem losen Häutchen an ihrem rechten Mittelfinger, seufzt so tief, dass ihre Locke flattert.

»Was, wenn er ein Messer oder einen Revolver zückt?«

Ihr Kinn hat sich zu einem Fragezeichen vorgeschoben, und sie reißt den Mund weit auf, um ihr Entsetzen deutlich zu machen. Die Korkenzieherlocke verharrt reglos, wie gelähmt.

»Du siehst zu viele Filme, Zoé! Wahrscheinlich ist er einfach nur ein Fan. Er liebt Mamans Bücher.«

»Ein Bär von einem Mann, der nachts im Kerzenschein die Bücher von Joséphine Cortès liest? Ich würde sagen, du bist hier diejenige, die zu viele Filme sieht. Ich gehe da nicht hin.«

»Dann behaupte auch nicht länger, du hättest so schreckliche Angst um Maman!«

»Ich möchte dich mal sehen …«

»Wenn ich in Frankreich wäre, würde ich nach Lyon fahren und mir den Kerl vorknöpfen. Und zwar ohne Samthandschuhe.«

»Aber du bist nicht in Frankreich.«

»Ich komme bald zurück!«

»Wie meinst du das?«

»Das erkläre ich dir später. Heute haben wir ein anderes Problem.«

Hortense denkt einen Moment nach, zeichnet einen Ärmel auf die Ecke eines Blatts Papier, dann einen Mantelkragen, sie würde sich am liebsten vor Behagen strecken, und fragt dann unvermittelt: »Ist Gaëtan nicht da?«

»Nein, er ist mit ein paar Freunden unterwegs. Sie sehen sich im Pub an der Ecke ein Fußballspiel an.«

»Und er lässt dich allein zu Hause?«

»Na und … Frag ich dich etwa, was Gary so treibt?«

»Nein, aber … das ist doch nicht das erste Mal.«

Zoé denkt nach, spielt mit der Korkenzieherlocke. Zieht sie glatt. Lässt wieder los.

»Glaubst du, er macht irgendwelche komischen Sachen?«, fragt sie beunruhigt.

»Nein. Entschuldige. Ich weiß auch nicht, wie ich darauf komme, so etwas zu sagen!«

Zoé zieht die Nase kraus, verdreht sie, kratzt daran. Gedanken stürmen auf sie ein, aber sie wehrt sie mit dem Handrücken ab.

»Also du kommst zurück nach Frankreich? Und was machst du dann? Ziehst du wieder hier ein? Und wir werden uns jeden Tag sehen? Gibst du mir Tipps, wie ich mich anziehen soll? Und du wirst nett zu Gaëtan sein, ja? Was sagt Gary eigentlich dazu? Und wann kommst du? Hast du Maman schon davon erzählt?«

Hortense zeichnet Knöpfe. Dicke Knöpfe, Druckknöpfe, Nietenknöpfe, Knöpfe aus Horn, aus Stoff, aus Leder, aus Perlmutt, bunte Knöpfe, einen wirbelnden Strudel aus Knöpfen. Sie lehnt sich zurück, betrachtet ihre Zeichnungen, nein! Keine Knöpfe, nur zwei Druckknöpfe unter einer gesteppten Falte. Das verleiht dem Ganzen einen militärischen Touch, der gut zum Kragen passt.

»Hortense! Hörst du mich? Du antwortest nicht!«

»Weißt du was, Zoélinchen? Finde erst heraus, wer der Verdächtige ist, und dann reden wir weiter!«

Becca öffnet die Kirchentür und geht zu dem Seitenflügel, in dem ihre Hilfseinrichtung für obdachlose Frauen, *For Women Only*, untergebracht ist. Sie stellt den mit Vorräten gefüllten Einkaufstrolley im Eingangsflur ab, wo Penelope ihn später holen und in die Küche mitnehmen wird. Sie richtet sich auf, reibt sich das Kreuz, zieht ihren Mantel aus, geht in ihr Büro und hängt ihn auf. Beim nächsten Mal gebe ich die Onlinebestellung selbst auf, dann haben wir alles, was wir brauchen, und ich muss nicht noch einmal zum Einkaufen raus. Shirley vergisst die Hälfte im Moment … Ich weiß nicht, wo sie ihren Kopf hat, oder doch, ich weiß es nur zu gut! Ich muss mit ihr reden.

Sie holt eine lange Liste aus ihrer Handtasche und überprüft ihre Einkäufe: Putzmittel, Spülschwämme, Spülmittel, Teebeutel, Würstchen in Blätterteig, Schottische Eier, Schweinefleischpastete, Cornish pasty, dicke Bohnen in Tomatensauce, Dosensuppe, Custard-Cream-Kekse, McVitie's-Kekse, Käse und Pickles. Uff, nichts vergessen!

Sie hört, wie Shirley die Neuankömmlinge in Empfang nimmt und ihre Begrüßungsansprache hält. Es ist immer mehr oder weniger die gleiche. Die gleichen Fragen. Warum sind Sie hier? Durch welche Entwicklung wurde langsam, aber sicher Ihr Leben zerstört? Wie können wir diesen fatalen Kurs korrigieren?

Etwa fünfzehn Frauen haben sich in den letzten drei Tagen

angemeldet. Becca poliert ihre Brille am Ärmel ihres Pullovers und runzelt die Stirn. Wenn das in dem Tempo weitergeht, werden wir es nie schaffen, uns um alle zu kümmern!

Eine Frau sitzt auf einer Bank im Flur. Sie trägt keinen Schal, ihr Gesicht ist voller Flecken, die eingesunkenen Augen wirken wie zwei Brunnen in einem staubigen Keller. Von einem Hustenanfall geschüttelt, krümmt sie sich zusammen und vergräbt den Kopf in ihrem Schoß.

»Was machen Sie denn hier? Sie sollten auf der Krankenstation sein«, schilt Becca sie.

»Ich wollte hören, was die Dame da sagt. Ich bin gerade erst angekommen.«

»Die Dame heißt Shirley. Und sie arbeitet hier.«

»Ah …«, sagt die Frau und beginnt erneut, heftig zu husten.

»Waren Sie schon am Empfang? Haben Sie sich angemeldet?«

Die Frau nickt.

»Dann gehen Sie sofort zur Krankenstation, bleiben Sie nicht hier, Sie sitzen ja mitten im Durchzug.«

Sie legt ihr eine Hand auf die Stirn.

»Haben Sie schon lange Fieber?«

»Schon ewig! Ich huste, ich spucke Schleim, ich habe Schweißausbrüche und einen Kloß im Bauch, aber ich musste mich ja um die Kinder kümmern.«

»Und wo sind Ihre Kinder jetzt?«

»Eine Dame hat sie in die Küche mitgenommen.«

»Sehr gut.«

Mit dem Finger weist Becca ihr den Weg zur Krankenstation. Die Frau entfernt sich hustend, und Becca betritt den Saal, wo Shirley auf einem kleinen Podium steht und zu einem Publikum spricht, das ihr gebannt zuhört. Die Frauen sind jung, sie sind alt, sie sind alterslos. Sie alle strahlen das gleiche resignierte Elend aus, das ihre Schultern niederdrückt, ihre

Züge anspannt, ihren Rücken beugt. Blinzelnd lauschen sie ihren Worten. Wir brauchen Platz, Essen und Betten für sie, denkt Becca, während sie sich in die letzte Reihe setzt.

Unter einer großen weißen Neonleuchte geht Shirley, gestikulierend wie ein Wanderprediger, mit großen Schritten auf dem Podium hin und her.

»Sie sind hier, obwohl Sie das nie gewollt haben! Sie sind hier, und Sie verstehen nicht, wieso. Wie konnte es so weit kommen? Wissen Sie es nicht?«

Die Frauen bleiben stumm. Sie hängen an Shirleys Lippen, als könnte sie sie von all ihrem Unglück erlösen.

»Hören Sie mir gut zu, dann werden Sie es verstehen.«

Ein Beben läuft durch den Saal.

»Früher machte man in der Schule ein Experiment, mit dem man das Nervensystem der Frösche und analog dazu auch das der Menschen erforschte. Man nahm mit der einen Hand einen Topf voll Wasser und stellte ihn auf den Herd und mit der anderen einen lebenden Frosch. Wenn das Wasser kochte, warf man den Frosch in den Topf. Das Ergebnis war jedes Mal dasselbe: Der Frosch sprang aus dem Topf und floh. Sein Nervensystem hatte ihn gewarnt. Der Topf war ein gefährlicher Ort, er musste so schnell wie möglich daraus verschwinden.«

Shirley hält inne, mustert eine Frau in der ersten Reihe und fragt sie, ob sie verstanden habe. Die Frau errötet und schaut verlegen auf ihre Füße, weil sie so plötzlich im Mittelpunkt der Aufmerksamkeit steht.

»Also versuchte man es mit einem anderen Experiment. Man warf einen Frosch in einen Topf mit kaltem Wasser. Der Frosch schwamm herum, quakte und machte es sich unbesorgt gemütlich. Dann stellte man den Herd an, und die Wassertemperatur stieg. Um ungefähr ein Grad pro Minute. Der Frosch schwamm weiter, quakte und plantschte fröhlich vor sich hin, ohne zu bemerken, dass das Wasser immer wärmer wurde, heiß wurde und schließlich zu kochen begann. Zu guter Letzt starb er. Er hatte nicht ein einziges Mal versucht, aus dem Topf zu springen. Er hatte die Gefahr nicht kommen sehen.«

Shirley macht eine Kunstpause, um jenen kostbaren Moment vorzubereiten, in dem sie die Moral ihrer Geschichte präsentiert.

»Heutzutage macht man dieses Experiment in den Schulen nicht mehr, und das ist schade. Nicht wegen der Frösche, sondern unseretwegen. Und warum?«

Wieder eine Pause. Das Publikum lauscht gebannt. Jede der Frauen weiß, dass es in dieser Geschichte um sie geht. In der ersten Reihe zupft sich sogar eine vor lauter Anspannung lose Hautfetzen von der Nase.

»Warum ist das schade? Weil wir dadurch lernen würden, uns in Acht zu nehmen. Beim ersten Alarmsignal würden wir aus dem Topf springen. Wir würden dem Mann, der uns schlägt und sich danach entschuldigt, die erste Ohrfeige nicht verzeihen, wir würden uns nicht bestehlen und missbrauchen lassen, wir würden aufhören, den falschen Versprechungen zu glauben, dem falschen Lächeln, den billigen Träumen, die uns einlullen. Jeden Tag werden wir Opfer körperlicher und seelischer Gewalt, weil wir Frauen sind. Nennen Sie es Misshandlung, Belästigung, perverses Verhalten, Freiheitsberaubung, ganz gleich, welche Bezeichnung Sie auch wählen, wir sind Opfer dieser Übergriffe. Und jeden Tag lassen wir uns das gefallen, weil wir denken, es wäre nur eine Ausnahme, und morgen würde es schon wieder besser. Wir verzeihen einmal, zweimal, dreimal, wir stecken die Schläge ein, wir bleiben, und wir enden wie der Frosch. Lebendig GE-KOCHT.«

Die Frauen sehen sich an. Das stimmt, flüstern sie, sie hat recht. Die Frau, die sich zuvor die Haut von der Nase gezupft hat, sitzt nun mit fest vor der Brust verschränkten Armen da, um deutlich zu machen, dass sie kein Opfer mehr sein will.

»Der Frosch stirbt nicht nur durch das kochende Wasser. Er stirbt getäuscht von falschen Versprechungen, von falschen Hoffnungen, von seiner eigenen Schwäche. Öffnen Sie die Augen, lassen Sie sich nicht misshandeln, setzen Sie Grenzen, die nicht überschritten werden dürfen. Das ist es, was wir Ihnen am Murray Grove beibringen werden. Sie sind nicht hier, um für den Rest Ihrer Tage zu bleiben, sondern um wieder einen Platz in der Gesellschaft zu finden.«

Hinter Shirley haben sich die ehrenamtlichen Helferinnen versammelt. Zehn Frauen unterschiedlichen Alters und aus unterschiedlichen sozialen Schichten. Sie tragen einen Anstecker mit ihrem Vornamen an der Brust. Sie unterrichten Yoga, Kochen, Töpfern, Klavier, Gesang. Sie geben Informatikkurse, Englischkurse, Nähkurse und Hygienekurse. Sie putzen und kochen. Jeden Tag und ohne Gehalt. Als Shirley sie einzeln aufruft, stellen sie sich vor und erklären lächelnd ihre Aufgaben.

»Und jetzt«, schließt Shirley, »folgen Sie bitte alle Jane, die Sie durch die Einrichtung führen wird. Sie zeigt Ihnen die verschiedenen Kursräume, die Krankenstation, den Speisesaal, die Duschen, den Ruheraum und alles Übrige. Herzlich willkommen am Murray Grove, und vergessen Sie nicht: Wir sind keine Frösche!«

Die Frauen scharen sich um Jane. Ihr Gang ist noch immer schlurfend, aber sie lächeln schüchtern.

Becca geht vor zu Shirley, legt einen Arm auf ihre Schulter und führt sie zur Seite, während sich der Raum allmählich leert.

»Eine sehr schöne Ansprache! Ist die neu? Ich hatte sie noch nie gehört.«

»Ich habe sie gestern Abend geschrieben. Das hat mir gutgetan. Danach habe ich mich besser gefühlt.«

»Mir wären wegen dieses armen Froschs fast die Tränen gekommen!«

»Und seine Geschichte passt wirklich auf alles. Auf die Erderwärmung zum Beispiel. Langsam, aber sicher verändert sich das Klima. Und das Ergebnis: Jedes Jahr gibt es einen Tsunami, einen Wirbelsturm, einen Tornado mehr, einen Vulkanausbruch, einen Fluss, der über die Ufer tritt und alles überschwemmt, einen Schneesturm im Frühling …«

»Und wir merken es nicht! Wie behaupten, alles sei in bester Ordnung, das sei alles völlig normal …«

»Das Gleiche bei den Nahrungsmitteln«, ereifert sich Shirley. »Alles wird immer fett- und zuckerhaltiger, Fertiggerichte enthalten Rückstände von Leim, Blut, Knochen, Farbstoffen, Aspik und Fell!«

»Ein Skandal!«, schimpft Becca, um deren Augen sich verschmitzte Fältchen bilden.

»Man sollte alle Machthaber des Planeten zusammenbringen und ihnen die Geschichte von dem Frosch erzählen, damit sie einmal darüber nachdenken, was für eine Welt sie für uns bereiten.«

»Sie sind nicht die Einzigen, die einmal nachdenken sollten …«

Shirley weicht kaum merklich zurück.

»Was meinst du damit?«

»Genau das Gleiche, was du vorhin diesen Frauen erklärt hast. Ich kenne jemanden, der in seinem Topf sitzen bleibt und die unausweichliche Gefahr einfach nicht sehen will.«

Shirley zuckt mit den Schultern.

»Wovon redest du?«

»Von dem Frosch, von dem Topf und von dem eingeschalteten Herd unter dem Topf.«

»Ich kenne dieses spöttische Lächeln, Becca. Willst du auf irgendetwas Bestimmtes hinaus?«

Gereizt deutet Becca mit einem Finger auf Shirley.

»Du bist ein Frosch, Shirley!«

»Ich?«

»Ein lebendig gekochter Frosch auf dem Boden eines Topfs.«

»Ich?«

»Ja, du.«

Shirleys Kinn zittert. Sie wirft Becca einen zornigen Blick zu.

»Bist du verrückt geworden?«

Unerbittlich setzt Becca nach.

»Hast du in letzter Zeit mit Joséphine gesprochen?«

Shirley wendet den Kopf ab.

»Nein.«

»Hast du versucht, sie anzurufen?«

»Sie geht nicht ran.«

»Sie geht nicht ran?«

»Nein. Wenn ich sie anrufe, geht sie nicht ran.«

»Und weißt du, wieso?«

Shirley senkt den Kopf.

»Sie will nicht mit mir reden.«

»Und was glaubst du, woran das liegt?«

»Ich weiß es nicht.«

»Shirley …«

»Aber ich weiß …«

»Bitte … Sonst bin ich gezwungen, es dir zu sagen. Und das willst du doch nicht, oder? Das wäre peinlich.«

»Also ehrlich, Becca! Du …«

»Schade! Mir wäre es lieber gewesen, du hättest es selbst ausgesprochen.«

Shirley wird rot und lässt sich kraftlos auf einen Stuhl fallen.

»Ich kann nicht!«

»Und warum nicht?«

»Weil … weil …«

»Weil es etwas Ernstes ist …«, Becca packt Shirleys Arm

und fügt mit fester Stimme hinzu: »... zwischen euch beiden.«

»Zwischen wem?«

»Zwischen Philippe und dir.«

Shirley schüttelt heftig den Kopf und weicht Beccas Blick aus.

»Aber da ist doch gar nichts! Er weiß nichts davon, er hat nichts damit zu tun.«

»Glaubst du das wirklich?«

»Er denkt, wir sind nur Freunde ...«

»Und das stimmt nicht?«

Mit schmerzverzerrtem Gesicht schaut Shirley zu Becca auf.

Sie ist nicht länger die Predigerin, die auf dem Podium auf und ab marschiert, sondern eine ebenso hilflose Frau wie jene, zu denen sie vor ein paar Minuten gesprochen hat.

»Oh, Becca, was soll ich denn jetzt machen?«

»Das, was alle mutigen Menschen in einer solchen Situation tun.«

Shirley rutscht unruhig auf dem Stuhl hin und her, zusammengekrümmt kämpft sie gegen den Drang an, einfach aufzuspringen und sich Beccas Zugriff zu entziehen.

»Ich liebe ihn. Wie ich noch nie einen Mann geliebt habe.«

»Das sagen alle.«

»Ich weiß nicht, wie das passiert ist, frag mich nicht.«

Becca mustert sie ernst.

»Ich weiß, dass es nicht richtig ist«, fährt Shirley fort. Sie ist blass, ihr Blick verliert sich in der Ferne. »Ich suche auch keine Ausreden. Ich wollte verschwinden, weggehen, weit weg, aber ich kann es nicht!«

»Trotzdem musst du gehen.«

»Gerne, aber mit ihm zusammen ...«, sagt Shirley seufzend. Ein blasses Lächeln huscht über ihre Züge.

Sie wendet sich Becca zu, greift nach ihren Handgelenken.

»Ich habe es nicht darauf angelegt … Es ist einfach so passiert.«

»Davon bin ich überzeugt. Schuldig ist nicht, wer einen Fehler begeht, das kann jedem passieren, sondern der, der an seinem Fehlverhalten Gefallen findet.«

»Ich schäme mich so!«

»Du musst gehen, Shirley. Das ist die einzige Lösung.«

»Ich soll weg von ihm? Aber das kann ich nicht!«

»Es wird schwer, aber du hast keine andere Wahl.«

»Und wenn ich verspreche, mich zusammenzureißen und nicht länger seine Nähe zu suchen? Wenn ich keine einzige Sekunde mehr mit ihm im selben Raum verbringe?«

Becca schüttelt den Kopf, doch Shirley gibt nicht auf.

»Allein zu wissen, dass er da ist, seine Stimme zu hören, ihm im Flur zu begegnen, ihn zu streifen. Wenn du wüsstest … Die Treppe zu seinem Büro hochzugehen ist das reinste Glück. Manchmal gehe ich ein paar Stufen zurück, nur damit es länger dauert!«

»Sei tapfer und geh.«

»Aber niemand wird etwas davon erfahren. Ich werde in seiner Nähe leben und nach und nach darüber hinwegkommen.«

»Aber so kommt man nicht darüber hinweg.«

»Doch, doch!«

»Nicht in der Liebe, Shirley. In der Liebe hilft nur die Flucht.«

»Das KANN ich nicht«, entgegnet Shirley mit erstickter Stimme. »Ich KANN es einfach nicht. Lass mich hierbleiben. Sag mir, dass alles wieder in Ordnung kommt.«

Becca sieht sie an und schüttelt den Kopf.

»Nicht, wenn du in seiner Nähe bleibst.«

»Er weiß nichts davon, Becca, er hat keine Ahnung!«

»Aber Joséphine weiß es.«

»Joséphine weiß es nicht!«

Shirley wehrt sich, will es nicht hören. Sie fährt sich mit den Händen übers Gesicht und durch das Haar.

»Doch. An Philippes Geburtstag ist sie geflohen. Nachdem ihr beide zusammen bei Fortnum & Mason Tee getrunken habt.«

»Woher weißt du davon?«

»Erinnerst du dich an Maud, diese rothaarige Frau, die wir ganz zu Beginn hier am Murray Grove aufgenommen haben? Sie hat ihr Leben umgekrempelt, ihren Mann verlassen, eine Wohnung gefunden, und Philippe hat ihr einen Job als Kellnerin bei Fortnum & Mason besorgt. Sie hatte an dem Tag Dienst, als ihr reingekommen seid. Sie hat euch zugewinkt, aber ihr habt sie nicht gesehen.«

»Stimmt, ich kann mich nicht erinnern …«

»Sie hat den Vorfall mit der Sauciere beobachtet. Sie hat gesehen, wie Joséphine gegangen ist. Obwohl sie lächelte, sah sie aus wie ein wandelnder Leichnam, hat sie mir erzählt. Maud hat gemerkt, dass etwas nicht in Ordnung war, und weißt du, woran?«

»Nein.«

»Joséphine hat zwei Theaterkarten auf dem Tisch liegen lassen, um die Rechnung zu bezahlen. Also kannst du dir vorstellen, wie aufgewühlt sie gewesen sein muss.«

Shirley hört ihr verblüfft zu. »Sie weiß es!«, sagt sie immer wieder. »Sie weiß es!«

»Und du bist aus dem Waschraum nicht mehr zurückgekommen. Du hast ein Paket auf dem Stuhl liegen lassen. Joséphine hat es heimlich geöffnet und darauf geachtet, dass sie niemand dabei sieht.«

»Dann hat sie es gesehen …«

»Ja. Auch das weiß ich von Maud. Joséphine hat einen Umschlag geöffnet und eine kurze Nachricht gelesen, dann hat sie eine ganze Weile mit einem merkwürdigen Lächeln auf den Lippen wie versteinert dagesessen, ehe sie schließlich die Karte zurück in den Umschlag und den Umschlag zurück in das Paket gesteckt hat. Dann hat sie alles wieder eingepackt und ist gegangen. Maud hat eure Rechnung bezahlt. Ich habe ihr den Betrag zurückgegeben, du kannst dir ja vorstellen, dass sie nicht gerade im Geld schwimmt! Also sag mir nicht, dass alles in Ordnung ist und Joséphine nichts davon weiß.«

Shirley seufzt niedergeschlagen.

»Willst du nicht wissen, wo dein Paket jetzt ist?«, fügt Becca hinzu.

Shirley hebt den Kopf.

»Es ist in meinem Büro. Du kannst es abholen, wann immer du willst.«

»Das war ein Geschenk für …«, murmelt Shirley.

»Philippe?«

»Ja. Eine Zeichnung von Lucian Freud. Eine Reproduktion in begrenzter Auflage. Zum Geburtstag. Er hatte mir davon erzählt, und ich hatte gemerkt, dass er sie wahnsinnig gerne hätte, auch wenn er das Gegenteil behauptete. Also bin ich losgelaufen, um sie für ihn zu kaufen. In der Galerie gab es noch zwei Zeichnungen. Ich habe mich für den *Hund* entschieden, Joséphine hat die andere genommen. An dem Tag, als ich sie getroffen habe, wollte sie sie gerade abholen …«

»Und du sagst, das sei nicht schlimm!«

»Ich weiß, Becca. Ich habe das nicht gewollt. Es ist einfach passiert, ich weiß auch nicht, wie …«

»Wie bei dem Frosch, nehme ich an«, sagt Becca.

Shirley lächelt nicht. In einem Tagtraum gefangen, redet sie weiter, blass und verletzlich.

»Wir hatten uns angewöhnt, abends in seinem Büro noch ein bisschen zusammenzusitzen. Wir redeten. Oder besser gesagt, ich redete. Ich fragte ihn: Wie funktionieren Männer eigentlich? Ich habe das Gefühl, dass meine ganzen Vorstellungen falsch sind, dass ich nicht das Geringste von ihnen verstehe. Er hörte mir zu, er sah mich an, zärtlich, belustigt, immer aufmerksam, und ich schüttete ihm mein Herz aus. Es ist aber auch seine Schuld! Er strahlt eine solche Kraft aus, die niemals bedrohlich oder brutal wirkt. Und zum ersten Mal in meinem Leben fühlte ich mich leicht, feminin, charmant.«

»Du hast mit dem Feuer gespielt…«

»Das wusste ich, aber ich wollte nicht darüber nachdenken. Jeden Tag sehnte ich den Abend herbei. Meine Verteidigungswälle fielen, einer nach dem anderen. Und dann eines Tages… Du warst raufgekommen und hattest uns gesagt, dass du müde seist und Feierabend machen würdest. Es war neun Uhr. Joséphine war in Paris, Alexandre aß bei Freunden, Philippe hatte es nicht eilig, nach Hause zu kommen, er hat einen guten Wein geöffnet…«

»Ja, ich erinnere mich, du saßt auf der Fensterbank in seinem Büro und zogst immer wieder ruckartig den Reißverschluss an deinen Stiefeln auf und zu. Wenn sie so weitermacht, geht er noch kaputt, dachte ich mir.«

»Aber es war nicht der Reißverschluss, den ich kaputt gemacht habe. Irgendwann, ich weiß nicht, wieso, haben wir uns angesehen, und es fühlte sich an wie ein Axthieb mitten ins Herz.«

»Tja, es heißt nicht umsonst, plötzlich hätte der Blitz eingeschlagen«, sagt Becca sanft.

»Es war, als hätte man mich in Stücke gehauen. Keine Arme mehr, keine Beine, kein Atem. Ich war wie betäubt.«

»Aber du kanntest Philippe doch schon so lange! Wie konntest du…?«

»An diesem Abend habe ich ihn angestarrt, als hätte ich ihn noch nie zuvor gesehen, er hat gelächelt und gefragt: ›Was ist los? Habe ich Salat zwischen den Zähnen?‹ Nein, nein, habe ich geschrien. Ich war völlig fertig. Ich kannte nur einen Gedanken: mich an ihn zu drängen, seinen Mund, seine Arme, seinen Bauch zu küssen. Ich war eine Frau, er war ein Mann, und sonst existierte nichts mehr auf der Welt. Hätte man mir gesagt, du wirst an einem Stromschlag sterben, wenn du ihn berührst, dann hätte ich mich trotzdem auf ihn gestürzt! Von draußen hörte ich Schritte auf dem Bürgersteig, Leute, die sich unterhielten, eine Frau begann zu schreien: Verschwinde, du Scheißkerl, ich bin nicht dein Eigentum! Das hat mich wachgerüttelt. Ich behauptete, Oliver warte auf mich, ich hätte ihm versprochen, früh nach Hause zu kommen, ich rannte aus dem Raum. Als ich Tschüss rief, war ich schon auf der Treppe, meinen Mantel zog ich im Hinunterlaufen an, alles verschwamm vor meinen Augen, ich sah nichts mehr und merkte, dass ich weinte. Ich ging nach draußen, stieg in ein Taxi, ließ mich auf die Rückbank fallen und weinte hemmungslos. Ich verstand überhaupt nicht, wieso. Ich weinte vor Glück, und ich weinte aus Verzweiflung. Ich sagte mir, morgen sehe ich ihn wieder, wie wundervoll, morgen sehe ich ihn wieder, wie schrecklich! Er muss gedacht haben, ich wäre verrückt geworden …«

»Oder er war erleichtert, dass die Gefahr vorüber war …«

»Er weiß nichts, Becca! Er weiß es nicht! Ich bin nach Hause gefahren, Oliver war in Berlin, ich bin unter die Dusche gerannt, habe mich eingeseift wie eine Irre, ich drückte die Fingernägel in die Seife, ich wollte mir die Haut vom Leib reißen. Ich wagte nicht, mich im Badezimmerspiegel anzusehen.«

Beccas gefaltete Hände liegen auf ihren Knien, sie hat den Blick gesenkt. Man könnte meinen, sie bete. Dann beginnt sie mit belegter Stimme zu sprechen.

»Man schämt sich, wenn man etwas tut, was nicht mit dem übereinstimmt, was man an sich selbst mag. Man schämt sich, wenn man sich verrät, wenn man zu jemandem wird, den man nicht leiden kann, der einem Abscheu einflößt.«

»Ich sah mich an und fragte mich, wer ist diese Frau, die davon träumt, ihrer besten Freundin den Mann auszuspannen? Das bin ich nicht! In der Nacht habe ich kein Auge zugetan. Und trotzdem konnte ich am nächsten Morgen gar nicht schnell genug zum Murray Grove zurückkehren. Ich war sogar früher da als üblich, du hattest gerade erst aufgeschlossen und fragtest mich: Bist du aus dem Bett gefallen? Ich habe dir nicht mal geantwortet. Ich reckte den Hals, um ihn durch den Flur gehen zu sehen. Ich lief die Treppe zu seinem Büro hoch, ich riss die Tür auf, ich sah ja, dass er nicht da war, aber ich wollte es nicht glauben. Ich betrachtete seinen leeren Stuhl und suchte ihn im ganzen Raum. Ich habe den ganzen Tag auf ihn gewartet, jedes Mal, wenn irgendwo eine Tür zufiel, hob ich den Kopf. An dem Tag arbeitete er nicht am Murray Grove, und abends war ich vollkommen hilflos, leer, zu nichts zu gebrauchen. Die Leute redeten mit mir, aber ich hörte sie nicht, jemand bat mich um Brot, und ich gab ihm das Salz, ich schaute auf die Uhr und hätte ihr am liebsten einen Tritt verpasst, damit sich die Zeiger schneller bewegten, damit es schnell, schnell morgen wäre und ich ihn wiedersehen würde. Aber am nächsten Tag ist er auch nicht gekommen. Ich wurde verrückt … Ich konnte mich nicht länger selbst belügen, ich saß in der Falle. Festgekettet auf dem Boden des Topfs. Ich hatte meinen Platz im Leben verloren. Ich war nichts weiter als eine wartende Frau. Ich hatte keinen Stolz mehr, keine Ehre, keine …«

Sie breitet die Hände aus und betrachtet ihre leeren Handflächen.

»Und natürlich tat ich alles, um Joséphine aus dem Weg zu gehen. Sie wunderte sich, dass ich sie nicht anrief, dass wir uns nicht sahen, wenn sie in London war …«

Die Saaltür öffnet sich. Ein Mann Mitte dreißig kommt herein, von schmaler Statur, mit dunklem Teint, blutigem Gesicht, sehr weißen Zähnen und struppigem Haar. Er trägt einen alten grauen Überzieher, und einer seiner Ärmel hängt abgerissen herunter.

»Miss Becca, kann ich mit Ihnen sprechen?«

»Nicht jetzt, Bubble, du siehst doch, dass ich beschäftigt bin.«

»Aber, Miss Becca, es ist wichtig, die haben mich schon wieder …«

»Warte in meinem Büro, Bubble, ich komme gleich.«

Er winkt Shirley kurz zu und geht rückwärts hinaus.

»Er geht immer noch rückwärts? Ich dachte, er hätte damit aufgehört«, sagt Shirley mit einem traurigen Lächeln.

»Er kann nicht anders. Damit will er uns wahrscheinlich seinen Respekt bezeugen.«

»Und es scheint nicht besser zu werden.«

»Nichts wird auf wundersame Weise plötzlich besser, Shirley, es wird besser, weil man es so beschließt und die Dinge in die Hand nimmt.«

Shirley seufzt und schüttelt den Kopf.

»Becca … eines musst du wissen: Er hat nichts getan. Es gab von seiner Seite aus niemals auch nur eine einzige missverständliche Geste. Er liebt Joséphine. Niemanden sonst.«

»Bist du dir sicher? Denn weißt du, ich beobachte euch schon eine ganze Weile, und ich finde, ihr verbringt viel Zeit zusammen. Und soweit ich weiß, hast du ihn auch nicht dazu gezwungen … Wenn er bis spät abends am Murray Grove bleibt, dann, weil er es selbst so will, oder nicht?«

»Ich weiß es nicht.«

»Und wenn man zu euch beiden in einen Raum kommt, hat man oft genug das Gefühl, zu stören …«

Shirley senkt den Kopf und schüttelt ihn so vehement wie ein wildes Tier, das man mit Gewalt in ein Gehege drängen will.

»Fragst du dich gar nicht, warum er nach Japan geflogen ist?«, fährt Becca unerbittlich fort.

»Er liebt Tokio zu dieser Jahreszeit, er liebt seinen Freund Takeo, die Kirschblüte, die …«

»Zehn Tage unter blühenden Kirschbäumen«, fällt ihr Becca ins Wort, »aber vor allem zehn Tage fern von dir.«

»Hat er mit dir gesprochen?«

»Nein. Ich versetze mich in seine Lage. Das Gute am Alter ist, dass man vieles begreift. Man hat selbst viele dumme Dinge getan und dadurch viel gelernt.«

»Dann erklär es mir. Ich habe nie eine Mutter gehabt, ich bin bei einem Vater aufgewachsen, der so schamhaft war, dass er rot wurde, wenn ich auch nur einen Blick auf seinen Rasierer warf!«

»Du hast deine Mutter nie kennengelernt?«

»Wenn ich dir erzählen würde, wie das Leben meiner Mutter aussieht, würdest du von deinem Stuhl fallen und rückwärts laufen wie Bubble!«

»Lebt sie auf der Straße?«

»Nein«, prustet Shirley los.

»Hat sie dich verlassen?«

»Ganz und gar nicht.«

»Lebt sie noch?«

»Ja.«

»Wohnt sie in London?«

»Ja.«

»Und kenne ich sie?«

»Lass uns nicht über meine Mutter reden, Becca!«

»Und warum nicht?«

»Erzähl mir von Philippe, bitte.«

»Arme Närrin!«

»Ist er weggegangen, um Joséphine zu schonen? Hofft er, ich hätte alles vergessen, wenn er zurückkommt?«

»Ja. Aber vor allem hofft er, dass bis dahin alles wieder normal geworden ist.«

»Wie durch Zauberei?«

»Ja.«

Shirley seufzt.

»Ich verstehe immer noch nichts von Männern.«

»Du musst wegfahren. Ich werde nicht zulassen, dass du Joséphines Leben ruinierst. Du wirst so lange fortbleiben, bis du ihn vergessen hast. Und zwar vollständig. Du wirst darüber hinwegkommen. Du bist zäh. Hasst du mich dafür, dass ich dir das sage?«

Shirley schüttelt den Kopf.

»Du sagst Nein, aber du denkst Ja.«

»Es ist nur so furchtbar schwer!«

»Einen neuen Mann findet man immer, Verliebtheit hält nicht lange an, aber eine Freundin wie Joséphine ist unersetzlich.«

»Ich mache mir solche Vorwürfe. Das kannst du dir gar nicht vorstellen …«

Shirley schüttelt den Kopf, als verstünde sie selbst nicht, was mit ihr geschieht. Wie um sich davon zu überzeugen, wiederholt sie: »Joséphine hat die Karte gelesen, sie weiß Bescheid! Ich kann ihr nie wieder in die Augen sehen.«

»Doch, das kannst du … wenn du jetzt gehst. Wenn du bleibst, riskierst du, einen großen Fehler zu machen, womöglich sogar, dass ihr beide, du und Philippe, diesen Fehler gemeinsam begeht.«

»Glaubst du, das wüsste ich nicht?«

»Und du wärst darüber kreuzunglücklich. Aber wenn du gehst, wirst du leiden, und die Wunde wird vernarben. Selbst der allergrößte Liebeskummer heilt irgendwann.«

»Heilen? Du redest, als wäre ich krank …«

»Du bist ja auch krank! Lass die Zeit wirken. Sie ist die

beste Medizin. Joséphine ist klug, und sie hat ein großes Herz. Eines Tages werdet ihr wieder zueinanderfinden.«

»Sie wird mir verzeihen?«

»Sie ist eine wirkliche Dame.«

»Und ich bin eine erbärmliche Freundin.«

»Na los! Sieh zu, dass du fortkommst! Das ist ein Befehl.«

Jemand klopft nachdrücklich an die Tür.

»Was ist los?«, fragt Becca mit ihrer lauten Stimme, und Bubble steckt den Kopf herein.

»Sie müssen unbedingt kommen, Miss Becca«, fleht er wie ein schuldbewusster Bettler, »ich pinkele Blut, und ich habe den Schlüssel zur Krankenstation nicht, und Molly ist nicht da, und sie hat alles abgeschlossen, weil sie mir nicht vertraut wegen …«

Becca seufzt gereizt.

»Du weißt doch genau, dass du nicht allein vor die Tür sollst! Die halten die Augen nach dir offen, und wenn sie dich erwischen, schlagen sie dich zusammen. Machst du das mit Absicht?«

»Man ist ja immer noch ein Mann, und man hat seinen Stolz! Wenn die glauben, dass sie mir Angst machen …«

»Aber dafür verprügeln sie dich jedes Mal aufs Neue!«

Becca dreht sich zu Shirley um.

»Warte hier auf mich, ich bin gleich wieder da.«

»Tut mir leid, dass ich störe, Miss Shirley … Aber ich hab ganz schön was abbekommen, wissen Sie.«

Er deutet auf seine blutende Augenbraue und das halb zugeschwollene Auge und hält sich mit schmerzverzerrtem Gesicht den Arm. Dann wirft er Shirley einen letzten flehenden Blick zu und folgt Becca, die an ihrem Schlüsselbund den Schlüssel zum Arzneischrank sucht.

Shirley fragt sich, ob er sich womöglich nach draußen wagt, um einen Liebhaber zu treffen. Vor einiger Zeit haben sie zusammen auf den Kirchenstufen in der Sonne gesessen und sich unterhalten. Bubble hat ihr erklärt, dass man auf der Straße weder homosexuell noch verliebt sein sollte, und man sollte auch lieber nicht versuchen, Freunde zu finden, denn letzten Endes falle man ja doch nur immer wieder auf die Nase.

»Bist du gerade verliebt, Bubble?«, hatte sie ihn gefragt.

Lächelnd schüttelte er den Kopf. Das Lächeln eines etwas tristen Maulhelden mit nicht mehr allzu vielen Zähnen.

»Nein«, sagte er, »und das ist schade, denn wenn man verliebt ist, dann sieht man das Leben durch eine rosarote Brille.«

»Das stimmt.«

»Und oft genügt nur ein klitzekleiner Hoffnungsschimmer, um sich zu verlieben. Bei mir jedenfalls braucht es nicht viel, jemand sagt was Nettes zu mir, jemand schaut mich freundlich an, und schon gebe ich Gas! Und fliege gleich in der ersten Kurve krachend aus der Bahn! Ich bin kein besonders guter Rennfahrer.«

Er schloss die Augen und hielt sein trauriges Gesicht in die Sonne.

Ein klitzekleiner Hoffnungsschimmer.

Auch sie hatte geglaubt, dass …

Wenn Philippe sagte, ich habe UNS einen guten Wein rausgesucht, WIR haben heute gute Arbeit geleistet! Oder: WIR könnten doch morgen Abend zu den Proms gehen, hast du Zeit? Oder wenn er laut lachend sagte: Also, der glaubt ja wirklich, DU UND ICH, wir wären bescheuert. Dann schnappte sie nach diesen »uns«, diesen »wir«, diesen »du und ich«, als wären es kleine Bauklötze, stapelte sie aufeinander und errichtete sich daraus eine Liebesgeschichte.

Ein klitzekleiner Hoffnungsschimmer.

Sich auf der Rückenlehne des Stuhls abstützend, steht sie auf. Fährt sich mit einer Hand durchs Haar. Spürt, wie das Handy in ihrer Tasche vibriert. Sieht nach, wer sie anruft.

Es ist eine SMS von Gary.

»*What's up, mum?*«

My boy. My boy. Sie spürt, wie ihr die Tränen kommen. Tippt »*Everything's fine. Miss you.*« Schnieft. Trocknet sich die Nase ab.

Ein Trommelfeuer aus Nachrichten.

Er gibt Ende des Monats ein Konzert. In seiner Schule. Verdammt wichtig.

»*You'll come and see me?*«

»*Of course, apple of my eye!*«

Der Pilot hat die Flugdauer nach London durchgegeben, sie werden um sechs Uhr fünfzehn in Heathrow landen. Philippe faltet die rote Decke auf, stellt die Neigung seines Sitzes ein, streckt die Beine aus, lehnt das Glas Champagner ab, das ihm die Stewardess reicht, und bittet darum, bis zur Landung nicht gestört zu werden. Er öffnet seinen Sicherheitsgurt, wirft einen Blick auf seine Nachbarin, eine große, schlanke Blondine, deren Bluse aufklafft. Sieht eine Brust. Nicht schlecht, nicht schlecht. Diese Brust erinnert ihn an eine andere Brust …

Ein Restaurant in Tokio. Takeo und er hatten sich zum Abendessen mit zwei Italienerinnen getroffen, die nach Tokio gekommen waren, um eine neue Prada-Boutique zu eröffnen. Sie strebten eine Zusammenarbeit mit einer japanischen Kunstgalerie an, um eine »Mischung aus *beautiful art* und Kleidung« zu schaffen, »aus Kunst, Mode, *la bellezza*, *so chic* und Unvergänglichem, *you see what I mean*?«, erklärte Paola in einer Mischung aus Englisch, Italienisch und Französisch. Sie warf ihr langes braunes Haar zurück, spielte mit den Knöpfen an ihrer Bluse und gewährte flüchtige Ausblicke auf ihre appetitlichen kleinen Brüste.

»Mode ist weder moralisch noch unmoralisch«, plapperte

sie weiter, »sie hebt die Moral.« Dann lachte sie fröhlich auf. »Das ist nicht von mir, sondern von Karl Lagerfeld!«

Sie wiegte sich hin und her, lachte, machte Takeo Komplimente über seine Galerie, die Auswahl der Künstler, seinen guten Blick, seine künstlerische Intuition.

Philippes Blick war zu ihrer Kollegin gewandert, Roberta, eine zurückhaltende Brünette, die sich eher im Hintergrund hielt, nur wenig redete, mit leiser Stimme kluge Fragen stellte, sich die Nasenflügel rieb und dabei die Augen zusammenkniff. Philippe war fasziniert. Er sah Joséphine vor sich, jene kleine Geste, die auch sie so häufig machte. Er erinnerte sich an seine Anrufe, auf die sie nicht reagiert hatte, und von einer unaussprechlichen Angst erfasst fragte er sich, warum sie nicht zurückrief. Was war denn bloß los?

»Stimmt was nicht?«, fragte Takeo, nachdem die beiden jungen Frauen aufgestanden waren, um zu den Waschräumen zu gehen.

Philippe gestand ihm, was ihn bedrückte, und fügte hinzu: »Ich weiß auch nicht, wieso, aber ich bekam plötzlich Angst! Ich kam einfach nicht dagegen an.«

»Vielleicht hatte sie einen Unfall.«

»Nein. Ich habe Zoé angerufen, es geht ihr ausgezeichnet.«

»Dann macht sie das mit Absicht. Sie quält dich, um dich verrückt zu machen.«

»Und es funktioniert! Nein, weißt du, ich verstehe das einfach nicht … Und dabei hatte ich schon viele Frauen in meinem Leben! Ich will nicht angeben. An dem Punkt, den ich mittlerweile erreicht habe, brauche ich nicht mehr anzugeben. Aber Joséphine …«

Er hatte ihren Namen wiederholt: »Joséphine.«

»Siehst du, ich brauche nur ihren Namen zu sagen, und schon fange ich an zu lächeln …«

Takeo trank einen Schluck Sake und erwiderte seufzend,

dass er von dieser Krankheit geheilt sei. Er hatte sie mit einer Überdosis Büchern behandelt. Statt Frauenherzen las er nun klassische Autoren. Er versenkte sich in die Werke der Antike und zitierte Passagen von Tacitus, Titus Livius, Ovid, Sueton und Seneca. Er hatte Französisch gelernt, nachdem er sich mit Philippe angefreundet hatte. Mit dem Respekt, der einer toten Sprache gebührte. Philippe war empört, Französisch ist doch keine tote Sprache!

Sie hatten sich in New York kennengelernt, in der internationalen Anwaltskanzlei, bei der sie beide arbeiteten. Wegen einer Glühbirne. Während einer Weihnachtsfeier. Eines der Birnchen in einer Lichterkette hatte geflackert. Philippe war stehen geblieben, hatte es mithilfe einer weißen Serviette losgeschraubt, es prüfend gemustert, den Staub entfernt, es wieder eingedreht, und das Lämpchen hatte wieder ununterbrochen geleuchtet. Takeo hatte in der Nähe gestanden und ihn beobachtet. Er war auf Philippe zugegangen und hatte gefragt: Sie sind kein Amerikaner, nicht wahr? Philippe hatte gelächelt, und sie waren Freunde geworden.

Takeo war zehn Jahre älter als er und glich bereits einem alten, weisen Mann. Sie hatten sich angewöhnt, sonntagmorgens um das Reservoir im Central Park zu joggen und dabei bald tiefgründige, bald oberflächliche Gedanken auszutauschen. Manchmal fragte Takeo, ob eine fuchsienfarbene Hose wohl zu einem violetten Pullover passen würde, und manchmal stürzte er sich in langwierige Betrachtungen zu Individualismus und Kapitalismus. Konnte man großzügig sein, auch wenn man ein Vermögen anhäufte, oder musste man notwendigerweise alles verprassen?

In dem Restaurant hatte Philippe sich ausschließlich mit Roberta unterhalten, hatte versucht, sie zum Lachen zu bringen und ihr Interesse zu wecken, indem er furchterregende Anekdoten über Japan erfand, über legendäre Harakiris und über Erdbeben, bei denen Riesenspinnen und alte, hüftsteife Dinosaurier auf hohen Beinen in die Freiheit gelangten. »Ist das wahr?«, fragte sie mit angehaltenem Atem. »So wahr, wie ich hier sitze!«, antwortete er mit wissender Miene und gab sich gekränkt, weil sie ihm nicht glaubte. Er erzählte immer mehr Geschichten, und sie lauschte ihm, von kindlicher Furcht erfüllt. Er war sich vorgekommen wie ein menschenfressender Riese im Angesicht eines kleinen Mädchens und hatte dieses Gefühl der Macht genossen. Nach dem Essen hatte sie mit einem von zwei entzückenden Grübchen eingerahmten Lächeln und sehr sanfter Stimme gesagt: »Ich habe Ihnen kein Wort geglaubt, aber es war herrlich, mich zu fürchten! Es ist lange her, seit ich zum letzten Mal gegen Drachen gekämpft habe. Damals muss ich noch einen Schneewittchenpyjama getragen haben.« Dann war sie aufgestanden und hatte sich ohne jedes Anzeichen für eine besondere Nähe zwischen ihnen verabschiedet.

Mit wenigen Worten hatte sie ihn auf Normalmaß zurechtgestutzt.

Beinahe verführt.

Auf dem Rückweg zu seinem Hotel im Stadtteil Kagurazaka, gleich neben Takeos Haus, fragte dieser: »Warum die und nicht die andere?«

»Weil ich Joséphine vermisse«, antwortete er.

»Vermisst du sie, weil sie sich nicht meldet, oder vermisst du sie immer?«

»Beides, alter Freund!«, entgegnete Philippe lachend. »Ich habe in Roberta etwas gesehen, was mich an Joséphine erinnerte. Diese versteckte Schönheit, die ein Rätsel in sich birgt, von dem man hofft, es als Einziger lösen zu können. Ich habe einen wunderbaren Abend mit dieser Frau verbracht, ich wollte sie zum Lachen bringen, ihre Neugier wecken, sie verblüffen, ich hielt mich für den Größten, und dann hat sie doch das letzte Wort gehabt und mich wieder auf den Boden der Tatsachen zurückgeholt. Ich liebe es, überrascht zu werden. Und Joséphine überrascht mich ständig!«

»Du hast recht, sie ist eine sehr interessante Frau.«

»Sie ist so zart, dass ich immer Angst habe, sie zu zerbrechen. Aber in Wahrheit bricht sie nie. Sie ist hart wie Stahl! Sie hält sich für unscheinbar und reizlos, und gleichzeitig verfügt sie über die Fertigkeiten einer erfahrenen Kurtisane. Bei ihr weiß ich nie, woran ich bin. Sie ist zehn Jahre alt, zwanzig, vierzig … Manchmal zweifelt sie und wankt, und dann wieder zieht sie in die Schlacht. Ja, sie fehlt mir. Warum geht sie nicht ans Telefon?«

»Weil sie begriffen hat, dass du nach Tokio gekommen bist, um nichts mehr von Frauen und ihren Problemen zu hören und den Alltag zu vergessen. Sie lässt dich die Zeit hier genießen, und gleichzeitig hält sie dein Verlangen wach, indem sie sich nicht bei dir meldet. Sie ist sehr klug.«

»Und genau das ist mein Problem, alter Freund«, erwiderte Philippe lachend. »Ich bin umgeben von klugen Frauen. Von bemerkenswerten Frauen.«

»Hier lässt man ihnen nicht viel Raum. Sie bleiben zu Hause. Die Männer gehen aus, trinken, und manchmal kommen sie nachts nicht einmal zum Schlafen nach Hause!«

»Du solltest dir einmal unsere Einrichtung anschauen. Wir haben einen fantastischen Ort daraus gemacht.«

»Ja«, hatte Takeo gesagt, »du beginnst dein drittes Leben. Erst ein brillanter Anwalt, dann ein aufgeklärter Kunstfreund und jetzt ein Wohltäter der Menschheit.«

»Ich habe mein Leben als reicher Müßiggänger einfach nicht mehr ertragen.«

»Du warst nie ein reicher Müßiggänger, Philippe!«

»Doch. Als ich noch mit Iris verheiratet war.«

»Sie hatte auf dich abgefärbt.«

»Du mochtest sie nicht besonders, was?«

Takeo hatte Iris kennengelernt, als sie an der Columbia-Universität in New York studiert hatte. Bekümmert hatte er mit angesehen, wie sein Freund einer Schönen zu Füßen lag, die er selbst nicht sonderlich schätzte. Er hatte nichts gesagt. Damals bereitete er seine Rückkehr nach Japan vor, wo er Hiromi heiraten würde, die er in einer Tokioter Buchhandlung kennengelernt hatte. Später hatte er Iris einige Male in Paris wiedergesehen. Sie hatte ihm keine Beachtung geschenkt, fand ihn zu klein, zu rund, zu gedrungen, zu dick.

»Aber in Japan gilt Körperfülle als ein Zeichen für gute Gesundheit!«, hatte Philippe erklärt. »Es zeigt, dass er über soziales Ansehen verfügt. Er ist ein Intellektueller, die Menschen grüßen ihn auf der Straße. Seine Galerie ist sehr bekannt.«

»Und außerdem schwitzt er aus der Nase, ist dir das nie aufgefallen?«

»Du übertreibst!«

»Doch. Wenn er ein bisschen zu viel isst und trinkt, sind seine Augen rot umrandet, seine Nase wird rot, und er schwitzt aus den Nasenlöchern!«

Takeo hatte vor Iris' Augen niemals Gnade gefunden. Schließlich hatte Philippe aufgehört, ihn nach Paris einzuladen. Stattdessen hatte er es sich angewöhnt, ihn in Tokio zu besuchen. Wenn die Kirschbäume blühten. Er plauderte mit seinem Freund, schlenderte durch die Straßen, aß Suppen und kleine Pasteten, Schalen voll Reis und Nudeln, frittierten Fisch und Gemüse, Sushi und Algen, die sie in kleinen Garküchen kauften. Takeo musste zwar arbeiten, aber dabei nahm er sich so viel Zeit für seinen Freund wie möglich. Arbeiten, das bedeutete für ihn durch die Stadt laufen, in Büchern blättern, mit anderen Galeristen telefonieren, Künstler in ihren Ateliers besuchen. Und Philippe begleitete ihn.

»Ich fand sie oberflächlich und eitel«, antwortete Takeo.

»Solche schönen Schaufensterpuppen werden früher oder später langweilig. Liebe bedeutet nicht nur Anschauen, sondern den anderen gierig zu verschlingen. Die Liebe macht einen zum Kannibalen.«

»Für einen Kannibalen erscheinst du mir aber sehr kultiviert!«

»Vergiss nicht, dass ich mich nicht mehr verliebe. Ich habe mit diesem sinnlosen Tun abgeschlossen.«

»Iris hat niemals geliebt, so viel ist sicher.«

»Sie hat nie etwas gegeben. Sie ließ sich nur anschauen. Sie hielt ständig nach ihrem Spiegelbild Ausschau. Darüber vergaß sie sogar, dass sie einen Sohn hatte.«

»Hat sie es sich nicht an dem Tag mit dir verscherzt, als sie die wundervolle Verpackung des Geschenks, das du ihr mitgebracht hattest, einfach aufriss?«

Takeo lächelte.

»Und als sie dir eine Szene machte, nachdem du ihr in Paris deinen Sohn mit den Worten ›Das ist mein idiotischer Sohn‹ vorgestellt hattest, und sie dir vorwarf, du würdest dein Kind traumatisieren? Weißt du noch?«

Takeos Lächeln wurde breiter.

»Sie wusste einfach nur nichts von euren Sitten«, schloss Philippe.

»Sie gab sich aber auch nicht die geringste Mühe, etwas darüber zu erfahren. Sie war eine faule Person. Dein Engagement für diese Einrichtung für obdachlose Frauen hätte sie niemals begriffen.«

»Sie hätte vor allem Shirley und Becca nicht begriffen. Die Großherzigkeit dieser beiden Frauen ist unglaublich. Sie schuften bis zum Umfallen. Becca ist nicht mehr die Jüngste, abends ist sie todmüde. Sie ist eine ehemalige Primaballerina …«

»Das ist doch die Frau, die du bei dir aufgenommen hast,

nicht wahr? Die mit den kleinen rosa und blauen Haarspangen? War sie nicht so eine Art Pennerin?«

»Ja. Mittlerweile leitet sie das Refugium. Zusammen mit Shirley.«

»Die umwerfende große Blonde, die ich bei meinem letzten Besuch in London kennengelernt habe?«

»Ja, genau die.«

»Hat sie nicht eine kleine Schwäche für dich?«

»Ach was! Sie hat einen Freund, den ich sehr mag, einen berühmten Pianisten namens Oliver. Sie ist verrückt nach ihm, weiß aber nicht so recht, wie sie mit ihm umgehen soll. Sie hat mich zu ihrem Vertrauten erwählt. Ich erkläre ihr, wie die Männer ticken. Sie hört zu wie ein Schulmädchen, es fehlte nicht viel, und sie würde sich Notizen machen. Neulich Abend saßen wir zusammen in meinem Büro, wir tranken ein schönes Glas Wein und plauderten über Gott und die Welt, da riss sie plötzlich die Augen auf, als hätte sie mich nie zuvor gesehen, stellte ihr Glas ab, stürmte die Treppe hinunter und rief: ›Oliver! Wir sind verabredet!‹ Sie rannte, als wäre der Teufel hinter ihr her. Als wäre sie gerade erst fünfzehn. Es war so rührend.«

»Dabei kam es mir vor, als verschlänge sie dich mit Blicken.«

»Doch nur, weil sie dich keines Blickes gewürdigt hat! Du bist neidisch auf mein attraktives Äußeres!«

»Manchmal wäre ich gerne neidisch … Aber ich habe zu viele Bücher gelesen und mich von allem gelöst«, erwiderte Takeo seufzend. »Mir fällt immer ein Detail auf, das mich zurückhält, das mich daran hindert, einfach loszulassen. Ein dümmliches Wort, Karies an einem Zahn, Schweißgeruch oder ein zu intensives Parfüm, eine kleine, offen zur Schau getragene Eitelkeit. Das ist wohl mein Laster.«

»Und außerdem ist da ja auch noch Hiromi.«

»Hiromi ist für mich mehr eine Freundin als eine Frau, in die ich verliebt wäre. Ich lebe mit meinen Büchern.«

»Mit einer Frau musst du reden … Während ein Buch zu dir spricht.«

»Du hast recht. Durch das Lesen lerne ich jeden Tag hinzu. Gestern erst, nachdem wir uns voneinander verabschiedet hatten, habe ich eine Passage aus Stendhals *Über die Liebe* gelesen. Er schildert darin eine Anekdote, die mich einen Großteil der Nacht wach gehalten hat …«

»Wovon handelt sie?«

»Er schreibt über eine Mademoiselle de Sommery, die von ihrem Liebhaber auf frischer Tat ertappt wird. Sie leugnet kühn, und als der Liebhaber darauf beharrt und mit dem Finger auf das Bett deutet, auf dem sie den schändlichen Betrug begangen und ihn zu einem ausgewiesenen Hahnrei gemacht hat, da antwortet Mademoiselle de Sommery: ›Ah, ich sehe wohl, dass Ihr mich nicht mehr liebt, Ihr glaubt, was Ihr seht, und nicht, was ich Euch sage.‹ Wie unglaublich geistreich! Ich hätte diese Frau verehrt, aber ich habe nicht eine einzige kennengelernt, die ihr das Wasser reichen könnte.«

Sie hatten Philippes Hotel erreicht.

»Was machen wir morgen?«, fragte Takeo.

Sie trafen sich jeden Tag, und Philippe entschied, wie sie die Zeit verbrachten. Takeo stimmte immer zu.

»Wir sehen uns die Bacon-Ausstellung im Museum für Moderne Kunst an, danach die Fotos von Kayo Ume und zum Schluss die heiligen Schätze im Nationalmuseum. Einverstanden?«

»Und einen Zwischenstopp in einer Bierkneipe, um das alles zu verdauen?«

Philippe liebte die Zwischenstopps in den Bierkneipen. Ein Kirin, zwei Kirin, drei Kirin, und vom Hopfendampf berauscht stürzte sich Takeo in weitschweifige Reden. Er entwickelte Ideen, Utopien, vertiefte einen Gedanken, ließ seiner Gelehrsamkeit und manchmal auch seinem Zorn freien Lauf.

Dann nahm seine Stimme einen metallischen Klang an, als spuckte er Kugeln. Er verwies auf Tacitus und Titus Livius. Zitierte ganze Passagen. Philippe machte große Augen: »Kennst du sie wirklich auswendig?« Takeo nickte. »Sie sind großartig, die Geschichten, die sie erzählen, sind so modern, dass ich alles dafür geben würde, mit ihnen ein Kirin zu trinken!«

Es stimmte, dass Takeo nach einigen Gläsern Bier aus den Nasenlöchern schwitzte und seine Nase leuchtete. Doch das hinderte ihn nicht daran, wortreich zu argumentieren, ohne auch nur einmal ins Stolpern zu geraten.

Eines Tages waren sie im Mitsukoshi-Lager gewesen und hatten mit angesehen, wie die Artikel für den Megaschlussverkauf ausgezeichnet wurden. Takeo war empört gewesen, weil die Kleidungsstücke zu einem Zehntel ihres Werts verschleudert und manche sogar ganz umsonst weggegeben wurden, und so war er in eine Bierbar gegangen, um seinen Zorn zu ertränken.

»Wir hätten nicht dorthin gehen sollen«, hatte Philippe gesagt.

»Ich hatte einem meiner Künstler versprochen, dass ich vorbeischauen würde. Er kauft billige alte Kleidung und verwandelt sie in Kunstwerke, in wunderschöne bunte Collagen.«

»Das ist bloß ein gigantischer Schlussverkauf, Takeo! Reg dich doch deswegen nicht so auf.«

»Wir haben keinen Respekt mehr vor den Dingen. Alles ist nur noch Kommerz und Raffgier. In diesen Kleidungsstücken stecken unzählige Stunden Arbeit, darin steckt Können, und hast du gesehen, wie gering sie geschätzt werden! Wir werfen Sachen weg, weil sie nicht mehr dem heutigen Geschmack entsprechen, wir erfinden ununterbrochen neue Serien, ein neues Design, und wir verspotten jeden, der nicht der Mode folgt. Das ist nicht einfach Verschwendung, mein Freund, das ist das Grundübel. Weißt du, dass die Leute hier in diesem

Land jedes Jahr einen neuen Kühlschrank, einen neuen Fernseher, eine neue Waschmaschine kaufen? Sie werfen sie auf den Müll, als wären es Papiertaschentücher!«

»Aber was ist denn so schlecht daran, etwas wegzuwerfen, was einem nicht mehr gefällt?«

»Du weißt doch nicht einmal, ob es dir nicht mehr gefällt! Die Werbung drängt dich dazu, das zu glauben, damit du das betreffende Objekt unverzüglich austauschst. Wir leugnen die Realität des Gegenstands, der noch eine Weile halten könnte, wir leugnen die menschliche Realität, die in diesem Gegenstand eingeschlossen ist. Und wir leugnen die Möglichkeit, weniger schnell zu konsumieren, um unsere Energiereserven zu schonen. Dieses System wird immer absurder und grausamer. Soll ich dir die Geschichte von dem römischen General und den sardischen Sklaven erzählen?«

Philippe hatte genickt. Die römische Geschichte würde Takeos Zorn vielleicht mildern.

»Es gab einmal einen General, der einen Feldzug nach Sardinien unternahm. Er machte so viele Gefangene, dass er all seine Schiffe damit füllte. Dann kehrte er nach Rom zurück, wo er große Fischzuchtbecken besaß, und begann, die Gefangenen einzeln zu verkaufen. Das Geschäft lief gut, die reichen Patrizier kauften, dass es eine Freude war, aber der General hatte so viele Gefangene, dass er nicht wusste, wohin damit. Und so begann er, sie mit Rabatt zu verkaufen, drei Sklaven zum Preis von einem, aber auch das reichte nicht, es blieben ihm immer noch zu viele. Also ging er dazu über, fünf zum Preis von einem zu verkaufen, dann zehn. Es waren immer noch welche übrig. Er konnte sie nicht freilassen, denn diese Männer waren Soldaten und hätten die öffentliche Ordnung bedroht. Also ließ er ihnen die Kehle durchschneiden und warf sie in seine Fischbecken. Nun … wir sind genau wie dieser römische General, wir konsumieren hemmungslos und verlieren darüber den Verstand.«

»Wir konsumieren, weil wir Lust dazu haben. Wir sind frei …«

»Die Werbung lässt dich glauben, du wärest frei. Aber du bist nicht frei! Du hast ein neues Handy gekauft, weil man dir eingeredet hat, es gebe ein leistungsfähigeres, moderneres Modell. Sobald du einen Gegenstand kaufst, trägst du keinerlei Verantwortung mehr für ihn, du bist sein uneingeschränkter Herrscher. Dabei solltest du ihn pflegen und sorgsam behandeln, du solltest ihn reparieren lassen und dafür sorgen, dass er funktioniert.«

»Du kritisierst gerade den Fortschritt …«

»Ich würde mir nur wünschen, dass die Leute sich verantwortungsbewusst verhalten. Es gibt ja gute Gründe dafür, veraltete Technologien zu ersetzen, weil sie zu viel Energie verbrauchen, zum Beispiel, aber doch nicht aus verlogenen, von der Werbung eingeflüsterten, rein narzisstischen Gründen.«

»Du bist ein Idealist«, hatte Philippe gesagt.

»Und das will ich auch bleiben. Ein paar Menschen müssen doch in dieser Welt voller Idioten noch weiter ihr Hirn benutzen. Und das ist auch der Grund, warum du hergekommen bist, um mich alte Nervensäge zu besuchen!«

An diesem Tag hatte Philippe sich gefragt, ob Takeo nicht im Grunde furchtbar einsam war. Gefangen in seinen Büchern, seinen Gemälden und der Betrachtung seines Aquariums. Takeos Sohn hatte sich jahrelang in seinem Zimmer eingeschlossen, allein, ohne Licht, ohne Gesellschaft, beinahe ohne etwas zu essen. Hiromi hatte Schalen mit Nudeln vor seine Zimmertür gestellt. Manchmal hatte sie sie wegwerfen müssen, weil er sie nicht angerührt hatte. Eines Tages war er herausgekommen, mager, bleich und mit struppigem Haar, und hatte sich vor einen Zug geworfen.

Einmal waren sie früher als geplant von einem Spaziergang unter den weißen Kirschbäumen im Ueno-Park zurückgekommen und hatten Hiromi in ihrer Küche singen hören. Eine dumpfe, traurige, schmerzliche Melodie, die wie eine Klage zum Himmel aufstieg. In Hiromis Stimme rollten die kleinen Kiesel eines alten, beinahe vertrockneten Kummers. Philippe hatte das Gefühl gehabt, zufällig ein verbotenes Geheimnis aufzudecken. Er hatte sich geräuspert, einen Anruf vorgeschoben, den er noch zu erledigen habe, und sich unter dem Vordach von Takeos Haustür von diesem verabschiedet.

Sie sprachen nie über Hiromis kummervolles Lied, und auch nicht über das traurige Schicksal ihres Sohnes.

Mit Wehmut hatten sie sich voneinander verabschiedet. Philippe wusste nicht, wann er wieder nach Tokio kommen würde. Takeo hatte ihm versprochen, ihn sehr bald in London zu besuchen.

»Danke«, sagte Philippe. »Ich liebe diese der Zeit gestohlenen Tage in deiner Gesellschaft.«

Takeo hatte die Hände aneinandergelegt und sich verbeugt. Philippe hatte es ihm gleichgetan, bevor er in das Taxi gestiegen war, das ihn zum Flughafen brachte.

Er schließt die Augen und sieht vor sich das letzte Bild von Takeo, wie er vor seinem Haus steht, auf seinen Lippen das gleiche Lächeln wie damals in New York, als sie dank einer flackernden Glühbirne Freunde geworden waren. Das Gesicht ist älter geworden, der Körper schwammiger, das Haar grau meliert, aber sein Lächeln ist immer noch dasselbe, blass und rätselhaft. Bei Takeo weiß man nie, was er gerade denkt. Und Philippe wird nie erfahren, wieso er so zornig ist …

Seine Nachbarin ist eingeschlafen und schnarcht lautstark. Er räuspert sich mehrmals, um sie zum Schweigen zu bringen. Er dreht sich auf seinem Sitz hin und her, nimmt die Schlafmaske ab, wirft der Schnarcherin einen ärgerlichen Blick zu. Ihr Mund steht offen, ihre Zähne sind gelb. Wahrscheinlich raucht sie und trinkt zu viel Tee. Er ruft sich die Termine des nächsten Tages in Erinnerung, das Mittagessen mit Milton Lassler im Wolseley, die Xylos-Akte, die er noch einmal durchgehen muss. Er muss Takeo Geld überweisen, um so den Kauf eines Gemäldes von Julian Lethbridge zu bestätigen. Bei einer Ausstellung in der New Yorker Galerie Paula Cooper hätte er schon einmal fast ein Bild dieses Malers gekauft, aber damals hatte Iris ihn abgelenkt. Und im Nachhinein hatte er es bereut. Der Künstler lebt sehr zurückgezogen und stellt nicht oft aus. Das Gemälde, das er in Takeos Galerie gesehen hat, ist erstaunlich.

Er wird vom Flughafen aus direkt zu seinem Büro fahren müssen.

Die blonde Frau schnarcht immer noch in klangvollen Arpeggios.

Seine Schlüssel? Wo hat er die Schlüssel für sein Büro und die Wohnung hingetan? Er sucht in seiner Reisetasche. Findet sie nicht. Schimpft vor sich hin. Wird wütend. Hat er sie überhaupt mitgenommen? Morgen hat Gwendoline einen Zahnarzttermin, sie hat ihm Bescheid gesagt, dass sie vormittags nicht im Büro sein wird. Und Annie geht auf den Blumenmarkt, das ist ihr wöchentliches Vergnügen. Weder im Büro noch in der Wohnung wird jemand sein. Verdammt! Dann muss ich am Murray Grove vorbeifahren und meine Ersatzschlüssel holen.

Er ruft die Stewardess, bestellt ein Glas Champagner … und die Speisekarte.

Viertel nach acht. Um diese Zeit kommt immer die Müllabfuhr. Oft versperrt der Wagen die Straße und löst wahre Hupkonzerte aus. Morgens haben die Leute es eilig, sie wollen nicht von Mülltonnen aufgehalten werden, die jemand hinter sich herzieht. Fluchend steigen sie aus ihren Autos. Die orange gekleideten Müllmänner springen von ihrem Trittbrett. Einer von ihnen erregt Beccas Aufmerksamkeit, er trägt sein Haar in dicken Rastalocken. Sie sieht ihn jeden Morgen, winkt ihm durch das Fenster zu, und er antwortet mit einem breiten Lächeln. Sie hat ihn Bob Marley getauft. Er trägt die gleiche grün-gelb-rote Mütze, hat den gleichen schmalen Schnurrbart, die gleichen eingefallenen Wangen, die gleichen Zöpfe. Und einen dicken Joint hinter dem Ohr. Sie zeigt ihm ihren Kaffeebecher, und er tut so, als stoße er mit ihr an. Dann stürzt er sich auf die schwarz-orangen, schwarz-blauen, schwarz-braunen Mülltonnen. Das ist das Erste, was den Bewohnerinnen von Murray Grove beigebracht wird: den Abfall zu sortieren. »Das wird Ihnen dabei helfen, auch Ihre Gedanken zu sortieren«, erklärt Patricia, die Psychologin. »Ob Sie im Haushalt oder in Ihrem Kopf aufräumen, das Prinzip bleibt immer gleich.«

An diesem Morgen ist Becca früh aufgestanden. Um sechs Uhr hat sie die kleine Sandria weinen hören. Ihre Mutter ist Inderin. Sie trägt ihre Tochter in einem breiten Tuch auf dem Rücken. Sandria ist immer barfuß und erkältet sich nie. Ihre Augen sehen aus wie kleine Bullaugen, mit denen sie ihr Gegenüber erst ernst mustert, bevor sich ein strahlendes, herzliches, zutrauliches Lächeln auf ihrem Gesicht ausbreitet. Sie schenkt ihr Vertrauen. Sie ist das hübscheste kleine Mädchen, das ich je gesehen habe, denkt Becca mit einem Seufzen und trinkt einen Schluck heißen Kaffee, sie ist erst achtzehn Monate alt, aber ihr Blick sagt Dinge, die Worte nicht ausdrücken könnten.

Bob Marley hat seine Kopfhörer aufgesetzt und tanzt auf der Straße. Er wiegt sich in den Hüften, weicht zurück, beugt sich vor und balanciert erst auf dem einen, dann auf dem anderen Fuß. Becca stellt ihren Kaffee ab und erwischt sich dabei, wie sie es ihm nachtut. Ihr Tänzerinnenkörper entdeckt die Freude an der Bewegung wieder. Sie stampft mit dem Fuß auf, wirft einen Arm, ein Bein in die Luft. Beugt sich vor, richtet sich wieder auf. Verzieht vor Schmerz das Gesicht. Lacht laut auf. Früher ließ ihr Geliebter sie tanzen. Er inszenierte sie in prunkvollen Balletten. Ihr Geliebter ist tot, aber nachts kommt er sie besuchen.

Vergangene Nacht war er da… Und deshalb hat sie heute Morgen Lust zu tanzen. Sie hat die Nacht mit ihm verbracht.

Sie trinkt ihren Kaffee schwarz, ohne Milch oder Sahne, genau wie damals, als sie noch zusammen die Welt bereisten und auf den Bühnen aller Theater tanzten. Das war ihr morgendliches Ritual. Seite an Seite. Auf einer Terrasse oder in einem überhitzten Café. Ohne miteinander zu reden. Bei einem schönen schwarzen Kaffee. Allmählich wurden sie wach. Lasen die Zeitung. Beide die gleiche. Sie kauften immer zwei Exemplare. Sie stießen einander mit dem Ellbogen an, wiesen den anderen auf eine Überschrift, ein Foto hin. Kommentierten. Oder auch nicht. Und dann zündete er sich seine erste Gitane an. Er rauchte Gitanes. Wie die Franzosen.

Letzte Nacht hat ihr Liebster sie besucht. Er hat sie in die Arme genommen, hat sie geküsst und mit ihr geredet. Er hat ihr gesagt, dass sie sich keine Sorgen machen soll.

»Du fürchtest immer gleich das Schlimmste. Sei nicht so hart zu Shirley, sie kann nichts dafür. Es ist einfach so über sie gekommen. Das ist eine Prüfung, an der sie wachsen wird, denn dazu sind die harten Zeiten im Leben da.«

»Ich will nicht, dass Joséphine leidet.«

»Das geht dich nichts an.«

»Ich will es nicht, basta.«

»Joséphine ist stark. Sie sammelt ihre Kräfte. Es liegen noch weitere Prüfungen vor ihr.«

»Sie hat etwas Ruhe verdient.«

»Das hast du nicht zu entscheiden!«

»Ich weiß. Aber ich passe auf sie auf. So ist es nun mal.« Sie hat eine Weile nachgedacht und dann gefragt: »Sag mir, hast du mich jemals betrogen? Ich meine, abgesehen von …«

»Du hast immer alles über mich gewusst. Deinem scharfen Blick entging nichts.«

»Ich mag es, wenn du mich besuchst. Danach bin ich so fröhlich … Fröhlichkeit ist ein genauso starkes Gefühl wie die Liebe.«

Er hat sie fest an sich gezogen, sie hat sich glücklich an ihn geschmiegt, es lag so viel Liebe in seiner Umarmung. Und dann ist er wieder gegangen. Sie mag es nicht, wie er verschwindet. Wie ein Luftzug. Aber andererseits, sagt sie sich, während sie den Müllwagen betrachtet, ist es ja auch normal, dass er sich wie ein Lufthauch zurückzieht.

Hinter dem Müllwagen lässt ein Taxi die Kupplung schleifen, der Fahrer verliert allmählich die Geduld. Er will, dass der Wagen auf die Seite fährt und ihn vorbeilässt. »Setz ein Stück zurück und mach Platz, du Arschloch«, brüllt er wild gestikulierend und hupt. Die Fußgänger drehen sich nicht um. Sie sind solche Unmutsäußerungen gewohnt. Sie schauen auf die Uhr und beschleunigen ihre Schritte. Sie kommen zu spät ins Büro.

Auf den Kirchenstufen bemerkt Becca Shirley, die einen Koffer hinter sich herzieht. Die Handtasche rutscht ihr von der Schulter. Sie fängt sie mit einer Hand auf und versetzt dem Koffer einen Tritt. Lässt ihn die Stufen hinunterrollen. Sie ist auf dem Weg zum Flughafen, um nach New York zu fliegen. Sie ist heute Morgen nur noch kurz am Murray Grove vorbeigekommen, weil sie ihren Reisepass im Büro vergessen hatte.

»Im Moment verliere ich alles, sogar meinen Kopf«, hat sie gesagt, während sie in ihrer Schublade kramte.

Um ein Haar hätte sie gefragt: Wann kommt eigentlich Philippe zurück? Doch obwohl sie sich die Frage verkniff, konnte Becca sie in ihren Augen lesen.

»Du hast die richtige Entscheidung getroffen«, sagte sie lediglich.

Ein Mann steigt aus dem Taxi und zückt sein Portemonnaie, um zu bezahlen. Er hat eine Tasche in der Hand und stellt einen Koffer auf den Boden. Einen großen grauen Koffer à la Samsonite. Diese weit gereisten Männer haben alle den gleichen Koffer! Nicht einen Funken Fantasie! Sie reisen in Grau und färben die Welt grau. Der Fahrer streckt den Arm aus und zählt das Geld, dann beugt er sich vor und beschimpft Bob Marley, der mit einer Mülltonne auf der Straße tanzt. Er umarmt sie, zieht sie auf den Bürgersteig, poliert sie mit dem Ärmel, verneigt sich und entfernt sich mit einem gespielten Entrechat fouetté. Er hält sich für Fred Astaire!, denkt Becca und lacht schallend auf, während sie wieder zu ihrem Kaffeebecher greift. Und der Taxifahrer gerät immer mehr in Rage, weil sich der Müllwagen keinen Meter bewegt! Werden sie womöglich noch handgreiflich? Das passiert manchmal, wenn der Müllwagenfahrer die energischen Aufforderungen der Autofahrer beharrlich ignoriert.

Sie sieht, wie Shirley auf das Taxi zugeht, kurz zusammenzuckt und dann den Fahrer fragt, ob der Wagen frei sei.

Der Mann mit dem Samsonite dreht sich um, und Becca erkennt Philippe.

Vor Schreck hätte sie beinahe ihren Kaffee verschüttet.

Was macht er denn hier? Ist er schon wieder zurück aus Tokio?

Sie runzelt die Stirn und tritt näher ans Fenster.

Shirley reicht ihren Koffer dem Fahrer, der ihn ins Taxi lädt, dann stellt sie sich auf die Zehenspitzen, legt die Arme um Philippes Nacken und zieht ihn an sich. Er beugt sich zu ihr hinab, sie flüstert ihm etwas ins Ohr, er antwortet, schließt sie dabei in die Arme, streicht ihr übers Haar und …

Endlich erhört der Müllwagenfahrer die Aufforderungen des Taxifahrers und setzt ein Stück zurück, um sich auf die Seite zu stellen und den Weg freizumachen. Philippe und Shirley verschwinden hinter dem grünen LKW.

»O nein! Weg da, du blöder Müllwagen!«, schreit Becca. Sie sieht nichts mehr. »Verschwinde! Aus dem Weg!«

Wild gestikuliert sie in Richtung des Fahrers, der langsam zurückrollt. Die Straße ist schmal, er lässt seinen Rückspiegel nicht aus den Augen. Bob Marley sieht ihr Fuchteln und glaubt, sie fordere ihn auf weiterzutanzen.

Er stellt sich dicht vor das Fenster, spielt auf einem imaginären Tamburin und wiegt sich dabei in den Hüften.

»Fahr weg! Fahr weg!«, brüllt Becca.

Ausgelassen winkt er ihr zu.

»*Yeah! Lady! Yeah!*«

Er schüttelt Schultern und Arme, und die Mütze zittert auf seinem Kopf.

Das Hupen des Müllwagenfahrers ruft ihn zur Ordnung. Widerstrebend klettert er auf das Trittbrett, dreht sich um und winkt ihr zum Abschied zu. Bis morgen, *Lady*.

Jetzt ist es an dem Müllwagenfahrer, sich aufzuregen: Das Taxi soll endlich losfahren, damit er weiterarbeiten kann.

Philippe steht vornübergebeugt an der Tür und redet mit Shirley.

Becca sieht, wie Shirleys Hände nach denen von Philippe greifen. Sie packt ihn, zieht ihn zu sich herab. Sein Kopf verschwindet für einen Moment im Wageninneren, dann fährt das Taxi los.

Beccas Blick fällt auf das Bild, das Shirley Philippe schenken wollte. Es lehnt an ihrem Schreibtisch. Shirley hat es nicht abgeholt.

Becca wendet sich wieder dem Fenster zu. Bubble steht auf den Kirchenstufen und streckt sich. Er lächelt sein beinahe zahnloses Lächeln. Der Müllwagen schert aus und fährt zurück auf die Fahrbahn. Bob Marley klammert sich bis zum nächsten Halt am Griff fest.

»*Hey man!*«, ruft Bubble. »Hast du nicht 'n bisschen Gras für mich?«

Und vor dem Konzert kommt ihr herauf zu mir und spielt in meinem Wohnzimmer nur für mich!«, hatte Elena Gary befohlen und dabei ihren Zeigefinger gereckt wie eine weiße Kerze.

Gary war zu ihr hochgegangen, um sich ein Bügeleisen auszuleihen.

»Ich will die Erste sein, die euch hört. Und ich will weder Hortense noch deine Mutter oder sonst jemanden dabeihaben. Ich werde die Augen schließen und mir vorstellen, ich wäre ganz allein in einem riesigen Konzertsaal mit roten Sesselreihen, schweren Vorhängen, Kristalllüstern und bemalten Decken. Das ist mein Luxus, ich bestehe darauf, ich habe ein Recht auf meine Capricen!«

»Natürlich«, hatte Gary ihr beigepflichtet. »Gönnen Sie sich so viele Capricen, wie Sie nur wollen, Elena, Calypso und ich kommen rauf und spielen für Sie.«

»Erzähl mir von dieser Calypso«, hatte Elena hinzugefügt und eine Hand in ihre Lokumschachtel gesteckt. »Du hast sie mir noch nie vorgestellt …«

»Ich kenne sie erst seit einem Monat … Ich verrate Ihnen lieber nichts über sie, dann wird es eine Überraschung!«

»Ich liebe Überraschungen. Ist sie wenigstens hübsch? Ich mag keine hässlichen Seekühe!«

»Sie ist alles andere als eine Seekuh!«, hatte Gary empört erwidert.

»Woher stammt sie?«

»Aus Miami.«

»Ich hasse Miami. Da ist alles künstlich. Sogar die Palmen!«

»Das ist Ihre Meinung, Elena.«

»Die haben keinen Stil, keine Geschichte. Miami ist eine Stadt aus Plastik. Was machen ihre Eltern? Sind sie Musiker? Haben sie sie an die Musik herangeführt? Wie hat sie Geige spielen gelernt? Und wieso dieser merkwürdige Vorname?«

»Ich weiß es nicht.«

»Wie, du weißt es nicht? Obwohl du schon seit einem Monat mit ihr zusammen probst! Du bist nicht sehr aufmerksam, mein Junge. Du hättest sie danach fragen können. Das hätte ihr gezeigt, dass du dich für sie interessierst. Ich wette, sie hat dich zum Reden gebracht, stimmt's?«

Gary hatte den Blick gesenkt.

»Ich habe also recht. Ihr probt schon einen ganzen Monat miteinander, und es ist dir in all der Zeit nicht gelungen, auch nur einen Hauch von Vertrautheit zwischen euch zu schaffen. Du weißt nichts über sie, und das stört dich nicht einmal. Du enttäuschst mich. Ich dachte, du wärst etwas Besonderes, aber du bist genau wie alle anderen. Jungen sollten ebenso viel Wert auf Vertrautheit legen wie Mädchen. Doch sie glauben, sie hätten so etwas nicht nötig, das sei bloß Mädchenkram. Aber da irren sie sich. Und du irrst dich. Du wirst niemals vollständig sein, wenn du den Menschen keine Aufmerksamkeit schenkst …«

Elenas Bemerkung hatte ihm einen Stich versetzt. In Endlosschleife kreiste sie in seinem Kopf. Wenn er sich die Zähne putzte, wenn er aus der Dusche kam, wenn er seinen kurzen Mantel anzog, wenn er seine MetroCard durch den Schlitz am Drehkreuz zog.

Und jetzt stehen er und Calypso in Elenas großem Salon. In einem tiefen Sessel neben Elena sitzt ein Mann. Sein Name ist Robert. Er ist klein und kahl, hat rosige Wangen, trägt blank polierte Schuhe und einen langen roten Schal, mit dem er wie ein Schüler aussieht, und seine Augen blicken in unterschiedliche Richtungen. Auswärtsschielen. Die unangenehmste Form. Man weiß nie, welchem Auge man folgen soll, ob man sich lieber an das rechte oder an das linke hält. Er wirkt viel jünger als Elena und spricht Französisch. Und beim Reden scheint ihm Speichel aus dem Mund zu tropfen, denn er tupft sich unablässig mit einem Taschentuch die Lippen ab.

Vielleicht hat er ein künstliches Gebiss.

Elena ist gekleidet wie für eine Galasoiree im Buckingham Palace. Zu einem langen, zartvioletten Kleid trägt sie pistaziengrüne Handschuhe, die ihr bis an die Ellbogen reichen. Fast wie Großmutter, denkt Gary bei sich. Sie ist blass gepudert mit zwei kreisrunden rosa Tupfen auf den Wangen. Sie hat ihre Perlen, ihre Rubine und ihre Diamanten angelegt. Und trägt ein Diadem im Haar. Sie hält einen Champagnerkelch in der Hand und der kleine Mann ein Glas Orangensaft.

»Henry, können Sie ein Foto von uns machen? Ich hätte gerne eine Erinnerung an diese kleine Feier. Die schicke ich dann ...«

Beinahe hätte sie noch etwas hinzugefügt, doch im letzten Moment beißt sie sich auf die Zunge und lässt den Rest des Satzes in einem Schnalzen ausklingen.

Lächelnd posieren sie für Henrys Kamera.

Elena bedeutet Gary mit einem Wink, sich neben sie zu setzen, und nimmt seinen Arm. Sie zwinkert Henry verschwörerisch zu, und dieser nickt, zum Zeichen, dass er verstanden hat.

»Haben Sie ihn gerade gebeten, Calypso nicht aufs Bild zu nehmen?«, flüstert Gary Elena ins Ohr.

»Was für eine gemeine Unterstellung, mein Junge!«

»Wenn Sie sie erst einmal spielen hören, wird es Ihnen leidtun, dass sie nicht auf dem Foto ist.«

Elena zuckt mit den Achseln und weist Henry an, zu fotografieren. Dann posiert sie mit dem kleinen Mann und noch einmal mit Gary. Und erst danach erinnert sie sich wieder an Calypsos Gegenwart und gewährt ihr ein zerstreutes Lächeln.

Mit glühenden Wangen hält sich Calypso im Hintergrund. Ein roter Pickel leuchtet an ihrem Hals, sie versucht ihn zu verbergen, indem sie den Kragen hochzieht. Sie trägt ihre übliche Kleidung, Braun in Braun. Sogar die Schuhe sind braun. Elena runzelt missbilligend die Stirn. Calypso nimmt ihre Geige aus dem Kasten, stimmt sie und lässt den Bogen über die Saiten gleiten. Gary setzt sich ans Klavier, schlägt einen Akkord an, streckt die Arme, lockert seine Hände, fängt Calypsos ängstlichen Blick auf, sieht sie beruhigend an, gibt mit dem Kinn den Takt vor, eins, zwei, drei, eins, zwei, drei, und sie legen los.

Der erste Satz muss scharf sein wie ein Schlittschuh auf dem Eis.

Calypso setzt ein, und Gary spürt sofort, dass sie drin sind. Auf Augenhöhe. Stark und miteinander im Einklang. Eine triumphierende Freude weitet seine Brust und lässt seine Finger fliegen. Calypso pflückt jede einzelne Note, ergründet sie, veredelt sie, lässt sie anschwellen und überreicht sie ihm schließlich wie eine Kugel aus Licht, die er in sich aufnimmt. Er hat das Gefühl, in seinen eigenen Körper einzutauchen, sein warmes, zähfließendes Blut zu berühren. Er lächelt. Er könnte hoch über seinem Klavierhocker tanzen, er weilt nicht länger auf Erden. Calypso schleudert die Schuhe von ihren Füßen, hüpft auf der Stelle, lässt die Noten in scharfkantigen Splittern explodieren, lässt ein Band auf und ab wehen, das er mit den Tasten wiederaufnimmt.

Nach dem letzten Akkord sinken ihre Arme, ihre Hände herab, alle Spannung weicht aus ihren Körpern, sie sacken langsam in sich zusammen. Gary sieht Elenas verzückten Blick und denkt: Geschafft! Wir haben es geschafft! Morgen hauen wir sie alle um!

»Jedes Mal, wenn Elena mich loswerden will, schickt sie mich zu Meme!«, schimpft Hortense, als sie die Stufen der Vortreppe hinuntergehen. »Das ist doch entwürdigend! Ich frage mich, was sie diesmal wieder ausheckt!« Sie wickelt sich in ihren Regenmantel und murrt: »Was für Sauwetter!«

»Ich kann es dir nicht sagen, dafür kenne ich sie nicht gut genug«, antwortet Shirley, die sich beeilen muss, um mit ihr Schritt zu halten.

»Warum hat sie uns weggejagt? Findest du das nicht auch verdächtig? Sie wollte garantiert mit diesem schielenden kleinen Glatzkopf allein sein …«

Zum Zeichen, dass sie es auch nicht weiß, schüttelt Shirley den Kopf.

»Das ist doch wohl nicht ihr neuer Liebhaber!«, empört sich Hortense.

»Ein Liebhaber? In ihrem Alter?« Shirley bleibt fast die Luft weg.

»Jawohl. Einen hat sie schon. Einen umwerfenden Haitianer. Ein Kerl wie ein Schrank. Er ist fünfunddreißig Jahre jünger als sie. Du wirst ihn sicher morgen Abend beim Essen sehen. Aber vielleicht will sie ja zur Abwechslung auch mal mit diesem haarlosen, rosigen Männchen vögeln. Wundern würde es mich nicht.«

»Du übertreibst!«

»Dieser Typ ist mir suspekt. Irgendwas an ihm stört mich, der ist nicht koscher.«

»Sie hat einen Liebhaber!«, wiederholt Shirley verblüfft. »Jetzt verstehe ich, warum sie eine solche Energie ausstrahlt.«

Hortense verlangsamt ihre Schritte und betrachtet Shirley mit einer Mischung aus Mitleid und Ärger.

»Was man von dir ja nicht gerade behaupten kann, du wirkst total schlapp.«

»Findest du?«, fragt Shirley und richtet sich auf.

»Schlapp. Ausgebrannt. Völlig fertig. Soll ich weitermachen?«

»Danke, ich glaube, ich habe verstanden.«

»Na, komm. Wir gehen zu Meme. Das bringt dich auf andere Gedanken.«

Shirley lächelt schwach.

»Ich will sie bitten, mir zu zeigen, wie ich mir einen hübschen Haarknoten machen kann«, fährt Hortense fort. »Für morgen Abend. Und wie ich mir die Haare richtig toupiere. Ich will absolut umwerfend aussehen! Und du? Was wirst du anziehen? Hast du dir darüber schon Gedanken gemacht?«

»Nein …«

»Meine Güte, Shirley, du bist so was von antriebslos! Wach doch mal auf! Das ist ein großer Abend für deinen Sohn. Reiß dich am Riemen!«

Seit Shirleys Ankunft hat Hortense das Gefühl, als wäre ihr Körper zwar in New York gelandet, der Kopf jedoch in London zurückgeblieben.

»Das muss am Jetlag liegen«, sagt Shirley.

»Du läufst total neben der Spur. Du bist gar nicht hier. Wo bist du?«

Am Murray Grove. In einem Londoner Taxi. In seinen Armen. Seine Finger streifen dicht neben meinem Mund vorbei, ich greife danach und drücke sie wie aus Versehen. Seine Hände um meine Schultern, sein Mund in meinem Haar, seine Stimme, die fragt: »Stimmt was nicht? Was ist denn los? Sag es mir, du kannst mir alles sagen, das weißt du doch …« Und ich rühre mich nicht, ich nehme seine Kraft in mich auf, seine Wärme, den Geruch der im Flugzeug verbrachten Nacht, der noch in seiner Jacke hängt, das Kratzen seines unrasierten

Kinns, ich dränge mich an ihn, verlange nichts weiter als noch ein paar Sekunden dieses gestohlenen Glücks, nur noch ein paar Sekunden …

Hortenses Arm packt sie um die Hüfte, Reifen quietschen schrill, ein Mann steckt Verwünschungen brüllend den Oberkörper aus dem Fenster, sie zuckt zusammen.

»Bist du verrückt geworden?«, schreit Hortense. »Du bist direkt vor das Taxi gelaufen!«

»Tut mir leid«, stottert Shirley, »tut mir leid.«

Hortense wirft ihr einen finsteren Blick zu.

»Du bist ja total irre!«

»Ich habe nichts gesehen.«

»Komm endlich wieder zurück in die Realität!«

»Ich sagte doch, ich habe nichts gesehen …«

»Du wirst langsam peinlich, Shirley! Reiß dich gefälligst zusammen. Und sei es nur um Garys willen. Morgen ist sein großer Tag. Er ist der Star. Nicht du im Krankenhaus! Mach ihm nicht alles kaputt! Sonst wärst du besser in London geblieben … Kapiert?«

Das Handy vibriert in ihrer Tasche, sie nimmt das Gespräch an, wirft Shirley einen letzten gereizten Blick zu und blafft: »Hallo? Ach, Zoé! Ich bin gerade draußen, ich verstehe dich kaum. Shirley ist bei mir. Ja, ja. Was? Vergiss nicht, Gary morgen wegen seines Konzerts eine Nachricht zu schicken. Ja, das ist morgen Abend. Das habe ich dir hundertmal gesagt!«

»Schon gut, ich mach's ja, du brauchst nicht so zu schreien. Ich muss mit dir reden, es ist dringend.«

»Wie dringend?«

»Es geht um Gaëtan, er …«

»Dann hat es ja noch Zeit. Wir sind auf dem Weg zu Meme.«

»Ich muss unbedingt mit dir reden.«

»Das kann auch bis morgen warten, oder? Er ist doch nicht gestorben?«

»…«

»Und vergiss Gary nicht! Kapiert?«

»Wenn ich dir eine Mail schicke, liest du sie dann? Ich bin ja schließlich wichtiger als deine Maniküre!«

»Ach, hör schon auf, Zoé. Wir reden morgen.«

Zoé legt das Telefon weg und rollt sich auf ihrem Bett zusammen. Joséphine ist nach unten gegangen, um mit Iphigénie, der Concierge, zu sprechen. Irgendwas wegen eines Stromzählers, der abgelesen werden soll. Aber mit Maman kann ich sowieso nicht darüber reden, das geht einfach nicht, das ist ja das Problem. Ich werde Hortense schreiben. Eine Mail von mir muss sie ja wohl lesen.

Warum ist man immer allein, wenn man etwas Superwichtiges zu erzählen hat? Warum ist dann plötzlich niemand mehr da, mit dem man reden könnte?

Sie klappt ihren Laptop auf.

Sie tippt, so schnell sie kann, verflucht beim Schreiben die ganze Welt, ihre Familie, dieses blöde Leben, Gaëtan, der schon wieder ausgegangen ist, er lernt überhaupt nicht, er wird sein Abi niemals schaffen, ich hab die Nase voll, ich bin es leid, warum will Hortense nicht mit mir reden? Wozu hat man denn eine Familie? Und warum passiert das ausgerechnet mir? Ich verlange doch nichts Großartiges von den anderen! Ich will nur, dass man mir eine Viertelstunde lang zuhört, so schwer ist das doch nicht! Wenn Papa noch da wäre, würde er sagen: Komm, mein Schätzchen, komm her und erzähl mir alles! Und er würde mich auf seinen Schoß nehmen. Warum ist Papa gestorben? Von einem Krokodil gefressen, ist das vielleicht normal? Nichts ist normal. Aber das sagt einem am Anfang keiner. Solange man klein ist, machen die Leute einem sogar weis, das Leben wäre schön, sie geben einem gute Noten und Eis am Stiel mit Schokoüberzug, sie stellen Weihnachtsbäume für einen auf, und dann, irgendwann, nehmen sie einem die ganzen Sonnen, Palmen und Haselnüsse wieder weg und lassen einen mit der Ölpest allein, mit Möwen, die mit weit aufgerissenem Schnabel verrecken, mit Vätern, die sich bei lebendigem Leib fressen lassen, mit Müttern, die einfach nach London verschwinden, und Schwestern, die sich lieber die Nägel lackieren lassen, als ein paar Sekunden mit einem zu reden …

Und Gaëtan? Interessiert es den überhaupt nicht, dass ich am liebsten kotzen würde, wenn ich ihn mit Victor und Léa zusammen sehe?

Nein.

Jeder für sich.

Sie tippt, so schnell sie kann. Sie schreibt, damit Hortense sich zu ihr herüberbeugt. Sie schildert ihr den vergangenen Abend, den sie einfach nicht vergessen kann.

»Maman war nicht da. Wir hatten Victor und Léa eingeladen. Victor hatte einen Joint in der linken Hand, ein Glas Wein in der rechten und starrte die ganze Zeit in die brennende Kerze, die ich auf den Tisch gestellt hatte. Gaëtan hatte seine blaurote Adidas-Kappe über die Ohren gezogen und turnte wie ein Akrobat durch das Wohnzimmer. Er setzte sich ständig woanders hin, stand wieder auf, nahm mich in die Arme, fuhr mir mit der Hand durchs Haar und sagte völlig ungeniert: Ich liebe dich, und ich lächelte verlegen. Wenn Victor und Léa da sind, ist Gaëtan ganz anders als sonst.

Er zappelt herum, spricht laut, fängt wegen jeder Kleinigkeit an zu lachen, und ich frage mich immer, was ich überhaupt da soll.

Er hat genau gesehen, dass ich mich unwohl gefühlt habe. Da hat er sich durch mein Haar gewühlt, bis er mein Ohr gefunden hat, und hat mir zugeflüstert: Mach dir keine Sorgen, Schatz, wir schaffen dieses verdammte Abi schon!

Er hat wieder angefangen zu tanzen, und dann sind sie alle drei in unser Zimmer gegangen. Als sie zurückgekommen sind, haben sie so komisch gelacht und sich die Nase gerieben. Es hat eine Weile gedauert, wahrscheinlich hältst Du mich für naiv, aber irgendwann habe ich auch kapiert, dass sie sich Koks reingezogen haben. Victor bringt das Zeug mit, er sagt, er hätte gute Kontakte. Und dann rollt er mit den Schultern, reckt den Hals und macht ein Gesicht wie ein eingebildeter Strauß, als müsste man wahnsinnig viel drauf haben, um so was besorgen zu können. Als verschaffe ihm das ein besonderes Ansehen. Als müssten wir ihn von jetzt an siezen. Ich habe nie verstanden, warum die Leute sich im Bad verstecken, um eine Line zu ziehen, es wissen doch sowieso alle, was sie da tun. Es würde überhaupt keinen Unterschied machen, wenn sie es vor allen anderen täten. Ist ja nicht so, als läge ein Bulle unterm Sofa versteckt. Aber mir gefällt das alles nicht. Und ich will auf gar keinen Fall, dass Gaëtan noch tiefer da reinrutscht.

Also, Hortense, was soll ich machen? Sag es mir. Im Moment halte ich die Klappe, ich bin ganz still, aber es macht mich wahnsinnig, nichts zu sagen und so zu tun, als wäre mir alles egal …«

Ihr Finger tippt die drei Auslassungspunkte und verharrt dann schwebend über der Tastatur. Sie denkt eine Weile nach. Denkt an Monsieur Du Beffroy und die Marquise de Sévigné. Hätte die so rumgejammert? Ganz bestimmt nicht. Sie hätte ihre Feder siebenmal in der Luft gedreht und ihren Kummer in ihrem Tintenfässchen ertränkt.

Und wieso muss ich immer erst Hortense um Rat bitten?

Kann ich nicht selbst denken?

Fragt sie mich etwa nach meiner Meinung?

Ich weiß doch jetzt schon, was sie sagen wird. Sie wird ausflippen und behaupten, Gaëtan sei ein dämlicher Idiot. Ich will nicht, dass sie ausflippt. Ich bin erwachsen, ich regle das allein.

Und ihr Finger klopft auf den Linkspfeil und löscht Buchstabe für Buchstabe die Mail, die sie gerade geschrieben hat.

Sie schaltet den Laptop aus und schickt Gary eine SMS. »Bin an deinem großen Abend bei dir, in deiner rechten Tasche. Pass auf, hab mich zu einem Seeigel zusammengerollt. Zoé.«

Gary pudert sich garantiert nicht die Nase, das ist sicher.

Meme weist Hortense an, sich nicht mehr zu bewegen, packt eine Haarsträhne, streicht sie zwischen ihren Fingern glatt, zieht daran, hält sie wie eine Irokesenfeder in die Höhe, nimmt einen Kamm aus ihrer Tasche und lässt ihn durch die Strähne abwärts gleiten, wodurch sie das Haar nach unten drückt und es am Ansatz in ein wunderschönes, fluffiges Baiser verwandelt.

»Du brauchst einen sehr feinen Kamm dafür. Am besten nimmst du einen Flohkamm.«

Hortense stößt einen Schrei aus.

»Sitz gerade! Nicht bewegen! Du bekommst sie bei Clyde's, Ecke Madison und 74th Street. Sie kosten acht Dollar. Was Besseres gibt es nicht.«

»Ich soll da reingehen und nach dem Regal mit den Flohkämmen fragen?«, sagt Hortense entgeistert.

»Du gehst da rein, gehst geradewegs zum Regal mit den Kämmen und Bürsten, nimmst den feinsten Kamm, den sie haben, und das ist dann der richtige. Mach nicht so ein Gesicht. Wenn du ihn kaufst, ist er neu und wurde noch nie benutzt!«

»Allein die Vorstellung!«

Meme zuckt mit den Achseln.

»Man merkt, dass du nie Flöhe oder Elend erlebt hast!«

»Das muss ja auch nicht sein. Manche Leute überspringen diese Etappe!«

»Aber der da hinten sickert das Elend gerade aus allen Poren!«

Mit dem Kinn weist Meme auf Shirley. Sie sitzt zwei Tische weiter, ihre Hände hängen im Schaum, als gehörten sie nicht zu ihr, als hätte sie sie abgeschraubt und dort abgelegt, ihre Augen blinzeln ins Leere, und ihre Mundwinkel zeigen nach unten. In schulmeisterlichem Ton stellt Meme ihre Diagnose: »Der Frau geht es schlecht, sie erwartet nichts mehr vom Leben, ihr Herz ist gebrochen. Sie ist ein verletztes Tier.«

»So ein Quatsch. Das ist Garys Mutter. Sie ist wegen des Konzerts hergekommen und kämpft noch mit der Zeitverschiebung.«

»Völlig falsch! Sie ist vor einem Unglück geflohen. Das steht ihr ins Gesicht geschrieben. Ich lese darin Reue, Schuld, schlechtes Gewissen. Liebeskummer. Verhängnisvolle Gefühle. Verheirateter Mann.«

»Sie hat einen Freund, er ist frei, und bei ihnen ist alles in Ordnung.«

»Du verstehst nichts von menschlichem Leid. Das ist nicht dein Ding. Zurück zu deinem Knoten. Du toupierst Strähne für Strähne, sprühst sie mit Haarspray ein, lässt sie auf dem Kopf stehen und …«

»Wenn du so allwissend bist, dann sag mir, wie es morgen Abend für Gary laufen wird. Wenn es um mich selbst geht, habe ich nie Lampenfieber, aber bei ihm schon.«

Meme seufzt entnervt.

»Ich sage dir, diese Frau leidet. Bring sie zum Reden, dann wirst du es selbst sehen. Sie ist verzweifelt. Du musst auf sie aufpassen.«

»Ich habe sie vorhin erst gerettet. Sie hätte sich fast vor ein Taxi geworfen.«

»Siehst du! Ich habe recht.«

Nachdem Meme das ganze Haar toupiert hat, zeigt sie Hortense, wie sie es herunterziehen und das Deckhaar glätten soll, damit keine Strähne übersteht.

»Danach schlingst du alles zu einem Knoten und steckst ihn mit Nadeln fest. Entweder drehst du die Haare zu einer Banane oder du fasst sie oben auf dem Kopf zu einem Dutt zusammen.«

»Einem Dutt?«

»Ja. So.«

Und mit einem geschickten Dreh ihres Handgelenks verwandelt Meme den Haarwust in eine kunstvolle kugelrunde Frisur. Hortenses Gesicht wird länger, geheimnisvoll, sinnlich, arrogant. Sie kneift die Augen zusammen, streckt die Arme aus, dreht sich auf ihrem Stuhl hin und her, betrachtet sich im Spiegel, rechtes Profil, linkes Profil.

»Wie schön! Mein Gott, bin ich schön! Sag, Meme, kannst du mich morgen Abend frisieren? Niemand bekommt das besser hin als du! Du bist eine Fee.«

»Los, weiter! Mach mir Komplimente!«

»Aber es stimmt doch!«

»Meinetwegen, aber nicht ohne Gegenleistung: Du entwirfst ein Kleid nur für mich allein und schenkst es mir.«

»Kein Problem. Du musst nur ein Jahr warten. Auf meine erste Kollektion.«

»Hand drauf!«

Und Hortense schlägt in Memes offene Hand.

Shirley schließt die Augen. Überlässt ihre Hände einer gewissen Karina mit flacher Nase, vorspringenden Wangenknochen und kleinen, viereckigen Augen. Sie flüstert und lacht mit ihrer Nachbarin, die beiden tauschen Kochrezepte aus, reden über gebratene Ente, karamellisierte Zwiebeln und Vanilleschoten.

Shirley wird übel. Sie sieht sich wieder in dem Taxi. Sie lässt ihren Hals an Philippes Schulter sinken, sag mir Auf Wiedersehen, ich fliege nach New York. Besuchst du Gary? Ich bin müde, so müde. Du arbeitest zu viel, du achtest nicht auf dich! Er fuhr ihr mit den Fingern durchs Haar, hob es an, strich es ihr hinters Ohr, das ist gut, ruh dich aus, komm auf andere Gedanken, das brauchst du.

Sie nickte, hörte nichts, folgte der Bewegung seiner Hand, spürte seinen Atem auf ihrer Stirn, nur eine Nacht, eine einzige Nacht, und danach ziehe ich mich zurück, ich verschwinde, ich steige in die Türme der Kirche hinauf und werde Nonne, Betschwester, Klosterfrau, vielleicht sogar eine Heilige. Joséphine wird nichts davon erfahren.

Und was ist mit Oliver, hatte er gefragt, begleitet er dich?

Sie hatte ihn völlig vergessen! Oliver?, hatte sie mit einem leisen Aufschrei erwidert. Habt ihr euch gestritten?, fragte er und nahm ihr Kinn in die Hand, um in ihrem Blick zu lesen. Ja, sagte sie, ja, und dachte: Küss mich, küss mich, nur ein einziges Mal. Shirley, reg dich doch nicht so auf, ihr streitet euch ständig, das hat nichts zu bedeuten. Oh, nein, sagte sie, oh, nein! Er lächelte. Ihr seid einfach schrecklich, ihr beiden! Er umarmte sie fest, sie ließ den Kopf sinken, und da nahm er ihre Hand, öffnete sie, hob sie vor seinen Mund und …

»Shirley! Möchtest du einen Glückskeks? Willst du wissen, was dir die Zukunft bringt? Hast du die Frisur gesehen, die sie mir gemacht hat? Ich werde morgen einen Wahnsinnsauftritt hinlegen! Dieser Dutt, dazu ein kleines Schwarzes, weißer Claudinekragen, knallroter Lippenstift, megahohe Absätze, mein Burberry und eine große Handtasche! Ich werde sie umhauen!«

Beide Hände zur Faust geschlossen, kommt Meme aus der Umkleide zurück.

»Welche Hand?«, fragt sie Hortense.

»Die rechte!«

Hortense nimmt einen Glückskeks, zerdrückt ihn zwischen den Fingern. Packt ihn hastig aus. Den zweiten Keks reicht Meme Shirley, die darauf wartet, dass Hortense ihren Spruch vorliest.

»Manche schimpfen, weil die Rosen Dornen tragen. Ich danke den Dornen dafür, dass sie Rosen tragen.* Das passt doch perfekt zu mir!«, ruft Hortense und tätschelt ihren Dutt. »Und wie lautet dein Spruch, Shirley?«

»Muss ich ihn vorlesen?«

»Klar … das ist lustiger.«

»Nachher …«

»Wie du willst!«

Hortense steht auf und gibt Meme einen Zwanzigdollarschein.

»Der Rest geht auf Elena. Sie hat uns rausgeworfen, wir wissen nicht, wieso!«

»Sie wird einen guten Grund dafür gehabt haben«, sagt Meme.

Während Shirley ihre Jacke anzieht, zerdrückt sie den kleinen Keks in ihrer Hand und liest verstohlen den Spruch: »Wer den Horizont sehen will, darf nicht auf dem Boden liegen.«

Calypso geht durch den Park. Es ist halb acht. Heute Abend wird sie eine Hähnchenbrust essen und dann früh ins Bett gehen, damit sie morgen frisch und ausgeruht aufwacht.

Morgen um diese Zeit wird sie vor der gesamten Schule die Beethovensonate spielen. Die Luft ist mild und erfüllt vom zarten Duft grüner Haselnüsse, das Licht fällt in einem filigranen Spitzenmuster durch das Laub, sie biegt in den Weg

* Alphonse Karr.

ein, der oberhalb des Turtle Pond entlangführt. Drückt unter dem langen Regenmantel die Geige an sich. Denkt an den Vorabend zurück. An die letzte Probe mit Gary bei dieser Frau, Elena Karkhova. Es war überwältigend. Inspirierend. Und dann war plötzlich DIESER Moment gekommen …

Als er gesagt hatte: »Calypso!«

»Ja?«

Sie hatte prüfend in die Partitur geschaut, hatte sie einen Takt vergessen? Dann hatte sie den Kopf gehoben und seinen Blick gesehen, seinen Blick, der nichts fragte, der nichts wollte, der einfach nur ihren Namen sagte.

Calypso.

Er hatte Calypso gesagt. Einfach so.

Diese letzte Probe war so schön gewesen! Wie eine Feuersbrunst der Perfektion hatte sie die Musik in ihrem Inneren lodern lassen, ohne auch nur eine Note zu unterschlagen, ganz im Gegenteil, sie hatte sie geöffnet, sie geweitet, hatte sie wie feurige Sonnenblumen zum Firmament aufsteigen lassen.

Das Glück, das ihr die Brust zusammenschnürt, lässt sie das Schlimmste befürchten: Wird sie morgen Abend die gleichen Höhen erreichen? Plötzlich beschleicht sie ein mulmiges Gefühl, sie dreht sich um und sieht nach, ob ihr auch niemand folgt, als wäre es besser, ein finsterer Fremder wäre der Grund für ihre Angst statt ein Mangel in ihrer Musik, eine versehentliche Auslassung, ein falscher Ton.

Aber da ist niemand, und im Weitergehen streicht sie kurz über die Geige unter dem Mantel, um sich zu vergewissern, dass sie auch tatsächlich da ist. Wie oft macht sie beim Gehen diese Geste? Wie oft bleibt ihr bei dem Gedanken, sie hätte sie verloren, das Herz stehen? Ich bin von Angst um meine Geige ganz durchlöchert. Durchsiebt von kleinen schwarzen Bleikugeln.

Wer käme schon auf die Idee, mich zu überfallen? Von hinten muss ich doch aussehen wie eine alte bucklige Fee! Mein Vater ist weit weg. Er spuckt Tabakkrümel, flucht, schimpft, gräbt tief in seinen Taschen nach ein paar Münzen. Seit Ulises zusammengeschlagen wurde, gehen ihm die Leute aus dem Weg. Er trägt das Mal des Teufels. Das Mal des Bösen. Es geht das Gerücht, er habe möglicherweise den Überfall in Auftrag gegeben, aber dafür gibt es keine Beweise.

Und als genügte es, dass sie an Ulises denkt, damit auch seine Gedanken zu ihr wandern, hört sie das Klingeln ihres Handys. Sie erreicht den abgeflachten Felsbrocken und nimmt das Gespräch an. Es ist Rosita.

»Hallo, *abuela*. Ich war mir sicher, dass du es bist!«

»Hast du das Paket bekommen?«, fragt Rosita mit rauer Stimme.

»Heute Morgen, bevor ich aus dem Haus gegangen bin. Ich hatte keine Zeit mehr, es zu öffnen.«

Calypso hört ein Knurren, Ulises will mit ihr reden.

»Ich halte ihm das Telefon ans Ohr«, sagt Rosita. »Du kannst jetzt mit ihm sprechen.«

Calypso atmet tief ein und sagt auf Spanisch: »*Te echo de menos, te necesito, abuelo! Mañana por la noche voy a tocar como si estuvieras conmigo! Para que recuperes tu fuerza de toro, tu aliento de toro, tu corazón de toro bravo! Abuelo, me gustaría que volvieras a ser el hombre, joven y lleno de fuerza que fuiste tiempo atrás!*«*

Rosita unterbricht sie.

»Hör auf, Calypso«, fleht sie, »er weint wie ein kleines Kind. Was ist denn bloß in dich gefahren, ihm solchen Unsinn zu erzählen? Und dann auch noch auf Spanisch!«

»Ich wollte ihm eine Freude machen!«

* Du fehlst mir, Großvater, ich brauche dich! Morgen Abend werde ich spielen, als ob du bei mir wärst! Damit du deine frühere Kraft wiederfindest, die Kraft eines Stiers, den Atem eines Stiers, das Herz eines wütenden Stiers! Großvater, ich möchte, dass du wieder der stürmische junge Mann wirst, der du einmal warst!

Calypso hört, wie ihre Großmutter auf Ulises einredet.

»Beruhige dich, beruhige dich, sie wird morgen Abend für dich spielen, nur für dich.«

Calypso wischt sich die Tränen aus dem Gesicht. Jedes Mal, wenn sie mit Ulises telefoniert, fängt sie an zu weinen. Sie würde so gern die Hand nach ihm ausstrecken, damit er aufsteht und den ersten Flug nach New York nimmt. Sie füllt ihren Mund mit Luft und beginnt die *Frühlingssonate* vor sich hin zu summen, sie brummt die ersten Takte, und es klingt wie ein Bomber, der am Horizont auftaucht und näher, immer näher kommt. Sie schleudert ihre Sandalen weg, ihre Füße stampfen auf den abgeflachten Fels, sie imitiert die Bewegung des Bogens auf den Saiten, die Noten tragen sie mit sich fort. Sie beugt sich über das Handy, hört ein glückliches Knurren und gleich darauf undeutliche Worte, beinahe wie ein Echo.

»*Abuelo*! Du hast gesprochen! Du hast *no, no* gesagt ... Aber eigentlich wolltest du *bueno* sagen, nicht wahr?«

Ihre nackten Füße stampfen vor Glück.

Rosita hat das Telefon wieder in die Hand genommen.

»Hast du das gehört, *abuela*! Er hat gesprochen!«

»Das ist wunderbar! Ich küsse dich, wir küssen dich beide, wir rufen dich morgen Abend nach dem Konzert an, mögen Gott und alle Heiligen dich segnen!«

Calypso macht ein Kreuzzeichen auf Stirn, Brust und Schultern. Diesen Moment so lange wie möglich andauern lassen, Ulises' »O«s nachhallen lassen, sie in die letzten Sonnenstrahlen des sich neigenden Tages gießen, in den grünen Moosfleck mitten auf dem grauen Fels, in das Bellen eines Hundes, der aufgeregt und verängstigt zugleich klingt, all das nehmen, all das vermischen, denn sie fühlt sich stark genug, um alles zu tragen.

Sie hört Schritte und dreht sich um.

Da steht ein Mann und schaut sie an.

Sie erkennt ihn nicht auf Anhieb, weicht zurück und greift hastig nach der Geige, dem Kasten, ihren Schuhen. Eine Sandale gleitet ihr aus der Hand und rutscht vom Felsen. Sie streckt ein Bein aus, um sie aufzufangen, wankt, zögert, ihre Geige loszulassen, reckt den Hals, und plötzlich weiß sie, wer er ist.

Der Mann mit dem Hundertdollarschein.

Er kommt näher. Hebt die Sandale auf, biegt sie zwischen seinen Händen zusammen.

»Haben Sie keine Angst!«

»Ich habe keine Angst.«

»Ich habe Sie singen hören.«

»Ich habe nicht für Sie gesungen.«

»Wo treten Sie auf?«

»Warum wollen Sie …«

»Antworten Sie mir.«

Es klingt fast wie ein Befehl.

»Sonst …?«, fragt Calypso.

»Sonst werde ich Ihnen überallhin folgen.«

Calypso lächelt.

»Würden Sie das wirklich tun?«

Der Mann nickt und lächelt ebenfalls. Dieses Lächeln entwaffnet sie, und so sagt sie, ohne nachzudenken: »Morgen spiele ich in der Juilliard School, um neunzehn Uhr im großen Konzertsaal.«

»Könnte ich kommen?«

Sie nickt.

»Dann komme ich … Danke.«

»Ich lasse Ihnen auf meinen Namen einen Platz reservieren. Calypso Muñez.«

»Danke.«

Er streckt den Arm aus und legt die Sandale in Calypsos offene Hand. Die Sandale und zwei Hundertdollarscheine.

Calypso schiebt die Scheine zurück.

»Das will ich nicht. Es ist mir unangenehm.«

Sie hat zwar keine besonders hohe Meinung von sich selbst, wohl aber von ihrem Talent. Und ihrer Ansicht nach ist es sehr viel mehr wert als zweihundert Dollar.

»Dabei könnten Sie das Geld gut gebrauchen, nicht wahr?«

Sie antwortet nicht.

»Sie haben recht, verglichen mit Ihrem Talent ist es sehr wenig.«

Er lüpft respektvoll den Hut und wirkt ohne seine Kopfbedeckung plötzlich sehr jung. Dann geht er davon, ohne sich noch einmal umzudrehen.

Eine Frau kommt vorbei, sie schiebt einen Kinderwagen vor sich her und schimpft mit einem trödelnden kleinen Mädchen. Das Mädchen hat einen Feenstab in der Hand und schlägt damit gegen die Büsche. Als könnte es sie in Drachen oder Schmetterlinge verwandeln. Konzentriert, die Zunge zwischen den Lippen vorgeschoben.

Die Scheine stecken zwischen der Sandalensohle und dem Stein.

Calypso betrachtet sie, zögert. Mit zweihundert Dollar könnte sie so vieles tun. Am Ende des Weges dreht sich das kleine Mädchen noch einmal um. Es schwenkt seinen Zauberstab, beschreibt damit ein paar Kreise und deutet in ihre Richtung. Abrakadabra! Diese Scheine gehören dir!

Calypso lächelt ihm zu, kriecht über den abgeflachten Fels und greift nach den Scheinen.

In dieser Nacht, der Nacht des 29. April, der Nacht vor dem Konzert, liegen sie wach in ihrem großen Bett.

»Nichts zwingt uns dazu, immer unmögliche Dinge zu tun, stimmt's?«, fragt Hortense im Dunkeln.

»Stimmt.«

»Wir dürfen auch einmal zugeben, dass es uns zu schnell geht, oder eine Pause machen, ohne dass man uns gleich für Angsthasen hält.«

»Stimmt.«

»Vergisst du das auch nicht?«

»Das vergesse ich nicht.«

»Ich bin immer noch deine kleine Frau.«

»Du solltest schlafen, Hortense.«

»Ich wollte nur sicher sein …«

Shirley hat gewartet, bis Gary und Hortense eingeschlafen waren, ehe sie sich hinter den Küchentresen geschlichen hat. Sie öffnet die Kühlschranktür. Im Inneren brennt ein zitterndes bläuliches Licht, jemand sollte die Birne auswechseln, sagt sie sich und schnippt dagegen. Da hört sie auf zu flackern.

Sie kann nicht schlafen. Sie möchte etwas essen. Eine Scheibe Schinken oder etwas Hüttenkäse. Einen grünen Apfel. Ein Stück Bacon. Einen Rest Nudeln, den sie sich aufwärmen könnte.

Ganz gleich was, Hauptsache es sorgt dafür, dass sich ihre Kiefer und ihre Gedanken in Bewegung setzen. Denn das gehört bei ihr zusammen.

Wann hatte ich zum letzten Mal Liebeskummer? Wann habe ich mich zum letzten Mal selbst nicht mehr verstanden, bin ständig im Kreis herumgerannt wie eine angepflockte Ziege?

Sie entdeckt in Zellophan abgepackte orangefarbene Käsescheiben und einen Blaubeerjoghurt. Einen halben Muffin. Eine Büchse Sardinen. Das müsste genügen. Kauen und nachdenken. Kauen und nachdenken. Versuchen, das Rätsel zu lösen. Beim letzten Mal habe ich mich tagelang zu Hause eingeschlossen und bin schließlich resolut wie der alte Sherlock Holmes wieder herausgekommen. Ich hatte den Schuldigen identifiziert. Ich würde ihn verhaften und ins Kittchen sperren. Ich dachte, ich wäre geheilt.

Aber ich bin nicht geheilt.

Der Schuldige lebt immer noch. In meinem Inneren. Ich biete ihm Kost und Logis und wasche seine Wäsche. Gratis. Und im Gegenzug darf er mich völlig ungestraft quälen.

Ich verliebe mich immer noch in verbotene Männer. In diejenigen, denen man auf keinen Fall zu nahe kommen darf, wenn man nicht bei lebendigem Leib verbrennen will. Als gäbe ich mir selbst keine Chance. Als versagte ich mir jede Möglichkeit, glücklich zu sein.

Dabei habe ich versucht, mich davon zu befreien.

Oft sogar.

Und ich bin gescheitert.

Jedes Mal.

Zurück ins Gefängnis.

Ich habe keine Lösung gefunden.

Der Käse ist völlig geschmacklos, sie hat das Gefühl, auf einem gebrauchten Kaugummi herumzukauen. Als sie noch klein war, erlaubte ihr Vater ihr nicht, Kaugummi zu kauen. Also klaubte sie sie draußen von der Straße auf, putzte sie mit Zahnbürste und Seife, gab ein Stück Zucker dazu und zack – kaute sie los. Sie konnte es nicht leiden, wenn man ihr etwas vorschrieb.

Sie bemerkt ein Glas Erdbeermarmelade auf dem Tresen und bestreicht den Käse damit. Sei ehrlich, sagt sie sich, während sie die weiche, süße Masse kaut, stell dir vor, Philippe läge dir zu Füßen, würde dir jeden Wunsch von den Augen ablesen, dich anflehen, ihn zu lieben, würdest du auch nur einen Gedanken daran verschwenden? Käse mit Erdbeere schmeckt gar nicht so schlecht. Nein, ich würde ihn zum Teufel jagen.

Ich bin nicht in Philippe verliebt, sondern in die Situation: ein streng verbotener Mann. Genau wie damals die Kaugummis.

Ich weiß, seufzt sie und bestreicht eine weitere Scheibe schlaffen, faden Cheddar mit Erdbeermarmelade, ich weiß das alles. Ich gehe zu einem Seelenklempner. Ich lege mich auf seine Couch und rede.

Nein, das kann ich nicht. Das könnte ich niemals.

Ich könnte ihm niemals sagen, dass meine Mutter Elisabeth heißt und die Königin von England ist. Dass mein Vater ihr Lord Chamberlain war. Dass sie sich leidenschaftlich liebten und gemeinsam ein Kind zeugten. Mich. Die durchgeknallte Tochter, die sich nur in verbotene Männer verguckt. Ich bleibe hier hinter meinem Tresen und esse weiter Erdbeerkäse. Kauen, grübeln, kauen, grübeln, bis ich in meiner inneren Nacht endlich Licht sehe.

Am frühen Morgen dieses 30. April geht die Sonne mit einer solchen Pracht auf, als wüsste sie, dass es ein besonderer Tag ist. Sacht klopft sie an die Scheiben, die Vögel in den Bäumen zwitschern aus voller Kehle. Heute passiert etwas Außergewöhnliches, denkt Gary, als er die Augen aufschlägt, ein Ereignis, auf das ich schon lange warte, ein gewaltiges Ereignis, was war das denn bloß?

Da erblickt er Hortenses verzücktes Lächeln.

»Guten Morgen, Gary Ward!«

»Ach, Sie auch hier, Hortense Cortès.«

»Es lebe der Frühling und toi, toi, toi für heute Abend!«

»Stimmt, das war's! Und zwar heute Abend!«

Gary gähnt, kratzt sich an der Brust, hebt einen Ellbogen, um ein Kopfkissen heranzuziehen, wickelt sich in die Decke und befiehlt: »Rutsch her zu mir, Weib!«

»Du wirst heute Abend vor allem spielen, was Rang und Namen hat.«

»Und du fliegst bald nach Paris.«

»Du hast eine treffende Art, das Leben zusammenzufassen.«

Sie umarmen einander. Rollen zwischen die Laken, rollen über das Bett.

»Von heute an werden wir mit einem Schlag altern. Nichts wird mehr so sein wie zuvor.«

»O Zeit, halt ein in deinem Flug!«, deklamiert Gary theatralisch.

»Lach nicht. Das ist schließlich keine Kleinigkeit!«

»Hast du meine schwarze Krawatte irgendwo gesehen? Ich kann sie nicht finden.«

»Keine Ahnung.«

»Treffen wir uns in der Schule? Und kannst du dich um meine Mutter kümmern? Du würdest mir damit einen Gefallen tun. Sie läuft ja rum wie eine Schlafwandlerin. Was ist denn nur los mit ihr?«

Sie beißt ihn in die Lippe, flieht vor ihm, er fängt sie wieder ein und legt sich auf sie, sodass sie sich nicht mehr rühren kann. Sie schlingt die Beine um seine Hüften und wiegt sich hin und her.

»Du bist eine Männerfresserin, Hortense Cortès!«

»Stimmt nicht! Ich fresse nur dich!«

Mister G. drückt ein Ohr an Calypsos Tür und versucht herauszufinden, ob sie noch schläft oder schon aufgestanden ist. Er hat ihr einen schönen starken Kaffee gemacht. So wie die, die er immer mit Ulises in den Kulissen des schäbigen Nachtlokals Los Violones am Biscayne Boulevard in Miami getrunken hat. Dort hat er ihn vor langer, sehr langer Zeit kennengelernt, damals hatte er noch keinen Schnurrbart und kein einziges Barthaar am Kinn. Sie waren Freunde geworden. Im Leben wie im Tod. Im Leben wie in der Liebe. »Wir lieben uns, alter Freund«, sagte Mister G. immer zu Ulises, »ich jedenfalls, ich liebe dich. Ich würde alle meine schönen Hemden für dich hergeben!« Ulises lachte. Nahm seine Geige und antwortete ihm mit Noten, ein echter Paganini. So war es eben. Sie liebten sich, Punkt, aus. Über all die Jahre, die Mädchen und die Tequilas hinweg.

Calypso ist schon auf und spricht mit ihrem Duftveilchen. Er hätte ihr zur Feier ihres großen Abends gerne einen Blumenstrauß geschenkt, aber er hat Angst, sich lächerlich zu machen. Ein Blumenstrauß steht einem Mann nicht gut zu Gesicht, das lässt ihn weibisch wirken.

Er öffnet die Tür und fragt ohne Einleitung: »Hast du das Paket aufgemacht? Das aus Miami?«

Sie ist immer noch in ihre Unterhaltung mit dem Duftveilchen vertieft. Sie redet jeden Morgen mit ihm. Das ist ihr Ritual. Sie nennt das »meditieren«. Er nennt es »Zeit verplempern«. Oder »sich einen runterholen«, wenn er ein bisschen zu viel getrunken hat.

Ihre Geige lehnt an der Rückenlehne eines Stuhls. Heute Abend ist es so weit, denkt Calypso mit einem verstohlenen Seitenblick zu ihr hin, heute Abend ist es so weit.

Beim Aufwachen haben ihre Fingerspitzen gekribbelt. Die Angst lässt ihr Blut brennen wie von tausend roten Ameisen. Heute Morgen wird sie nicht duschen. Vor einem Konzert lässt sie kein Wasser an ihre Fingerspitzen, damit die Hornhaut schön hart bleibt.

Ihr Blick gleitet über die Geige. Das Holz glänzt in goldschimmerndem Karamell, wenn das Sonnenlicht darauffällt. Ruhig, schmuck und zuversichtlich steht sie da. Sie verspürt den Drang, sie zu beschimpfen, um das Lampenfieber zu vertreiben, das in ihr aufsteigt, spiel dich bloß nicht so auf, sagt sie mit finsterem Blick, du bist doch der Grund dafür, dass die Leute mich hassen, weißt du das eigentlich? Sie sind neidisch, sie fragen sich, wie kommt dieses Nichts von einem Mädchen zu einem so herrlichen Instrument? Wer hat es ihr bezahlt? Hat sie es gestohlen? Wenn die wüssten! Wenn sie Ulises Muñez und sein erstaunliches Schicksal kennten!

Sie wendet sich wieder dem Veilchen zu, den schwarz und violett durchzogenen gelben Blütenblättern, dem Haus auf der gegenüberliegenden Straßenseite, der verrosteten Feuerleiter, die sich an der Fassade mit den schmutzigen, zerbrochenen Fensterscheiben herabzieht. Sie seufzt auf und dreht sich endlich um. Sie ist bereit.

Mister G. steht auf der Schwelle des Zimmers. Er hält eine Tasse Kaffee in seinen gelben Lederhandschuhen.

»Du hast meine Frage nicht beantwortet… Na, hast du?«

»Heißt das, du gehst erst wieder, wenn du weißt, was darin ist…«

»Yes, *m'ame.*«

Er hat den Akzent der schwarzen Schauspieler aus alten Hollywoodschinken nachgeahmt. Die die unterwürfigen Bediensteten spielten und mit den Augen rollten, als wären es Billardkugeln, sodass man nur noch das Weiße sah.

»Es kommt von Ulises, das weißt du doch.«

»Oder von Rosita.«

»Das ist das Gleiche.«

»Nicht unbedingt.«

Calypso öffnet das Paket, wobei sie darauf achtet, das Papier nicht zu zerreißen.

»Man weiß ja nie«, bemerkt sie. »Rosita hat vielleicht Konfetti, Reiskörner oder Federn dazugelegt.«

»Oder einen Brief.«

In dem Paket sind weder Konfetti noch Reiskörner, Federn oder ein Brief. Sondern ein Kleid. Ein langes, eng anliegendes Kleid aus hellblauer Seide, das mit weißen Perlen bestickt ist und leise raschelt, als Calypso es auffaltet.

»Es ist wundervoll!«, flüstert sie, während sie das Perlenmuster genauer betrachtet: Blumen, Früchte und auf den

Schultern zwei Vögel mit langen Hälsen, die, den langsamen Bewegungen folgend, ihren Kopf neigen und wieder aufrichten. »So etwas Edles habe ich noch nie gesehen. Siehst du, wie sich die Farbe der Perlen im Licht verändert, Mister G.? Sie sehen aus wie Wassertropfen.«

Calypso dreht sich zu ihm um, und Mister G. zuckt bestürzt zurück.

»Das ist doch nur ein Kleid, Mister G.! So ein schönes hast du natürlich noch nie gesehen, aber …«

»Das ist nicht irgendein Kleid«, brummt er, »das ist Wahnsinn. Das bedeutet, den Teufel heraufzubeschwören. Als hätte er nicht schon genug Unheil angerichtet!«

Und er bekreuzigt sich hastig.

Angesichts seiner angstvollen Miene lacht Calypso schallend auf.

»Das ist ein Geschenk von Rosita und Ulises, sie wollen nicht, dass ich heute Abend wie ein Aschenputtel aussehe.«

Sie nimmt das Kleid in die Arme und vergräbt ihr Gesicht darin. Atmet den Duft eines Parfüms ein. Einen Duft, der ihren Kopf ausfüllt und sie weit, weit fortträgt. Sie wühlt sich tief hinein in den Stoff, erkennt Mandarinenschale, Orangenschale, das Rascheln von Veilchenblättern und noch tiefer, nach ein wenig Warten, blassen Jasmin mit erschauernden Blättern, Rose, von der das Wasser abtropft, einen Hauch von Vanille und Vetiver. Und den Duft von Zedernholz, der aus den Tiefen einer alten Verschalung aufsteigt. Sie atmet tief ein, mit geschlossenen Augen, als empfinge sie vor dem Konzert des heutigen Abends Ulises' Segen.

Ach, dieses Parfüm.

Das Parfüm des mit weißen Perlen bestickten blauen Kleids.

Sie richtet sich wieder auf und schaut sich nach Mister G. um.

Er ist fort. Den Kaffee hat er auf den Nachttisch gestellt. Er hat vergessen, die Tür hinter sich zu schließen.

Später wird sie noch einmal das Seidenpapier durchsuchen. Es ist doch merkwürdig, dass das Kleid ganz ohne Brief gekommen sein soll. Und ihre Hand wird auf ein Paar zu dem Kleid passende Pumps treffen. Aus nachtblauem Stoff, verziert mit kleinen Perlen. Alt, die Absätze ein wenig abgetreten, an der Seite ein wenig zerkratzt, als hätte ihre Besitzerin sie gegen schwere Männerschuhe gerieben, als hätte sie ihr Knie zwischen die Knie eines Liebhabers geschoben, sich an ihn gedrängt, verlangt, was ihr zustand. Die Schuhe einer gierigen, einer lüsternen Frau. Ein an einem kleinen Perlmuttknopf befestigter Riemen ist kurz davor zu reißen. Calypso streicht mit einem Fingernagel darüber, man könnte meinen, eine entsicherte Granate.

Die Schuhe passen. Wie in einem Märchen, ich werde bis Mitternacht tanzen, und beim zwölften Glockenschlag werde ich wieder zu einer Maus.

Aber das wird danach sein. Darüber mache ich mir jetzt noch keine Gedanken.

Sie umfängt das Kleid mit beiden Armen, wirbelt herum, bleibt stehen und versinkt vor dem Duftveilchen in einem tiefen Knicks.

»Habt ihr eigentlich mal wieder was von Heather gehört?«, fragt Hortense ihre Freundinnen aus dem Viand Café.

Jessica, Astrid und Rosie waren damit einverstanden, ihr traditionelles Montagabendessen Gary zu Ehren ausfallen zu lassen und sich stattdessen zu einem schnellen Lunch zu treffen. Sie haben versprochen, heute Abend zu seinem Konzert zu kommen.

»Ja«, antwortet Jessica, »sie hat in Santiago eine Wohnung

gefunden und wird in eine Internetfirma investieren. Ich habe nicht so recht verstanden, worum es sich dabei genau handelt, aber ich kann sie fragen, wenn es dich interessiert. Wir skypen oft.«

»Sie hat sich sechs Monate Zeit gegeben, um durchzustarten, das könnte ein bisschen knapp werden«, sagt Rosie.

»Bei ihr geht alles immer sehr schnell!«, gibt Astrid zu bedenken.

»Bei mir könnte es jetzt auch schnell gehen«, wirft Hortense ein. »Ich werde mein Unternehmen in einem Wahnsinnstempo aufziehen, verlasst euch drauf!«

»Ich habe neulich Abend Frank getroffen«, sagt Jessica, »der ist grün angelaufen, als ich ihm erzählt habe, dass du nach Paris zurückgehst, um dein eigenes Modehaus zu gründen. Dass du einen reichen Investor gefunden und deine erste Kollektion entworfen hast. Er ist kreidebleich geworden. Am liebsten hätte ich ihm einen ganzen Schwung guter Nachrichten serviert, bloß um seine jämmerliche Visage zu sehen! Ihm wäre beinahe schlecht geworden. Malcolm hat mir später erzählt, dass er drei Tage lang stocksauer war. Sodbrennen, Übelkeit, das volle Programm. Geschieht ihm recht! Du rächst uns alle!«

»Der Typ ist ziemlich berechenbar: Entweder er beutet dich aus, oder er staucht dich zusammen. Mehr Auswahl gibt es nicht«, bemerkt Hortense.

»Und der arme Scott durfte es anscheinend ausbaden. Zumindest Malcolm zufolge. Aber es scheint ihm nicht viel ausgemacht zu haben. Er soll quietschfidel sein, gar nicht mehr wiederzuerkennen. Neue Frisur, neue Klamotten, die Schuppen sind weg ... Wenn ihr mich fragt, da steckt garantiert eine Frau dahinter!«

»Oder Shampoo«, entgegnet Hortense lachend.

Rosie wird rot und vertieft sich in die Tageskarte.

»Sag mal … kann es sein, dass du uns etwas verheimlichst?«, sagt Jessica und mustert sie forschend.

»Überhaupt nicht! Wie kommst du denn auf so was?«

»Auf was?«

»Na ja … Wenn du sagst, da steckt eine Frau dahinter …«

»… und du wirst rot wie ein unschuldiger Backfisch? Dann bist du also die Femme fatale, die den schuppenköpfigen Simpel verführt hat?«

»Er ist kein Simpel! Er ist …«

»Erwischt! Du übernimmst heute die Rechnung. Du hast uns eine wichtige Information vorenthalten! So sind die Regeln.«

Rosie stottert vor sich hin, das sei jetzt ganz schlecht, sie habe ihren Kredit noch nicht abbezahlt, und außerdem sei das mit Scott noch ganz frisch.

»Mag sein, aber ihr seid auf einem guten Weg, und du hast uns nichts davon erzählt! Die Runde geht auf dich, ich bestelle das Teuerste, was auf der Karte steht, und du erzählst uns von deinem ersten Orgasmus mit dem guten Scott!«

»Aber … wir haben noch nicht …«

»Ihr wart noch immer nicht zusammen in der Kiste?«

Rosie schüttelt bekümmert den Kopf.

»Wir schreiben uns SMS und sehen uns samstagabends.«

»Unsere Montagstreffen werden bald eine einsame Angelegenheit«, bemerkt Jessica. »Hortense weg, Heather weg … und wenn Rosie heiratet, zieht sie weg in einen Vorort. Habt ihr schon ein Haus ausgesucht? Mit oder ohne Pool?«

»So weit sind wir doch noch nicht …«, protestiert Rosie schwach.

Jessica wendet sich an Astrid.

»Am Ende bleiben nur noch wir beide übrig. Wie romantisch!«

»Dann nehmen wir eben neue Mitglieder auf. Ach, übrigens, meine Schwester Antoinette kommt gleich vorbei, sie …«

»Die Sexbombe?«, fragt Rosie, erfreut darüber, nicht länger im Mittelpunkt des Interesses zu stehen.

»Sie braucht ein schickes Outfit für die Vertragsunterzeichnung bei ihrem Agenten, sie will Eindruck schinden, um den Preis hochzutreiben. Ich habe ihr ein paar Sachen rausgesucht.«

»Ich kann es kaum erwarten, sie zu sehen«, sagt Hortense. »Nur, um mich zu vergewissern, dass du uns nicht angelogen hast!«

»Du wirst nicht enttäuscht sein. Schnallt euch an, Mädels! Gleich werdet ihr in eine andere Dimension katapultiert.«

»Warum musst du unbedingt nach Paris?«, fragt Rosie seufzend. Beim Gedanken an Hortenses Abreise ist ihr plötzlich traurig zumute.

»Weil es eben so ist. Ich kann nichts dafür. Aber ich komme wieder zurück. Und ich verspreche euch, dass ihr Teil meines Abenteuers sein werdet, weil ihr einfach die Besten seid!«

»Das ist wohl wahr!«, bekräftigen Jessica und Astrid.

»Ich werde euch brauchen! Ich will internationalen Erfolg.«

Hortense zeichnet einen Eiffelturm auf die Papierdecke, verziert ihn mit einer französischen Fahne, schneidet die Zeichnung aus dem raschelnden Papier, spießt sie mit der Gabel auf und ruft kühn: »Und nun zu uns beiden!«

Eine Stimme hinter ihrem Rücken antwortet: »Rastignac, *Der Vater Goriot*. Ende des Buches. ›Und als erster Akt der Herausforderung an die Gesellschaft ging Rastignac zum Dîner bei Madame de Nuncingen.‹ Was für ein Absturz! In der letzten Zeile kehrt sich die Situation um, das Herz wird mit Füßen getreten, der Student schleudert seine Träume in den Rinnstein. Wie grausam! Wie modern! Ich habe den Roman verschlungen, ich war so geflasht, es hat mir komplett das Hirn weggeblasen. Balzac ist ein Cowboy, verglichen mit ihm ist John Wayne ein Zwerg! Häng den Colt an den Nagel, Johnny, du bist erledigt!«

Langsam dreht Hortense sich um. Sie fragt sich, ob Junior sich vielleicht gerade auf ihre Frequenz eingestellt hat und vor sich hin rauscht, bis sie empfangsbereit ist. Vorsichtig bewegt sie den Kopf, um sich zu vergewissern, dreht ihn weiter und sieht plötzlich ein Mädchen vor sich, das so schön ist, dass die Wörter wie Seifenblasen aus ihrem Mund blubbern.

»Sie … Sie …«

Sie ist sprachlos. Eigentlich will sie »Sie sind Astrids Schwester« sagen, doch mehr als ein Stottern bringt sie nicht heraus. Sie betrachtet die Hand, die diese Göttin ihr entgegenstreckt, und hat Angst, sie zu ergreifen. Überwindet sich.

Das Mädchen sagt, es heiße Antoinette.

Ein Meter zweiundachtzig groß, Beine, die wie stolze Banner in den Himmel ragen, schlank, anmutig, geschmeidig, runde, feste Brüste, über denen sich der Stoff des billigen Kleides spannt, ein wohlgeformter Hintern, so zarte Gelenke, dass man sie am liebsten in feinstes Gold fassen würde, eine Haut, die Blitze schleudert, glattes, zu einem Bob geschnittenes kastanienbraunes Haar, eine gerade Nase, ein Mund, der leuchtet wie ein Marktstand voll roter Beeren, und vor allem zwei türkisblaue, von schwarzen Wimpern umrahmte Augen, in denen man am liebsten für immer versinken möchte. Augen, die einen verschlingen. Dieses Mädchen ist der Inbegriff der Schönheit. Wie kann man noch behaupten, alle Menschen seien gleich, nachdem man sie gesehen hat?

Hortense reißt sich zusammen und ergreift die Hand, die ihr geboten wird.

»Hallo«, presst sie schluckend hervor, »ich bin Hortense.«

Die Erscheinung lächelt mit strahlend weißen Zähnen und antwortet: »Ach, Hortense, *the french girl*! Die mit ihren Kleidern die Welt erobern will!«

»Das bin ich.«

»Dann ist es ja kein Wunder, dass du Balzac zitierst!«

»Hat Astrid dir erzählt, dass ich nach Paris ziehen werde, um mein eigenes Modehaus zu gründen?«

Antoinette nickt belustigt.

»›Ein Narr, wer in der Mode nur die Mode sieht. Das elegante Leben schließt weder Denken noch Fertigkeiten aus, es heiligt sie.‹ Ebenfalls Balzac!«

»Hast du alles von ihm auswendig gelernt?«

»Nein. Aber wenn ich etwas lese, was mir gefällt, dann behalte ich es.«

»Hat sie dir erzählt, dass ich einen revolutionären Stoff entdeckt habe, der die Modewelt verändern wird?«

Wieder nickt Antoinette.

»Ich mag das Wort ›revolutionär‹.«

»Dann arbeite für mich. Wenn wir beide uns zusammentun, kann uns nichts mehr aufhalten. Mit dir ist mir der Erfolg sicher. Ich gebe dir einen Anteil am Gewinn. Dann bist du nicht nur ein bekanntes Model, sondern zugleich auch eine reiche, unabhängige Geschäftsfrau. Die ganze Welt wird dir zu Füßen liegen.«

»Geld interessiert mich nicht. Die ganze Welt zu meinen Füßen interessiert mich nicht. Ich brauche nichts außer Bildung und Freiheit. Ich werde für dich arbeiten, wenn das, was du machst, mir gefällt.«

»Aber ich muss dich doch bezahlen, wir brauchen einen Vertrag.«

»Das kriegen wir schon hin.«

»Wie denn?«

»Ich liebe es, Neues zu lernen. Das ist mein Dope. Ich liebe es, Wissen anzuhäufen, so wie andere shoppen gehen. Wer viel weiß, stopft der ganzen Welt den Mund und wird respektiert. Also überrasch mich, bring mir tausend Dinge bei. Erzähl mir von Mode und Luxus, von Königen, Versailles und Marie-Antoinette, erzähl mir die Geschichte der ersten Modehäuser, der schönsten Stoffe, erzähl mir vom Warum des Stils, vom Wie der Eleganz, und wir sind im Geschäft.«

»Tja, wenn es das ist, was du …«, stottert Hortense ratlos.

Sie fragt sich bereits, wo um alles in der Welt sie dieses ganze Wissen herholen soll.

»Ja, das ist es, was ich will. Weißt du, wo ich herkomme? Hat Astrid dir das erzählt? Ich komme nicht von der Park Avenue, sondern aus dem Dschungel. Ich lege keinen Wert darauf, glücklich zu sein, und auch nicht auf das ganze ängstliche Getue rund ums Glück, mir ist das Leben mit all seinen Wunden und Beulen lieber. Da, wo ich herkomme, ist es schon eine Leistung, am Leben zu bleiben, vor allem, wenn du ein Mädchen bist, wenn du keinen Vater, Onkel oder großen Bruder hast, der dich beschützt, und wenn die Leute das Paradies vor sich sehen, sobald du deinen Hintern bewegst.«

Dann wendet sie sich an Astrid.

»Hast du ein passendes Outfit gefunden, mit dem ich diesen arroganten kleinen Weißen außer Gefecht setzen kann?«, fragt sie mit sanfter Stimme. »Er will mich übers Ohr hauen. Ich habe seinen Vertrag gelesen, der hält mich wohl für bescheuert. Ich muss ihm erst mal zeigen, wer hier das Sagen hat! Männer sind ja so ermüdend. Armselige, hirnlose Wichte, die sich für die Größten halten. Bestellst du mir ein Schokodessert, Schwesterherz? Ich habe Hunger!«

Gary schaut schon wieder auf die Uhr und erstarrt. Sechzehn Uhr vierzehn. In weniger als drei Stunden wird er auf der Bühne stehen.

Er hat sich in seine Hütte im Central Park geflüchtet. Dorthin zieht er sich in wichtigen Momenten immer zurück. Ohne dass er sich dessen bewusst ist, tragen ihn seine Beine dorthin. Ganz gleich, ob er den Park aus nördlicher, östlicher oder westlicher Richtung betritt, jedes Mal findet er sich verwundert auf den grob gezimmerten Bänken der Rundholzhütte wieder.

Habe ich Lampenfieber?, fragt er sich, während er die Hand in die Tasche steckt und die schwarze Krawatte streichelt, die er in Hortenses Kleiderschrank gefunden hat. Sie hatte sie zwischen zwei Reißzwecken gespannt und ihre Schals darüber gehängt. Er hat sie sorgfältig gebügelt, doch die Spitze rollt sich beharrlich hoch.

Er schließt die Augen und geht die Partitur der *Frühlingssonate* durch. Mehrmals wiederholt er den ersten Satz, er ist der wichtigste. Wenn er den vermasselt, geht auch der Rest schief. Er hört die Musik, überlässt seine Finger dem Anschlagen der Tasten, dem Wechsel der Haltung, singt vor sich hin, wiederholt eine Passage, einen schwierigen Takt, *E*, *G*, *F*, *Fis*, *E*, schlägt die Augen wieder auf, stellt sich den leeren Konzertsaal vor, das Schweigen, das ihn erfüllt, den großen Flügel, die hochgeklappten Sitze. Nach und nach gehen die Lichter an, das Stimmengewirr wird lauter, die Türen werden geöffnet, die Leute strömen herein und nehmen ihre Plätze ein. Bald wird er über die Bühne gehen, sich ans Klavier setzen, Calypso wird sich neben ihn stellen, und die ersten Töne ihrer Geige werden erklingen.

Calypso.

Wieder hört er Elenas Worte. *Ihr probt schon einen ganzen Monat miteinander, und es ist dir in all der Zeit nicht gelungen, auch nur einen Hauch von Vertrautheit zwischen euch zu schaffen. Du weißt nichts über sie, und das stört dich nicht einmal. Du enttäuschst mich. Jungen sollten ebenso viel Wert auf Vertrautheit legen wie Mädchen …*

Stimmt es, dass ich Calypso nie etwas gefragt habe?, überlegt er, während er die Finger über seine Knie laufen lässt. Ja, das stimmt. Warum stelle ich den Leuten nie Fragen? Weder Calypso noch Hortense oder sonst jemandem? Mir reicht es, jeden Tag zu nehmen, wie er kommt, Klavier zu üben, in meinem Kopf Noten hin und her zu wälzen, mein Müsli zu essen und mit Hortense zu schlafen. Bin ich ein gedankenloser Mensch? Ein oberflächlicher Mensch? Ist es denn so wichtig, anderen Fragen zu stellen? Elena scheint das zu glauben, und sie ist klug wie alle weisen, alten Seelen.

An diesem Morgen hat er eine SMS von seiner Großmutter bekommen, die ihm für den Abend Glück gewünscht hat. »*All the best, my boy!*« Eine SMS von Großmutter! Sie hat das Simsen gelernt! Sie ist so süß und manchmal regelrecht spitzbübisch unter ihrer Maske aus weißem Puder. Sie nutzen Codenamen, wenn sie einander schreiben, sie unterschreibt mit »Großmutter« auf Französisch und er mit »Der gestiefelte Kater«. Sie hat an ihn gedacht. Diese Vorstellung rührt ihn. Ich mag Großmutter sehr. Ich stelle ihr niemals Fragen. Sie fände das »unangemessen«. Großmutter verwendet solche diskreten, von Zurückhaltung verschleierten Begriffe.

Das Klavier spricht zur Geige, die Geige antwortet dem Klavier. Was, wenn ich nur über mein Klavier kommunizieren kann? Wie Chopin, wenn er mit George Sand redete. Ihr seine Liebe, seinen Zorn, seinen Ärger gestand.

Warum stelle ich niemals Fragen?

Ein einziges Mal habe ich Fragen gestellt. An jenem bewussten Nachmittag in Edinburgh, als ich meinen Vater kennengelernt habe. Er hat mir nie geantwortet. Und hat sich in der darauffolgenden Nacht den Schädel weggeschossen. Zuvor hatte er noch einen Brief geschrieben, in dem er mir sein Schloss in Crichton vermachte. Mein Vater hatte literweise Alkohol im Körper. Man hat ihn tot auf dem Sofa in der Eingangshalle gefunden. Ich habe nicht sofort davon erfahren, ich war nicht bei seiner Beerdigung. Erst viel später wurde ich durch einen Brief des Notars informiert.

Als ich nach diesem misslungenen Treffen in der Bow Bar

den Bahnhof von Edinburgh hinter mir gelassen hatte, schwor ich mir, nie wieder nach ihm zu fragen und ihn in seinen Bierfässern verrotten zu lassen. Ich wollte nichts mehr von ihm hören.

Und doch erinnere ich mich an jedes einzelne Wort, an jedes Detail, an jede Antwort dieses Tages, an dem Mrs. Howell mich in den Pub führte, wo ich ihn kennenlernen sollte.

Duncan McCallum war ein Riese, genauso breit wie hoch, mit tiefrotem, aufgedunsenem Gesicht. Seine Augen wirkten blutunterlaufen, ihre Farbe war nicht zu erkennen. Seine Zähne waren vom Tabak gelb verfärbt, und einer der Schneidezähne fehlte. Sein Bauch quoll über einen alten blau-grünen Kilt hinaus, die schwarze Jacke und Weste waren mit Flecken übersät, und an den Seiten seiner Kniestrümpfe hingen zwei lächerliche rote Troddeln. Ein alter Clown, hatte Mrs. Howell gesagt, ein alter Clown mit einer Narbe im Gesicht.

»Hey! Die Engländerin!«, rief Duncan McCallum, als er sah, wie wir zusammen den Pub betraten. »Willst du mich schon wieder nach Hause bringen?«

Dann fiel sein Blick auf mich, und er brüllte: »Wer bist du?«

Ich räusperte mich, brachte keinen Ton heraus.

»Bist du mit der alten Engländerin hier?«

»Ich … ich …«

»Er hat seine Zunge verschluckt, oder die Alte hat sie ihm abgeschnitten!«, rief Duncan McCallum laut lachend und drehte sich zum Barkeeper um. »Man muss sich in Acht nehmen vor den Weibern, sogar vor den alten, die schneiden einem die Zunge ab, wenn nicht noch was ganz anderes!«

Er brach in dröhnendes Gelächter aus und hob sein Bierglas in meine Richtung.

»Lass uns anstoßen, mein Junge, oder willst du weiter stumm in der Gegend rumstehen?«

Ich trat näher, und Mrs. Howell sagte leise: »Duncan, darf ich dir deinen Sohn Gary vorstellen. Du weißt doch noch, dass du einen Sohn hast?«

»Und ob ich das weiß, Alte! Du hast mich neulich Abend daran erinnert, als ich zu besoffen war, um noch nach Hause zu kommen.«

Dann richtete er den Blick wieder auf mich.

»Ich hab nämlich einen Sohn, Ewan!«, wandte er sich erneut an den Barkeeper. »Was sagst du dazu?«

»Ich sage, das ist sehr gut, Duncan …«

»Ein McCallum. Wie heißt du, Sohn?«

»Gary.«

»Gary wie weiter?«

»Gary Ward, aber …«

»Dann bist du auch nicht mein Sohn. Die McCallums wechseln ihren Namen nicht wie die Weiber bei der Hochzeit. Sie bleiben ihr Leben lang ein McCallum! Ward, das klingt englisch. Ich erinnere mich an eine Engländerin, die behauptete, ich hätte sie geschwängert. Die Kleine hat für alle die Beine breitgemacht, ist das deine Mutter?«

Ich antwortete nicht.

»Er ist dein Sohn«, wiederholte Mrs. Howell mit sanfter Stimme.

»Wenn er Gary Ward heißt, habe ich nichts mit ihm zu schaffen!«

»Aber du hast ihn bei seiner Geburt nicht anerkannt! Wie soll er denn da heißen?«

»McCallum! Wie ich! Die hat ja Ideen!«

Und er wandte sich an die anderen Männer im Pub, die vor ihrem Bier saßen und im Fernsehen ein Fußballspiel verfolgten.

»Hey, Leute! Anscheinend habe ich einen Sohn. Dürfte nicht der einzige sein, schätze ich! Der Samen der McCallums hat viele Frauen geschwängert! Waren ja auch gern bereit, sich von mir flachlegen zu lassen …«

Ich wurde rot. Ich verspürte nur noch einen Wunsch: von dort zu verschwinden. Mrs. Howell hielt mich am Ärmel zurück.

»Du hast einen Sohn, Duncan McCallum, und er steht hier vor dir. Führ dich nicht auf wie ein versoffener Trottel, und sprich mit ihm!«

»Halt's Maul, Alte! Ich bestimme hier, wie's läuft. Noch nie hat eine Frau einem McCallum vorgeschrieben, was er zu tun hat.«

»Sir«, sagte ich leise und trat näher. »Lassen Sie uns hinsetzen und reden …«

McCallum lachte auf.

»Mich mit dir hinsetzen, Gary Ward? Ich habe noch nie mit einem Engländer angestoßen! Lass dir das gesagt sein, und nimm gefälligst die Hand von meinem Arm, sonst hast du gleich meine Faust im Gesicht!«

»Du bist ein armseliger Kerl, Duncan McCallum«, rief Mrs. Howell empört. »Du verdienst gar keinen Sohn. Komm, Gary, wir gehen.«

Und wir gingen hinaus.

Später habe ich erfahren, dass Duncan McCallum in dieser Nacht seinem Leben ein Ende setzte, indem er sich auf dem durchgesessenen Sofa in der Eingangshalle des Schlosses mit einem Revolver in den Mund schoss. Und so den alten Wahlspruch seiner Vorfahren verkörperte: »Erst im Tode wandle ich mich.«

Er bemerkt ein Eichhörnchen, das ihn wachsam von der Schwelle der Hütte aus mustert. Es trägt seinen langen Schwanz wie einen Regenschirm über dem Kopf erhoben. In den Londoner Parks wimmelt es nur so von Eichhörnchen.

Das weiß er ganz genau, er ging jedes Mal allein im Hyde Park spazieren, wenn seine Mutter sich in einem Hotel mit ihrem Geliebten traf. »Ich besuche einen Freund«, sagte sie dann immer und wies ihn an, brav in der Lobby sitzen zu bleiben, doch kaum war sie im Aufzug verschwunden, machte er sich aus dem Staub. Er rannte in den Park. Dort unterhielt er sich mit den Eichhörnchen, fütterte sie, beobachtete sie. Sie hüpften wie Kängurus und rannten wie Ratten. Er konnte so lange reglos sitzen bleiben, bis ein Eichhörnchen herankam und ihm aus der Hand fraß. Dann noch eins und noch eins. Sie stritten sich. Ihre Krallen kratzten über seine Handfläche, wenn sie nach der Erdnuss oder dem Stück Brot griffen. Und im Davonlaufen schauten sie sich immer wieder hastig um, ob sie verfolgt wurden. Wie Diebe.

Er sieht sich wieder mit angehaltenem Atem dort hocken, um das Eichhörnchen, das seine Hand zerkratzt, nicht zu erschrecken. Tiefe Zärtlichkeit für diesen kleinen Jungen, der verloren durch den Park streifte, durchströmt ihn. Ihm würde er gern Fragen stellen. Wenn ich mit ihm reden könnte, würde es mir vielleicht auch leichter fallen, mit anderen zu reden.

Einen Versuch ist es wert.

Heute Abend wird er für den kleinen Jungen spielen.

Er wird ihn bitten, die erste Frage zu stellen.

Wie konnte seine Mutter ihn einfach in einer Hotellobby allein lassen, um sich mit ihrem Geliebten zu treffen? Wie war so etwas möglich?

An diesem 30. April sitzt Junior Grobz in Paris und bläst Trübsal.

Eine undefinierbare Schwermut hat von ihm Besitz ergriffen und raubt ihm den kostbaren Appetit, der ihn im Leben antreibt und es ihm erlaubt, unermüdlich einen Fuß vor den anderen zu setzen. Junior Grobz hat die Freude an allem verloren. Seine Mundwinkel hängen herab, seine Schultern sacken herunter, seine Nase wird länger, er verkümmert zusehends. Weder seine aktuellen Forschungen noch seine philosophischen Überlegungen oder sein wendiger, spitzbübischer Geist vermögen die Kummerfalten in seinem Gesicht zu glätten. Er ist melancholisch gestimmt. Er rollt sich auf einer Ecke des Schreibtischs zusammen und saugt an dem schlaffen Stofffetzen, der ihm als Kuscheltier dient. Er hat ihn Butterfly getauft. Und obwohl Butterfly bloß ein alter Lappen ist, beruhigt ihn der weiche, verschlissene Stoff, inspiriert ihn, ermöglicht es ihm, über die Erde und ihre Probleme hinwegzufliegen und neue Luftschlösser zu errichten, die er zumeist auch Wirklichkeit werden lässt.

Junior Grobz wechselt seine Position und seufzt.

»Ich habe nicht einmal das köstliche Püree angerührt, das Mutter mir zum Mittagessen gekocht hat«, sagt er mit lauter Stimme, bekümmert über seinen mangelnden Appetit. »Und wenn mir ihre kleinen Leckereien nicht mehr schmecken, dann werde ich unweigerlich zugrunde gehen. Unser Familienunternehmen wird zusammenbrechen, denn ich bin das Fundament, auf dem es ruht. Wer sollte ein neues Verfahren entwickeln, ein neues Patent anmelden, wenn nicht ich, Butterfly? Mein Vater ist schon alt, und meine Mutter nicht raffiniert genug, um sich gegen Angriffe zur Wehr zu setzen und die Firma wieder in Schwung zu bringen. Alles lastet auf meinen Schultern.«

Der alte Lappen antwortet nicht. Junior fasst sein Schweigen als Zustimmung auf und krümmt sich verzweifelt zusammen.

Dank Juniors Erfindungsgeist und seiner harten Arbeit steht Casamia kurz davor, zu einem bedeutenden Industriekonzern zu werden. Nichts macht ihm Angst. Seine unstillbare Neugier kennt keine Grenzen. Man braucht ihn nur vor eine Herausforderung zu stellen, und schon krempelt dieses sechsjährige Kind die Ärmel hoch und macht sich voller Einfallsreichtum sabbernd an die Arbeit. Umringt von Büchern, Bildschirmen, Tablets und Tabellen, auf denen er den Fortgang seiner Gedanken notiert, rechnet er, kritzelt, streicht aus, und lange Speichelfäden zeugen von seinem Forscherdrang.

»Aber dazu brauche ich Lust, Gier, Rausch und Fieber, Butterfly! Und das ist das Problem, verstehst du, ich bin leer, schlaff und kraftlos wie ein entschärfter Torpedo. Ich bin zu nichts mehr nütze. Vielleicht schadet mir die Einsamkeit? Zu viel Einsamkeit tötet das Erhabene der Einsamkeit. So, wie eine Diät den Körper umbringt, wenn man sie zu lange durchhält, oder wahllose Nächstenliebe demjenigen schadet, der sie praktiziert.«

Der alte Lappen bleibt stumm. Junior dreht ihn zusammen und kaut noch erbitterter darauf herum, um den Saft herauszupressen und den ersten Hauch einer Antwort heraufzubeschwören.

»Ich bräuchte eine Verbündete. Ist der Mensch dazu geschaffen, allein zu leben, so wie ich es tue? Was meinst du?

Gibt es die vollkommene und die unvollkommene Einsamkeit? Die fruchtbare und die unfruchtbare? Wie sagte noch unser guter Pascal? Ich sollte noch einmal seine Ausführungen über die Zerstreuung nachlesen …«

Immer noch an seinem alten Stofffetzen saugend, fährt er in seinen Überlegungen fort: »Weißt du was, Butterfly? Ich vermisse Hortense. Ich werde sie anrufen und ihr vorschlagen, bald nach Paris zurückzukommen.«

Junior wählt Hortenses Nummer. Sogleich durchströmt eine vertraute Wärme seine Seele, er richtet sich auf, streicht seine Hemdbrust glatt, legt Butterfly auf eine Ecke des Schreibtischs, streckt die Beine auf der Tischplatte aus, kratzt sich an der Kehle und setzt eine fröhliche Miene auf, damit er heiter klingt, wenn sie das Gespräch annimmt.

Hortenses erste Worte bringen ihn aus dem Konzept, er wankt und ist kurz davor, wieder in seine frühere Melancholie zurückzusinken.

»Wer ist da?«, schreit sie ins Telefon.

»Ich bitte dich, Hortense, meine Schöne, ich bin es, Junior.«

»Wer? Sprechen Sie lauter, ich stecke mitten in meinem Dutt!«

»JUNIOR!«

»Ah … was ist los, mein kleiner Schatz?«

Bei diesen Worten windet sich Junior vor Glück, greift nach seinen Zehen, spreizt sie, kratzt daran, wiegt sich genüsslich hin und her und vollführt wilde Hechtsprünge, während er das Telefon an sein linkes Ohr gedrückt hält.

»Ich musste deine Stimme hören. Ich glaube, ich bin krank vor Sehnsucht nach dir.«

»Ich fühle mich unglaublich geschmeichelt …«

»Du solltest gerührt sein, meine Schöne, nicht geschmeichelt. Mir geht es um Liebe, nicht um Selbstliebe.«

»Das ist bei mir dasselbe. Hast du Gary eine SMS geschickt?

Heute ist sein großer Abend! Das hast du doch hoffentlich nicht vergessen!«

»Ich hatte es noch vor.«

»Vergiss es ja nicht!«

»Versprochen.«

»Du wirst dich freuen, Junior-Schatz: Ich komme zurück nach Paris!«

Bei diesen Worten schwinden Junior vor Glück die Sinne, wieder vollführt er Freudensprünge, zupft an seinen Zehen und gluckst wie ein radschlagender Pfau.

»Du kommst zurück nach Paris«, stammelt er, und ihm bleibt vor Begeisterung fast die Luft weg.

Das Glück treibt ihm Schweißperlen auf die Stirn. Er schnappt sich Butterfly und wischt sich damit über die Schläfen. Hört kaum, wie Hortense ihm erklärt, dass sie einen Investor, oder besser gesagt eine Investorin, aufgetrieben und ihre erste Kollektion fertiggestellt habe.

»Und deshalb muss ich wieder zur Pariserin werden. Modedesign, das ist nun mal Paris.«

»Wie wundervoll!«, gurrt Junior zwischen zwei Zuckungen.

Sie stößt einen Schrei aus, und er hört: »Mimi! Pass auf! Das war mein Kopf!«

»Wer ist diese Mimi, die dich misshandelt, während du mit mir sprichst?«

»Meme. Das schreibt sich Meme, aber man spricht es Mimi. Sie ist aus Nordkorea geflohen. Eine reizende Frau, die mir für heute Abend einen Dutt macht. Sie hat mich gerade mit einer Nadel gestochen, und ich blute.«

»Sag ihr, sie soll sofort damit aufhören, sonst neutralisiere ich sie mit einem Mikrowellenstrahl!«

Hortense lacht schallend auf, und Junior hört diese Mimi lachen und rufen: *»Hello, Junior! Nice to hear from you!«* Hocherfreut über sein begeistertes weibliches Publikum schlüpft

Junior sogleich wieder in seine Rolle als belesener Intellektueller.

»Ich studiere gerade Kant und Spinoza, ihr Konzept der Freiheit … Und danach mache ich mich an Schopenhauer.«

»Wie Antoinette! Das ist ja witzig!«, bemerkt Hortense.

»Wer ist Antoinette?«

»Das erkläre ich dir später.«

»Ein Satz ist der Grund dafür, dass ich Schopenhauer lesen möchte. Willst du wissen, wie er lautet?«

»Ein bisschen höher, Mimi! Nimm alles Haar aus der Stirn weg! Und von den Schläfen!«

»Hör gut zu, Hortense: ›Jeder hält die Grenzen seines Gesichtsfelds für die Grenzen der Welt. Doch die Welt ist sehr viel größer! Lasst uns unsere Vorstellungskraft nutzen.‹ Schopenhauer ist genau wie Einstein der Meinung, dass Erfinden wichtiger ist als Wissen. In seinem Wissen ist man eingeengt, jedoch niemals in seiner Fantasie. Ich beschäftige mich gerade mit einem geradezu verblüffenden Projekt und …«

»Ich weiß, Junior, ich weiß.«

»Ich nutze meine Vorstellungskraft. Aber ich nutze sie so gut, dass das, was ich mir ausdenke, auch Wirklichkeit wird!«

»Ich genauso.«

»Ich habe einen fotovoltaischen Stoff erfunden, der aus winzigen stromerzeugenden Zellen besteht. Ein Beispiel: Du ziehst die Vorhänge in deinem Zimmer zu, und im Raum wird es hell, oder du legst dein Handy auf den Ärmel deines Pullovers und lädst so den Akku wieder auf. Ich habe vor, eine ganze Serie von Wohntextilien aus diesem neuartigen Material auf den Markt zu bringen. Casamia wird ein Vermögen verdienen! Vater ist sehr glücklich über all meine Projekte, manchmal hat er Mühe, mir zu folgen, aber …«

»Ich auch! Ich auch! Ich verfolge genau die gleiche Spur, Junior!«

Aber Junior hört sie nicht mehr. Beruhigt durch Hortenses kosende Worte und ihre bevorstehende Rückkehr, galoppiert sein Geist durch die weiten Ebenen des Möglichen und macht sie urbar, während er redet.

»Ich habe auch einen Wasser speichernden Baumwollstoff entwickelt. Er kann bis zu dreihundertfünfzig Prozent seines eigenen Gewichts an Wasser aufnehmen. Aus diesem Material stelle ich Zeltplanen für warme Länder her. So nimmt das Zelt nachts die Luftfeuchtigkeit auf und gibt sie tagsüber wieder ab. Ein Segen für Völker, die in der Wüste leben!«

»Ich habe einen neuen Stoff entdeckt, der …«

»Ich habe tonnenweise Ideen wie diese. Und eine ganze Menge, die noch verrückter sind!«

»Jetzt hör mir doch endlich mal zu, Junior! Ich befehle dir, mir zuzuhören! Ich habe einen Stoff gefunden, der das Fett kaschiert, es wegzaubert, einfach verschwinden lässt. Ein extrem festes Gewebe. Das ist perfekt, Meme, noch ein bisschen Haarspray, und das war's! Aber ich brauche dich, um das Ganze umzusetzen. Du musst mir unbedingt helfen.«

»Dann werden wir zusammenarbeiten!«, ruft Junior begeistert. »Ich fühle mich wie neugeboren, meine Schöne! Ich fing allmählich an, mich ernsthaft zu langweilen. Es gibt hier niemanden, mit dem ich reden kann. Ich denke zu schnell für den durchschnittlichen Menschen, und das verdammt mich zu großer Einsamkeit. Aber du denkst mit hunderttausend Stundenkilometern.«

»Danke, Junior.«

»Du sprühst vor Ideen, du bist präzise und immer wieder überraschend.«

»Danke, danke. Es tut gut, zu spüren, dass man geschätzt wird …«

»Du kommst zurück, geliebte Hortense! Du kommst zurück! Dann können wir endlich heiraten.«

»Nicht sofort. Du bist erst sechs!«

»Wie unglaublich ärgerlich! Vielleicht könnte ich ja die Zeit beschleunigen …«

»Nicht, ohne mich vorher zu fragen!«

»Einverstanden.«

»Und dann ist da ja auch noch Gary. Erinnerst du dich?«

»Ja. Aber der ist alt.«

»Er ist nur ein Jahr älter als ich!«

»Du wirst immer jung und schön bleiben. Dafür werde ich sorgen. Ich bin gerade dabei, die Formel für eine bemerkenswerte Creme zu entwickeln. Es ist mir gelungen, Sauerstoff in eine Salbe zu integrieren, die alterndes Gewebe regeneriert. Ich arbeite mit der NASA zusammen, die sie bei großflächigen Verbrennungen anwenden will. Ihnen ist es völlig egal, dass ich erst sechs Jahre alt bin, sie sprechen mit meinem Gehirn, nicht mit meinem vermeintlichen Kinderkörper! Sie haben keine Vorurteile!«

»Machst du jetzt in Schönheitsmittelchen?«

»Ob du es glaubst oder nicht: Ich weiß nicht mehr, wo mir der Kopf steht, die Wohnung ist vollgestopft mit meinen Entwicklungen, es gibt hier kein einziges freies Zimmer mehr. Wann kommst du zurück nach Paris?«

»Ich weiß es noch nicht. Darüber muss ich erst mit meiner Investorin sprechen.«

»Wer ist das?«

»Die Frau, die meine Kollektion produzieren wird. Eine seriöse Sache. Sie finanziert mich und lässt mir völlig freie Hand.«

»Und sie macht einen guten Eindruck auf dich?«

»Ja. Das ist die Frau, von der du mir im Februar erzählt hast, erinnerst du dich, als du sagtest, dass sich dank ihr mein Leben verändern würde. Du hattest wieder einmal recht.«

»Wunderbar, meine Geliebte. Ich höre meine Mutter nahen, ich muss auflegen.«

»Denk daran, Gary eine Nachricht zu schicken.«

»Ich werde es tun, um dir eine Freude zu machen, meine Angebetete, aber vergiss nicht, dass dieser Mann, den ich schätze und dem ich sehr zugetan bin, mein Rivale bleibt. Das sollte zwischen uns ein für alle Mal klar sein!«

Hortense versichert ihm, dass sie verstanden habe, und Junior legt mit wiedererwachten Lebensgeistern auf.

»Was für eine großartige Frau!«, ruft er und saugt an der Ecke seines Kuscheltuchs.

Er fühlt sich leicht und fröhlich gestimmt. Er blickt auf und folgt einem Schatten, der sich an der Zimmerdecke entlangzieht und zum Ende hin auffasert. Mit einem elektrischen Knistern geraten tausend Ideen in Aufruhr. Vorbei ist es mit seiner Schwermut. Er wird an Hortenses Projekt arbeiten und einen Hersteller für sie auftreiben, damit sie prächtige Kollektionen entwerfen kann. Sie werden ihre Energie und ihr Talent vereinen und gemeinsam die Welt erobern!

»Mutter«, ruft er durch die halb offen stehende Tür, »bring mir einen Teller Spaghetti und ein gebratenes Lamm! Ich sterbe vor Hunger!«

Im Wohnzimmer hat Hortense ihr Schminktäschchen auf den Arbeitstisch gestellt, mitten hinein in das Durcheinander aus Stiften, Pinseln, weißen Zeichenblocks, Pailletten, Stoffmustern, Scheren und Skizzen. Vor ihr sitzt Shirley, das Gesicht in das Licht gedreht, das von der Straße hereinfällt, und lässt sie mit hängenden Schultern, zwischen demonstrativer Resignation und falscher Begeisterung schwankend, gewähren.

»Halt dich gerade!«, sagt Hortense. »Hast du eine Tagescreme aufgetragen?«

Shirley nickt und richtet sich auf.

»Weißt du, was du anziehen wirst?«

»Ich habe ein kurzes Kleid und schwarze Lackschuhe.«

»Was für ein Kleid?«

»Na, ein Kleid eben.«

»Ich bitte dich, Shirley! Kein Kleid sieht aus wie das andere.«

»Ein rotes, ganz gerade geschnittenes Kleid von Hermès, das meine Mutter mir vor langer Zeit geschenkt hat.«

»Ach was … Babette schenkt dir Kleider?«

»Nenn sie nicht so. Das passt nicht zu ihr.«

Sofort werden Shirleys Augen feucht.

»Meine Güte, sei doch nicht immer gleich eingeschnappt.«

»Ich will nicht, dass du sie Babette nennst.«

»Schon gut! Ich nehme es zurück.«

»Tut mir leid, ich bin müde.«

»Ich weiß, ich weiß, die Zeitverschiebung, blablabla …«

»Aber das stimmt ja auch!«, protestiert Shirley, wieder kurz davor, in Tränen auszubrechen.

Hortense lässt entnervt die Arme sinken.

»Also gut, dann machen wir das jetzt anders. Wir reden nicht mehr. Ich schminke dich einfach und gebe keinen Mucks mehr von mir. Einverstanden?«

»Einverstanden.«

»Willst du erst dein Kleid anziehen, um das Make-up nicht zu verschmieren?«

»Nicht nötig, es hat einen Reißverschluss.«

»Okay. Dann schließ die Augen und lass mich machen.«

Hortense zückt ihr blaues Puderdöschen und berührt mit der Puderquaste Shirleys Nase, woraufhin diese in einem abwehrenden Reflex zusammenzuckt.

»Keine Angst! Ich verpasse dir einen perfekten Teint! Das ist ein Zauberpuder.«

Shirley seufzt.

»Da hast du ja einiges vor!«

»Und ich male dir ein Lächeln ins Gesicht.«

»Man kann sich nicht immer scheckig lachen.«

»Davon bist du auch meilenweit entfernt!«

»Ich bin nur müde, ich habe in letzter Zeit zu viel gearbeitet.«

»Dann überlass das doch Philippe!«

»Wieso sagst du das?«, fragt Shirley beinahe aggressiv.

»Weil er der Chef ist, oder nicht? Zusammen mit Becca.«

»Wenn du meinst.«

Shirley lächelt schwach.

Hortense lässt ihre Quaste in der Luft schweben und blickt ihr tief in die Augen.

»Was soll das denn heißen?«

»Nichts«, antwortet Shirley, »bloß dass ich mir auch ein Bein ausreiße.«

»Dazu zwingt dich doch niemand.«

»Nein.«

»Dann spiel auch nicht das Opfer, das nervt. Und hör auf, so herumzuzappeln!«

Das New Yorker Abendlicht lässt Shirleys schieferblaue Augen aufleuchten, liebkost ihre vollen, goldschimmernden Wangen, betont den Schwung ihrer Augenbrauen und das flüchtige Beben ihrer Lippen.

»Und außerdem bist du hübsch! Sagt Oliver dir das nie?«

»Oliver kann mir gestohlen bleiben«, versetzt Shirley trübsinnig.

»Das ist neu. Hast du deshalb die Peilung verloren?«

»Schon möglich.«

»Das kommt davon, wenn man alles von einem Mann abhängig macht. Nimm dir ein Beispiel an mir: Ich verlasse mich nur auf mich selbst. So werde ich nie enttäuscht.«

»Und Gary?«, fragt Shirley.

»Gary. Das ist etwas anderes. Er ist ein Teil von mir, und ich bin ein Teil von ihm.«

»Aber wenn er dich eines Tages verlassen würde?«

»Bist du wahnsinnig? Das ist unmöglich. Wir sind zusammen groß geworden, wir sind wie zwei Stämme, die zu einem Baum zusammengewachsen sind. Und wir tragen Früchte! Gary ist mein Glück. Selbst wenn wir uns anschreien, lieben wir uns.«

Hortense zuckt mit den Schultern. Was für eine merkwürdige Frage! Gary und sie, das ist etwas fürs Leben. Sie betrachtet Shirleys kummervolles Gesicht und macht sich wieder ans Werk. Schiebt die Zunge zwischen den Lippen vor, trägt Rosa auf, Braun, tritt einen Schritt zurück, mustert prüfend, gratuliert sich zu ihrer Leistung, packt Shirley bei den Schultern und schubst sie vor den großen Spiegel.

»Wie findest du dich?«

»Sehr hübsch.«

»Sagst du das, um mir einen Gefallen zu tun?«

»Ja.«

»Du bist wirklich nervtöt…«

Hortense bricht mitten im Wort ab, als ihr Handy die *Marseillaise* zu spielen beginnt. Den Klingelton, den sie ihrer Mutter zugewiesen hat, seit sie in New York lebt. Früher brachte das Shirley immer zum Lachen, sie nahm Habachtstellung ein und stand stocksteif da wie ein Wachposten vor dem Élysée-Palast.

»Ja, Maman. Alles klar bei dir?«

Ihre Hand gräbt sich in die Cordsamtstücke, die sie in Chinatown gefunden hat und aus denen sie sich eine Männerjacke nähen will. Derselbe Cordsamt in drei verschiedenen Farben: Gelb, Flaschengrün und Weinrot. Sie fährt zärtlich mit der Hand darüber, betastet ihn und sieht sich nach Shirley um, weil sie wissen will, wie ihr die Farbauswahl gefällt. Doch Shirley ist verschwunden.

»Ich bin hier mit Shirley, wir machen uns für das Konzert fertig.«

»Geht es ihr gut?«

»Sie steht total neben sich, es ist das absolute Elend. Ich lasse sie keine Sekunde aus den Augen. Es kommt mir vor, als wäre ich ihr Babysitter.«

Joséphine schweigt. Hortense wird ungeduldig.

»Rufst du an, um mit Gary zu sprechen? Dann bist du zu spät, er ist schon weg, um sich vor dem Konzert noch ein bisschen zu sammeln.«

»Ich wollte ihm alles Gute …«

»Schon gut, ich richte es ihm aus. Hat Zoé es dir schon erzählt? Ich komme zurück nach Paris. Bald. Ich weiß noch nicht, wann.«

Sie redet schnell, um die Gereiztheit zu kaschieren, die sie jedes Mal überkommt, wenn sie mit ihrer Mutter spricht. Sie kann nichts dagegen tun. Am liebsten würde sie sie schütteln, sie schubsen, an ihrer Stelle antworten. Sie findet sie so entsetzlich langsam! Doch sie reißt sich zusammen und zwingt sich, freundlich zu sein.

»Ich bin so wahnsinnig glücklich bei dem Gedanken, endlich loszulegen. Stell dir das nur mal vor! Ich werde mein eigenes Modehaus haben, unter meinem eigenen Namen!«

»Und Gary?«, fragt Joséphine. »Lässt du den allein?«

»Klar, wieso? Er ist erwachsen. Er kann schwimmen.«

»Ich frage mich, ob das so eine gute Idee ist. Er könnte …«

»Er könnte was?«

»Ich weiß nicht.«

»Er könnte ein anderes Mädchen finden? Ein hübscheres, aufregenderes, verliebteres? Unmöglich.«

»Du hast recht, mein Liebes«, sagt Joséphine lachend. »Ich hatte vergessen, mit wem ich rede!«

»Natürlich habe ich recht. Hör auf, dir immer Sorgen zu machen. Wenn du ständig grundlos Angst hast, bekommst du irgendwann noch tatsächlich Grund dazu!«

Joséphine seufzt.

»Ich freue mich, dass du wieder bei uns einziehst. Wir werden Platz für dich schaffen müssen.«

»Viel Platz. Ich werde zu Hause arbeiten. Zumindest am Anfang.«

»Wer wird dich finanzieren? So ein Modehaus zu gründen kostet doch sicher viel Geld. Du bist noch so jung!«

»Das erzähle ich dir später. Jetzt habe ich keine Zeit. Ich kann Shirley nicht lange allein lassen, sie ist imstande, sich in der Badewanne zu ertränken. Und außerdem müsste ich dir dann alles im Detail erklären, und darüber habe ich mit Elena noch gar nicht so richtig gesprochen. Wir haben vorläufig nur eine prinzipielle Einigung getroffen.«

»Bist du sicher, dass du damit nicht ein zu großes Risiko eingehst?«

Hortense verliert die Geduld, ihre Nerven verknoten sich, am liebsten würde sie die Luft ohrfeigen. Wie soll ich bloß mit ihr unter einem Dach wohnen? Wie?

»Hör zu, Maman. Ich habe beschlossen, glücklich und erfolgreich zu sein. Genau das zu tun, was ich will. Ohne von jemandem abhängig zu sein. Ist das klar?«

»Aber … man kann nicht einfach beschließen, glücklich zu sein, mein Schatz. Man wird nicht auf Kommando glücklich.«

»Doch. Das ist ganz einfach.«

»Einfach?«, entfährt es Joséphine.

»Jawohl, kinderleicht!«

Man braucht einfach nur das genaue Gegenteil von dem zu tun, was du tust, denkt Hortense. Sich auf sich selbst verlassen und nicht auf andere. Ich will nicht wegen eines Mannes glücklich sein oder wegen eines Sombreros, der gerade vorbeispaziert, *hola, muchacha! Te quiero!* Ich will ganz allein für mein Glück verantwortlich sein, es soll aus mir selbst heraus kommen. Ich will mir ins Gesicht sehen, mir die Hand schütteln und sagen: Bravo, Schätzchen, bravo, du hast es geschafft!

»Ja, ja«, stammelt Joséphine unterdessen, »du wirst es schaffen, da bin ich mir ganz sicher.«

»Es ist mir lieber, wenn du so redest. Das vermittelt Hoffnung, Glück, elektrische Spannung! So, jetzt muss ich mich fertig machen, Küsschen und bis ganz bald.«

Sie legt auf. Seufzt geräuschvoll, verdreht die Augen. Das ist einfach nicht möglich: Ich bin nicht aus dem Bauch dieser Frau gekrochen, ich muss im Krankenhaus vertauscht worden sein!

Sie ruft nach Shirley.

Fragt sich, warum sie sich verdrückt hat, nachdem sie die ersten Takte der *Marseillaise* gehört hat. Und warum wollte ihre Mutter nicht mit Shirley reden? Hmm, hmm! Das riecht nach Knatsch, sagt sie sich, während sie sich im Spiegel ihres kleinen blauen Puderdöschens betrachtet.

Sie sieht ihre perfekte Nase, ihren perfekten Teint, ihre perfekten Zähne, lächelt, streckt sich vor Behagen.

»Ich möchte niemand anders sein als ich!«

Dem Glück darf man nicht hinterherrennen, man muss es selbst erzeugen. Das ist das ganze Geheimnis.

Elena ist dabei, den Tisch für das Dinner vorzubereiten, das sie nach dem Konzert zu Ehren von Gary und Calypso geben wird. Auf die Geigerin könnte ich verzichten, sie ist ein wenig unansehnlich, aber Gary muss in einem würdigen Rahmen gefeiert werden, denkt sie, während sie sorgfältig das Silberbesteck auswählt, das auf der weißen Tischdecke zwischen den Sträußen aus Rosen und violettem Flieder funkeln wird.

Henry und Grandsire umkreisen mit ihr gemeinsam den Tisch. Sie achten auf das kleinste Detail. Nichts entgeht ihrem Blick. Grace hat die weiße Tischdecke mit dem Wappen des Grafen Karkhov gebügelt, unter rotem Schildhaupt mit drei goldenen Fünfblättern in Blau zwei auswärts gekehrte silberne Barben. Elena streicht zerstreut mit einer Hand über das gestickte Wappen und blickt zu Robert hinüber, der an den Kamin gelehnt dasteht.

»Wann hat Anton eigentlich seinen Grafentitel gekauft?«

»Nachdem er seinen ersten Berg Gold angehäuft hatte«, antwortet Robert belustigt. »Neunzehnhundertdreiundvierzig, glaube ich. Es herrschte das absolute Chaos. Alles, was nicht niet- und nagelfest war, wurde gehandelt. Den Leuten war es einerlei, sie hatten Hunger. Wer legte schon Wert darauf, ein Graf zu werden und sich ein Wappen zu kaufen, abgesehen von Anton?«

»Vor allem, weil er Jean-Claude Pingouin hieß und in Saint-Ouen geboren war!«

»Aber er hatte an seinem Akzent gearbeitet! Und an seinem Wahlspruch!«

»›Ich eile.‹ Das passte gut zu ihm.«

»Und der Stammbaum auch. Eine normannische Mutter, die mit einem alten Russen verheiratet war, das machte Eindruck! Er hatte sich eine Vergangenheit gekauft, wie sie russischer nicht sein konnte.«

»Um mich zu verführen …«, ergänzt Elena seufzend.

»Damals gab es noch alte russische Adlige, die bereit waren, ihren Titel zu verschleudern.«

»Zusammen mit den dazugehörigen Papieren … Ich weiß, ich weiß.«

»Er war unglaublich raffiniert! Das machte ja auch seinen Charme aus … Sie können davon ein Lied singen, nicht wahr, Elena?«

Elena schaut zu ihm auf und lächelt bei der Erinnerung an die Wortgewandtheit von Jean-Claude Pingouin, der zum Grafen Anton Karkhov geworden war.

»Er war ein wundervoller Hochstapler, aber nichtsdestotrotz ein Hochstapler!«, flüstert sie mit der erschöpften Resignation einer Frau, die dieses Rätsel wieder und wieder in ihrem Kopf gewälzt hat, ohne jemals eine Lösung dafür zu finden. »Er zog alle über den Tisch, überwand sämtliche Hindernisse und setzte sich über Regeln einfach hinweg. Er kann nur durch zahllose Tricksereien so reich geworden sein!«

»Ja. Und er ließ sich sowohl mit den Besatzern als auch mit den Opfern ein. Er behauptete, die menschliche Natur sei auf beiden Seiten gleich, es gebe Gute und Böse, und seine Aufgabe sei es nicht, Unterschiede zu machen, sondern Geschäfte.«

»Und so hat er mich geheiratet«, sagt Elena. »Ich war ein naives Ding, ich habe nichts begriffen. Er hat mich und meine Eltern zum Narren gehalten. Er hat ein Bündel Geldscheine aus der Tasche gezogen, es meinem Vater unter die Nase gehalten und es dann wieder eingesteckt. Meinem armen Vater lief vor Gier das Wasser im Mund zusammen. Wir hatten nichts zu essen. Und dann ist Anton rausgegangen und hat das Geld dem Freund zurückgegeben, der es ihm geliehen hatte und draußen auf dem Bürgersteig auf ihn wartete. ›Sie müssen die Kohle sehen, das ist das Wichtigste‹, sagte er immer. ›Dann glauben sie auch, dass sie dir gehört, und liegen dir zu Füßen.‹«

»Wenn er so redete, wurde er wieder zu Jean-Claude …«

»Wie dem auch sei! Mein Vater lag ihm zu Füßen, und bald darauf lag Anton mit seiner Tochter im Bett! Er war wirklich gut.«

Grandsire räuspert sich. Die Erwähnung des Grafen Karkhov ist ihm unangenehm. Und es gefällt ihm nicht, wie direkt Elena über solche Dinge redet. Er mag sie lieber zart, zerbrechlich, hingegossen in seinen Armen. Er liebt es, wenn ihre Lider blass werden, wenn sich ihre Augen nach innen kehren und ihre Stimme klingt wie die einer Erstkommunikantin. Er mag es nicht, wenn sie flucht.

»Ich habe die Vorspeise mit Frischhaltefolie abgedeckt und in den Kühlschrank gestellt«, meldet Henry. »Jetzt brauche ich nur noch die Nudeln zu kochen. Das mache ich dann in letzter Minute.«

»Haben Sie die Sitzordnung schon festgelegt, Elena?«, erkundigt sich Grandsire.

»Nein, noch nicht. Sind Sie sicher, dass Sie sich uns nicht anschließen wollen?«, fragt Elena, während sie neben ihn tritt und im Schutz der weißen Tischdecke seinen Oberschenkel streichelt.

»Das wäre nicht angemessen. Ich ziehe es vor, zu servieren und darauf zu achten, dass alles gut verläuft.«

»Aber danach kommen Sie doch zu mir, nicht wahr?«, flüstert sie ihm zu und streicht sich eine Haarsträhne hinter das Ohr.

Robert hat Elenas Worte gehört und errötet heftig. Er gibt vor, sein Handy zu suchen, und entfernt sich vom Tisch.

»So, das Wichtigste wäre erledigt«, verkündet Elena, »den Rest überlasse ich Ihnen. Ich ziehe mich mit Robert in den kleinen Salon zurück, und wir plaudern ein wenig.«

»Sehr wohl, Gräfin«, antwortet Grandsire mit einer Verbeugung.

Elena klopft ihm auf die Finger.

»Nennen Sie mich nicht so, das weckt böse Erinnerungen!« Und mit einem Wink bedeutet sie Robert, ihr zu folgen.

»Erinnern Sie sich noch an unsere Dinnerpartys in Paris, Robert?«

»O ja! Damals waren wir noch jung.«

»Sie zumindest! Ich hatte schon einige Jährchen auf dem Buckel.«

»Ihnen hat man Ihr Alter niemals angesehen, das wissen Sie doch!«

»Und es gelingt mir immer noch, den Schein zu wahren ...«

Sie beugt sich schwungvoll nach vorn, streckt die Arme aus und berührt, ohne zu stöhnen, ihre Zehenspitzen. Dann richtet sie sich behände wieder auf und sieht ihn triumphierend an.

»Haben Sie das gehört? Nichts hat geknackt! Kniescheiben, Oberschenkel und Schienbeine ... alles noch gut geölt.«

Robert betrachtet sie amüsiert.

»Sie haben sich eindeutig nicht verändert. Sie sind umwerfend. Mit Ihnen an meiner Seite hätte ich Großes bewirkt ...«

»Sie haben Ihre Chance nicht zu nutzen gewusst«, fällt Elena ihm ins Wort. »Sie haben den Rückzug angetreten. Ich habe Ihnen Angst gemacht! Gestehen Sie, Robert!«

Robert hebt matt eine Hand.

»Wir hatten trotzdem viel Spaß miteinander!«

»Ja, das stimmt. Und es ist noch nicht vorbei.«

»Ach?«, entgegnet er, neugierig geworden, und streicht sich mit dem kleinen Finger die Augenbraue glatt.

Elena legt ihre Ellbogen auf die Sessellehnen, beugt sich vor und flüstert, als verrate sie ihm ein Geheimnis: »Robert, ich glaube, wir müssen einen Zutrillo verkaufen.«

Robert lacht schallend auf.

»Einen Zutrillo, Gräfin?«

»Einen Zutrillo, Robert!«

»Sind Sie sicher?«

»Ich habe etwas vor, und dafür brauche ich Geld, viel Geld.«

»Ein Zutrillo bringt viel Geld!«

Es war im Mai 1972, als Graf Karkhov alias Jean-Claude Pingouin, eines Abends den jungen Robert Sisteron, der seit Kurzem als sein Privatsekretär fungierte, in sein Büro in der Avenue d'Iéna rief.

Er saß zurückgelehnt in seinem großen schwarzen Ledersessel, hatte die bestrumpften Füße auf den Schreibtisch gelegt, rollte eine kubanische Zigarre zwischen den Fingern, hielt sie sich ans Ohr und zog sie schließlich unter seiner Nase hindurch.

»Haben Sie diesen Film gesehen, von dem alle so schwärmen, mein kleiner Robert?«, fragte er.

»Welchen, Monsieur?«

»*A Clockwork Orange.*«

»Nein, ich bin noch nicht dazu gekommen. Aber ich habe es fest vor.«

»Gehen sie nicht hinein! Er ist grauenvoll! Ein wertloser Streifen, der sich für genial hält. Und dieser Schauspieler! Riesiger Mund, eine Nase wie ein Pfannkuchen, sieht aus wie eine Schwuchtel! Sie haben mit Ihrer Zeit Besseres anzufangen.«

»Gut, Monsieur.«

»Und … ehe ich gestern ins Kino gegangen bin, habe ich zwei Zutrillos gekauft. Jetzt kann ich auch den dicken Max markieren. Das wird diese kleinen Pariser Scheißer zur Weißglut treiben. Sabbern werden sie vor Neid! Was sagen Sie dazu?«

»Utrillo, Monsieur, es heißt Utrillo, nicht Zutri…«

Der Graf schaute zu ihm auf. Musterte ihn ernst, verzog missmutig das Gesicht, zündete seine Zigarre an und zog mehrmals daran, um die Spitze aufglühen zu lassen. Robert stand abwartend vor dem breiten Schreibtisch. Er spürte, wie seine Hände feucht wurden, sein Krawattenknoten sich enger zusammenschnürte, er hätte ihn vielleicht nicht auf diesen Fehler aufmerksam machen sollen.

»Ich habe das nur einfach so gesagt, Graf. Damit Sie diesen Fehler nicht in der Öffentlichkeit machen, das wäre doch bedauerlich. Das ganze Prestige Ihrer Erwerbung würde dadurch beeinträchtigt. Sie waren wahrscheinlich auch nur zerstreut oder müde, Sie arbeiten viel …«

Er hatte diese Stelle gerade erst angetreten. Eine sehr begehrte Stelle. Der Graf war reich, ein geschickter Geschäftsmann, respektiert, ja gefürchtet sogar, aber er bezahlte gut und zeigte sich großzügig. Natürlich bereicherte er sich, aber er füllte auch die Taschen derjenigen, die für ihn arbeiteten. Robert Sisteron war sechsundzwanzig Jahre alt und zitterte vor Schreck über seine eigene Kühnheit. Seine Hände wurden immer feuchter. Er wagte sich nicht mehr zu rühren. Im halbdunklen Raum starrte er auf die rot glühende Spitze der Zigarre, hörte das Ticken der Empire-Uhr auf dem Kamin, und betete, Eugénie, die Sekretärin, möge den Kopf zur Tür hereinstecken und den Grafen an seinen nächsten Termin erinnern.

Doch niemand kam und durchbrach das drückende Schweigen, und Robert Sisteron wusste nicht, wie er seinen Schnitzer wiedergutmachen sollte.

Da ließ der Graf seine Asche in den silbernen Aschenbecher vor ihm fallen, hob den Kopf, durchbohrte seinen Sekretär mit einem finsteren Blick und sagte: »Du kannst es aussprechen, aber ich kann sie mir leisten, Arschloch!«

»Und warum wollen Sie einen Zutrillo verkaufen?«

»Ich habe ein junges Mädchen kennengelernt. Hortense Cortès. Sie hat Mumm, Stilgefühl und Energie im Überfluss, sie hat eine Kollektion entworfen, die – das kann ich Ihnen prophezeien – ein riesiger Erfolg werden wird, und …«

»Ich glaube, ich habe verstanden.«

»Warten Sie einen Moment. Sie hat das Metier von der Pike auf gelernt, versteht etwas von gut geschnittenen Schultern und dem richtigen Faltenwurf, sie weiß, wie man eine schmale Hüfte zaubert oder mit einem Bleistiftstrich den Bauch verschwinden lässt. Sie hat einen Stoff wiederentdeckt, den ich vor der Nase hatte und gar nicht mehr wahrnahm!

Einen Stoff, der, richtig genutzt, wahre Wunder wirken wird. Sie ist begabt.«

»Sehr begabt?«

»Sie hat ihre ersten Erfahrungen bei Gap gesammelt und ist ein höllisches Arbeitstempo gewohnt, sie ist extrem ehrgeizig, und als Krönung des Ganzen kann sie ausgesprochen unangenehm werden, wenn sie etwas erreichen will. Sie ist perfekt.«

»Aber trotzdem lenkbar?«

»Sie ist noch ein Kind. Wenn wir sie richtig behandeln, wird sie uns aus der Hand fressen. Sie will die neue Coco Chanel werden, aber das ist nicht das, was wir im Sinn haben, nicht wahr? Wir wollen etwas anderes.«

»In der Tat. Ich beginne Ihre Absichten zu durchschauen.«

»Sie wird heute Abend auch bei dem Dinner sein. Ich werde ihr den Platz neben Ihnen geben, damit Sie sich ein Bild von ihr machen können. Fragen Sie sie alles, was Sie wollen, ich werde Sie ihr als meinen Finanzier und Vertrauten vorstellen.«

»Was ich ja auch bin, Elena.«

Elena wendet ihm das Gesicht zu und sieht ihm tief in die Augen.

»Ich vertraue in erster Linie mir selbst, Robert. Das hat mich das Leben gelehrt. Seien Sie mir deswegen nicht böse.«

»Ich bin Ihnen nicht böse.«

Elena schlägt mit der Hand auf die Sessellehne.

»Hören Sie mir gut zu, ich habe Hortense Cortès ausgewählt, weil sich die Modewelt verändert hat. Mittlerweile haben in allen maßgeblichen Häusern Frauen das Sagen. Und zwar ausnahmslos. Junge Frauen. Bei Chloé, bei Alexander McQueen …«

»Das ist nichts Neues«, sagt Robert.

Mit einem Blick bringt Elena ihn zum Schweigen.

»Nein, das ist nichts Neues, aber es greift immer weiter um sich. Und warum? Weil sie instinktiv wissen, was Frauen tragen wollen. Sie weigern sich, inhaltslose Wegwerfware zu verkaufen, sie weigern sich, ihresgleichen zu verkleiden, und sie nähern sich der Kleidung auf eine konsequente, wohldurchdachte Weise. Sie fragen sich nicht: Wie errege ich das größte Aufsehen? Sondern: Würde ich das anziehen, um meine Kinder von der Schule abzuholen? Das ist der große Unterschied zu diesen alten narzisstischen Designern, die beim Entwerfen immer auf den Beifall ihrer Höflinge abzielten und sich eitel in ihren Bleistiftminen spiegelten.«

»Sie fällen ein hartes Urteil, Elena.«

»Nein, ein treffendes. Die Krise hat all das geändert. Frauen wollen tragbare Kleidung, die sie attraktiv macht. Als ich Hortense neulich gefragt habe, wen sie vor Augen habe, wenn sie ihre Modelle entwirft, hat sie mich angesehen, als wäre das eine dumme Frage, und geantwortet: ›Mich selbst natürlich!‹ Sie lebt nicht in einem Traum, sondern steht mit beiden Beinen fest auf dem Boden. Und im Vergleich mit ihrer Kollektion, zumindest mit dem, was ich bisher davon gesehen habe, wirkt alles andere schlagartig veraltet: klare Linien, eine eingeschränkte Farbpalette, Anleihen bei der Männermode und die Wiederentdeckung jenes magischen Stoffs, der sämtliche Körperfülle verschwinden lässt und eine perfekte Silhouette zaubert. Kurzum, sie hat alles richtig gemacht. Ich warte jetzt nur noch auf Ihre Einschätzung, ob sie in der Lage sein wird, mit uns zu kooperieren.«

»Ich wusste nicht, dass meine Meinung von Belang sein könnte«, brummt Robert und glättet schmollend seine Augenbraue.

»Oh, wie kleingeistig Sie doch sind! Sie haben sich überhaupt nicht verändert! Seien Sie doch nicht immer so empfindlich. Ich mag Sie sehr. Sind Sie jetzt zufrieden?«

Robert starrt murrend auf seine Schuhspitzen.

»Hätte ich Sie herkommen lassen, wenn ich Sie nicht an

diesem Projekt beteiligen wollte? Wenn ich Sie nicht schätzte? Sie sind einfach nur ein bisschen zu ernst für mich, das ist alles. Ihnen fehlt es an Leidenschaft, an Verrücktheit! Das war schon immer so.«

»Bloß weil Sie immer alles überstürzen, Elena.«

Elena verliert allmählich die Geduld und fuchtelt mit ihren langen, ringgeschmückten Fingern, um ihm zu verstehen zu geben, dass sie zu etwas anderem übergehen möchte.

»Haben Sie mir die Zahlen mitgebracht, um die ich Sie gebeten habe?«

»Sie sind in meinem Zimmer, ich hole sie.«

Widerstrebend erhebt er sich, als wäre es ihm lieber, Elena würde ihm noch ein wenig länger ihre Zuneigung bekunden.

»Ich habe Ihretwegen sehr gelitten, das wissen Sie.«

»Ich habe Sie nicht leiden lassen, Robert. Sie haben es mit der Angst zu tun bekommen, das ist alles. Schreiben Sie die Vergangenheit nicht um. Ich kann es nicht leiden, wenn man versucht, mir ein schlechtes Gewissen einzureden. Holen Sie mir die Zahlen, ich warte hier auf Sie.«

Zornig schnaubend sieht sie ihm nach. Ein Kind! Dieser Mann ist über sechzig und führt sich auf wie ein hitziger Teenager. Dabei ist er der gewiefteste Investor, den sie kennt. Noch nie hat sie ihn bei einer Fehlentscheidung erwischt. Sie braucht ihn, sie muss darauf achten, ihn nicht zu kränken. Ansonsten könnte er sich weigern, an ihrem Plan mitzuwirken.

Sie knabbert an einem ihrer Fingernägel und atmet tief durch, um ihr wild klopfendes Herz zu beruhigen. Sie hat diese mit Angst vermischte Erregung schon früher verspürt. Das furchtsame Warten, den Stich im Herzen bei dem Gedanken, der Erfolg könne ausbleiben. Was ich empfinde, habe ich schon einmal empfunden, aber diesmal werde ich als Siegerin vom Platz gehen. Ich werde mich nicht austricksen lassen.

Schluss mit diesem zurückgezogenen Leben in meinem New Yorker Kokon. Es wird Zeit, endlich wieder aktiv zu werden.

Robert kehrt mit einer dicken Akte zurück.

Er setzt sich hin, legt sie auf seinen Schoß, öffnet sie und erklärt: »Ich habe für Sie die Bilanzen aller französischen und italienischen Konzerne aufgetrieben, denn die beherrschen den Luxusmarkt. Sie haben hier alle Zahlen vorliegen. Ich greife nur ein paar Beispiele heraus. Die Prada-Gruppe etwa: Neunundzwanzig Prozent Umsatzsteigerung im Jahr 2012! Und in den ersten neun Monaten des Jahres 2013 liegen sie bei fünfzig Prozent Gewinn.«

»Und wer steht an der Spitze des Konzerns? Eine Frau! *Una donna!*«

»Um bei den Frauen zu bleiben: Die Gewinne von Stella McCartneys Marke sind 2012 um dreißig Prozent in die Höhe geschossen. Und Céline … ach, noch eine Frau!«

»Ich sagte es Ihnen doch, Robert! *Girls, girls, girls!* Ich habe wieder einmal ins Schwarze getroffen!«

»Céline hat die Verkaufszahlen innerhalb von drei Jahren verdoppelt. Das Luxussegment ist der einzige Bereich, dem die Krise nichts anhaben kann. Und das gilt nicht nur für die großen Konzerne. Auch die kleinen Häuser steigern ihre Gewinne. Wie das Familienunternehmen Brunello Cucinelli zum Beispiel, das in einem kleinen umbrischen Dorf Kaschmirwaren herstellt. Umsatz: zweihundertneunundsiebzig Millionen Euro im vergangenen Jahr, eine Steigerung um fünfzehn Prozent. Das Gleiche bei Chloé.«

»Noch eine Frau! Ich habe neulich in einer Zeitschrift ein Interview mit ihr gelesen. Sie sagte, sie entwerfe für ihre Freundinnen, für junge Frauen, die sie kennt, und sie nannte das den *Sister style*. Sie hat alles verstanden.«

»Sie hatten wieder einmal den richtigen Riecher«, sagt Robert seufzend, jetzt schon erschöpft von Elenas Energie.

»Wie schaffen Sie es bloß, ständig am Puls der Zeit zu bleiben? Sie sind einzigartig.«

»Papperlapapp! Keine Komplimente! Damit verdirbt man die Frucht. Also, wenn ich Sie richtig verstehe, können wir es durchaus schaffen.«

»Unter der Bedingung, dass wir die Zauberformel *made in* einsetzen. *Made in France* oder *made in Italy*, das sind die beiden einzigen Herkunftsbezeichnungen, die funktionieren.«

»Kein Wunder. Stil, Eleganz und Luxus, das alles wurde in Frankreich erfunden. Ich habe neulich erst das Buch einer amerikanischen Autorin gelesen, die dieses Abenteuer beschreibt. Wie Ludwig XIV. und Colbert beschließen, die leeren Kassen des Königreichs wieder aufzufüllen, indem sie das Konzept des Schönen in Mode bringen und es mit dem Gütesiegel *Fabriqué en France* versehen. Ich muss Hortense dieses Buch schenken, das dürfte sie interessieren.«

»Zügeln Sie sich ein wenig. Wenn Ihre Pläne Erfolg haben sollen, dürfen Sie sie nicht bedrängen.«

Elena hört ihn nicht. Mit einem Wink des Kinns fordert sie ihn auf, das Gespräch zu einem Abschluss zu bringen, und als er nicht reagiert, verkündet sie: »Also gut, dann verkaufen wir einen Zutrillo!«

Sie klatscht in die Hände, damit man ihr eine Flasche Ruinart Blanc de Blancs bringe, um das Ereignis zu feiern.

»In welcher Beziehung stehen Sie eigentlich zu diesem jungen Mädchen?«, fragt Robert daraufhin.

»Ich beobachte sie seit ein paar Monaten. Anfangs hat sie mich ignoriert. Sie fand mich sicher zu alt, zu exzentrisch, zu hässlich. Vielleicht fand sie, dass ich schlecht rieche, was weiß ich. Kurzum, sie ging mir aus dem Weg. Sie wechselte die Straßenseite, um mir nicht zu begegnen. Ich tat so, als merkte ich es nicht. Mittlerweile haben wir einen Pakt geschlossen. Ihren Freund mag ich sehr gern.«

»Gary Ward?«

»Ja. Er wurde mir ans Herz gelegt. Von Sie-wissen-schon-wem.«

»Ach, das war mir nicht klar.«

»Sie hat mich gebeten, ein wenig auf ihn zu achten, und ich bin ihrem Wunsch nachgekommen.«

»Wie immer.«

»Er hat keinen Verdacht geschöpft. Ich habe ihn glauben lassen, ich hätte ihn aus einer Reihe von Kommilitonen ausgewählt, aber das war nur eine List. Er und kein anderer sollte hier wohnen, das stand von Anfang an fest.«

»Raffiniert.«

»Dieser Junge ist schwer in Ordnung. Und seine Freundin auch. Ein anderer Charakter, schwieriger, aber nicht uninteressant.«

»Aber haben Sie sie auch im Griff? Vergessen Sie nicht. Wir dürfen den Vogel nicht entwischen lassen.«

»Ganz genau. Wir müssen sie in einen Käfig sperren. Sie einen ordnungsgemäßen Vertrag unterschreiben lassen. Sie verkörpert perfekt den aktuellen Zeitgeist. Sie vereint Produktkenntnis und traditionelle Handwerkskunst. Sie hat die Mode im Blut. Sie könnte der nächste Alexander Wang werden. Sein vor gerade einmal acht Jahren gegründetes, relativ simpel strukturiertes Unternehmen ist international erfolgreich, und der Umsatz ist im vergangenen Jahr auf zwanzig Millionen Dollar geklettert. Ich habe mich ebenfalls informiert. Ursprüngliche Investition: fünfhunderttausend Dollar. Wer bietet mehr?«

»Nicht einmal eine Ecke von einem Zutrillo!«

»Und genau deshalb müssen wir uns beeilen. Die Modebranche ist dabei, sich zu wandeln. Heutzutage entwirft man keine Mode mehr um der Mode willen. Sie braucht einen Sinn. Eine Idee. Asien mischt sich ein. Die Chinesen erwarten in Zukunft etwas weniger Arroganz vonseiten des Westens und seiner Designer. Die Zeiten der Muglers und Montanas sind vorbei. Trotzdem wollen sie auch weiterhin das Etikett *Paris, die Hauptstadt der Mode*. Dieses Mädchen wird uns all das auf einem Silbertablett servieren. Glauben Sie mir. Und das auch noch mit Stil! Sie wird einfach umwerfend sein.«

»Ich bewundere Sie, Elena. Sie schmieden solch weitreichende Zukunftspläne, während es mir schon schwerfällt, an das nächste Jahr zu denken!«

»Ich will mich amüsieren. Ich habe noch ein paar Jahre zu leben. Aber ich habe keine Zeit mehr zu verlieren, die Uhr tickt.«

»Und Sie werden niemals müde! Ich dagegen werde immer matter und matter. Dabei bin ich gerade erst siebenundsechzig!«

»Hören Sie auf, Robert! Sie sind deprimierend. Geben Sie mir lieber ein Glas Ruinart. Und hören Sie auf, solchen Unsinn zu reden. Ohne Sie wäre ich längst gestorben. Vor Scham. Ich hätte zu trinken angefangen oder eine Dummheit gemacht.«

Und dann öffnet sie ihre Augen, als ziehe sie an zwei großen Gummiringen, beugt sich vor und flüstert ihm ins Ohr: »Sagen Sie, mein Lieber, wissen Sie, woran alte Menschen sterben?«

»…«

»Sie sterben, weil sie niemand mehr beachtet, weil sie unsichtbar geworden sind. Ich will nicht unsichtbar werden. Dank Hortense wird tiefrotes, dickes Blut durch meine fast hundert Jahre alten Adern fließen.«

»Und Sie sind sich sicher, dass sie sich auch tatsächlich von Ihnen manipulieren lassen wird?«

»Es wird ihr nichts anders übrig bleiben.«

»Und Sie bekommen Ihre Revanche?«

»Meine Revanche?«

Elena lacht schallend auf. Leert ihr Glas Champagner. Stößt mit ihren Klauenfingern in die Lokumschachtel.

»Meine Rache, meinen Sie wohl!«

Joseph Pinkerton streicht sich wieder und wieder mit den Fingern über seine großen Ohrläppchen. Streichelt die abstehenden Härchen. Rollt sie zwischen Zeigefinger und Daumen. Zupft, rollt, verzieht das Gesicht. Es ist siebzehn Uhr, das Konzert beginnt in zwei Stunden, seit zwei Tagen hat er keinen Bissen mehr heruntergebracht. Seit drei Wochen schnürt sich jeden Morgen ein gewaltiger Knoten um ihn, seine Eingeweide krampfen sich zusammen, und er rennt, die Pyjamahose mit beiden Händen festhaltend, auf die Toilette, wo er seinen Darm entleert. Der Hemdkragen schlackert um seinen mageren Hals, und ihm läuft die Nase. »Was für eine traurige Gestalt!«, brummt er, wenn er sein Spiegelbild in einem Schaufenster erblickt, und krümmt seinen Rücken noch ein bisschen stärker, um seinem Abbild zu entfliehen. Wo ist der junge Mann geblieben, der einst schwungvoll federnd vor den größten internationalen Orchestern stand? Der schöne blonde Jüngling mit dem dichten Haar, der geraden Nase und den vollen Lippen, der mit der Faust auf das Pult schlug und Musiker und Partituren erzittern ließ?

Dieses Konzert muss ein aufsehenerregendes Ereignis werden. Sein Ansehen steht auf dem Spiel. Scharen von Dozenten lauern auf seinen Posten, sie warten so ungeduldig auf eine Gelegenheit, ihn davonzujagen, dass er sie auf dem Flur mit den Füßen scharren hört wie eine Herde wilder Bisons.

Das Konzert heute Abend wird aufgezeichnet. Er hat die Produzenten von *60 Minutes*, der wichtigsten Sendung auf CBS, davon überzeugt, die Auftritte zu filmen. Der Journalist hat ihm versprochen, daraus einen zehnminütigen Beitrag zu machen, der am kommenden Sonntag ausgestrahlt werden soll, »wenn nichts Unvorhergesehenes dazwischenkommt, was unser ganzes Programm über den Haufen wirft«, hat er eingeschränkt und dabei die ernste, verantwortungsvolle Miene eines Mannes aufgesetzt, der ganz dicht dran ist am Weltgeschehen. Er weiß noch nicht, wer interviewt wird oder welche Fragen gestellt werden, aber das ist auch einerlei, Hauptsache, man widmet ihm ein paar Sekunden, gibt ihm die Gelegenheit, ein paar wohlgesetzte Worte zu sprechen. Mit seinem Namen am unteren Bildschirmrand. Joseph Pinkerton, Juilliard School, New York.

Er zieht sein Taschentuch heraus. Sein Arm fällt müde zurück auf das Papier, das ihm sein Kollege Philip Martins weitergeleitet hat. Ein Antragsformular für eine Dozentenstelle an einer chinesischen Universität. Er ist zu alt, um in China Karriere zu machen, das weiß Philip Martins auch ganz genau, er will ihn demütigen, ihm sein Alter unter die Nase reiben. Die Chinesen bauen wie wild Universitäten und Konzertsäle und lassen aus Amerika die berühmtesten Professoren kommen. Sie zahlen ihnen ein fürstliches Gehalt und lesen ihnen jeden Wunsch von den Augen ab. Nach und nach entschwinden die Talente der Nation ins Ausland. Philip Martins ist angesprochen worden. Er zögert mit einer Zusage. Er möchte wissen, was er davon hält. Oder vielmehr: Er möchte, dass er weiß, dass ihm dieses Angebot gemacht wurde. Das wird mir garantiert nicht passieren, sagt sich Pinkerton und streichelt den weichen Flaum auf seinen Ohren. Nur wer jung und schneidig ist, wird vom Erfolg umworben ... Aber dafür habe ich zwei Augen und zwei Ohren, und ich erkenne Talent unfehlbarer als jeder andere!

Er ist bei den Proben der Studenten, die heute Abend auftreten werden, dabei gewesen. Er hat sich leise in die Räume geschlichen, in denen sie übten, hat sich hingesetzt, die Beine übereinandergeschlagen, die Augen geschlossen, zugehört und mit den Fingern den Takt geschlagen. »Und ich muss sagen«, brummt er, während er die langen Hände tief in seine Taschen steckt, »ich muss wirklich sagen, es sind ein paar Rohdiamanten darunter. Das dürfte uns ein paar hübsche Überraschungen bescheren.«

Es wird ein schönes Konzert, keine Frage. Seine Nase läuft wieder, er wischt sie mit dem Ärmel ab, betrachtet die glänzende Spur auf seinem Jackett, reibt sie an der Hose ab. Diese talentierten, leidenschaftlichen jungen Leute bringen so wunderbare Klänge hervor! Sie sind ein bisschen wie meine eigenen Kinder, kann ich das vor der Kamera sagen?

Gerührt schüttelt er den Kopf. Ach ja! Man sollte über Joseph Pinkerton reden. So, wie man auch über Adele Marcus spricht, die an dieser Schule so viele große Pianisten entdeckt hat. Ich will meinen Namen in die Geschichte einschreiben, wie die Schnecke, die ihren Weg mit einer glänzenden Spur markiert. Dann wird den Ungeduldigen, die vor meiner Tür stehen und es kaum erwarten können, mein Namensschild abzuschrauben und stattdessen ihr eigenes aufzuhängen, nichts anderes übrig bleiben, als sich zu verziehen. Joseph Pinkerton wird noch sehr lange in seinem lindgrünen Plüschsessel sitzen bleiben. Man sollte den alten Veteranen nicht allzu sehr triezen, er kann immer noch zurückschlagen.

Er lacht höhnisch auf und streichelt erneut die Haare an seinen Ohrläppchen.

Es ist achtzehn Uhr fünfundvierzig, das Publikum nimmt im großen Konzertsaal der Juilliard School Platz. Umgeben von kultiviertem Stimmengewirr lächeln die Eltern einander höflich zu und bemühen sich, ihre Gewissheit zu verbergen, dass ihr Sprössling an diesem Abend den Sieg davontragen wird. Freunde sind angetreten, um für gebührenden Applaus zu sorgen. Die Dozenten schlängeln sich in die ersten Reihen, schütteln Hände und genießen das Gespräch mit den Profis, die über das Schicksal der Preisträger entscheiden werden. Derjenigen, die anschließend zu den Festivals von Tanglewood, Aspen und Cincinnati eingeladen werden und an den renommiertesten Wettbewerben mit den hohen Preisgeldern teilnehmen dürfen.

Shirley und Hortense sitzen nebeneinander im Publikum und lesen das Programm, in dem Garys und Calypsos Namen abgedruckt sind. Hortense trägt stolz ihren Dutt. Shirley hält sich sehr gerade und fixiert die Bühne. Ihr linkes Bein zuckt vor Ungeduld und stößt gegen das von Hortense.

»Mach dir keine Gedanken!«, sagt Hortense. »Es wird alles klappen.«

»Sie sind als Erste dran, glaubst du, das ist gut?«, fragt Shirley.

»Er wird sie in Grund und Boden spielen, verlass dich drauf!«

Gleich hinter Garys Namen hat sie den von Mark entdeckt und versucht den Namen seiner Partnerin zu entziffern.

»Dein Dutt ist sehr schön geworden«, lobt Shirley, um sich auf andere Gedanken zu bringen. »Ich glaube, ich habe Lampenfieber.«

Hortense lächelt.

»Es wird schon gut gehen. Er hat wie ein Irrer gearbeitet, zwölf Stunden am Tag, er kann nur gewinnen. Und außerdem ist er der Beste, so einfach ist das.«

Sie sieht bereits die schwärmerischen Artikel der Kritiker vor sich. »Der Pianist Gary Ward betrat die Bühne ohne das geringste Zeichen in Richtung Publikum. Er setzte sich ans Klavier und spielte die Beethovensonate wie von einem anderen Stern, völlig versunken in seiner erhabenen Darbietung, in der jede Note durch die Magie des Zusammenspiels seiner Finger aufblüht. Eine Magie, die sich federleicht über die Tasten breitet, sinnlich, flüchtig, tiefgründig und fließend, und die unter seinen Fingern den Zauber einer für einen jungen Mann seines Alters erstaunlich innigen Welt heraufbeschwört. *Veni, vidi, vici,* er kam, spielte, siegte, und er ging, wie er gekommen war: als Außerirdischer. Heute Abend wurde ein Genie geboren, und sein Name ist Gary Ward!«

Das würde ich schreiben, wenn ich Kritiker wäre. Sie versetzt ihrem Dutt einen kleinen Klaps, fährt sich mit der Zunge über die roten Lippen und konzentriert sich auf die Bühne.

Das Licht wurde gedämpft, das Flüstern ist verstummt. Hier und da hört man noch ein Räuspern, das Geräusch eines Sitzes, ein »Psst, hier bin ich«, begleitet von einer erhobenen Hand, dann wird alles still.

Calypso kommt als Erste auf die Bühne, in einem eng geschnittenen langen Kleid aus einem perlenbestickten hauchzarten Gewebe, das im Scheinwerferlicht glitzert, gefolgt von Gary, der in seinem schwarzen Jackett ernst und feierlich wirkt. Sein weißer Kragen ist offen, er hat seine Krawatte nicht umgebunden. Die beiden nehmen ihre Plätze ein, schlagen die Partituren auf, machen ihre Instrumente bereit, senken den Kopf, um sich zu sammeln, richten sich wieder auf, wechseln einen Blick und beginnen mit dem ersten Satz.

»Mein Gott, ist er schön!«, flüstert Hortense und stößt Shirley mit dem Ellbogen an.

Ich werde für dich spielen, *abuelo*, hat sie gesagt, bevor sie ihren Platz eingenommen hat. Ich werde dir helfen, damit du noch mehr »O«s aussprechen kannst, noch mehr »A«s, noch mehr »*cielitos*« und »*amorcitos*«. Du wirst stolz auf mich sein. Sie hat das Bild ihres Großvaters vor ihrem inneren Auge heraufbeschworen, ist auf die Bühne gegangen, hat ihr Instrument genommen, hat Gary angesehen, den Bogen auf die Saiten gelegt und die ersten drei Takte der Einleitung gespielt.

Das flehende, zarte, fröhliche Motiv von Beethovens *Frühlingssonate* stieg auf, und die Noten begannen zu sprechen. *Abuelo*, *abuelo*, hör mir zu, mit fünfundsiebzig ist man noch nicht alt, das hast du früher selbst gesagt, *abuelo*, ich will, dass du sprichst, ich will, dass du gehst. Breite die Arme aus, ich komme zu dir. Das Bild wurde lebendig, ihr Großvater lächelte, seine Falten zogen sich bis an die Schläfen, er hob einen Arm, bewegte die Finger, er schlägt den Takt, eins, zwei, drei, eins, zwei, drei, runzelt die Stirn, konzentriert sich auf die Noten, die ihr entwischen oder verrutschen wollen. Er legt den Kopf auf die Seite, schließt die Augen, und ein undefinierbares Glück breitet sich auf seinem Gesicht aus.

Sie steht auf der Bühne. Zusammen mit Gary und Ulises. Sie löst sich auf, wird leicht, verwandelt sich in einen Regentropfen, schleudert ihre perlenbestickten Pumps von den Füßen, rennt barfuß los, ergreift die Hand ihres Großvaters, zieht ihn aus seinem Stuhl hoch und flieht mit ihm zusammen, sie fliegen, an ihre Geige geklammert, steigen hinauf bis zum Schnürboden, sie kennen keine Grenzen mehr. Sie dreht den Kopf und fängt Garys Blick auf, eindringlich, flehend, er bindet sich an sie, erzählt ihr eine Geschichte. Sie hört ihn, hält in ihrem Aufschwung inne, spitzt die Ohren, sag es mir, Gary, sag es mir, flüstert sie, während sie den Bogen auf und ab über die Saiten gleiten lässt, erzähl mir deine Geschichte.

Gary hört Calypsos Bogen, er sieht sie vor sich tanzen, barfuß, sie packt die Noten des Klaviers, lädt sie sich auf den Rücken, krümmt sich ein wenig unter der Last, wiegt sich hin und her, entfernt sich und kommt wieder zurück. Geh nicht, fleht er, geh nicht, ich will dir ein Geheimnis verraten.

Die Geige wird leiser, als spielte sie gedämpft, um ihn reden zu lassen.

Es war einmal ein kleiner Junge, sagt Gary, während er die

Noten der Sonate aneinanderreiht, es war einmal ein kleiner Junge, und ich habe versprochen, heute Abend für ihn zu spielen, ich will ihn wiederfinden, er ist der Schlüssel zu der Geschichte.

Willst du ihm Fragen stellen?, fragt sie.

Woher weißt du das?

Ihre Finger reden miteinander, die Noten verweben sich miteinander, die Musik gießt sie beide in dieselbe Schmelzform, er sieht ihren Großvater, der lächelt, der »O« sagt, der »A« sagt, der sagt: Na los, zeig mir, was du kannst, *muchacha*. Oh, ruft Calypso, ich sehe einen kleinen Jungen, er ist da, er sieht uns zu. Ein kleiner Junge in der Lobby eines großen Hotels. Wie traurig er aussieht! Ernst, stumm, er hat sich auf ein großes Sofa verkrochen. Er fragt sich, wo seine Mutter hingegangen ist, ob sie in Gefahr ist, er hat Angst um sie. Bist du das, dieser kleine Junge in der Hotellobby?, fragt die Geige.

Ja, das bin ich, gesteht er, ohne zu zögern. Ich habe noch nie jemandem davon erzählt. Noch nie habe ich über den kleinen Jungen gesprochen. Er ist acht Jahre alt, er ist zehn Jahre alt, um ihn herum ist alles weiß, er kennt keine Farben, er ist traurig, er hat nichts, woran er sich festhalten kann, er treibt dahin. Ich glaube, er ist verloren. Er sucht nach Worten, aber er findet sie nicht. Er weiß nicht, wie er dieses ganze Weiß, das ihm die Luft zum Atmen raubt, beschreiben soll. Es ist zu viel für ihn. Er steht auf und geht in den Park, zu den Bäumen, dem Rasen, den Petunien, den Cannas, den Vergissmeinnicht unter dem Moos, er sucht nach Farben.

Ich werde ihn betören, sagt Calypso, die zauberkundige Nymphe, warte nur, ich werde mit ihm reden, ihn beruhigen, ihn alles vergessen lassen, ich nehme ihn in die Arme, ich werde tausend Sirenen sein. Und die Geige beginnt leise zu spielen, sie umfängt den kleinen Jungen, sagt ihm, du darfst weinen, du darfst reden, du musst nicht den Schein wahren.

Aber ein Mann weint nicht, protestiert das Kind.

Doch, wispert Calypso, natürlich. Ich werde dir helfen. Wir werden zusammen weinen.

Und die Geige weint mit ihm.

Garys Herz schnürt sich zusammen, er erwischt den kleinen Jungen am Ärmel, er sagt: Ich bin froh, dich wiedergefunden zu haben, Calypso wird langsamer, beobachtet, wie sie vorbeigehen, schiebt den kleinen Jungen näher zu Gary hin. Na los, rede mit ihm, rede mit ihm. Und das Kind wird gegen Gary geworfen.

Gary schreit leise auf, er spürt die Hand des kleinen Jungen in seinen eigenen, bezaubert richtet er sich auf, Freude bricht sich Bahn, sinkt hinab auf seine Finger, er ist stark, er ist frei, die Staumauern explodieren, die Wassermassen strömen, am liebsten würde er laut schreien, singen, Beethoven zum Weinen bringen, danke, alter Freund, danke, dass du so wunderschöne Stücke geschrieben hast, Stücke, die einen mit sich forttragen, die mich wie einen Drachen hin und her wirbeln und Juwelen ausspucken. Am liebsten würde er Calypso umarmen, er kann nicht, also legt er sie auf das Klavier, küsst ihre Augenlider, seine Finger bilden eine große Leiter hinauf in den Himmel, er streckt die Hand nach ihr aus, um sie mitzunehmen, sie schaut ihn an, sie lächelt, sie sagt Ja, sie steigt mit ihm hinauf.

Shirley hat den Schrei des Jungen gehört. Er hallte wider wie in der Lobby der großen Hotels, in denen sie ihn allein ließ, weil sie niemanden hatte, um auf ihn aufzupassen, weil der Mann oben im Zimmer war und sie ihn nicht warten lassen durfte. Er zählte jede Minute, die sie sich verspätete, und ließ sie dafür bezahlen. Das wusste sie. Es war stärker als sie, sie musste hinaufgehen in dieses Zimmer, sie rannte die Stockwerke hoch, warf sich keuchend gegen die verschlossene Tür, klopfte, bat um die Erlaubnis, eintreten zu dürfen.

Um die Erlaubnis, sich misshandeln zu lassen.

Sie bat um Verzeihung.

Sie sagte: Mach, was du willst, aber verzeih mir.

Er grinste höhnisch, sah sie unverwandt an und malte sich aus, wie er sie quälen würde. Und dann lachte er.

Und wenn es vorbei war, denn so muss sie es nennen, wenn es vorbei war, ging sie wieder, schamvoll, beschmutzt. Sie ging zurück zu dem kleinen Jungen in der Lobby, kniete neben ihm nieder, bat ihn um Verzeihung. Wie oft hatte sie ihn um Verzeihung gebeten?

Und jetzt hört sie den Aufschrei des kleinen Jungen und sagt sich: Ich war ein Monster. Ihr Sohn. Ihr wundervoller Sohn. Er sitzt da vorn auf der Bühne, er spielt, er gibt alles. Er hat ihr ein Geheimnis verraten. Die Klage ihres Sohnes dringt ihr mitten ins Herz. Er zeigt ihr den Himmel, er zeigt ihr die Schönheit, sie will ihm folgen, sie will ihn nie mehr allein lassen. Sie will ihm ebenbürtig sein. Nicht mehr zurückfallen.

Immer die gleichen Fehler, immer wieder.

Sie denkt an den Mann zurück, den sie im Taxi umarmt hat, ich liebe ihn nicht, ich liebe ihn nicht, ich liebe nur die, die sich mir entziehen, die mich keines Blickes würdigen, die mich misshandeln, mich bestrafen. Ich weiß nichts von der Liebe, ich muss wieder ganz von vorn beginnen, demütig bei null anfangen.

Ich liebe ihn nicht, ich liebe ihn nicht, ich liebe ihn nicht.

Sobald Gary die ersten Töne angeschlagen hat, ist Hortense beruhigt. Er ist drin. Und dann hört sie eine Klage, nimmt einen Kummer wahr, Tränen steigen ihr in die Augen. Sonst noch was?, ruft sie sich zur Ordnung. Du wirst doch jetzt nicht anfangen zu heulen! Und dein Make-up ruinieren!

Es ist so schön, was er spielt!

Es ist so schön, wie das Mädchen mit der Geige darauf antwortet.

Es scheint fast, als bohre sie sich in seinen Körper, als grabe sie in seinem tiefsten Inneren. Sie drängt ihn, lässt nicht locker, und er lässt sie gewähren, er öffnet sich, spaltet sich auf wie eine Orange, die man zerteilt. Sie sind allein, als wären all die Menschen im Saal beim ersten Takt hinausgeführt worden. Sie sind glücklich, gequält, sie spielen Freude und auch Leid. Aber wie seltsam, das Leid verwandeln sie in einen Zaubertrank und lassen einen wundervollen Triumphgesang aufsteigen.

Sie erzählen einander eine Geschichte. Eine Geschichte nur für sie beide. Sie brauchen uns nicht. Genau wie ich, als ich meine Cordsamtjacke zugeschnitten habe. Sie wird so schön, meine butterblumengelbe Jacke. Ich habe gut daran getan, doch diese Farbe auszusuchen. Und den weichen, dicken Stoff. Sie sitzt gut, hat Gewicht. Es ist wichtig, einen guten Stoff auszuwählen. Schöne Materialien. Wie das Kleid dieses Mädchens, dieser Calypso. Wunderschön. Ob sie es mir wohl einmal ausleiht, damit ich mir den Schnitt ansehen kann? Ein merkwürdiges Mädchen, sie ist nicht schön, aber das macht nichts. Wenn sie spielt, wird sie zum Inbegriff der Anmut. Man möchte sich an den Strahlen ihrer Haut wärmen, in ihre Geige klettern, mit ihr fliegen. Sie ist eine Fee, sollte ich mich vor ihr in Acht nehmen? Nein, ich glaube nicht. Sobald sie ihren Bogen absetzt, kann sie nicht mehr gefährlich sein …

Ich liebe ihn nicht, ich liebe ihn nicht, wiederholt Shirley stumm, während sie das Ende der Sonate und den Applaus hört, der ihren Sohn und Calypso feiert. Das gesamte Publikum hat sich erhoben und klatscht begeistert Beifall.

»Ein Triumph, ganz offensichtlich«, erklärt Hortense. »Ich wusste es, ich wusste es!«

Gary und Calypso verbeugen sich. Winken ins Publikum. Schauen einander lächelnd an.

»Ich hätte mir gewünscht, dass es niemals endet«, flüstert Gary.

»Ich hätte bis zum frühen Morgen weiterspielen können«, wispert Calypso.

Plötzlich zerreißt ein gellender Pfiff ihre Ohren, zur Ordnung gerufen, heben sie den Kopf. Es ist Hortense, die auf ihrem Sitz steht und auf zwei Fingern so schrill pfeift wie ein Indianer aus Brooklyn. Sie streckt sich und kreischt: »Bravooo!« Gary wirft ihr eine Kusshand zu.

»Hey, Shirley! Siehst du, wie ich pfeife?«, ruft Hortense. »Ich übe das seit Tagen mit Astrid. Es ist verdammt schwer, kann ich dir sagen.«

Zwei Kameras nähern sich der Bühne und filmen die strahlenden Gesichter der beiden Solisten.

»Das ist CBS und das Team von *60 Minutes*!«, ruft Hortense und versetzt Shirley erneut einen Stoß mit dem Ellbogen. »Er hat uns gar nicht erzählt, dass er ins Fernsehen kommt! Das ist ja fantastisch. Wenn ich das gewusst hätte, hätte ich Calypso eines meiner Kleider gegeben, dann wäre ich innerhalb von dreißig Sekunden berühmt gewesen! Tja … aufgeschoben ist nicht aufgehoben, ich finde einen anderen, berühmteren Star, der meine Kleider trägt!«

In Elenas großem rotem Salon steht eine lange Tafel. Vierundzwanzig Gedecke. Freunde von Gary und Hortense, Bankiers, Journalisten, Pressereferenten, Fernsehproduzenten, alle notwendigen Zutaten, um eine Erfolgsgeschichte zu schreiben. Elena lässt den Blick über ihren Tisch schweifen und ist zufrieden. Die kristallenen Weingläser, Wassergläser und Champagnergläser funkeln. Kleine Blumensträuße bilden helle weiß-violette Tupfen, die Weinkaraffen recken ihren anmutigen Hals. Alles ist schön! Ein Erfolg! Ich kann es immer noch! Grandsire und Henry achten darauf, dass alles klappt, Kellner bewegen sich diskret im Rücken der Gäste. Fast scheint es, als träten sie aus den Vorhängen heraus, um sie zu bedienen, und kehrten sogleich wieder dorthin zurück. Die Männer tragen Smoking, die Frauen Abendkleider, die Kerzenflammen lassen die Augen funkeln und schmeicheln dem Teint.

Eine Aushilfe serviert unter Grandsires aufmerksamem Blick Cheval Blanc und Ruinart. Henry hält einen ungehobelten Kerl vom Rauchen ab, die Luft ist erfüllt von Stimmengewirr, Lachen, dem Klirren von Porzellan und Kristall. Elena hat Hortense zu Robert gesetzt, sie selbst hat Gary und Calypso an ihrer Seite behalten. Letztere scheint erschöpft vor sich hin zu schlummern. Elena bewundert, wie anmutig sie schläft, völlig aufrecht, eine leises Lächeln auf den Lippen, als schliefe sie nicht, sondern führte im Stillen den Dialog von Klavier und Geige fort.

Calypso ist in stiller Andacht versunken. Sie will ihr Glück auskosten. Es nicht in belanglosen Worten und höflichen Banalitäten verwehen lassen. Sie saugt die Einzelheiten dieses Abends ein, schmeckt sie, lässt sie sich auf der Zunge zergehen wie Pfefferminzbonbons, sie will kein Detail davon vergessen. Hin und wieder öffnet sie die Augen und lächelt dem ersten Blick zu, den sie auffängt. Dann schließt sie sie wieder. Sie ist so müde. Sie hat alles gegeben. *Abuelo*, *abuelo*, hast du deine »A«s und deine »O«s wiedergefunden? Sie entschuldigt sich nicht dafür, dass sie schläft. Sie hat keine Kraft mehr. Sie ruft sich die ersten Takte der *Frühlingssonate* in Erinnerung, und das Glück durchströmt sie aufs Neue.

Der Direktor der Juilliard School hat ihr eröffnet, dass sie für ihr letztes Studienjahr ein Stipendium erhalten werde. Keine Geldsorgen mehr, keine Geldsorgen mehr. Die Worte wiegen sie in ihrem Halbschlaf.

»Das ist nur gerecht«, hat Pinkerton gebrummt. »Sie haben das schon lange verdient!«

Sie hört das Angebot eines Agenten, Mendelssohn zu spielen. Zusammen mit Gary. Sie werden ihn gemeinsam einstudieren. Mendelssohn, Mahler, sie haben noch einiges vor. Glücklich schlummert sie inmitten der aufgetragenen Gänge, russische Fleischbällchen, Piroggen, Nougateis und Îles flottantes.

Am Ende der Tafel versucht Mark, Astrid zu verführen, aber sie hört ihm kaum zu. Zu jung, zu sauber, zu glatt, zu sanft für mich, scheint der Blick zu sagen, mit dem sie die Avancen des Pianisten zurückweist.

»Meine Mutter hat mir verboten, mit Künstlern auszugehen, sie sagt, das sei kein Beruf. Bloß ein Zeitvertreib für Faulpelze.«

»Dann besuche ich deine Mutter und überzeuge sie. Du machst mich verrückt. Ich kann ohne dich nicht mehr leben.«

»Trink ein großes Glas Wasser, dann legt sich das wieder.«

»Welch kümmerliches Heilmittel gegen eine so überwältigende Liebe!«

»Vergiss es, du interessierst mich nicht. Ich stehe auf kräftige Kerle, brutale, gemeine Typen, die mir einen Pflock ins Herz rammen, gegen die kommst du nicht an.«

»Es ist einfach stärker als ich. Sobald ich ein hübsches Mädchen sehe, verliebe ich mich. Aber das Gute ist, dass ich sie auch genauso schnell wieder vergesse.«

»Zum Glück. Du wurdest allmählich lästig.«

»Nur noch ein Bitte: Kannst du mal meine Nase anfassen?«

Astrid reißt die Augen auf.

»Deine Nase anfassen?«

»Und sie ganz leicht im Uhrzeigersinn reiben. So kriege ich einen Orgasmus.«

»Hast du ein Rad ab?«

»Kein Witz. Das ist meine einzige erogene Zone.«

»Der Typ ist total durchgeknallt!«

»Nein. In China, wo ich herkomme, gibt es viele wie mich. Aber wir dürfen es niemandem sagen. Das wäre schlechte Propaganda. So wie die eingebundenen Füße.«

»Warum?«

»Nicht gut für den Außenhandel.«

Er nickt ernst, und Astrid weiß nicht, ob sie ihm glauben oder in schallendes Gelächter ausbrechen soll.

»Bist du wirklich Chinese?«

»Sieht man das nicht?«

»Doch. Aber du könntest auch hier geboren sein und nur chinesische Eltern haben.«

»Nein. Ich bin in China geboren. Mit zwei Jahren bin ich nach New York gekommen, aber mit sieben hat man mich wieder zurückgeschickt. Das ist so Brauch in der Familie meines Vaters: Die Enkel gehören dem Großvater väterlicherseits. Also musste ich wieder zurück. Ich bin mit dem Schiff gefahren, wir hatten nicht genug Geld für einen Flug. Ich schlief oben an Deck, ich zitterte vor Angst und Kälte, ich wollte weglaufen. Ich wollte nicht dahin.«

»Das kann ich verstehen. Ich würde auch nicht in China leben wollen. Angeblich spucken die Leute da überall auf den Boden, sie reißen die alten Häuser ab, um Wolkenkratzer zu bauen, und man kann auf dem Markt menschliche Organe kaufen.«

»Furchtbar, einfach furchtbar. Ich wurde zu meinem Großvater gebracht, dem Oberhaupt eines für seine Grausamkeit berüchtigten Mafiaclans. Nur blutrünstige, bis an die Nasenspitze tätowierte Idioten! Mein Körper ist übrigens auch vom Hals bis zu den Zehen mit magischen Zeichen bedeckt.«

Astrid erschauert und versucht, durch das weiße Hemd hindurch ein Stück seiner Haut zu sehen.

»Mein Großvater hat mir beigebracht, mit Waffen umzugehen, Nasen und Ohren abzuschneiden, mir niemals etwas anmerken zu lassen, weder Gefühle noch Hoffnung oder

Schmerz. Manchmal warf er ein Messer zwei Millimeter an meinem Gesicht vorbei, und ich durfte nicht mit der Wimper zucken.«

»Aber du warst doch noch ein Kind!«, schreit Astrid auf.

»Er wollte, dass ich die Kindheit hinter mir lasse, und zwar schnell! Ich schlief auf dem nackten Boden, ich aß Ameisen, ich lief barfuß herum, ich wusch mich im Winter an einem Bottich draußen im Hof, dazu musste ich erst das Eis zerschlagen. Wenn ich aufmuckte oder jammerte, sperrte er mich in ein Verließ. Und da trank ich aus Pfützen und leckte den Salpeter von den Wänden.«

»Was für ein Mistkerl!«

»Er war mein Großvater«, sagt Mark seufzend. »Er hielt nur die Tradition aufrecht. Es wäre mir nie in den Sinn gekommen, ihn dafür zu verurteilen oder zu kritisieren.«

»Vollkommen indoktriniert!«

»In gewisser Weise ja. Alle hatten Angst vor ihm. Er konnte einen Mann mit einem einzigen Säbelhieb niederstrecken.«

»Wow!«, ruft Astrid, die seinen Großvater allmählich ziemlich interessant findet.

»Mit dreizehn habe ich zum ersten Mal getötet. Der Mann hatte sich geweigert, Schutzgeld zu zahlen. Ein leichtes Opfer. Ich wurde in eine alte, nicht mehr genutzte Lagerhalle gebracht, sie führten einen armen Alten herein, und ich jagte ihm eine Kugel zwischen die Augen. Das war leicht, der Mann war wie versteinert, er bewegte sich nicht und schiss sich vor Angst in die Hose. Ich bin auf ihn zugegangen, habe ihm in die Augen gesehen und geschossen. Keinerlei Emotionen. Ich war zufrieden mit mir.«

»Wow!«, sagt Astrid, deren gesamter Wortschatz sich mittlerweile auf diese eine Silbe beschränkt.

»Und weiß man denn mit dreizehn überhaupt schon, was man tut?«

Astrid weiß nicht, was sie darauf antworten soll. Sie seufzt aufgewühlt.

»Und zur Belohnung bekam ich meine erste Nutte. Ein fünfzehnjähriges Mädchen, schön wie die Sonne, und so was von geschickt! Du glaubst gar nicht, was die alles mit mir angestellt hat, sie war erfahren wie eine ausgebuffte alte Kurtisane!«

»Wow!«, wiederholt Astrid fasziniert. Sie kann den Blick nicht mehr von Mark abwenden.

»Eine Prüfung folgte auf die andere. Ich überwand brennende Barrikaden, ich sprang von einer Brücke in den Fluss, ich trank zwei Flaschen Schnaps auf ex, ich knallte einen Typen ab, zwei Typen … Ich schlief mit einer Nutte, zwei Nutten. Ich hatte nur einen einzigen Freund. Einen Cousin, den mein Großvater mit mir zusammen ausbildete. Wir waren gleich alt, und ich mochte ihn sehr. Wir schliefen zusammen, wir trainierten zusammen, manchmal fickten wir auch zusammen, wir machten uns gegenseitig Mut, wenn wir jemanden töten oder in die Tiefe springen mussten. Als ich achtzehn wurde, kam es zur letzten Prüfung.«

Astrid hängt gebannt an Marks Lippen. Sie hat eine Hand auf ihre Brust gelegt und kann kaum noch atmen.

»Mein Großvater sagte mir, dass ich noch einmal würde töten müssen. Ich zuckte mit den Schultern und sagte, kein Problem. Aber du musst mit drei Messerstichen töten, fügte er hinzu, nicht mehr als drei. Vor drei Richtern. Sie werden jeden Stich zählen. Und dir wird kein vierter mehr gewährt. Wenn du versagst, werden sie dich umbringen. Kein Problem, habe ich wiederholt.«

»Wow!«, kommentiert Astrid und windet sich auf ihrem Stuhl.

Am liebsten würde sie die goldbraune Haut dieses so gewöhnlich aussehenden Jungen berühren. Seinen Mund schmecken, seine Brust, seinen Penis. Sie presst die Beine zusammen, um das Kribbeln zu unterdrücken, das zwischen ihren Schenkeln aufsteigt.

»Dann fragte ich kühl, wen ich denn töten solle, und mein Großvater antwortete: Deinen Cousin. Nein, nein!, hätte ich beinahe geschrien, aber ich beherrschte mich. Ich biss die Zähne zusammen und fragte: Weiß er es? Da sagte er: Nein. Muss ich ihn überraschend töten? Ja, sagte er. Wenn du diese Prüfung bestehst, wirst du ein vollwertiges Mitglied unserer Familie. Du wirst trotz deiner Jugend von Gleich zu Gleich behandelt werden. Und da habe ich mir gesagt, dass ich keine Wahl hatte, entweder er oder ich, und ich habe zugestimmt.«

»War das nicht nur ein Test?«

»Nein. Ich kam wieder in eine große Halle. Ketten hingen von der Decke, Rollen schwangen hin und her, Gips löste sich von den Wänden und wirbelte Staubwolken auf. Wenn man ging, erzitterten die Balken, ich dachte schon, einer davon würde mir auf den Kopf knallen.«

»Oh, mein Gott!«, sagt Astrid, die sich Luft zufächelt und hofft, er werde ihr seine Handynummer geben.

»Am Ende der Halle standen direkt unter einem dicken Eisenträger ein Tisch und drei Stühle. Darauf eine Wasserflasche und drei Gläser. Mein Cousin spielte mit einem Ball, er versuchte Körbe zu werfen. Er begrüßte mich mit einem strahlenden Lächeln. Ich gab ihm einen freundschaftlichen Klaps auf den Rücken, und dann sah ich die drei Richter hereinkommen. Drei kahlköpfige, fette Männer in dem schwarzen Gewand mit drei roten Streifen und einem goldenen Drachen darauf, an dem man die Mitglieder unseres Clans erkennt. Jeder von ihnen trug einen Säbel an der Seite. Wortlos gingen sie zu dem Tisch. Wer sind die Typen?, fragte mein Cousin. Keine Ahnung, antwortete ich. Warum sehen die uns so an? Weiß ich nicht, sagte ich. Die drei Männer setzten sich hin. Der älteste von ihnen schlug mit einem metallenen Lineal gegen ein Wasserglas und sagte: Fangt an! Mein Cousin sah mich an und begann zu lachen. Ich zog ein langes, scharfes Messer aus dem Ärmel. Er starrte mich an und schrie: Nein, nein! Ich seufzte verzweifelt und sagte: Tut mir leid, Alter, entweder du oder ich! Er hat mich angefleht, geweint. Ich habe den Kopf abgewandt, und da hat er sich mir so schwungvoll vor die Füße geworfen, dass … Aber das glaubst du mir garantiert nicht!«

»Doch, doch, erzähl weiter«, beschwört ihn Astrid und gräbt ihre Finger in Marks Arm. »Ich kann alles hören!«

»Der Eisenträger über dem Tisch löste sich, fiel auf die drei Richter und erschlug sie!«

»Und dann?«, fragt sie atemlos.

»Tja, da standen wir beide nun. Wir betrachteten die zerschmetterten Schädel, das Blut, das sich auf dem Boden ausbreitete, wir hörten das Stöhnen, das unter dem Träger hervordrang.«

»*Oh my gosh!*«, entfährt es Astrid. Sie presst eine Hand auf den Mund, um nicht zu schreien.

»Ich ging näher ran. Es war noch etwas Wasser in der Karaffe. Ich schenkte uns beiden jeweils ein Glas ein, und wir tranken. Ich mache dir keinen Vorwurf, sagte er, du hattest keine Wahl. Du bist ein feiner Kerl, antwortete ich, du hast etwas gut bei mir. Und wir haben uns umarmt. Seitdem sind wir Freunde fürs Leben. Mein Großvater wollte, dass ich in China bleibe, aber ich hatte mit dem Klavierspielen angefangen und eine ganz neue Welt entdeckt, also bin ich hierher zurückgekehrt. Er hat es verstanden. Er hat gesagt, falls ich jemals wieder nach Hause kommen wolle, sei ich ihm willkommen, ich würde meinen Rang im Clan behalten.«

Astrid mustert Mark mit grenzenlosem Respekt.

»Tut mir leid, dass ich dich vorhin so habe abblitzen lassen.«

»Kein Problem, Baby. Den wirklich harten Jungs sieht man

es eben nicht an. Sie wirken wie Engel, und in Wahrheit sind sie Dämonen, glaub mir, ich weiß, wovon ich rede!«

»Aber du musst doch trotzdem gelitten haben …«

»Ja. Mein Herz ist dabei draufgegangen. Ich spüre nichts mehr. Du kannst mal anfassen, meine Brust ist hohl.«

Sie streckt die Hand aus, als sollte sie eine Reliquie berühren, und er bricht in schallendes Gelächter aus. Er krümmt sich, hält sich den Bauch vor Lachen, Tränen laufen ihm über die Wangen. Gary bemerkt ihn, schmunzelt belustigt und ruft: »Hast du schon wieder eine deiner Heldengeschichten erzählt?«

»Klar. Und es hat funktioniert. Sie steht nur auf böse Jungs!«

Außer sich vor Wut versetzt Astrid ihm unter dem Tisch einen Tritt gegen das Schienbein und wendet ihm den Rücken zu. Mark fällt vor Lachen fast vom Stuhl.

Diesen Moment wählt Elena, um Ruhe zu fordern: Sie möchte einen Toast ausbringen. Sie bedeutet Robert, die Kamera zu nehmen und alles zu filmen.

Wieso muss sie das unbedingt aufnehmen?, fragt sich Hortense.

»Haben Sie keine Angst, ich werde nicht lange reden. Ich weiß, wie langweilig Reden sind, wenn sie nicht von geistreichen, humorvollen Autoren verfasst wurden. Ich wünschte, Oscar Wilde oder Noël Coward wären heute Abend unter uns, dann würde ich ihnen nur zu gern meinen Platz überlassen. Ich möchte Calypso und Gary für das wundervolle Konzert danken, das sie auf der Bühne der Juilliard School gegeben haben, ich selbst durfte gestern Abend hier in dieser Wohnung eine private Aufführung genießen. Ich möchte Gary zu seiner Beharrlichkeit, seinem Talent und seiner Großherzigkeit gratulieren, die ihn zu einem bemerkenswerten Künstler machen, und Calypso prophezeie ich einen Weg, der von Ruhm und Erfolg gekrönt sein wird …«

Elena hebt ihr Champagnerglas und wendet sich Calypso zu, die den Kopf neigt und ihr mit einem Lächeln dankt. Sie hört den Beifall, sieht, wie Gary ihr zulächelt, ihr zu danken scheint, sie zieht eine Augenbraue hoch. Danken wofür? Und er lächelt immer noch. Elena beugt sich zu ihr herunter, legt einen Arm um ihre Schultern und stößt klirrend mit ihr an. Calypso errötet. Sie senkt den Kopf, ein Schwall Parfüm steigt ihr von dem perlenbestickten blauen Kleid in die Nase und macht sie benommen. Ulises' Botschaft für sie. Statt einer Nachricht schickt er ihr ein Parfüm. Ein Hauch von Mandarine und Orange, ein zerdrücktes Veilchenblatt, eine Spur Ylang-Ylang, Rose und Vanille, ihre Nasenflügel beben, Patschuli und Zedernholz bilden den Abschluss. Ihr schwirrt der Kopf. *Abuelo, abuelo*, danke. All diese Düfte bestürmen und durchdringen sie. Hüllen sie ein in eine warme Gegenwart, sie reibt mit der Wange über ihre Schulter, über ihr Kleid, ahmt eine Liebkosung nach, Hingabe. Wie ist Ulises zu einem so schönen Kleid gekommen? Wer hat es ihm überlassen? Denn das Kleid ist nicht neu. Es war sicher nicht Rosita, nein, nein, sie hat kräftige Hüften und volle runde Brüste. Es war eine andere Frau, eine Frau, die er leidenschaftlich geliebt haben muss, denn er hat ihr Kleid aufbewahrt. Aber wer? Und warum hat er es ihr am Tag vor dem Konzert geschickt?

»Außerdem möchte ich diesen Anlass nutzen, um Ihnen eine große und wundervolle Neuigkeit zu verkünden …«

Elena macht eine Pause, um die Wirkung ihrer Worte zu steigern. Später werden die Leute sich den Film ansehen und sagen: An dem Abend hat alles angefangen. Die Gespräche sind verstummt, man hört kein einziges Flüstern, kein unterdrücktes Lachen mehr. Henry und Grandsire stehen hoheitsvoll da, sich der Bedeutung dieses Augenblicks bewusst, bereit, jeden zum Schweigen zu bringen, der es wagen sollte zu reden.

»Hortense und ich, wir werden uns zusammentun und …«

Wieder macht Elena eine Kunstpause und prostet Hortense zu, die unwillkürlich gerührt ist. Und beruhigt. Jetzt ist es also offiziell, sie wird keinen Rückzieher machen. Wir werden bald einen Vertrag unterzeichnen, ich muss mir einen Anwalt suchen, ich will nicht übers Ohr gehauen werden!

»...ein neues Modehaus gründen! Ich habe die Entwürfe der ersten Kollektion gesehen, und ich kann Ihnen versichern, dass die berühmtesten Couturiers allen Grund zur Sorge haben, denn eine neue Rivalin ist geboren. Lang lebe das Modehaus Hortense Cortès!«

Alle klatschen Beifall. Glücklich und stolz steht Gary auf und streckt Hortense sein Glas entgegen. Sie geht zu ihm und küsst ihn.

»Ich bin so stolz auf uns!«, flüstert sie ihm ins Ohr. »Wir sind die Besten, und es fängt gerade erst an!«

Mark erhebt sich ebenfalls, Robert, Shirley, Astrid, Rosie, Jessica und all die übrigen Gäste folgen seinem Beispiel.

Nur Calypso bleibt sitzen.

Ihr Kopf wackelt hin und her, sie hört das Stimmengewirr, legt die Hände aneinander, um zu klatschen, und wieder steigt ihr ein Schwall des Parfüms in die Nase, von dem ihr Kleid durchtränkt ist. Ach, sagt sie sich, ich habe den Fremden aus dem Park gar nicht gesehen. Hat er seine Karte abgeholt? War er beim Konzert?

Ihr Kinn sinkt auf die Brust hinab. Sie schläft.

An diesem ersten Sonntag im Mai hat Emily Coolidge ein hübsches Kleid und einen Leopardenstring angezogen, hat sich zwei Tropfen »Ivoire de Balmain« hinters Ohr getupft und bereitet sich nun darauf vor, ihren Liebhaber Giuseppe Mateonetti zu empfangen.

Er kommt immer sonntags. Manchmal auch dienstags oder donnerstags. Er kommt immer öfter. Das ist ein gutes Zeichen.

Sonntagabends schaut er *60 Minutes*, seine Lieblingssendung. »*The number one news program*«, sagt er und knabbert eine Erdnuss, »über dreizehn Millionen treue Zuschauer, das ist ein Publikum!«

An diesem Sonntagabend lackiert sie sich die Nägel, während sie auf ihn wartet. Giuseppe liebt Frauen mit langen, roten Fingernägeln. »Sei meine Leopardin, und ich werde dein Panther sein«, sagt er und bleckt knurrend die Zähne. Die Art, wie er die Oberlippe schürzt, erschreckt sie jedes Mal. Es scheint fast so, als wollte er sie verschlingen.

Sie schaltet den Fernseher ein, damit alles bereit ist, wenn er klingelt. Er verlangt immer etwas Unerwartetes, und sie liebt es, an alles gedacht zu haben und ihn zu überraschen. Irgendwann muss er sie doch einfach perfekt finden! Dann wird er nicht mehr ohne sie leben können. Und … sie heiraten.

60 Minutes. CBS. Channel 2. Sie mag die Sendung nicht besonders. Zu ernst. Und außerdem sind die Moderatoren alt, die Haut an ihrem Kinn, ihren Lidern, ihrem Hals, ihrem Hintern und ihren Eiern ist schlaff und faltig. Ich weiß das, ich habe sie im Bademantel gesehen. In der Maske oder anderswo. Kichernd trägt sie eine letzte Schicht Rot auf. Die Männer im Fernsehen nehmen sich immer so furchtbar wichtig, aber zwischen meinen Schenkeln oder in meinem Mund werden sie zu kleinen Jungs! Sie schreien laut auf, säuseln Koseworte, danken mir tausendmal. Sie rufen meinen Namen oder nach Gott. Vor allem die Alten! Die sind mitleiderregend. Ich will nicht alt werden, sagt sie sich, zieht den Bauch ein, sperrt die Augen auf und hebt das Kinn.

Auf dem Couchtisch liegt die Sonntagsausgabe der *New York Times*, darauf ein Stück Käsekuchen mit Schokolade. Sie hat es für Giuseppe gekauft. Er isst gern ein Stück Käsekuchen, während er seine Lieblingssendung schaut. Und sie tut alles, was ihm gefällt.

Sie hat alle Hoffnung auf ihn gesetzt.

Natürlich ist sie es manchmal leid, dass ihr der Nacken schmerzt, weil sie sich zu lange über seinen Schritt beugt. Aber er bittet sie so lieb um seine kleine *piacevole consuetudine*, seine »angenehme Gewohnheit«, führt ihr Gesicht so zärtlich zu der Beule in seiner Hose. Er öffnet den Reißverschluss, packt sie bei den Haaren und dann los, Baby, los.

Aber wenigstens isst sie in der Zeit keinen Käsekuchen. Sie bemüht sich immer, die Dinge positiv zu sehen.

Sie ist nicht so scharf darauf, ihm ständig einen zu blasen. Auf Dauer ist das doch recht eintönig. Aber anscheinend ist sie eine wahre Meisterin auf diesem Gebiet. Das behauptete jedenfalls ihr letzter Liebhaber, Bill Crumbey. Emily ist die Königin des Blowjobs, sagte er immer, wenn sie mit Freunden beim Essen saßen, und ahmte eine Flötenspielerin nach. Sie brachen in schallendes Gelächter aus, samstagabends, beim Weißwein in East Hampton. Sie wollte dazugehören. Und so lachte sie schließlich mit.

Giuseppe hat kein Haus in den Hamptons, sondern einen Palazzo in der Nähe von Siena. Seine Mutter lebt dort. Sie ist Witwe. Er ruft sie jeden Sonntagmorgen an und redet lange mit ihr. Er ist ein sehr respektvoller, sehr liebevoller Sohn, und um nichts in der Welt würde er seinen sonntäglichen Anruf verpassen.

Sie hat nicht auf das falsche Pferd gesetzt.

Er lädt sie in schicke Restaurants ein, gibt großzügig Trinkgeld und schenkt ihr Shahtoosh-Schals, die aus der Halswolle von in über fünftausend Metern Höhe lebenden Tibetantilopen gewebt werden und mehrere Tausend Dollar kosten. Um einen einzigen dieser Schals herzustellen, benötigt man die Wolle von fünf Antilopen. Er hat ihr zwei davon geschenkt. Sie hat ausgerechnet, dass ihretwegen jetzt zehn tibetische Antilopen in der Kälte bibbern. Das hat ihre Begeisterung ein wenig gedämpft. Als er ihr einen dritten Schal schenken wollte, hat sie abgelehnt und erklärt, sie wolle ihn nicht ruinieren. Er hat protestiert, das sei doch gar nichts, aber sie sah vor ihrem geistigen Auge fünf weitere Antilopen, die ihretwegen nackt im Schnee stehen, und hat gesagt, das komme nicht infrage.

Er fand ihre Geste ungemein nobel und hat seiner Mutter davon erzählt, die überrascht zu sein schien. Sie hat also doch ein bisschen Verstand, hat sie gespottet.

»Wieso hat sie das gesagt?«, wollte Emily wissen.

»In ihren Augen sind alle Frauen, mit denen ich ausgehe, Flittchen, die sich nur für mein Geld interessieren! Aber du nicht, mein Liebling!«

»Nutten also!«, lautete ihre Zusammenfassung.

Manchmal, wenn sie zwischen seinen Beinen zugange ist, denkt sie an die Antilopen und sagt sich, dass sie selbst auch nicht besser dran ist als die Tiere. Auch ihr Schicksal liegt in den Händen der Männer, und das ist nicht unbedingt zu ihrem Besten.

Ach was, das ist idiotisch, sie darf sich nicht beklagen: Sie hat nicht auf das falsche Pferd gesetzt.

Er geht mit ihr zu Tiffany und in die Oper, nennt sie *tesoro mio* und streichelt ihr dabei die Wange. Er nimmt ihre Hand und legt sie im Halbdunkel eines Kinosaals in seinen Schritt. Sie lacht und windet sich, doch sie lässt die Hand dort liegen und bewegt sie ein wenig, wenn es ganz dunkel ist. Er hat das Unternehmen seiner Familie geerbt, La Casa di Lena, sie weiß nicht genau, was das ist, glaubt aber verstanden zu haben, dass es sich um ein Weingut in Umbrien handelt. Im Moment leiten seine Mutter und seine Schwester die Geschäfte. Er kümmert sich um die Public Relations in Paris, London, New York, Moskau, Dubai und dem Rest der Welt. Sie hat ihn bei einer Reportage über Familienunternehmen in der Luxusgüterbranche kennengelernt, »Kleine Firmen und das große Geld«. Er wohnt in einem Penthouse an der Fifth Avenue, gleich neben dem Hotel The Pierre. Er lässt seine Hemden mit seinem Monogramm besticken, hält ihr die Taxitür auf und vergewissert sich, dass seine Krawatte gerade sitzt, bevor er bei seinen Freunden klingelt.

Er verfügt über gute Manieren.

Sie hat nicht auf das falsche Pferd gesetzt.

Falls Giuseppe sie um ihre Hand bittet, braucht sie nicht mehr zu arbeiten, dann wird er für sie sorgen. Er will kein Kind, er sagt, Kinder machten zu viel Lärm, man müsse sich ständig um sie kümmern, sie äßen Zucker und bekämen Karies. Er will, dass sie sich ganz auf ihn konzentriert. Und auf die Beule in seiner Hose! Aber das sagt er immer mit einem Lachen.

Er hat Humor.

Sie würde gern einen Schluck trinken, während sie auf ihn wartet. Worum wird er mich heute bitten? Es scheint fast so, als würde er mich testen … Kann es sein, dass er mich testet? Das wäre ziemlich schäbig.

Sie schenkt sich ein Glas Wodka ein, schimpft sich eine Idiotin, er wird es merken, wenn er sie küsst, schiebt das Glas von sich und gießt den Inhalt zurück in die Flasche. Sie darf nichts vergeuden. Sie muss sparen. Es ist nicht sicher, ob ihr Vertrag nach der Sommerpause verlängert wird. Man hat ihr zu verstehen gegeben, dass sie »an ihrem Gesicht ein bisschen was machen lassen« sollte, wenn sie weiter auf Sendung bleiben und *Rich and Famous and Me* präsentieren wolle. Und wie ich auf Sendung bleiben will!

Grace, das Hausmädchen, hat eine große Schüssel Obstsalat gemacht. Emily greift sich ein Stück Ananas heraus, zerbeißt es mit ihren weißen Zähnen, der Saft läuft über ihre Finger mit den langen roten Nägeln. Vergiss nicht, den Bauch einzuziehen. Grace braucht nichts an ihrem Gesicht machen zu lassen, um den Haushalt zu besorgen. Das ist ein Vorteil. Und sie braucht auch niemandem einen zu blasen … Mag sein, aber dafür macht sie die Hausaufgaben ihrer nichtsnutzigen Söhne!

Dann doch lieber Blowjobs. Und außerdem habe ich Übung darin. Ich denke einfach an etwas anderes. Ich sehe in der Hose vor mir die Karibik, den warmen Sand, das türkisfarbene Meer, die orangefarbenen und grünen Fische und lege los. Wie stehen das bloß Frauen durch, die keine Fantasie haben? Sie tun mir leid, es ist so langweilig.

Er verspätet sich. Die Sendung wird ohne ihn anfangen. Sie pustet auf ihre Fingernägel. Sprüht sich einen Stoß Pfefferminzspray in den Mund. Schnüffelt an ihren Achseln. Fährt mit einem Finger in ihren Leopardenstring. Schnüffelt erneut. Sprüht das französische Parfüm an ihren Hals. Immer dasselbe. Ich bin eine treue Frau! Schiebt ihre Brüste im Büstenhalter hoch. Fünfundvierzig, dafür habe ich mich gut gehalten. Sie hat ihm nicht gesagt, wie alt sie ist. Er versucht, es aus ihr herauszukitzeln, aber sie weicht ihm jedes Mal aus und säuselt kokett, dass eine Frau, die man liebt, alterslos sei. Eines Tages hat er eine Schätzung gewagt: vierzig. Und sie hat sich empört gegeben. Schon gut, schon gut, hat er da gesagt, achtunddreißig? Sie hat ihn von sich gestoßen und ihm seine kleine Verwöhneinheit verweigert. Noch mit dem Kopf auf dem Richtblock würde sie lügen.

Es klingelt an der Tür. Sie schaut ein letztes Mal prüfend durchs Wohnzimmer. Alles steht bereit. Die Whiskyflasche, das Perrier, die Eiswürfel. Der Fernseher ist eingeschaltet. Die Streichhölzer, der Zigarrenschneider, der Aschenbecher.

»Ich komme, *amore mio*, ich komme!«, ruft sie beschwingt. Trippelt hastig auf ihren hohen Absätzen zur Tür, wäre um ein Haar über die Teppichkante gestolpert und hingefallen, rutscht weg, kann sich gerade noch an einer Kommode festhalten. Wieder klingelt es, gebieterisch, verärgert.

»Ich komme, *amore*!«

Sie atmet tief durch, bauscht vor dem Spiegel im Eingang noch einmal ihr Haar auf, befeuchtet ihre Lippen, zieht den Bauch ein, breitet die Arme aus und öffnet die Tür.

»Guten Abend, *bellissima*! Komme ich noch rechtzeitig zur Sendung? Hat sie noch nicht angefangen?«

Sie beruhigt ihn. Er küsst sie flüchtig, löst seinen Krawattenknoten, schaut über ihre Schulter auf den Bildschirm und fragt: »Hast du einen Schuhlöffel?«

Pinkerton hat Calypso angerufen, um ihr zu sagen, dass die Sendung gleich anfängt. Jetzt sitzt sie zusammen mit Mister G. im Wohnzimmer, und sie warten schweigend. Mister G. hat seine Kamera geholt, um den Bildschirm zu fotografieren.

»Hast du Ulises Bescheid gesagt?«, fragt er und zupft an seiner bestickten Weste.

»Nein, das habe ich vergessen!«

»Dann mach das noch schnell! Er würde es dir nie verzeihen.«

Unverzüglich wählt sie die Nummer.

Ulises macht Fortschritte, er artikuliert Laute, die sie zusammenfügen kann. So gelingt es ihr, ganze Sätze zu rekonstruieren. Manchmal gerät er in Rage und weigert sich weiterzusprechen.

Nach dem Konzert hatte sie ihn angerufen. Ihr Dialog klang ungefähr so:

»Kleid an, *amor*?«

»Ja, *abuelo*. Das Kleid und die Schuhe.«

»Du hübsch!«

»Es gab sehr viel Applaus, und wir haben den Wettbewerb gewonnen! Wir haben gewonnen!«

»Gut, gut, ich froh.«

Er kann nicht lange reden, er wird schnell müde.

»Und ich wurde vom Fernsehen interviewt! Der Journalist hat über Geld gesprochen, über Gagen, Wettbewerbe, Rivalitäten, aber kaum über Musik. Pinkerton sagt, das sei normal, das sei es, was die Leute interessiert.«

Diesmal geht Rosita ran.

»Ich habe vergessen, euch Bescheid zu sagen…«, ruft Calypso ins Telefon. »Es fängt gleich an! Es fängt gleich an! Die Sendung auf CBS, in der ich vorkomme. Telefonieren wir danach noch mal?«

Beim Auflegen erblickt sie ein großgewachsenes, schlankes Mädchen, das in einem blauen, perlenbestickten Kleid die Bühne betritt, auf seinen Platz geht und anmutig die Geige in die Hand nimmt. Sie betrachtet das Mädchen verblüfft. Das ist sie. Kann es wirklich sein, dass sie das ist?

Sie dreht sich zu Mister G. um und fragt: »Bin ich das, bin ich das wirklich?«

Er nickt lächelnd.

Doch es scheint, als sähe er dabei gar nicht sie an, als wäre das Lächeln für eine Frau gleich hinter ihr bestimmt.

Sie dreht sich um, aber da ist niemand.

Emily ist gerade zwischen Giuseppes Beinen zugange, als sie eine Geige und ein Klavier hört. Sie dreht den Kopf zum Bildschirm. Sie könnte währenddessen ein wenig fernsehen. Dann wäre es nicht so langweilig. Aber er schiebt ihre Nase zurück in seinen Hosenschlitz. »*Che bontà*«, stöhnt er. »Mach weiter, meine Liebste, nicht nachlassen, der Klang dieser Geige ist so schön! Und du bereitest mir einen solchen Genuss!« Er drückt eine Hand in ihren Nacken, zwingt sie, schneller zu machen, langsamer, er hält die Zügel seiner Lust in der Hand, sie bekommt keine Luft mehr, erstickt fast, aber sie macht weiter wie ein braves Mädchen.

Er stöhnt. Seine Worte werden unzusammenhängend. »Und das Klavier, ah, dieses Klavier! Und die Geige, diese Geige! *Dio mio!* Und dieses Mädchen, was für eine Musikerin! *Ma* … sie ist unglaublich, sie spielt, wie du bläst, meine Liebste, sie ist eine Virtuosin. Es ist so lieb von dir, mir solche Lust zu bereiten! Und dieses Mädchen würde ich zu gern mit ihrem Bogen auf meinem Schniedel spielen lassen. Du machst meinen kleinen Schniedel so glücklich.« Am liebsten würde er sein Glück laut hinausschreien. »*Ma questi due*, sie sind unglaublich! Mir kommen gleich die Tränen! So viel Schönheit, so viel Qualität!«

Gekränkt dreht Emily verstohlen den Kopf Richtung Fernseher, und ihr stockt der Atem. Sie erkennt ihr Kleid wieder. Ihr mit funkelnden Perlen besticktes blaues Kleid mit den langen Vogelhälsen auf den Schultern. Das ist mein Kleid, möchte sie schreien, mein Kleid! Und in ihrem Kleid ein großes, schlankes Mädchen mit dunklem Teint, das sich an einer Geige festhält, als wäre es eine seidene Leiter. Sie schwebt über der Bühne. Sie hat die Augen einer Libelle und ein Kinn wie ein Flaschenhals. Der Name des jungen Mädchens erscheint am unteren Bildrand: Calypso Muñez.

Von Zuckungen erfasst, explodiert Giuseppe in ihrem Mund, dabei umklammert er Emilys Kopf mit beiden Händen, als wollte er ihn zerquetschen. Er brüllt wie ein Affe, und sein Kopf schlägt gegen die Rückenlehne des Sofas.

Emily bekommt keine Luft mehr, sie ringt nach Atem, reißt sich los.

Ein Faustschlag hat sie mitten ins Gesicht getroffen. Wie ein kaputter Hampelmann fällt sie rücklings auf den Teppich. Sperma läuft ihr aus dem Mund, sie schluckt nicht gern. Diskret spuckt sie es in Papiertaschentücher, die sie unter einem Sofakissen versteckt hält. Er bemerkt nichts davon, sein Kopf liegt immer noch auf der Rückenlehne, und erst allmählich kommt er wieder zur Besinnung.

Calypso Muñez, ihre Tochter, spielt im Fernsehen Geige.

Sie wischt sich den Mund ab. Calypso Muñez. Und jetzt spricht ihre Tochter. Ihre Stimme klingt sanft, zurückhaltend, gelassen. Sie hat kein schönes Kinn, sie hat keine schönen Zähne, aber ihre Augen sind von einem Traum erfüllt, sie ist keine gewöhnliche Sterbliche. Neben ihr steht ein hübscher, großer, dunkelhaariger Junge und schaut sie zärtlich an. Sie sind noch nicht wieder auf die Erde zurückgekehrt, sie schweben dort oben, in den Wolken.

Giuseppe verlangt nach etwas zu trinken, aber sie bedeutet ihm mit einem Wink, still zu sein. Er protestiert nicht, schlaff sinkt er zurück auf das Sofa. Fällt zusammen wie ein alter Luftballon.

»Kennst du sie?«

»Ja.«

»Kennst du sie gut?«

»Sie … sie ist die Tochter einer Freundin. Dolores.«

»*Olé*, Dolores!«

Er ist bester Laune, er will spanisch sprechen, die Fersen zusammenschlagen, Tacos essen, Flamenco tanzen. Großmütig fügt er hinzu: »Sag deiner Freundin, dass ihre Tochter wahnsinnig talentiert ist! Aber jetzt würde ich wirklich gerne etwas trinken.«

Sie stößt ihn mit der Schulter zurück, hört ihn nicht mehr.

»Alkohol, *muchacha*!«, brüllt er ihr lachend ins Ohr.

Muchacha!

Plötzlich sieht sie alles wieder vor sich: den Mann, die Garage, den LKW auf der Baustelle, die Palmen, die Bougainvillen, die Motelzimmer, es gab dort nie eine Klimaanlage, und wenn doch, dann war sie kaputt. Es war das Jahr, in dem ihre Eltern sie zu ihrer Tante und ihrem Onkel nach Miami geschickt hatten, um dort ihr letztes Schuljahr zu absolvieren. Ihr Vater litt an einer »langwierigen Krankheit«, ihre Mutter musste sich

»Tag und Nacht« um ihn kümmern, es war »eine schlimme Zeit« für die beiden, sie »mussten wieder zueinanderfinden«, das war auch besser für sie. Sie hatte begriffen, dass sie störte.

Das Problem war, dass sie auch ihren Onkel und ihre Tante störte. Sie waren nie zu Hause. Sie hielten strenge Diät und aßen ausschließlich Hähnchenbrust. Sie hatten keine Kinder und wussten nicht, wie sie mit ihr reden sollten. Anfangs hatte es sie amüsiert, eine hübsche, blonde achtzehnjährige Tochter zu haben. Ihre Tante bürstete ihr Haar, kaufte ihr Miniröcke, Badeanzüge, Wimperntusche, falsche Fingernägel, falsche Wimpern und Tampons. Ihr Onkel nahm sie mit zum Golfspielen und ließ sie Manhattans trinken. Sehr schick, sagte er immer, sehr schick, so ein Manhattan. Das war eine Weile so gegangen, dann hatten sie das Interesse an ihr verloren und sich aus dem Staub gemacht. Ihre Tante verkaufte Schönheitsprodukte von Tür zu Tür, sie machte immer größere Touren mit ihren Musterkoffern und ihrer Hähnchenbrust im Plastikbeutel, und sie kam abends immer später nach Hause. Oder sie kam gar nicht nach Hause. Ihren Onkel schien das nicht zu kümmern. Was machte der noch mal? Sie erinnert sich nicht mehr. Irgendein Männerberuf. Ein Beruf für abwesende Männer. Sie liefen einander nur noch selten über den Weg. Sie sagten: Hier sind die Schlüssel, du wirst schon zurechtkommen!

Und sie kam zurecht.

Sie war ganz froh darüber, allein zurechtzukommen, denn so war sie frei. Frei! Sie konnte den ganzen Tag im Bett liegen und fernsehen, Cookies, Brownies und Eis essen und sich stöhnend mit einem Finger streicheln, das war interessant. Sie setzte sich rittlings auf das Kopfkissen. Es gab einen Fernseher in jedem Zimmer. Wozu war das gut, wenn sie doch eh nie zu Hause waren?

Hinter den Schlafzimmervorhängen verborgen, beobachtete sie das Haus der Nachbarn. Arbeiter vergrößerten die Terrasse. Sie beobachtete, wie sie auf den Boden spuckten, fluchten, Bier tranken. Kubaner mit struppigem Schopf, Haaren auf der Brust, kräftigen Armen, dicken Muskeln und Ringerpranken. Sie erschauerte vor Verlangen und streichelte sich erneut. Sie erfand Geschichten, die überhaupt keinen Sinn ergaben. Einer der Männer gefiel ihr gut, er war groß, stark, behaart, bewegte sich gelassen, und alle redeten mit ihm, als wäre er der Chef. Das erregte sie.

Eines Tages hatte er an ihrer Tür geklingelt, er wollte wissen, ob der Nachbar zufällig einen Schlüsselbund dagelassen hatte, er müsse in die Garage.

Sie sieht alles wieder vor sich: Barfuß steht sie auf den Fliesen in einem langen Hemd, das sie ihrem Onkel geklaut hat. Sie hat gerade einen Becher Eis gegessen, ihr ist ein wenig übel. Sie hat versucht, sich zu übergeben, aber das hat nicht geklappt. Der Mann lehnt am Türrahmen und mustert sie mit seinem eindringlichen Blick, Gras klebt ihm am Hals, und das riecht gut, sie geht näher heran, streift ihn, er weicht nicht zurück, von ihm geht etwas ungemein Anziehendes aus. Er ist sanft und kraftvoll zugleich, sie hatte immer geglaubt, alle Männer seien wie ihr Vater, steif wie ein Hemdkragen. Wie alt ist er?, fragt sie sich und betrachtet ihn forschend, sie riecht seinen Atem. Er ist schlank, seine Muskeln sind glatt, sein Haar bildet eine gerade Linie in seinem Nacken, sein Hals ist sonnengebräunt. Ein Luftzug hebt einen Zipfel ihres Hemds an. Sie lässt den Schlüsselbund fallen, hockt sich hin, um ihn wieder aufzuheben, er hockt sich neben sie, ihr ist bewusst, dass sie die Beine spreizt, dass er ihren weißen Slip sehen kann, das erregt sie, dieser Mann erregt sie, und er muss es spüren, denn er packt ihre Hand, sie sagt nichts, sie hat ihn schon mehrere Morgen lang beobachtet. Das ist der Vorarbeiter, hat ihr Onkel gesagt. Kaum zu glauben, aber er kennt sich aus!

Also lässt sie ihn an diesem Morgen gewähren. Er wirft einen fragenden Blick ins Innere des Hauses: Sind sie da? Sie schüttelt den Kopf, nein, nein. Da zieht er sie in ihr Zimmer, drückt sie gegen die Wand, fällt auf die Knie, schiebt behutsam ihr Hemd hoch, streicht sacht über ihre Beine, sie sind so schön, sie sind so zart, er möchte sie küssen, er könnte sie den ganzen Tag lang streicheln, er schiebt einen Finger zwischen ihre Schenkel, wartet einen Moment, gleitet hoch zur Leiste, wartet wieder, berührt sie flüchtig, wartet, schiebt einen Finger in sie hinein. Sie streckt die Hände nach ihm aus, fleht ihn an, etwas zu tun, sie kann nicht länger warten, sie weiß nicht, was sie zu erwarten hat, aber sie wölbt sich ihm entgegen, er kniet immer noch vor ihr, er hat ihr Hemd hochgeschoben, sie hat sein Gesicht gepackt, hat es zwischen ihre Schenkel gedrückt, sie weiß nicht, wieso sie das tut, sie weiß es nicht, aber sie tut, als wüsste sie es, als sei sie »eine Kapazität auf diesem Gebiet«. Noch so ein Ausdruck ihres Vaters. Sie umfasst das Gesicht des Mannes, drückt es auf ihr Geschlecht, und er küsst sie auf diese Stelle, die sie so gerne streichelt, wenn sie allein in ihrem Zimmer fernsieht.

Er küsst sie dort.

Zärtlich. Als liebkose er ein Kind. Er leckt sie, er streichelt sie, er erkundet sie, er benetzt sie mit seinem Speichel, und sie rührt sich nicht. Sie wusste es nicht. Sie wusste es nicht. Sie ist wie eine Feder kurz vor dem Zerspringen, ich zerspringe, sagt sie, ganz sicher, sie schließt die Augen, der Himmel wird schwarz.

Und der Blitz schlägt in sie ein. In ihren Körper. Es fühlt sich an, als werde sie bei lebendigem Leib zerrissen. Sie schreit, als schlitze er ihr die Kehle auf, er hält ihr mit einer Hand den Mund zu, da schreit sie noch lauter, ich sterbe, sie wehrt sich, sie glaubt, dass sie sterben wird. Er sagt, nein, nicht doch, sie berührt sein Haar, es ist schwarz, es ist dicht, wie trockenes Stroh, sie tastet es ab aus Angst, es könne Feuer fangen. Sie streichelt seinen Kopf wie etwas Kostbares, wie einen Schatz. Ist das ein Orgasmus? Dieses Wort, das sie so albern fand, das sich anhörte wie Orange, so matschig und weich, ist es das, fragt sie flehentlich die Augen des Mannes. Kann ich den Rest meines Lebens mit Ihnen verbringen? Nie wieder von Ihnen getrennt sein?

Und sie sackt zusammen. Ihre Beine tragen sie nicht länger. Er fängt sie auf. Sie schlingt die Arme um seinen Nacken, schluchzt. Wird sie nicht sterben? Aber nein, nicht doch, sagt er, du bist so schön, ich hatte dich gesehen, weißt du, ich wollte zu dir kommen, ich wollte dich schmecken, ich wollte alle Lust der Welt nehmen und sie dir schenken, sie in deine Hüften, deine Beine, zwischen deinen Brüsten einprägen, damit du sie beim Gehen für alle sichtbar trägst wie eine Medaille, meine wundervolle, teuflische amerikanische Schönheit. *Muchacha*, singt er leise, *mu-cha-cha*.

Mi muchacha.

Und er legt eine Hand auf ihren Bauch, um das Feuer zu löschen. Um die letzten Zuckungen der Lust zu stillen, die ihren Unterleib versengen, sie schluchzt, sie weint, sie lacht, der Wirbelsturm zieht weiter, sie kann endlich wieder atmen, streicht sich die verschwitzten Strähnen aus der Stirn, sie erinnert sich wieder, sie war Erde, sie war Saft, sie war Sonne, sie stand am Anbeginn der Welt.

Una muchacha.

Und danach?

Danach konnten sie nicht mehr voneinander lassen.

Sie waren wie zwei Hunde.

Sie trafen sich überall.

Er mietete Zimmer zu sechs Dollar in schäbigen Motels.

Die Laken rochen nach Chlor, das Bad roch nach Chlor, ihre nackten Füße rutschten über das grüne oder gelbe Linoleum, die Vorhänge waren orange, bedruckt mit braunen Pampelmusen, unter dem Bett lagen Pornohefte. In der Schublade lag eine Bibel, und darüber mussten sie lachen.

Sie hielten einander die ganze Zeit eng umschlungen, keuchend, hinter geschlossenen Läden, in diesen Sechsdollarzimmern. Ihre Haut klebte an seiner, ihr Schweiß vermischte sich mit dem seinen, er sagte: Ich will dich lecken, dich lecken, bis dir die Luft wegbleibt, und sie warf sich aufs Bett, er drängte zwischen ihre Schenkel, ihr Kopf schoss nach hinten, sie stieß einen Schrei aus, spreizte die Beine, und er drang in sie ein wie ein furchtloser Herrscher, er nahm ihre Brüste in Besitz, ihren Bauch, das Wasser in ihrem Mund, er schwankte über ihr wie ein Seiltänzer auf seinem Seil, schwankte, tat, als zögerte er, als überlegte er es sich anders, und sie flehte ihn an, komm, komm, sie sprach Englisch, er wies sie auf Spanisch zurecht, schimpfte, sprich meine Sprache, du gehörst mir, und sie sprach weiter Englisch, und er antwortete *nunca más, nunca más, nunca más*. Und sie schlug mit dem Kopf auf das Kissen und presste die Hände gegen ihre Schläfen, um nicht zu explodieren.

In ihrem Unterleib loderte ein Feuer.

Sie bekam nie genug, wollte sich die Haut vom Leib reißen, und er lachte, nannte sie meine Süße, meine Ausgehungerte, mein wunderschönes Feuerwerk, und sie öffnete ihm ihre Schenkel, öffnete ihm ihren Mund, damit er sich hineinstürzen konnte.

Stundenlang blieben sie in diesen vergammelten Zimmern. Es mussten immer andere sein, damit Rosita nichts von ihnen erfuhr. Das würde sie umbringen, sagte er, die Scham würde sie umbringen. Sie wäre am Boden zerstört. Und was ist mit mir?, fragte sie. Was ist mit mir? Du bist meine Königin der Nacht.

Und er schenkte ihr französisches Parfüm und das Kleid einer Königin der Nacht. Ein langes, eng anliegendes blaues Kleid, mit weißen Perlen bestickt. Sie zog es an und tanzte über das gelbe Linoleum, ließ sich auf das Bett fallen, faltete die Hände, schloss die Augen. Da kniete er nieder, küsste ihre Füße und zog ihr Feenschuhe an. Königin und Fee. *Mi reina, mi hada.* Mein Wahn, mein Irrlicht, meine Begehrte, meine Obsession, ich werde dich mit Parfüm und Küssen überhäufen. Und er träufelte tausend Tröpfchen »Ivoire de Balmain« auf das Kleid. Das soll von nun an unser Parfüm sein, du wirst es tragen bis zu deinem Tod, das ist dein Taufwasser. Versprichst du mir das, meine Fee? Versprichst du mir das? Sie lauschte seinen Worten, sie lauschte seinen Fingern auf ihrer Haut, sie lauerte auf das zusammengekniffene Auge, die zitternde Lippe, den hochruckenden, von Lust erfassten Nacken. Das war ihre gemeinsame Sprache, doch wenn ihre Körper explodierten, dann brachen die Worte auf Spanisch und Englisch hervor, das Röcheln lebender Toter.

Für diesen Mann hätte sie alles getan.

Das ist lange her.

Damals war sie achtzehn Jahre alt, frisch und unverbraucht.

Sie wollte nicht mehr zurück nach New York.

Und das kam auch allen gut gelegen. Ihre Eltern schienen sie vergessen zu haben. Sie riefen hin und wieder bei ihrem Onkel und ihrer Tante an. Dann redeten sie zerstreut ein paar Worte mit ihr und legten wieder auf.

Ich werde für den Rest meines Lebens hier bleiben, sang sie vor sich hin.

Und die Zeit verging.

An Ulises' Haut geschmiegt.

Sie ging nicht mehr zur Schule. Sie hatte sich auch nicht an der Uni eingeschrieben. Niemanden kümmerte das.

Sie glaubte, das Leben könne so einfach sein, lang und

schön, sie glaubte, es genüge, sich das ganz fest zu wünschen und sich von den Lippen eines Mannes mitreißen zu lassen.

Sie sieht Calypso Muñez im Fernsehen. *Hola, muchacha! Muchacha* in ihrem durchsichtigen Säuglingsbettchen im Jackson Memorial Hospital, 1611 NW 12th Avenue, Miami.

Sie hatte dem Taxifahrer die Adresse zugerufen, ganz allein auf der Rückbank, ganz allein hielt sie ihren Bauch, ganz allein versuchte sie, ruhig zu atmen, eins, zwei, drei, sie zählte die Abstände zwischen zwei Wehen, wie sie es in Filmen gesehen hatte, aber das hier ist kein Film, *muchacha*, das ist kein Film, du bekommst ein Kind und bist gerade einmal zwanzig Jahre alt. Und deine steifen, wohlfrisierten, perfekt manikürten Eltern an der Park Avenue werden entzückt sein, ein Baby von Fidel Castro zu bekommen! Stell dir bloß mal ihr Gesicht vor, wenn du es ihnen erzählst! Papa mit seinem eleganten Club, seinen Geschäftsessen an der Wall Street, seinen Galadiners zu Ehren von Ronald Reagan, Mama mit ihren Freundinnen, *oh Nancy, my dear, you're divine!* Und all die Wohltätigkeitsveranstaltungen, die *charities*, bei denen ein Tisch zweihundertfünfzig Dollar kostet, die Gala des New York City Ballet und die Benefizgala des Metropolitan Museum. Ha, ha! Die Roben von Chanel und Saint Laurent und die Botschafter und Diplomaten und Verteidigungsminister, die zum Abendessen kommen und mit blendend weißen Zähnen lächeln. Ihre einzige Tochter den »lüsternen Trieben« eines »kubanischen Gauners« ausgesetzt! Stell dir das nur mal vor, *muchacha*! Und sie krümmte sich unter einer weiteren Wehe. Sie hatte es kaum noch geschafft, das Taxi zu bezahlen und sich in die Notaufnahme zu schleppen. Bitte, bitte, ich bekomme ein Kind …

Ihr Innerstes war aufgerissen. Nie wieder, hatte sie sich geschworen, nie wieder. Oscar hatte sie am nächsten Tag mit einem Strauß aus zwölf roten Rosen besucht. So ein Bauerntölpel!, hatte sie gehöhnt. Die Jackenärmel gingen ihm bis über die Hände, sein Gesicht war von Akne zerfurcht. So eine traurige Gestalt. Er hatte das Baby auf den Arm genommen, und das Baby hatte geweint. Das fing ja gut an!

Sie hatte über Müdigkeit geklagt, also war er wieder gegangen. Ich komme bald wieder, hatte er gesagt.

Oscar, hatte sie ihm versprochen, ich werde dich heiraten. Und er schmierte sich pfeifend Pomade ins Haar, ich heirate eine Yankee!

Dabei war er bloß der Dumme in dieser Geschichte. Der Kerl, der offiziell die Vaterrolle übernehmen sollte.

Aber das hatte sie ihm nicht gesagt!

Sie wartete auf Ulises. Auf Ulises' Arme, auf Ulises' Stimme, auf seinen Geruch, seine Kraft, seinen Mund, seine Hand in ihrem Haar.

Doch Ulises kam nicht.

Am nächsten Morgen war sie aufgestanden. Sie hatte die Palmen betrachtet, die sich vor dem Fenster wiegten, ihre schuppigen Stämme, ihre Wedel, die wie träge Propeller bebten. Sie hatte sich zu dem Baby in seinem durchsichtigen Bettchen umgedreht. Ein hübsches kleines Mädchen, dunkel, mit großen, feuchten, schwarzen Augen. Und langen Händen, mit denen es herumfuchtelte, als wären es Fliegenbeine. Seine Augen waren weit geöffnet. Babys haben die Augen doch normalerweise geschlossen. Es ist bestimmt nicht normal. Sie betrachtete es, und ihr blondes Haar schwang über der Wiege hin und her.

»*Hola, muchacha!*«, hatte sie geflüstert und der Kleinen einen Finger hingehalten.

Sie hatte ihn gepackt, ihn fest gedrückt und dabei ihren kleinen Mund zu etwas verzogen, was bei einem zwei Tage alten Baby wohl ein Lächeln sein sollte und doch eher wie eine Grimasse aussah.

Ihr Herz hatte einen Satz gemacht, sie hatte die Arme ausgestreckt, um die Kleine hochzuheben, doch dann hatte sie sich zusammengerissen, nein, nein, das darf ich nicht, sonst könnte ich nie mehr gehen.

Oder ich müsste sie mitnehmen.

»Aber was soll ich dann mit dir machen, *muchacha*? Was?«, hatte sie hinter ihrem Vorhang aus langem blondem Haar geflüstert, als verstecke sie sich, um die Flucht zu ergreifen. »Wir sind beide noch ziemlich jung, das wäre nicht sehr clever! Irgendwann komme ich zurück und hole dich. Und bis dahin werden sie auf dich aufpassen.«

Sie hatte dem Baby zwei Tropfen Parfüm hinter die Ohren getupft. Französisches Parfüm, *muchacha*, jetzt bist du eine schöne, begehrenswerte Frau!

Sie hatte *Hasta la vista, muchacha!* geflüstert. Hatte ihr rosa Baumwollkleid angezogen, ihre schmale Jeansjacke, ihre weißen Sportschuhe, und dann war sie gegangen.

Vorher hatte sie den Namen des Babys sorgfältig mit einer Nadel an seinem Strampler festgesteckt: Calypso. Das war ihr Abschiedsgruß. Mal sehen, ob er es verstand. Er war nicht blöd. Sie hatte die *Ilias* und die *Odyssee* in der Schule durchgenommen. Die Bücher hatten ihr gefallen, sie ließen sich relativ leicht lesen. Darin wurde von unmöglichen Lieben berichtet und von einer großen, unzerstörbaren Liebe.

Sie glaubte an die unzerstörbare Liebe.

Das war vor Calypso.

Sie reibt sich den Kiefer und bricht in Tränen aus.

Das ist so lange her.

Sie dachte, sie hätte es vergessen.

»Was hast du denn, *amore*? Bist du nicht glücklich? Magst du mein kleines Vögelchen nicht mehr? Sag mal, hast du Campari im Haus? Ich hätte Lust auf einen kleinen Campari.«

Die Römer schrieben auf Papyrusblätter, die zu einem langen Streifen zusammengeklebt und anschließend aufgerollt wurden. Sowohl zum Lesen als auch für ein schnelles Nachschlagen waren diese Schriftrollen ziemlich unpraktisch, weil man sie unter Umständen vollständig entrollen musste, bevor man die gewünschte Information fand. Überdies erschwerte die Beschaffenheit des Materials das Malen von Illustrationen und erlaubte nur eine einseitige Beschriftung.«

Joséphine steht vor den Studenten, und während sie noch redet, händigt sie Fotokopien mit den Titeln der Referenzwerke aus, auf die sie sich beim Verfassen ihrer Arbeiten beziehen sollen.

»Sie finden alle Informationen zur heutigen Vorlesung sowie noch einiges mehr in dem wunderschönen Buch *Das Mittelalter auf der Nase* von Chiara Frugoni. Hat jeder eine Kopie?«

Die Studenten nicken.

»Dann lassen Sie uns noch einen Blick in den Text von Madame Frugoni werfen. Im Mittelalter entdeckte man zwei weitere Schreibgrundlagen: Pergament, das aus Kalbshaut und häufiger noch aus Schafs- oder Ziegenhaut gewonnen wurde, und Papier, welches man aus Hadern, also Lumpen, herstellte und dessen Verbreitung erst am Ende des zwölften Jahrhunderts einsetzt. Zur Herstellung von Pergament wurde die Tierhaut so lange behandelt, bis sie weiß, weich, glatt und dünn geworden war. Anschließend wurde sie in Blätter geschnitten, die zu Heften, den sogenannten Faszikeln, gefaltet wurden. Zusammengeheftet und zum Schutz mit einem festen Einband versehen, wurde daraus schließlich der *Codex*, der Vorläufer unseres heutigen Buchs. Pergament bot den Vorteil, dass es beidseitig beschrieben werden konnte, selbst wenn die ursprünglich behaarte Seite immer etwas rauer und dunkler blieb.«

Ein Student im Hörsaal lacht auf bei der Vorstellung, dass man auf raue, dunkle Kalbshaut schreiben könne.

»Brauchte man viele Tiere, um beispielsweise eine Bibel zu drucken?«, fragt ein anderer lächelnd.

»Sehr viele. Fast eine ganze Herde. Das ist auch der Grund, warum Bücher so teuer waren und nur einer Elite vorbehalten blieben. Außerdem waren sie ausnahmslos auf Latein verfasst.«

»Und was verwendete die normale Bevölkerung?«

»Für kurze Notizen, Entwürfe, Mitschriften von Vorlesungen oder Liebesgedichte benutzte man Wachstäfelchen. Diese waren bereits in der Antike in Gebrauch, und man weiß, das auch Karl der Große sie bei seinen nicht sehr erfolgreichen Versuchen, schreiben zu lernen, verwendete.«

»Soll das heißen, Karl der Große war ein schlechter Schüler?«, fragt Jérémie entzückt.

Kurz vor der Vorlesung haben er und Joséphine sich in der Cafeteria getroffen. Joséphine hat ihn um einen Gefallen gebeten. Als Folge eines Gespräch, das sie mit Hortense geführt hatte.

Und es war natürlich auch Hortenses Idee gewesen.

Hortense hatte ihre Mutter am Tag nach dem Konzert angerufen, um ihr alles zu erzählen. Ihre Stimme war die der guten Tage gewesen, eine laute, helle Stimme, bereit zu reden, bereit zuzuhören. Heute kann ich mit ihr sprechen, hatte Joséphine sich gesagt, heute wird sie mich nicht zusammenstauchen.

»Es ist so weit, Maman! Beim Essen gestern Abend hat

Elena vor allen Gästen öffentlich unsere Zusammenarbeit angekündigt. Ich bin so aufgeregt. Ich komme bald nach Paris. Und dann brauche ich …«

Es folgte eine lange Liste mit allem, was sie benötigen würde. Sie würden Platz für sie schaffen müssen. Viel Platz. Sie wollte ihr altes Zimmer zurück, und könnte sie auch das Wohnzimmer haben, um es in ein Atelier zu verwandeln? Sähe ihre Mutter darin ein Problem? Wie ein Maschinengewehr ratterte sie ins Telefon: »Du wirst schon sehen, Maman, du wirst schon sehen, mach dich auf etwas gefasst, ihr werdet kaum hinterherkommen, auf die Plätze, fertig, los! Ich werde den ganzen Sommer über arbeiten, ich habe schon einen Termin mit Jean-Jacques Picart vereinbart, ich bin so glücklich, so glücklich.«

»Wer ist das denn?«, hatte Joséphine gefragt.

»Aber das habe ich dir doch schon erzählt! Das ist der Mann, der die größten Namen der Modebranche lanciert. Und ich habe einen Termin bei ihm, ich, Hortense Cortès, kannst du dir das vorstellen! Piff und paff und puff, von jetzt an flutscht alles wie geschmiert.«

»Und du bist überhaupt nicht nervös, nicht wenigstens ein winzig kleines bisschen?«

»Ach, Quatsch!«

»Du bist fantastisch, mein Schatz.«

»Und wie läuft es bei dir, Maman? Alles gut? Macht dir dein Zombie-Verfolger keinen Ärger mehr?«

»Woher weißt du davon?«

»Zoé hat mir alles erzählt. Also?«

»Er ist immer noch da.«

»Du hast ihn nicht verjagt?«

»Nein. Aber mach dir keine Gedanken, Liebes, irgendwann wird er schon die Lust verlieren.«

»Den Eindruck weckt er aber nicht gerade.«

»Irgendwas wird sicher passieren …«

»Dinge passieren nicht einfach so, Maman, du musst schon dafür sorgen, dass sie passieren!«

Joséphine antwortete nicht.

»Setz jemanden auf ihn an«, fuhr Hortense unerschütterlich fort. »Gibt es niemanden, der dir helfen könnte? Einen Studenten, der dich mag? Er hält ihn so lange auf, bis du da bist, und …«

»Das würde ich mich niemals trauen.«

»Ach, hör auf, Maman! Du bist nervtötend! Willst du lieber weiter Angst haben? Die ganze Zeit?«

»Nein, aber …«

»Glaubst du etwa, die Leute mögen dich, wenn du so bist? Nein, sie kennen nur einen Gedanken: auf keinen Fall so sein wie du.«

»Oh!«, hatte Joséphine verletzt entgegnet. »Ist das wahr?«

»Natürlich. Und ich lege gleich auf, denn wenn du so bist, kann ich mich einfach nicht beherrschen!«

Und da war ihr Jérémie eingefallen. Sie würde mit ihm reden. Sie würde ihn als Vorhut losschicken, um den Fremden aufzuhalten.

Eine Woge der Dankbarkeit hatte sie durchströmt.

»Ich liebe dich, mein Schatz, ich bin so froh, dass du nach Paris zurückkommst, dann habe ich dich endlich wieder bei mir.«

»Glaub das ja nicht! Ich werde schuften wie eine Irre. Ich werde den Kopf nicht mehr von der Arbeit heben. Auf zum Erfolg!«

Beim Auflegen hatte sich Joséphine wieder einmal gefragt, wie ihre Tochter es schaffte, immer so selbstbewusst zu sein. Mit Hortense zu reden hatte ihr neue Kraft verliehen.

Sie würde sich dem Mann stellen.

Seit Jérémie Joséphine auf dem Straße angesprochen hat, ist ihre Beziehung immer enger geworden. Mittlerweile duzt sie ihn sogar.

Einmal hat er sie in eine Lyoner Kneipe mitgenommen. Sie haben über sein Interesse an der Forschung gesprochen, über seine Doktorarbeit, seine Zukunft, er wollte wissen, wie viel ein Unidozent verdient, wie viel Urlaub sie habe, ob sie häufig reise. Sie hat gelächelt. Er hat ihr erzählt, dass seine Mutter bei seiner Geburt gestorben war und er von seinem Großvater aufgezogen wurde. Er sprach Latein, können Sie sich das vorstellen! Auf seinem Gesicht erstrahlte plötzlich die verzückte Unschuld eines Kindes. Genau das ist der Grund, warum ich unterrichte, hat sie bei sich gedacht.

Sie haben vereinbart, dass Jérémie an diesem Tag kurz vor dem Ende der Vorlesung, wenn der Fremde die Tür hinter sich geschlossen hat, aufstehen und ihm zu seinem Auto folgen soll.

»Du redest mit ihm über die Vorlesung, über mich als Dozentin, rede irgendwas, Hauptsache, du hältst ihn so lange auf, dass ich ihn noch erwische und ihm ein paar Fragen stellen kann. Ich weiß nicht, wie er aussieht …«

»Sie haben ihn noch nie gesehen?«

»Nicht aus der Nähe.«

»Und was soll ich zu ihm sagen?«

»Frag ihn zum Beispiel, ob er eine Abschlussarbeit vorbereitet, wie sein Thema lautet, ob er Student ist oder nur Gasthörer … Beschäftige ihn einfach so lange, bis ich bei euch bin. Schaffst du das?«

»Ja. Jetzt, wo Sie mir alles genau erklärt haben …«

Sein Tonfall klang, als hätte er überhaupt nichts verstanden.

»Diese Täfelchen bestanden aus kleinen, ausgehöhlten Holztafeln – manchmal auch aus luxuriöserem Elfenbein –, die mit geschmolzenem Wachs ausgefüllt wurden. Nachdem dieses abgekühlt und geglättet worden war, konnte man es mit einem spitzen Stift aus Metall oder Knochen beschreiben. Das abgerundete Ende des Stifts diente dazu, wieder auszulöschen, was man zuvor geschrieben hatte, sodass die Schreibtafel aufs Neue verwendet werden konnte. Raffiniert, nicht wahr?«

»Und diese Täfelchen hatte man dann immer dabei?«, fragt ein Student. »So wie einen Notizblock?«

»Ja, Florian. In *Floire et Blancheflor* lesen wir, dass manche junge Leute ›wenn sie zur Schule gingen, kleine Elfenbeintäfelchen mitnahmen und so in das Wachs Briefe und Liebesgedichte schrieben‹.«

Der Mann hinten im Hörsaal löst sich von der Wand, öffnet leise die Tür und verschwindet. Jérémie klappt seine Hefte und Bücher zu und folgt ihm. Joséphines Herz beginnt zu pochen. Sie fragt sich, ob sie Jérémie womöglich in Gefahr bringt.

So schnell wie möglich spult sie den Rest ihrer Vorlesung ab, geht nervös hinter dem Pult auf und ab und versucht einen Blick aus dem Fenster zu werfen, um zu sehen, was draußen vor sich geht. Vielleicht sieht sie ja den Mann und hinter ihm Jérémie aus dem Gebäude kommen. Doch sie kann nichts erkennen.

Sie schaut zur Wanduhr auf, fleht die Zeiger an, sich schneller zu bewegen. Noch zehn Minuten bis zum Ende ihrer Vorlesung. So lange hält sie es nicht mehr aus. Sie reibt sich die Hände, als wären sie mit Öl verschmiert, faltet sie schließlich und verkündet: »So, das war alles, was ich Ihnen heute über die Entwicklung des Schreibens im Mittelalter sagen kann. Wir setzen die Vorlesung in zwei Wochen fort. Ich verlasse mich darauf, dass Sie bis dahin das Buch von Chiara Frugoni gelesen haben. Ich danke Ihnen für Ihre Aufmerksamkeit und wünsche Ihnen eine schöne restliche Woche.«

Dann fügt sie noch hinzu, dass sie heute ausnahmsweise nach der Vorlesung keine Fragen mehr beantworten könne, aber beim nächsten Mal ein wenig früher kommen und für Gespräche zur Verfügung stehen werde. Sie sieht die Enttäuschung in den Augen mancher Studenten und entschuldigt sich mit einem verlegenen Lächeln.

Sie rennt zum Parkplatz. Sieht Jérémie. Er ist allein. Der Mann ist nicht bei ihm. Sie schnauft enttäuscht. Verlangsamt ihre Schritte.

Jérémie läuft zwischen zwei Autos auf und ab. Er wirkt verärgert.

Als sie ihn erreicht, fragt sie im Ton einer Feststellung: »Er ist weg …«

Er antwortet nicht. Sein Blick weicht dem ihren aus. Er kratzt sich hinter dem Ohr.

»Ich habe mich nicht getraut. Er ist groß, Madame, ziemlich groß. Ich wusste nicht, wie ich ihn ansprechen sollte. Ich habe Abstand gehalten. Es tut mir leid. Ach ja! Etwas habe ich doch gesehen, er fährt einen roten Kangoo.«

»Danke, Jérémie. Du hast es wenigstens versucht, das ist gut.«

»Sind Sie mir nicht böse?«

»Nein, das ist nicht schlimm«, sagt Joséphine. »Das ist nicht deine Aufgabe. Und es ist auch gar nicht so wichtig, dieser Mann hat ja überhaupt nichts getan. Ich muss aufhören, alle Welt zu verdächtigen.«

Er wirkt erleichtert.

»Sie sind mir ehrlich nicht böse?«

»Ehrlich nicht. Dann sehen wir uns in zwei Wochen?«

»Einverstanden.«

Er winkt knapp und geht davon.

Sie geht zu ihrem Auto, sieht, dass Du Guesclin vorn sitzt. Er hechelt, sicher hat er Durst. Es sieht aus, als hätte er an der Scheibe geleckt. Sie lächelt ihm von Weitem zu. Du hättest den Kerl nicht einfach so gehen lassen, was, mein braver alter Hund!

Als sie in ihrer Handtasche nach dem Autoschlüssel sucht, hört sie, wie Jérémie ihr etwas zuruft.

»Madame! Madame! Ich habe noch etwas vergessen!«

»Was denn, Jérémie?«, ruft sie zurück.

»Er hat etwas an ihre Windschutzscheibe gesteckt.«

»Bist du sicher, dass er das war?«

»Ja. Ich habe ihn dabei gesehen.«

Sie dankt ihm, erreicht ihr Auto und bemerkt einen kleinen weißen Zettel, der unter einem Scheibenwischer klemmt. Sie nimmt ihn, faltet ihn auf und liest: »Könnten wir uns treffen? Ich möchte mit Ihnen über Lucien Plissonnier reden.«

Darunter eine Telefonnummer.

Anmerkung der Autorin

Ich sage es immer wieder: Schreiben bedeutet, die Arme auszubreiten und das Leben hineinströmen zu lassen. Und dann muss man aufsammeln, sortieren, schmecken, schnuppern, zuhören, entwickeln.

Das Leben ist ein Roman. Man findet alles darin. »Die Dinge sind da. Warum sollte man sie erfinden?«, sagte Rossellini.

Auf der Straße, in der Métro, in Bahnhöfen und auf Flughäfen aufgeschnappte Details, heimlich mit angehörte Unterhaltungen, eine Gestalt auf einem Bürgersteig, ein Gemälde in einem Museum … Bruchstücke des Lebens, die ich einfange und ankleide, die ich verwandle, verdrehe und in die Länge ziehe.

Ein alter Mann auf einer Bank vor einem Laden in Jefferson, Texas, wird vielleicht der Protagonist einer neuen Geschichte.

Auf ihn zugehen. Mit ihm reden.

Das Risiko eingehen, abgewiesen zu werden.

Fragen, zuhören, nachhallen lassen.

Auf den Funken warten.

Die Figuren konstruieren.

Sie die Geschichte schreiben lassen.

Ich danke Alain Castoriano, der mich nach Kuba und Miami mitgenommen und mich mit Details und Anekdoten gefüttert hat, Sarah Maeght, deren Worte ich liebe, Sophie Legrand, die von jenseits des Ärmelkanals zu mir spricht, Christophe Henriau, der mich nach Tokio »entflogen« hat, Michael und seinem Obdachlosenasyl in New York, Carole Kressmann, die mir ihr großes Musikbuch geöffnet hat, Martine de Rabaudy, Jean-Jacques Picart, der nicht nur Hortenses Zukunft ernst genommen, sondern überdies auch eingewilligt hat, als Figur in diesem Roman zu erscheinen, Marie-Louise de Clermont-Tonnerre, Lilo in New York, Christy Ferrer, Marianne und Maggy, ebenfalls in New York, Patricia Connelly, die mich das ganze Buch hindurch begleitet hat, Franck Della Valle und Lise Berthaud, zwei aufmerksamen und großzügigen Geigern, die sich in Calypsos Haut geschlichen haben, und Béatrice Augier, die immer an meiner Seite ist.

Danke den Zeitungen, den Sendungen von France Culture, sie sind wahre Schatzkisten, den *Nouveaux Chemins de la connaissance* von Adèle Van Reeth. Danke Gilbert Simondon.

Danke auch:

Thierry Perret, der immer da ist.

Coco-Schatz.

Dominique Hivet.

Octavie Dirheimer und Charlotte de Champfleury.

Radio Suisse classique und Radio Suisse jazz, die ich über mein Internetradio höre. Nur Musik, kein Geschwätz.

Danke Willy Gardett, Tausendsassa des Internets, und König Jojo.

Nicht zu vergessen die Bücher:

Chiara Frugoni, *Das Mittelalter auf der Nase*, übersetzt von Verena Listl, München 2003.

Inès de la Fressange, *Pariser Chic. Der Style-Guide*, übersetzt von Ursula Held und Elsbeth Ranke, München 2011.

Bruno Monsaingeon mit seinem Buch *Mademoiselle* über Nadia Boulanger, Paris 1980, und seinem Film, *Piotr Anderszewski – Wanderer ohne Ruhe.*

Georges Duby, Michelle Perrot (Hgg.), *Geschichte der Frauen*, Bd. 2: *Mittelalter*, aus dem Französischen von Eva Moldenhauer, aus dem Italienischen von Gesa Schröder, Frankfurt/Main 1993.

Jean Verdon, *Irdische Lust. Liebe, Sex und Sinnlichkeit im Mittelalter*, aus dem Französischen von Gaby Sonnabend, Darmstadt 2011.

Francis Dorléans, *Snob Society*, Paris 2009.

Lang Lang, *Musik ist meine Sprache. Die Geschichte meines Lebens*, aus dem Amerikanischen von Michael Schmidt, Berlin 2010.

Und zu guter Letzt danke ich Charlotte und Clément, meinen wundervollen Kindern. Romain. Jean-Marie. *Hello there!*

Lesen Sie auch >>

Sie sitzt am Steuer des roten Kangoo und sieht zu, wie die Hügel, die Brücken und die Dörfer des Burgund an ihr vorbeigleiten. Sie erkennt einen Bauernhof wieder, einen Weiher, ein weißes Gatter, das im Wind hin und her schlägt. Eine getigerte Katze liegt zusammengerollt auf einem Pfeiler der Firma Moret.

Sie könnte mit geschlossenen Augen fahren. Sie kennt die Strecke auswendig. Sie fährt regelmäßig nach Lyon. Sie hat Georges gebeten, ihr seinen Wagen zu leihen. Und Julie um freie Tage. Ohne ihnen einen Grund dafür zu nennen.

»Zieh sie mir von meinem Urlaub ab.«

»Mach dir keine Gedanken«, hat Julie geantwortet. Und Georges hat ihr den Autoschlüssel hingehalten. Als wüssten sie, dass sie noch etwas zu klären hat. Während sie die vorbeifliegende Landschaft betrachtet, fragt sie sich, wie sie mit Lucien Plissonnier umgehen soll.

»Lucien Plissonnier«, sagt sie mit lauter Stimme. »Mein Vater … Lucien Plissonnier.«

Irgendwo muss es eine Madame Plissonnier geben, Luciens Witwe. Lebt sie noch? Hat sie gewusst, dass ihr Mann sie betrog?

Wenn Adrian mich betrügen würde …

Sie will nicht daran denken.

Sie weiß nicht, wo er wohnt, wovon er lebt, ob er überhaupt arbeitet. Er bringt ihr Geld mit, Scheine, die er in die Seifendose unter dem Badezimmerwaschbecken legt. Immer unterschiedliche Beträge. Er behauptet, es sei besser, wenn sie nicht wisse, woher es stammt. Und dann fügt er hinzu, dass sie eines Tages wieder zusammen sein würden. Auch Léonie dachte, dass sie und Lucien eines Tages wieder zusammen sein würden.

Stella hält an einem Stoppschild. Das ist die neue Manie der Départementverwaltung, Überall Stoppschilder aufzustellen. Die Leute ignorieren sie, fahren fröhlich weiter, und es kommt zu Unfällen mit Todesopfern.

Sie lässt ein Mofa vorbei und fährt wieder los. Es fühlt sich komisch an, plötzlich zu einer Familie zu gehören, in der sie niemanden kennt. Sie mustert ihr Gesicht im Rückspiegel. Ihr blondes Haar steht zu Berge. Fast wie der Federschmuck eines Sioux. Eine vom Himmel gefallene Kriegerin. Adrian sagt, sie sehe aus wie diese Schauspielerin Tilda Swinton. Er hat ihr ein Foto in einer Zeitschrift gezeigt. Joséphine sieht nicht aus wie Tilda Swinton. Sie strahlt einen subtilen, zarten, eleganten Charme aus, der ihr Gegenüber in Watte hüllt. Ist sie verheiratet? Sie trägt keinen Ehering.

Stella hupt, damit der Traktor vor ihr an die Seite fährt und sie vorbeilässt. Sie hat es eilig, Tom wartet auf sie. Seit Schnuffels Tod bekommt er wegen jeder Kleinigkeit eine Stinklaune, verbringt Stunden allein im Wald, redet beim Essen kein Wort und geht gleich anschließend mit seiner Mundharmonika ins Bett.

Nadine, die Direktorin seiner Schule, behauptet, er habe wieder angefangen, sich zu prügeln.

»Dein Sohn ist ständig wütend, Stella, weißt du, woran das liegt?«

»Jemand hat seinen Hund umgebracht.«

»Du solltest ihn zu einem Psychologen schicken.«

»Als ob er mit einem Seelenklempner reden würde! Da kennst du ihn aber schlecht.«

Tom ist genau wie sie. Er spricht nicht. Er klärt seine Angelegenheiten allein.

»Musst du so oft wegfahren?«, hat Suzon sie gefragt. »Und was treibst du da überhaupt? Seit der Sache mit Schnuffel mache ich mir immer Sorgen, dir könnte was passieren. Ich habe keine ruhige Minute mehr.«

»Unsinn, Nannie. Da, wo ich hinfahre, ist es nicht gefährlich.«

»Aber was genau machst du denn da?«

»Etwas auskundschaften.«

»Das soll eine Beschäftigung sein?«

Stella ist wie ein Tier, sie will Joséphine erst eine Weile beobachten, bevor sie sie anspricht. Sie hat gelernt, die Menschen zu entschlüsseln. Ihre Gesten und Blicke zu deuten, so wie sie von ihren Lippen ablesen kann. Im Zittern einer Stimme hört sie die unterdrückte Anklage, die Feigheit, die Lüge. Sie spürt den Schlag, ehe er kommt, ahnt den bevorstehenden Verrat.

Mehrere Stunden Hinfahrt, mehrere Stunden Rückfahrt, Zeit, in der sie darüber nachdenkt, ob sie Joséphine Cortès ihr Vertrauen schenken soll oder nicht.

Auch Léonie will es wissen. Was wissen? Das weiß sie selbst nicht genau.

»Seltsam«, sagt sie, »es fühlt sich an, als fände ich endlich meinen rechtmäßigen Platz. Dieses jahrelange Nichtwissen ... das hat mich verrückt gemacht. Am Ende habe ich mich sogar gefragt, ob ich Lucien nicht bloß erfunden hatte und du doch Rays Tochter bist.«

»Aber er ist zeugungsunfähig, Maman! Erinnere dich! Der Hohlsack!«

»Ich hatte keine Gewissheiten mehr. Ich verlor all meine Erinnerungen.«

»Das liegt an den Schlägen, die haben dein Gedächtnis getrübt.«

»Endlich werde ich es wissen …«

»Mach dir nicht zu viele Hoffnungen, Maman, vielleicht sind diese Leute ja Ratten.«

»Wirkt Joséphine Plissonnier denn wie eine Ratte?«

»Nein. Und die Studenten scheinen sie sehr zu mögen.«

»Siehst du!«, erwidert Léonie, stolz darauf, diesen Punkt verbucht zu haben.

Sie fordert Details: Ist sie groß, ist sie schlank, ist sie hübsch? Trägt sie eine Brille? Wie zieht sie sich an? Hebt sie beim Sprechen die Stimme? Sie muss intelligent sein, wenn sie diesen Beruf hat! Lucien sagte immer, er könne ihretwegen nicht weg, er müsse bleiben, um sie zu beschützen. Es musste etwas Schlimmes vorgefallen sein.

Und was ist mit mir?, hätte Stella am liebsten geschrien. Hast du mich etwa beschützt? Aber sie fragt nur: »Hat er dir jemals Näheres dazu gesagt?«

»Nein, er wirkte bedrückt.« Léonie entfährt ein Seufzen, dann sagt sie leise: »Du hast eine Schwester, Stella. Ist das nicht wundervoll?«

Ich brauche keine Schwester!, murrt Stella, während sie an einem weiteren Stoppschild anhält. Ich brauche niemanden.

Vom hinteren Teil des Hörsaals aus wirkt Joséphine Cortès sanft und bescheiden. Sie hebt nie die Stimme. Es heißt, sie habe einen unglaublich hässlichen Hund namens Du Guesclin.

Heute hat sie ihr eine Nachricht unter den Scheibenwischer geklemmt. Vielleicht hätte ich etwas anderes schreiben sollen? Deutlicher werden? Ich heiße Stella, ich bin Ihre Halbschwester, Ihr Vater war der Liebhaber meiner Mutter, na ja … nicht lange, aber lange genug, um mich zu zeugen. Ich wüsste gerne … was für ein Mensch er war. Haben Sie ein Foto von ihm? Woran ist er an jenem dreizehnten Juli gestorben? Er war noch nicht alt. Anfang vierzig? Als er sich zwei Wochen zuvor von Léonie verabschiedet hatte, war er noch bei bester Gesundheit. Finden Sie das etwa normal?

Denn irgendwann ist ihr vor lauter Grübeln dieser Gedanke gekommen: Mit vierzig Jahren zu sterben ist nicht normal. Was, wenn Ray dahintersteckt? Es ist idiotisch, das weiß sie selbst, aber alles ist möglich. Turquet, Gerson und Lancenny hätten lediglich zu beschließen brauchen, die Ehre ihres Anführers zu rächen. Solche männlichen Floskeln verwenden sie nämlich, eine Hand an der Brust, den Ellbogen auf die Theke gelehnt. »Seine Ehre rächen«, »ihn fertigmachen«, »dem Arschloch geben, was es verdient«. Sie trinken ihr Bier aus und ziehen in den Krieg.

Sie kennt sie in- und auswendig.

Die Vergangenheit, denkt sie, als sie das spitze Dach des Pappelhofs vor sich auftauchen sieht, die Vergangenheit … Man glaubt, sie hinter sich zu haben, und dann kommt sie doch wieder angerast und stellt sich einem in den Weg. Sie zieht einen zur Rechenschaft, stellt Fragen. Spielt den edlen Rächer. Die Vergangenheit vergisst nie. Sie kommt immer wieder. Und verlangt, dass die Schulden beglichen werden. Sie mag keine offenen Rechnungen.

Violette zum Beispiel. Warum ist sie zurück in Saint-Chaland? Als ihre Eltern vor drei Monaten gestorben sind, konnte sie gar nicht schnell genug wieder verschwinden. Einmal kurz den Weihwasserwedel über ihrem Grab geschwenkt, dann ist sie in das Taxi gesprungen, das mit laufendem Motor auf sie wartete. Sehr schick sah sie aus in ihrem modischen rosa-weiß karierten Mantel. Sie müsse zurück zu einem Dreh, keine Zeit, keine Zeit. Die Leute waren empört, was ist das für eine aufgetakelte Tussi, die sich nach der letzten Schaufel gleich wieder davonmacht?

Violette. Seit sie wieder da ist, kann Stella sie in aller Ruhe beobachten. In ihrer Jugend verschlug ihr Violette mit ihrem Selbstbewusstsein, ihrer Dreistigkeit und ihren kleinen Brüsten, die alle Jungs aus dem Viertel verrückt machten, die Sprache. Es war immer klar, dass sie erfolgreich sein würde. Sie brauchte nur mit den Fingern zu schnippen, und schon würde ihr Name ganz oben auf einem Filmplakat stehen.

Stella trifft sich gelegentlich mit Violette auf einen Kaffee und lässt dabei Augen, Nase und Ohren arbeiten. All ihre Sinne sind in Alarmbereitschaft.

Violette erzählt so wenig wie möglich. Sie hat begriffen, dass sie sich bedeckt halten muss. Je weniger die Leute wissen, desto höher ist ihr Ansehen in dieser Stadt, in der das geringste Flüstern zum Gerücht wird. Warum ist sie nach Saint-Chaland zurückgekommen? Hat sie vor, ihre Schauspielkarriere fortzusetzen? Warum haben wir hier nie einen Film mit ihr gesehen? Hat sie schon genug Geld verdient, um nicht mehr arbeiten zu müssen? Muss sie nicht zurück nach Paris? Sie kennt doch bestimmt irgendwelche Stars? Véronique Genest, Alain Delon, Victor Lanoux, Mimi Mathy, Sophie Marceau? Wie sind die so? Hast du ihre Handynummer?

Violette setzt ein geheimnisvolles Lächeln auf, um anzudeuten, dass sie darauf nicht antworten könne, dass es zu lange dauern würde, alles zu erklären, dass ihre Rückkehr nach Saint-Chaland nur vorübergehend sei. Sie muss sich um den Nachlass ihrer Eltern kümmern, die bei einem Unfall auf der D81 gestorben sind. Ein Lkw hatte ein Stoppschild überfahren und ihren Wagen gerammt. So gute, anständige Leute! Sie senkt den Kopf und unterdrückt ein Schluchzen, das allen Fragen Einhalt gebietet und die Neugierigen beschämt verstummen lässt.

Das funktioniert wunderbar. Man bedauert sie, man schätzt sie, man entdeckt, dass sie ja doch ein Herz hat, man macht sich Vorwürfe, weil man an ihr gezweifelt hat. »Sie ist nicht nur äußerlich schön«, behauptet die Bäckerin, während sie ihre Münzen einsortiert, »sondern hat auch ein schönes Inneres. Sie ist so rein wie Quellwasser!«

Violette ist eine sehr attraktive Frau, keine Frage. Groß, schlank, volles blondes Haar, haselnussbraune Augen und jenes Auftreten, das man sich nur in Großstädten aneignet, wenn man lange genug in Zeitschriften blättert und die hübschen Mädchen auf denCaféterrassen beobachtet. Man muss schon sehr genau hinsehen, um die ersten Fältchen in ihren Augenwinkeln und das leichte Erschlaffen der Haut um ihren Mund zu erkennen, das ihrer Miene etwas Desillusioniertes verleiht. Den Ausdruck eines Menschen, der viel erwartet, viel erhofft hat und enttäuscht wurde. Nur Stellas geübter Blick hat diese Ernüchterung erkannt.

Wie sehr sich Violette auch aufspielt, große Reden schwingt und mit Namen, Zahlen und sagenhaften Angeboten um sich wirft, Stella hat erfasst, dass das alles nur heiße Luft ist. Der reinste Fön. »Ich habe etwas ganz Großes in Aussicht … mein Agent prüft den Vertrag … eine internationale Produktion.« Stella nickt. Sie interessiert nur eines. Sie will wissen, ob das, was man sich in der Stadt erzählt, wahr ist: Violette und Ray sollen ein Paar sein. Oder ist es bloß ein Gerücht? Und hat der Mann sich tatsächlich verliebt, oder gönnt er sich nur ein bisschen Spaß? Denn wenn ihn die Gefühle gepackt hätten, würde das alles verändern! Gefühle machen einen Mann angreifbar. Durch sie wird er zu einer leichten Beute. Wenn Ray verliebt ist, kann Stella schon mal die Nägel rausholen, um seinen Sarg zuzunageln.

Und sie will wissen, auf welcher Seite Violette steht. Denn wenn sie es mit fünfunddreißig noch immer nicht geschafft hat, die Leinwand zu erobern, warum sollte sie da nicht auf die Idee kommen, sich mit Ray zusammenzutun? Er ist fünfundzwanzig Jahre älter als sie, aber das hat noch nie jemanden gestört. Er hat Beziehungen, verkehrt in den besten Kreisen, ist auf Du und Du mit dem Präfekten, dem Unterpräfekten, dem Bürgermeister und seinen Stellvertretern, den Bullen und allen hohen Tieren des Départements. Er hat Geld, auch wenn er immer noch in der Rue des Éperviers wohnt. Aus Bequemlichkeit. Weil seine Mutter sich weigert umzuziehen. Weil er ein Geizhals ist und dort keine Miete zahlt. Eine Dienstwohnung, obwohl er längst nicht mehr im Dienst ist! Noch so ein Betrug! Er macht einen wohlhabenden Eindruck: dickes Auto, teure Restaurants, technischer Schnickschnack, Handys, Rolex und Tablets. Ein flotter Typ in schicken Klamotten. Der macht sich nie die Hände schmutzig. Die Drecksarbeit überlässt er seinen Kumpanen Gerson, Turquet und Lancenny. Sein Hauptquartier befindet sich im Hinterzimmer von Lancennys Kneipe. Dort kassiert er seine Provisionen, sein Schmiergeld, seine Umschläge, das ganze Geld, das ihm seine krummen Geschäfte einbringen. Er besticht jeden, und jeder besticht ihn. Es ist ein gegenseitiges Geben und Nehmen. All das muss auf Violette sehr verlockend wirken.

Und auch wenn es Stella schwerfällt, das zuzugeben: Ray ist trotz seines Alters immer noch ein attraktiver Mann. Er hält sich gerade, hat einen flachen Bauch, stets gebräunte Haut, ein strahlendes Lächeln und dieses arrogante Gutsherrengehabe, das den Frauen selbst jetzt noch Schauer über den Rücken jagt.

All das liest Stella in Violettes Blick. Aber sie sieht darin auch ein Zögern.

Noch ist nichts entschieden.

Violette erzählt von ihren Plänen, hört sich »New York« sagen, »Los Angeles«, »Paris«, wundert sich einen Moment, doch es klingt so aufregend, und sie wiederholt die Worte.

Und noch einmal.

Je öfter sie darüber spricht, desto mehr glaubt sie es selbst. Sie prüft ihren Vertrag, wird ihn demnächst mit ihrem Agenten besprechen. Morgen fliegt sie nach L.A., sucht einen Designer, der sie einkleidet, eine Friseurin, die sie begleitet. Das Leben ist schön. Es tut so gut, endlich ein Star zu sein … Sie blickt von hoch oben auf die Welt herab. Die Menschen um sie herum sind nur Assistenten, die ihr zuhören sollen, ihr Stichworte geben, sie ins rechte Licht rücken. Sie beginnt ihre Sätze mit »Ich erklär's dir …«, und sieht den anderen dabei an, als wäre er bescheuert. Sie ist der Mittelpunkt der Welt, die Hauptdarstellerin in einem Drehbuch, das sie Stück für Stück weiterschreibt. Wer soll ihr in Saint-Chaland schon auf die Schliche kommen?

Dabei vertrödelt sie bloß ihre Zeit.

Schläft bis mittags, enthaart sich mit Kaltwachs, mit Heißwachs, lackiert sich die Nägel, einen in Orange, den anderen in Rot, den dritten in Dunkelblau, sieht fern, twittert unter falschem Namen, verbreitet Gemeinheiten, probiert ein Shampoo aus, trägt eine Maske für empfindliche Haut auf, liest ihr Horoskop, ruft ihre Hellseherin an, blättert *Voici*, *Closer* und *Public* durch und starrt auf ihr Handy, das einfach nicht klingelt.

Zündet sich ihre dreißigste Zigarette an. Morgen hört sie damit auf, versprochen.

Stella erkennt die Lücken in Violettes manchmal verstörtem, manchmal verletztem Blick. Sie belauert sie wie eine Katze die Maus. Wartet. Freundlich, schweigend. Sie weiß nicht, worauf sie wartet, aber irgendwann wird Violette eine Information entschlüpfen.

Und an diesem Tag hat sie Ray Valenti in der Hand.

Violette hat angefangen, ihre eigenen Lügen zu glauben.

Sie schaut auf ihr Handy. Sie ruft ihren Agenten an, er antwortet: »Ich habe gerade ein Gespräch auf der anderen Leitung,

Violette, ich rufe dich in zwei Minuten zurück.« Sie legt auf, erregt, den Tränen nahe. Er hat sie nicht vergessen, er hat gesagt, er ruft zurück! Er hat ein Projekt für sie, ganz bestimmt! Egal, was, Hauptsache, sie steht vor der Kamera. Meine Güte, sie war kurz davor, die Hoffnung aufzugeben! Warum hat sie so wenig Vertrauen zu sich selbst?

Sie beschließt, nichts mehr zu essen, zupft sich die Augenbrauen, lackiert ihre Fingernägel neu, Orange wirkt vulgär! Sie überlegt, unter die Dusche zu gehen, verwirft den Gedanken jedoch wieder. Was, wenn das Telefon klingelt, und sie es nicht hört?

Als Ray sie abends um acht zum Essen abholen will, sitzt sie im Schneidersitz neben ihrem Handy.

»Machst du Yoga?«, fragt er lächelnd, gerührt von ihrer Schönheit.

»Ja, klar«, antwortet sie mit bitterbösem Blick.

»Bist du so weit? Wir haben eine Verabredung mit dem Präfekten.«

»Nicht heute Abend«, entgegnet sie.

»Er wollte wegen eines Jobs mit dir reden!«

»Nicht heute Abend!«, wiederholt sie lauter.

»Der Gerichtspräsident und seine Frau kommen auch.«

»Hör auf!«, schreit sie. »Hast du's nicht kapiert?«

Und sie versetzt dem auf dem Boden liegenden Handy einen Tritt. Ray sieht sie überrascht an.

»Soll ich uns eine Pizza holen, und wir essen sie vor dem Fernseher? Ich sage ab, ich denke mir irgendwas aus. Ich sage, meiner Mutter geht's nicht gut. Das wird er schon verstehen.«

»Pizza«, »Fernseher«, »essen«, »meine Mutter«, die Worte zucken wie wütende Blitze durch ihren Kopf.

»Verschwinde, Ray, raus hier!«

Verwirrt zieht er wieder ab. Dieses Mädchen ist total durchgeknallt. Sie sollte ihn nicht zu oft so behandeln. Sonst wird er noch wütend. Bestraft sie. Aber vielleicht wartet sie ja nur darauf? Er tritt gegen den Vorderreifen seines Maserati. Scheiße! Dabei war er heute Abend echt scharf auf sie! Sie hat etwas an sich, was ihn verrückt macht. Diese Art, ihm die kalte Schulter zu zeigen und ihn dann wieder zu locken. Sie macht einen Schritt vor, einen zurück, dann wieder einen vor, einen zurück. Er weiß nicht mehr, wo ihm der Kopf steht. Sie hat ihn am Haken. Man müsste ihm schon den Schwanz abschneiden, damit er von ihr loskommt. Bevor er an ihrer Tür klingelt, spielt sein Herzschlag verrückt. Um sich Mut zu machen, denkt er daran, wie er sie vögeln wird. Denn das … also das ist der Himmel auf Erden! Wenn er behutsam zwischen ihre Schenkel dringt, überschwemmt ihn die Lust, raubt ihm den Atem, er ertrinkt, er sagt Ja, er betet zu Gott und allen Heiligen, er würde alles unterschreiben. Dieses Mädchen hat eine Vagina wie eine Boa constrictor. Ihr Geschlecht ist mit weichen, warmen, kuscheligen Wänden ausgekleidet, die seinen Schwanz umfangen, ihn massieren, ihn walken, ihn kneten. Er windet sich, entbrennt lichterloh wie eine Fackel, wimmert wie ein verletztes Tier, beißt sich in die Fäuste, presst seine Nase in die Kissen, ihm schwinden die Sinne. Er ist erschöpft, zerschlagen, den Tränen nah. Es fühlt sich so gut an, ganz tief drin in ihr zu sein, er möchte »Mama« rufen, am liebsten für immer in ihr bleiben.

Er kann nicht mehr ohne sie leben. Wenn er das gewusst hätte, hätte er sie niemals angerührt. Hochentzündliches Material. Abstand halten. Er zwingt sich zur Enthaltsamkeit, doch solche Phasen dauern nie länger als achtundvierzig Stunden. Und er ist in einem erbärmlichen Zustand, wenn er wieder angekrochen kommt und um seine Ration bettelt!

Er hat schon zwei Zentimeter Halsumfang verloren, bald kann er seine ganzen Hemden wegschmeißen.

Am nächsten Morgen ruft sie ihn an.

Nicht aus Sehnsucht nach ihm, sondern weil sie Angst hat, ihr könne das Geld ausgehen. Ihre Eltern haben ihr das kleine Einfamilienhaus und ein mageres Sparbuch hinterlassen. Sie hat neue Fotos machen lassen, um ihre Karriere wieder anzukurbeln. Hat mit dem Fotografen geschlafen, damit er ihr einen Sonderpreis macht. Und die Visagistin wollte dreihundertvierzig Euro die Stunde. Es ist dieselbe, die auch Angelina Jolie bucht, wenn sie in Paris ist. Bald hat sie keinen Cent mehr. Ray ist ihre letzte Hoffnung. Er hat Geld. Sie hat sich erkundigt, bevor sie ihn rangelassen hat. Eine Freundin von ihr arbeitet bei der Banque de France und versorgt sie jedes Mal mit Informationen, wenn ein interessanter Mann in Sicht kommt. Rays Konto ist prall gefüllt. Warum sollte sie darauf verzichten? Um sich tugendhafter zu geben als andere? Sie hat schon vor langer Zeit begriffen, dass Tugend einem keinen Cent einbringt.

»Geld« ist das einzige Wort, das sie in die Realität zurückholt. Der Nebel löst sich auf. Eine entsetzliche Angst ergreift von ihr Besitz, sie sieht weißes Haar.

Sie schiebt die fälligen Rechnungen von sich, ihr Blick fällt auf die sich ablösende Tapete, auf den Rostfleck an dem Rohr, das sich an der Wand entlangzieht, auf den tropfenden Wasserhahn, Hollywood rückt in weite Ferne, die Kakerlaken krabbeln näher, sie fühlt sich bedroht. Erschöpft. Ein nasser Lappen. Sie könnte genauso gut den Kopf in den Ofen stecken!

Und dann ruft sie Ray zurück.

Wirft sich ihm in die Arme, du liebst mich doch, oder? Liebst du mich? Er sieht sie verständnislos an, wo ist die Frau geblieben, die ihn tags zuvor laut zeternd vor die Tür gesetzt hat? Er drückt sie an sich, erstaunt, sie so verletzlich zu sehen. Und er ist entschlossener denn je, ihr zu helfen, sie zu beschützen, ihr ihre Würde zurückzugeben.

»Du bist mein Star, weißt du das? Alle meine Freunde beneiden mich …«

»Ja, ja«, schluchzt sie, schüttelt ihr langes Haar und legt den Kopf an seine Schulter. »Es ist mein Agent …«, sagt sie mit der Stimme eines kleinen, verirrten Mädchens. »Er will, dass ich nach L.A. fliege, um einen Film mit DiCaprio zu drehen. Oh, nicht die Hauptrolle, auch keine große Nebenrolle, aber immerhin … mehrere Szenen. Er sagt, das sei eine unglaubliche Chance, aber ich will nicht weg von dir, ich bin so unglücklich.«

Er verstärkt seine Umarmung, wiegt sie, tröstet sie.

»Beim nächsten von der Region finanzierten Film verschafft dir der Präfekt eine Rolle, das verspreche ich dir. Und dann zeigst du es diesen ganzen Idioten!«

»Du bist so lieb zu mir. Ich habe dich gar nicht verdient.«

»Red keinen Unsinn. Wir sind doch ein tolles Team. Zusammen werden wir Großes erreichen, wart's nur ab.«